天才小毒妃

천재소독비 2

ⓒ지에모 2019

| 초판1쇄 인쇄 | 2019년 5월 16일 |
| 초판1쇄 발행 | 2019년 5월 28일 |

| 지은이 | 지에모 芥沫 |

펴낸이	박대일
편집	이문영 · 임유리 · 신지연 · 전보라 · 신지은
마케팅	임유미 · 손태석
디자인	박현주
일러스트레이션	우나영

| 펴낸곳 | 파란미디어 |
| 출판등록 | 2004년 9월 14일 제313-2004-00214호 |

주소	03992 서울시 마포구 동교로23길 14 국제빌딩 6층
전화	02.3141.5589 영업부 070.4616.2012 편집부
팩스	02.3141.5590
전자우편	paranbook@gmail.com
카페	http://cafe.naver.com/paranmedia
페이스북	http://www.facebook.com/paranbook

| ISBN | 978-89-6371-658-9(04820) |
| | 978-89-6371-656-5(전26권) |

천재소독비

2

天才小毒妃

지에모 지음 ─ 전정은 옮김

파란미디어

차례

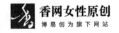

막지 않을 테니 포기하세요

오후 내내 단목백엽은 어서 귀타장을 찾으라고 수없이 한운석을 재촉했다. 어차피 질 수밖에 없는 상황이니 차라리 빨리 시합을 끝내 단목요가 밖에서 헛고생을 하지 않도록 해 주고 싶었던 것이다.

하지만 한운석은 서두르지 않았고, 지금도 용비야와 돌 탁자 앞에 앉아 차를 마시고 간식을 먹고 있었다. 용비야는 장포를 걸고 아무렇게나 앉아 있었지만 온몸에서 냉엄하고 지배적인 기운이 흘러나와 마치 이 정원의 주인인 것 같았고, 한운석은 한 손으로 턱을 괴고 다른 손으로는 찻잔을 든 채 한껏 여유를 부리고 있었다.

그녀는 마지막 약초인 귀타장에 대해서는 한마디도 하지 않았다. 용비야 역시 아무것도 묻지 않았지만, 이 여자가 또다시 놀라움을 안겨 주었다는 것은 인정하지 않을 수 없었다. 단순한 놀라움이 아닌 놀라운 기쁨이었다. 이유는 없지만, 그는 그녀가 귀타장까지 찾아낼 수 있으리라 굳게 믿었다.

무심결에 눈을 들어 한운석을 바라보는 용비야의 깊고 차가운 눈동자에는, 비록 그 자신은 알아차리지 못했지만 그녀를 인정하는 표정이 떠올라 있었다.

그가 여자를 인정한 것은 이번이 처음이었다. 이 여자에게는 그가 알지 못하는 능력이 얼마나 더 숨겨져 있을까?

마침내 하늘이 완전히 컴컴해졌지만, 단목요는 아직도 돌아올 기미가 없었다.

단목백엽은 도저히 참을 수가 없어 한운석에게 성큼성큼 다가갔다.

"진왕비, 귀타장을 찾아냈으면 공연히 남들 시간까지 낭비하지 말고 어서 밝혀라."

한운석의 태도가 워낙 여유로워 귀타장을 찾아내지 못했다고는 믿을 수가 없었다. 이렇게 질질 끄는 것은 일부러 단목요를 골리려는 것이 분명했다!

약귀도 눈을 환히 빛냈지만 눈동자에는 복잡한 표정이 떠올라 있었다. 한운석이 귀타장을 찾아내어 자신을 놀래 주기를 바라면서도 동시에 고심해서 낸 문제가 이렇게 쉽게 풀리지 않기를 바라는 모순적인 상황에 처해 있었기 때문이었다. 물론 무엇보다 이가 갈리는 일은 용비야에게 쓴맛을 보여 주지 못한다는 사실이었다.

한운석은 단목백엽을 바라보며 더할 나위 없이 진지하게 말했다.

"엽 태자는 저를 너무 과대평가하시는군요. 제가 알기로 귀타장은 아주 이상한 약초예요. 한 산에 딱 한 포기만 있어야 하고, 그렇지 않을 때는 모두 죽어 버리죠. 약귀 대인도 말씀하셨다시피 이 골짜기에도 딱 한 포기만 있다잖아요. 이 광활한 골짜기에서 그걸 찾아내기란 어렵디 어려운 일인데, 제가 무슨 수로 이렇게 빨리 찾아내겠어요?"

한운석의 한마디에 약귀의 눈에도 감탄의 빛이 떠올랐다. 이제는 그도 이 여자를 인정하지 않을 수 없었다. 귀타장의 습성까지 알고 있는 것을 보면 이 여자는 그와 같은 일에 종사하는 상당한 숙련가였다.

나이도 한참 어린 데다 여자라니, 정말 여간이 아니군!

약귀는 한운석을 지그시 바라보았다. 그렇게 시간이 흐르는 동안 그의 눈은 점점 가늘어졌고 감탄하던 빛은 차차 처음의 적의로 바뀌어갔다.

그러나 한운석이 단목백엽에게 한 말은 사실 놀리는 뜻이 다분했다.

귀타장은 한 포기밖에 없다고 했던 약귀의 말을 그렇게 강조한 것도 의심할 바 없이 자신이 일부러 시간을 끌고 있다는 것을 암시하고 있었다. 단목요가 그렇게 속도가 빠르다면 밖에서 몇 바퀴 더 돌게 하지 뭐. 어쨌든 날도 저물었으니 당장 여길 떠날 생각도 없거든.

단목백엽의 주먹이 으드득 소리를 냈다. 한운석이 남자였다면 벌써 주먹을 날렸을 것이다!

한운석이 정원 안에서 하루 머물면 단목요도 하루 더 고생해야 하고, 한 달을 머물면 단목요도 한 달 더 고생해야 했다. 심지어 1년이라면…….

단목요의 운명은 오로지 한운석에게 달려 있었다!

단목백엽은 단목요가 어서 깨닫고 이 정원으로 돌아오기를 간절히 빌었다. 산골짜기를 뒤지는 것에 비하면 이 조그마한 정원 안에서 찾는 것이 훨씬 쉬웠다.

하지만 그 자신도 단목요가 돌아오리라 믿지 않았다. 누이는 그렇게 영리하지도 않았고, 게다가 성격이 고집스러워 약초를 하나도 찾아내지 못하면 낯부끄러워서 절대 돌아오지 않을 것이다.

단목백엽은 무언가가 복장을 꽉 틀어막은 느낌이었고, 한운석을 보면 볼수록 복장이 터질 것만 같았다. 교활한 여자 같으니라고! 뭐, 천하제일의 폐물? 약초를 몰라? 죄다 거짓말이었어!

시간은 점점 흐르고, 약귀가 저녁 식사를 대령하게 했다. 용비야와 한운석 부부는 나란히 밥을 먹었지만 단목백엽은 입맛이 하나도 없었다.

요요야, 요요야, 한 번만 돌아와 봐!

그러나 하룻밤이 지나도 단목요는 돌아오지 않았고, 집사가 와서 영락공주가 횃불을 들고 산골짜기 곳곳을 날아다니고 있다고 보고했다.

이 말에 한운석이 보란 듯이 '푸하하' 하고 웃음을 터트리자 단목백엽은 피가 거꾸로 솟았다.

용비야가 단목백엽을 지키고 있었기 때문에 한운석은 마음 편히 객방으로 가서 눈을 붙였다. 덕분에 약귀마저 자러 가지 못하고 용비야와 함께 단목백엽을 지켜야 했다.

오랫동안 흔들리는 마차에 시달렸던 한운석은 단잠에 푹 빠졌고, 이튿날 아침 해가 환히 떠오른 뒤에야 나른하게 정원으로 나갔다.

"좋은 아침이에요."

기분이 좋아진 한운석이 모두에게 인사했다.

용비야는 눈썹을 추키고 그녀를 흘긋 바라보며 아무 말도 하지 않았고, 약귀도 꿍얼꿍얼 혼잣말을 할 뿐 별다른 말이 없었다.

단목백엽은 눈을 가늘게 뜨며 느닷없이 그녀에게 달려들었지만, 거의 동시에 용비야가 그녀 앞에 나타나 몸으로 보호하며 차가운 눈빛으로 단목백엽을 쏘아보았다. 눈동자에 불쾌감이 번뜩였다.

용비야가 이렇게 그녀를 보호하는 까닭은 생혈단 때문이었지만, 한운석은 그래도 마음이 따뜻해졌다. 최소한 자신이 천하에 으뜸가는 왕의 보호를 받을 가치가 있다는 것을 증명한 셈이었으니까.

"대체 어쩔 셈이냐?"

결국 단목백엽이 폭발했다. 고작 하루가 지났을 뿐이지만 그는 누이동생을 끔찍이도 아꼈다. 금지옥엽인 단목요는 어려서부터 모든 이들에게 떠받들어져 왔고 사문師門에서 연공을 할 때도 이런 고생을 한 적이 없었다! 하물며 이번 일은 단목요를 웃음거리로 삼기 위한 한운석의 계략이었으니, 시간을 끌면 끌수록 치욕스럽기만 할 뿐이었다. 생전 처음으로 여자에게 당한 단목백엽은 이 지독한 수모를 견딜 수가 없었다!

"엽 태자, 저도 아직 세 번째 약초를 찾지 못했으니 초조해하지 마세요. 기다리기가 싫으시면 포기하셔도 돼요. 막지 않을 테니까."

한운석이 진지하기 짝이 없는 말투로 제안했다.

이 말에 단목백엽이 손을 번쩍 치켜들며 노성을 터트렸다.

"한운석, 감히!"

그 순간 용비야가 살기를 번뜩이며 단목백엽의 손목을 낚아채더니 냉랭하게 말했다.

"진왕비는 네가 함부로 굴 수 있는 사람이 아니다."

그 살기에 단목백엽도 속으로 흠칫 놀랐다. 오랫동안 용비야와 알고 지냈지만 여자를 위해 이렇게 진지하게 나온 적은 단 한 번도 없었던 그였다.

"진왕, 정말 이 여자 때문에 생혈단을 구하러 온 건 아니겠지!"

단목백엽이 떠보듯 물었지만 용비야는 그를 벽까지 힘껏 불어붙인 뒤 싸늘하게 대답했다.

"너와는 상관없는 일이다. 패배를 인정하거나 조용히 기다려라."

단목백엽은 으드득 소리가 나도록 주먹을 움켜쥐었지만, 결국 기다리는 수밖에 없었다.

또다시 반나절이 훌쩍 지나갔다. 한운석은 서쪽으로 기우는 해를 바라보며 차를 마셨고, 때때로 웃을락 말락 단목백엽을 바라보며 공공연히 도발했다.

화가 머리끝까지 나 있던 단목백엽은 이런 도발을 견뎌 낼 재간이 없었다. 평생 오만하게 살아온 그가 여자에게 저런 눈길을 받아 보기는 생전 처음이었다. 죽으면 죽었지, 이런 모욕을 참을 수는 없었다!

마침내 참다못한 그가 벌떡 일어나 이를 북북 갈며 외쳤다.

"약귀 대인, 우리가 졌소! 당장 요요를 불러 주시오!"

포기라…….

약귀는 귀를 후비며 큰소리로 물었다.

"뭐라고? 엽 태자가 지금 뭐라고 했을까? 잘 안 들리는군."

피에 굶주린 태자라 불리는 단목백엽이 이렇게 속 터지는 상황에 처한 적이 있기나 했을까? 이렇게 쉽사리 패배를 인정한 적이 있기나 했을까?

"우리가 졌소. 칠성충초를 얻고 싶으면 당장 요요를 불러오시오!"

노기충천한 단목백엽의 목소리는 마치 지옥에서 들려오는 소리 것처럼 음침했다.

약귀는 경멸스러운 눈빛을 번쩍이며 즉각 명을 내렸다.

"애들아, 가서 영락공주를 찾아와라!"

단목백엽은 한운석 쪽은 쳐다보지도 않고, 시커메진 얼굴로 장포를 홱 걷으며 앉았다.

한운석은 무척 기뻐, 단목백엽이 화를 내든 말든 깔깔거리면서 용비야를 향해 큰 소리로 말했다.

"용비야, 이겼어요!"

그녀가 눈동자를 부드럽게 휘며 웃자 온몸에서 눈부신 광채가 쏟아져 나오는 것 같았다. 그 광채에 용비야의 시선도 그녀의 얼굴에 고정되어 한참 동안 떠날 줄 몰랐다.

그의 무표정과 무반응을 본 한운석은 양 손가락을 세워 브이 자를 그리며 더욱더 환하게 웃었다.

"이봐요, 우리가 이겼다니까요."

용비야는 입술 끝을 살짝 올렸지만 웃는지 아닌지 알 수도 없었고 설사 웃는 것이라 해도 몹시 딱딱했다. 한운석은 눈이라도 흘겨주고 싶었지만 결국 마음을 바꾸었다. 저 얼음장은 본래부터 얼굴이 저런 걸 뭐. 이제 익숙해졌어.

약이 바짝 오른 단목백엽은 한운석이 그렇게 기뻐하자 더욱더 화가 치밀어, 쳐다보지도 않겠다던 결심과는 달리 이를 으득으득 갈며 그녀를 노려보았다. 눈빛으로 사람을 죽일 수 있다면 한운석은 벌써 세상에서 사라졌을 것이 분명했다.

약귀도 가만히 한운석을 응시하고 있었다. 이번 시합에 한운석이 나서지 않았다면 그는 무슨 일이 있어도 쉽게 용비야에게 생혈단을 내주지 않았을 것이다.

저 놈이 어디서 저런 진기한 여자를 찾아냈지? 만약 그녀가 약귀곡에 남는다면, 그야말로 훌륭한 선택이었다.

얼마 지나지 않아 단목요가 돌아왔다. 긴 머리칼이 헝클어진데다 티 하나 없이 깨끗하던 하얀 치마는 흙으로 얼룩덜룩했고, 밤새 잠을 못 잔 탓에 핏발이 가득 선 눈동자에는 피로가 짙게 묻어 있었다.

데려온 사람이 아무것도 알려 주지 않았기 때문에 정원 안으로 들어온 단목요는 한운석이 아직 이곳에 있는 것을 보자 금세 기운이 솟아 냉소를 지었다.

"그래, 한운석, 이제 포기하려는 거야?"

약초 세 가지는 말할 것도 없고 한 가지도 찾아내지 못했을 것이 분명했으니, 포기 선언을 하는 것이 아니라면 그녀를 불러들일 까닭이 없었다.

한운석은 아무 말 없이 구경하듯 그녀를 아래위로 훑어보았다.

단목백엽은 누이가 가엾기도 하고 분통이 터지기도 해서, 단목요를 잡아끌며 떨떠름하게 말했다.

"칠성충초를 내놓거라."

그 말에 단목요는 어리둥절했다.

"뭐라고요?"

"저들이 이겼으니 칠성충초를 줘."

단목백엽의 안색이 좀 더 어두워졌다.

단목요는 또다시 어리둥절했다가 바락 화를 냈다.

"그럴 리가! 저 여자가 무슨 수로 이겨요? 약초는 어디 있죠?"

오라버니가 자신을 속일 리가 없지만, 그래도 그녀는 믿을 수가 없었다. 너무 갑작스러웠다!

"공주의 오라버니가 약귀 대인께 포기하겠다고 했으니 믿기지 않으면 약귀 대인께 물어보세요."

한운석이 악의 없는 얼굴로 생글거렸다.

단목요가 약귀를 홱 돌아보자 약귀는 고개를 끄덕였다. 단목요는 믿을 수가 없어 비틀비틀 뒷걸음질 치다가 단목백엽의 옷깃을 꽉 붙잡으며 화난 목소리로 물었다.

"왜 그러셨어요? 누가 그러랬어요?"

단목백엽은 당당한 태자의 신분으로 누이에게 옷깃을 잡혔는데도 화내기는커녕 안타까운 표정으로 차근차근 설명해 주었다.

하지만 단목요는 끝까지 듣지도 않고 펄펄 뛰었다. 생혈단을 가져가지 못하는 것과 체면을 깎이는 것은 별개의 문제였다. 세상 부러울 것 없는 그녀가 어떻게 한운석 따위에게 질 수 있단 말인가? 그것도 사형 앞에서!

"약초는 어디 있어? 본 공주가 친히 확인해야겠어!"

분노에 휩싸인 단목요가 한운석에게 달려들자 단목백엽조차 막을 수가 없었다. 한운석은 아주 친절한 얼굴로 정원에 있는 칠살연미와 단백의미를 하나씩 보여 주었다. 단목요는 뜻밖의 상황에 놀라 얼이 빠졌다가 한참만에야 정신을 차리고 자신이 멍청했다는 것을 알았다.

성공, 또 만나자

마침내 단목요도 자신이 웃음거리가 되었다는 사실을 깨달았다. 그것도 스스로 자초해서!

한운석은 이 정원에서 한 발짝도 나가지 않았고, 심지어 귀타장까지 찾았는데도 일부러 시간을 끌며 자신이 어릿광대처럼 온 산을 뛰어다니도록 내버려 두었던 것이다.

"한운석, 너…… 너……!"

단목요는 수치스럽고 화가 나 한운석에게 마구 삿대질을 했다. 너무 화가 나 말이 나오지 않을 지경이었다.

"이건…… 이건 사기야! 넌 의원 집안에서 태어나서 약초를 잘 알지만 나는 약초에 대해서는 아무것도 모르잖아. 이건 불공평해! 인정 못 해!"

이 공주가 손바닥 뒤집듯 말 바꾸기를 할 것을 이미 알고 있었던 한운석은 약귀를 바라보았다.

"약귀 대인, 공평하게 판결해 주시지요."

한운석이 콩을 팥이라고 해도 믿을 정도로 그녀가 마음에 쏙 든 약귀는 남자도 여자도 아닌 이상야릇한 목소리로 경고했다.

"흐흐흐, 영락공주. 시합 전에 공주 입으로 공평하다고 말해 놓고 이제 와서 딴소리를 하면 이 몸의 기분이 썩 좋지 않아."

세상물정 모르는 단목요는 그래도 따지려고 했지만, 단목백엽이 그녀의 손목을 꽉 붙잡으며 나지막이 만류했다.

"그만해라. 여긴 함부로 할 수 있는 곳이 아니다."

약귀는 이상야릇하고, 변덕스럽고, 심지어 수다쟁이에 미치광이 같았지만, 결코 만만한 상대는 아니었다. 한 번 치욕을 당한 단목백엽은 패배한 뒤에 생떼를 부린다는 오명까지 쓰고 싶지 않았고, 더욱이 일을 크게 만들고 싶지도 않았다. 오라버니가 노기를 띠자 단목요는 도저히 내키지 않았지만 순순히 돌아서서 가슴팍에 넣어 두었던 칠성충초를 꺼냈다.

칠성충초를 오라버니의 손에 넘겨주자, 그녀는 눈물을 왈칵 쏟으며 증오에 찬 눈빛으로 용비야와 한운석을 쏘아보더니 씩씩거리며 달려 나가 버렸다.

한운석, 널 증오해! 다음에는 절대 가만두지 않을 거야!

단목백엽은 칠성충초를 약귀에게 건네며 차갑게 말했다.

"약귀 대인. 패배는 패배, 깨끗이 받아들이겠소."

약귀는 뼈다귀 같은 팔을 내밀어 칠성충초를 받아 장포 속에 넣은 뒤 킥킥 괴상한 웃음을 흘리며 더 이상 단목백엽에게 관심을 보이지 않았다.

"진왕, 또 만나지."

단목백엽은 그래도 제법 풍격이 있어 공수하고 읍을 했다.

물론 용비야를 향한 인사였고, 한운석에게는 뚜렷한 경고를 담은 눈길을 보냈다.

한운석, 너는 분명 신기한 여자지만 누이를 해치고 본 태자를 모욕했으니, 언젠가 본 태자의 손에 떨어지면 끝장인 줄 알아라!

인사를 마친 그는 소매를 떨치며 떠나갔다.

이보다 더 무서운 경고도 받아 본 적이 있는 한운석은 겁을 먹기는커녕 투덜거리기만 했다.

"깨끗이 받아들인다더니, 저게 무슨 깨끗이 받아들이는 태도야?"

칠성충초를 받아 챙긴 약귀가 괴상야릇한 웃음을 터트렸다.

"진왕비, 네게 무척 감탄했다. 진심이다."

한운석은 별안간 모골이 송연해져 무의식적으로 용비야의 뒤로 숨었다. 저 괴상한 인간의 감탄 같은 것은 원치 않았다.

용비야가 독이무기의 사단을 내밀며 싸늘하게 말했다.

"약귀 대인, 이제 생혈단을 내놓으시지."

용비야를 마주하자 약귀는 즉각 오만한 태도로 돌아와 느긋하게 말했다.

"기다려."

말을 마친 그가 유유히 집 안으로 들어가더니 한참이 지난 후에야 비단 상자를 들고 돌아왔다. 느릿느릿 상자를 열자 그 안에 환약 크기만 한 피처럼 빨간 단약 하나가 고이 들어 있었고, 가까이 가 보니 희미하게 피비린내가 풍겼다.

이게 바로 고북월이 말한 생혈단이구나. 한운석이 두 눈을 환하게 빛내며 손을 내미는데, 뜻밖에도 약귀가 재빨리 상자를 거두며 히죽거렸다.

"진왕비, 귀타장이 이 정원 어디에 있는지 맞추면 이걸 주겠다, 어떠냐?"

한운석이 멈칫 했다가 대답하려는데 용비야가 먼저 차갑게 말했다.

"고칠찰, 너도 말을 바꾸려는 것이냐?"

"이 몸은 지금 네게 말하는 게 아니다."

약귀는 순식간에 태도가 싹 바뀌었다.

한운석이 말했다.

"말하기 싫다면 어쩔 생각이죠?"

그런…….

약귀의 눈동자가 어두워지며 살기가 피어올랐지만, 그는 곧 살기를 거두고 한숨을 푹푹 쉬며 두 손으로 생혈단을 들어올렸다.

한운석은 그가 마음을 바꿀까 봐 재빨리 받아 주머니에 넣은 뒤 깊이 숨을 들이쉬었다. 가장 중요한 것을 손에 넣었으니 이제 용천묵도 반은 살아난 셈이었다. 동궁 쪽에서 속을 태우며 기다리고 있을 것이 분명했기 때문에 원하는 것을 얻은 이상 서둘러 돌아가야 했다.

그런데 뜻밖에도 약귀가 문 앞까지 그들을 따라 나와 히죽거리며 매달렸다.

"진왕비, 말해 봐. 정말 귀타장을 찾았지, 응?"

한운석은 신비한 미소를 지어 보였다.

"후후, 다음에 알려드리죠."

약귀가 그래도 계속 치근대자 용비야가 고개를 돌려 싸늘하게 노려보았다. 주위에 살기가 가득 차는 것을 느낀 약귀는 눈을 가늘게 뜨고 흉악한 표정으로 맞상대했다.

그러나 한운석과 용비야가 골짜기를 떠나자 더 이상 치근대지 않고 멀리서만 바라보다가, 그들의 뒷모습이 완전히 사라진 뒤 껄껄 소리 내어 웃었다. 놀랍게도 그 목소리는 몹시 매력적일 뿐 아니라 듣기 좋은 저음이어서, 틀림없는 젊은 남자의 것이었다. 더욱이 검은 장포 안에서 나온 두 손은 백옥같이 매끄러운 데다 가느다랗고 길어, 조금 전의 뼈만 남은 앙상한 손과는 완전히 달랐다. 귀하디귀한 독이무기의 사단과 칠성충초가 그 손에 들려 있었지만, 그의 두 손만큼 시선을 끌지는 못했다.

그는 장난스럽게 혼잣말을 중얼거렸다.

"한운석이라…… 하하하, 재미있군! 또 만나자!"

돌아가는 길에 용비야가 한운석에게 물었다.

"귀타장은 어디에 있었느냐?"

놀랍지만 이 인간에게도 호기심이 있었던 것이다. 한운석은 신비한 표정을 지으며 대답했다.

"안 알려 줄래요."

그 반응이 의외였던지 그의 표정이 살짝 굳었지만 금세 본래의 차가운 얼굴로 돌아갔다.

두 사람은 길을 재촉해 사흘 후 아침에 천녕국 수도에 도착했다.

용비야와 한운석이 떠나 있는 동안 황제와 황후는 발을 동동 구르며 안달복달했다. 그녀를 데려간 사람이 진왕만 아니었다면 모두들 한운석이 꽁무니를 뺐다고 생각했을 것이다.

아침 일찍부터 동궁에는 사람들이 북적였다. 천휘황제는 조례가 끝나자마자 찾아왔고, 태후와 황후는 며칠 동안 동궁에서 한 걸음도 떠나지 않았다. 한종안마저 억울한 감정을 하릴없이 누르며 태후 뒤에 공손하게 서 있었고, 고북월은 방 안 태자의 침상 옆을 지키고 있었다.

"폐하, 폐하. 진왕과 진왕비가 입궁하여 이쪽으로 오고 있사옵니다."

용비야와 한운석이 궁궐 문으로 들어서자, 설 공공이 데굴데굴 구르다시피 달려와 보고했다.

천휘황제는 몹시 기뻐했다.

"생혈단을 가져왔더냐?"

이 말에 한종안은 바짝 긴장하여 눈도 깜짝이지 않고 설 공공을 바라보며 그 대답을 기다렸다.

한운석은 태자의 병세를 철저히 분석했고 자신의 판단이 절대 틀리지 않았다고 자신했다. 한종안은 그 기세에 눌려 아무 말도 못했지만 지금까지도 한운석의 판단을 믿을 수 없었다!

생혈단을 얻으면 한운석이 치료를 할 수 있었고, 일단 치료가 시작되면 누가 옳은지 백일하에 드러날 터였다. 태자의 뱃속에 있는 것은 아기가 분명했다. 한운석이 무슨 수법을 써서 아기를 혹으로 바꿔 놓을지 두 눈 똑바로 뜨고 지켜보리라!

그때, 설 공공이 난처한 얼굴로 대답했다.

"그것은…… 깜빡 잊고 묻지 못했사옵니다!"

사실은 차마 물을 수가 없었던 것이었다. 그에게는 진왕에게 질문을 할 자격조차 없었고, 설령 질문을 했더라도 진왕은 거들떠도 보지 않았을 것이다.

"쓸모없는 것, 어서 가서 확인하지 않고!"

태후가 천휘황제보다 더 초조한 듯 대뜸 꾸짖었다.

"예예예, 당장 가 보겠습니다!"

설 공공이 나가려는데 용비야와 한운석이 들어왔다. 고된 여행길에 지친 모습이었지만 그 풍모는 여전했고, 특히 용비야는 동궁 안으로 들어서자마자 높은 언덕같이 우뚝한 모습으로 사람들을 압박하며 천휘황제에 필적하는 위엄을 뿜어냈다.

아무리 급해도 천휘황제는 황제답게 허둥거리지 않고 용비야에게 다가가 친절하게 물었다.

"진왕, 무사히 다녀왔는가?"

"황형의 홍복에 힘입어 무사히 다녀왔습니다."

용비야가 읍을 하며 예를 차렸고, 한운석도 그를 따라 허리를 숙였다.

"하하하, 그럼 됐네, 됐어. 일어나게."

천휘황제가 웃으며 말했다. 그는 서두르지 않았지만 다른 사람들은 속이 바짝바짝 타들어가는 심정으로 용비야와 한운석을 뚫어지게 바라보며 소식을 기다렸다.

"그래, 생혈단을 가져왔는가?"

그제야 천휘황제가 본론을 꺼냈다.

이 말이 떨어지자 모두들 긴장했고, 특히 한종안은 눈썹을 잔뜩 찡그렸다. 고북월과 태자인 용천묵까지 포함한 방 안의 모든 이들이 동작을 뚝 멈추고 가만히 귀를 기울였다.

용비야는 전혀 서두르지 않고 무표정한 얼굴로 서 있었다. 생혈단이 그의 손에 없었기 때문이었다.

한운석은 사람들을 훑어보며 속으로 몹시 기뻐했다. 그래, 좋아. 그렇게 애를 태워야 이 왕비마마께서 고생한 보람이 있지.

그녀의 시선이 한종안을 향하자 한종안은 흠칫 놀랐다. 저 못된 것, 무슨 생각이지?

고작 몇 초 미적댄 것뿐인데도 속이 타는 사람들은 더 이상 기다리지 못했다.

"진왕, 생혈단을 가지고 오셨습니까?"

참다못한 황후가 나섰다.

용비야는 말이 없었지만, 한운석을 돌아보며 적당히 하라는 눈빛을 보냈다.

그러지 뭐. 그제야 한운석이 웃으며 소매에서 비단 상자를 꺼내 열어보였다.

"이것이 바로 생혈단입니다. 순조롭게 얻을 수 있었지요!"

그 순간, 모든 이들의 시선이 상자에 쏠렸다. 천휘황제는 무작정 받아들일 수가 없어 황급히 외쳤다.

"고 태의, 고 태의, 이리 오라."

고북월이 방에서 나와 총총히 다가왔다.

"고 태의, 이것이 정말 생혈단이냐?"

천휘황제가 진지한 얼굴로 물었다.

고북월은 냄새를 맡고 색을 살펴 확인한 뒤 기뻐하며 말했다.

"폐하, 태후마마, 황후마마. 진짜 생혈단입니다. 태자 전하의 병을 치료할 수 있게 되었으니 축하드립니다, 폐하!"

고북월이 확인해 주자 모두들 마음이 놓였다.

생혈단을 얻은 것은 곧 한운석의 치료가 시작된다는 의미였다. 솔직히 말해 천휘황제와 태후, 황후는 한운석의 진맥 결과를 완전히 신뢰하지 않았지만, 한종안의 판단보다는 한운석을 더 믿고 싶었다.

물론 이것은 천휘황제가 태자에게 주는 마지막 기회였다. 치료가 잘되면 만사형통이지만, 잘되지 않으면 천휘황제는 즉시 태자를 포기할 것이다.

이 끔찍한 상황을 가장 뼈저리게 느끼는 사람은 황후였다. 천휘황제에게는 아들이 수두룩했지만 황후에게는 태자 한 명뿐이었다. 황후에게는 한운석의 진맥 결과가 옳든 그르든, 태자의 뱃속에 든 것이 혹이든 아기이든 아무 상관이 없었다. 그녀가 원하는 것은 단 한 가지, 태자가 무사한 것뿐이었다.

"한운석, 이제 독을 빼낼 수 있겠지?"

천휘황제의 눈동자에도 숨길 수 없는 긴장감이 드러났다.

뜻밖에도 한운석은 태연하게 대답했다.

"안 됩니다."

뭐? 생혈단까지 구해 왔는데 안 되다니?

그녀의 말에 장내는 쥐 죽은 듯 조용해졌고, 용비야마저 눈을 찡그렸다…….

긴장, 가장 중요한 순간

생혈단을 얻었는데 독을 빼낼 수 없다는 것은 무엇 때문일까?

사람들이 의아한 눈으로 쳐다보자 한운석이 설명했다.

"저는 너무 지쳐 있습니다. 자칫 실수를 할지도 모르니 오후에 하시지요."

그녀는 장시간의 여행으로 몹시 피곤했다. 남들이야 속이 타들어가는지 몰라도 그녀에게는 자신의 몸을 돌보는 것이 우선이었다.

의사로서 자신의 몸을 챙기는 것은 곧 환자를 챙기는 것이었다. 생혈단은 얻었고 독을 빼내는 것쯤은 소소한 수술에 불과했지만, 그래도 사람의 몸을 칼로 열어야 하는 일이니 도중에 실수라도 하면 무슨 일이 일어날지 알 수 없었다.

그녀의 말에 천휘황제는 눈동자에 불쾌한 빛을 떠올렸지만 '자칫 실수를 할지도 모른다'는 말이 마음에 걸려 별말 없이 고개를 끄덕였다.

한운석은 동궁의 편전에서 오전 내내 푹 잤고, 용비야를 제외하면 아무도 동궁을 떠나지 않았다. 모두들 초조하기 짝이 없었지만 오후가 될 때까지 기다리는 수밖에 없었다.

오후에 눈을 뜨고 허기를 채운 그녀는 마침내 태자의 방으로 향했고, 그곳에서는 고북월이 이미 모든 준비를 해 놓고 기다리고 있었다. 용비야가 보이지 않아 의아했지만 깊이 생각할 겨를이 없었다.

"한운석, 이제 기운을 차렸느냐?"

천휘황제가 높은 자리에 앉아 물었다.

"예, 폐하. 이제 기운을 차렸습니다."

한운석은 허리를 숙이며 사실대로 대답했다.

"그렇다면 됐다. 만에 하나 문제가 생기면……."

천휘황제는 말을 끝맺지 않았지만, 직접 말하는 것보다 더 살 떨리는 경고였다.

"알겠습니다."

한운석은 고개를 숙이고 눈빛을 차분하게 가라앉혔다. 천휘황제가 저렇게 위협을 해도 요구할 것은 해야 했다.

"폐하, 신첩이 치료를 할 때 고 태의 외에는 아무도 없었으면 합니다."

그 말에 제일 먼저 황후가 불안에 휩싸여 따졌다.

"운석, 그게 무슨 말인가?"

옆에 시립해 있던 한종안도 기다렸다는 듯이 나서서 따져 물었다.

"진왕비, 혹시 치료 도중에 남이 보면 안 되는 속임수라도 있는 겁니까? 아니면 태자 전하의 뱃속에 있는 태아를 보여 주기가 두려우신지요?"

한운석이 그를 흘겨보며 비웃듯이 말했다.

"그렇다면 한 신의께서 하시겠소?"

"그런……!"

한종안은 대답할 말이 없어 천휘황제 쪽을 돌아보았다.

"폐하, 소인이 보기에는 아무래도 수상합니다!"

한운석의 방식을 잘 아는 고북월이 해명하려는데, 한운석이 그보다 앞서 천휘황제를 향해 진지하게 말했다.

"폐하, 이번 치료는 정신력이 상당히 많이 소모되는 일입니다. 사람들이 있으면 부담이 커져 집중하기 어려우니 위험을 줄이기 위해서, 그리고 태자 전하의 안전을 위해서 부디 받아들여 주시기 바랍니다. 한 신의의 의심은 미리 말씀드렸듯이 태자 전하의 뱃속에 있는 혹을 꺼낸 후 한 신의가 직접 검사하면 됩니다."

치료에 착수한 한운석은 자연스레 전문적이고 숙연한 표정이 되어, 목소리가 크지 않아도 가벼이 볼 수 없는 위력이 느껴졌다.

그녀는 천휘황제의 대답을 기다리지도 않고 다시 진지한 목소리로 말했다.

"그 외에 또 한 가지 부탁이 있습니다. 치료하는 도중에는 주위를 조용하게 해 주시고 불필요한 방해나 소란이 없었으면 합니다."

이곳에 있는 사람들은 모두 고귀한 인물들이었지만, 지금 이 순간만큼은 의원이 최고 권력자였다!

천휘황제는 이런 한운석의 태도가 언짢았지만 때가 때인 만큼 들어줄 수밖에 없었다. 책임이 누구에게 있나를 떠나서 문제가 생기는 것은 천휘황제도 원치 않았고, 치료가 끝나는 즉시 사람을 시켜 현장을 조사하게 하면 한운석도 농간을 부리지 못할 것이라 생각했다.

"좋다, 허락할 테니 너도 짐을 실망시키지 않기를 바란다. 들어가 보거라."

천휘황제가 차갑게 말했다.

황제가 허락한 이상 한종안이 무슨 말을 하겠는가. 그는 분한 눈길로 한운석을 바라보며 치료가 끝난 뒤 허점을 찾아내기만을 기다릴 수밖에 없었다.

"허락해 주셔서 감사합니다, 폐하. 실망시켜드리지 않을 것입니다."

한운석은 여전히 자신이 있었다. 과다 출혈 문제를 해결했으니 수술은 무척 간단했다.

인사를 마친 그녀가 고북월과 함께 방으로 들어가려는데, 황후가 쫓아와 그 손을 잡았다.

"운석, 천묵은 자네에게 맡기겠네."

한운석이 대답하기도 전에 황후는 뜻밖에도 목소리를 낮추며 냉랭하게 경고했다.

"한운석, 천묵을 무사히 지켜야 할 것이다. 그렇지 않으면 본 궁이 절대로 용서치 않을 테니!"

그 말과 함께 그녀의 입가에 오만한 미소가 떠올랐다.

"물론 천묵을 치료하면 본 궁과 태후마마도 그만큼 후대해 줄 것이다."

한운석은 속으로 냉소를 짓지 않을 수 없었다. 지금 이 골칫거리를 던져 준 것도 황후였으니, 후대 따위는 바라지도 않고 더 이상 귀찮게 굴지만 않아도 감지덕지였다.

한운석은 대답 없이 황후를 가만히 바라보다가 표 나지 않게 그 손을 뿌리치고 방으로 들어가 직접 문까지 닫았다.

그 모습에 황후는 얼굴이 시커메질 정도로 화가 치밀었다. 한운석, 진왕의 정비만 아니었다면 너 따위는 이 한 손가락으로도 눌러 죽여 버릴 수 있다! 그 방에서 나올 때도 지금처럼 자신만만해야 할 것이다! 그렇지 않으면 본 궁의 무서움을 똑똑히 보여 줄 테니!

방문이 닫혔으나 태후와 황후는 떠나지 않고 문 밖에 서서 안의 움직임이라도 알 수 있기를 바라며 가만히 귀를 기울였다. 황후는 분노했지만 그보다는 긴장과 불안이 더 심했다. 황제도 떠나지 않고 뜰에 앉아 태후와 황후가 체통도 없이 문 앞에서 어슬렁거리는 것을 보며 눈살을 찌푸렸다.

"모후, 이리로 앉으십시오."

그가 차분하게 권하자 태후는 그제야 그쪽으로 다가와 걱정스러운 눈빛으로 말했다.

"아아…… 심장이 올라갔다 내려갔다 하는 것이 불안해서 견딜 수가 없구나!"

황후도 맞장구를 치려다 황제의 불쾌한 눈빛을 알아채고 조용히 태후 옆에 앉았다.

기다리는 시간은 일분일초가 1년처럼 길었지만, 방 안에서 바삐 움직이는 한운석은 이미 시간 같은 것을 까맣게 잊고 있었다.

필요한 검사를 모두 마치고 개복開腹해도 된다는 것을 확인하자, 그녀는 곧바로 약을 써서 용천묵을 마취시켰다.

반드시 전신 마취를 해야 했다. 독약을 삼키면 무척 고통스러운 데다 칼로 생살을 찢는 것을 용천묵이 견뎌 내지 못하기 때문이었다. 물론 가장 중요한 이유는 용천묵에게 너무 많은 것을 보이고 싶지 않다는 것이었다.

해독시스템에 들어 있던 최신 마취약은 꽤 효과가 좋아, 얼마 지나지 않아 용천묵은 완전히 혼수상태에 빠졌다.

그제야 고북월이 독약 한 포를 달여 조그마한 탕 그릇에 그득히 담기도록 독약을 지어 냈다. 독약답게 냄새가 몹시 이상해서 어려서부터 약초 속에서 살아온 고북월조차 견디기 힘들 정도였다. 용천묵이 혼수상태였기 망정이지, 제정신이었다면 약을 먹이기가 상당히 힘들었을 것이다.

약이 다 되자 고북월이 직접 용천묵의 입안에 흘려 넣었다.

한운석은 약탕관으로 다가가 독약 찌꺼기를 버리려다가 동작을 뚝 멈추고 잠시 망설였다. 약 찌꺼기의 냄새가 생각보다 너무 강했다!

자신이 가진 진료 주머니에 숨기든 고북월의 왕진 상자에 숨기든 냄새가 날 것이 분명했고, 발각되면 설명하기가 쉽지 않았다.

어쩌지?

한운석은 고북월을 흘끔 돌아보았다. 그가 용천묵에게만 신경을 쏟는 것을 확인하자 그녀는 다소 복잡한 눈빛을 띠며 위치를 살짝 옮겨 고북월을 등지고 그 시선을 가렸다.

그러나 바로 그 순간 지붕 위에서 깊고 차가운 눈동자가 자신을 똑똑히 지켜보고 있다는 사실을, 그녀는 전혀 알아차리지 못했다.

한눈에 한운석의 이상한 움직임을 눈치챈 용비야는 저 약탕관에 무슨 문제가 있다고 생각했지만, 전문가가 아니기에 무슨 문제인지 알 수가 없었다. 설마 저 여자가 고북월에게도 뭔가를 숨기고 있을까?

그때, 한운석의 손이 약 찌꺼기를 들고 냄새를 맡듯 얼굴 쪽으로 가져갔다. 그런데 용비야가 잠시 한눈을 파는 사이 그녀가 들고 있던 약 찌꺼기가 별안간 어디론가 사라지고 말았다.

용비야는 눈을 찌푸리고 기와 조각을 치워 좀 더 자세히 살폈지만 약탕관 안은 텅텅 비어 있었고, 한운석은 태연하게 돌아서서 고북월의 왕진 상자에서 약 한 포를 꺼냈다.

어디로 갔지?

잘못 본 것일까, 아니면 정말 감쪽같이 사라진 것일까? 용비야는 아무리 생각해도 알 수가 없었다.

독약 찌꺼기는 해독시스템에 넣어 두는 것이 가장 안전했고 냄새도 나지 않았다.

한운석은 또다시 고북월을 흘끗 살핀 뒤, 그가 여전히 용천묵에게 독약을 먹이는 데 몰두하고 있는 것을 확인하자 안도의 숨을 쉬었다.

고북월의 왕진 상자에서 꺼낸 것은 지난번 그녀가 내키는 대로 써 내려간 약방문에 따라 미리 배합해 둔 약재였다.

그녀는 약재 한 포를 약탕관에 모두 넣고 물을 반쯤 부어 다시 끓였다. 용천묵의 배독이 끝날 때쯤이면 이 약재도 찌꺼기만 남을 것이다. 그러고 나면 천휘황제나 한종안이 눈에 불을 켜고 조사해도 걱정 없었다.

독약 한 그릇을 다 부어 넣자 한운석의 눈빛은 더욱 숙연해졌다. 비록 간단한 수술이지만 수술에는 항상 위험이 따랐고, 가장 중요한 순간이 가장 위험한 순간이었다.

독약이 뱃속으로 들어가 용천묵의 뱃속에 있는 태아를 녹이기 시작했다. 한운석은 이를 태아라기보다는 '그것'이라고 부르기를 원했다. '그것'은 생명의 특징을 지녔을 뿐이지, 사실은 사람의 모습조차 갖추지 못했을 수도 있기 때문이었다. 이렇게 생각하자 생명의 존귀함에 대한 죄책감이 한결 줄어들었다.

한운석은 태연하기 그지없게 용천묵의 옷을 들추어 커다란 배를 드러내게 했다. 물론 지금 그녀는 의원으로서 이곳에 와 있었지만, 한 치 망설임도 없는 그 시원시원한 동작에 고북월조차 말문이 막혔다. 하지만 그만큼 탄복하기도 했다.

저 여자는 다른 여자들처럼 수줍어하지도 않았고 행동도 제멋대로였지만, 성격이 시원시원한 데다 일처리가 명쾌하고, 결단력과 박력도 있었다.

"고 태의, 배를 가르기 전까지 내게 말을 걸면 안 돼요. 무슨 일이 있어도 나를 방해하지 말아야 해요!"

한운석은 무척 진지한 목소리로 말했다.

독약으로 '그것'을 녹이려면 일정한 시간이 필요했고, 그 시간이 지난 후가 바로 한운석이 개복을 하는 순간이었다.

너무 빠르면 태중태가 완전히 제거되지 않을 것이고, 너무 늦으면 독소가 오장육부에 스며들기 시작해 또 다른 문제를 일으키거나 후유증을 남길 수 있었다. 한운석은 그 무엇도 허락할 수 없었고, 감당할 수도 없었다.

알다시피 바깥에서 기다리는 세 사람은 보통 상대가 아니었고, 한종안마저 꼬투리를 잡으려고 혈안이 되어 있었다. 이 일에 실패란 있을 수 없었다!

고북월은 비록 그 오묘한 이치를 알지 못했지만 중요성은 깊이 인식하고 있었다. 그렇지 않고서야 조금 전 한운석이 천휘황제에게 주위를 조용하게 해 달라는 요구를 하지 않았을 것이다.

"알겠습니다. 너무 긴장하지 마십시오."

고북월은 그렇게 말한 뒤, 가능한 방해가 되지 않도록 멀찍이 물러났다.

한운석의 시선이 불룩 솟은 용천묵의 배 위로 떨어졌다. 그 눈빛은 엄숙하면서도 진지했다. 그녀는 해독시스템의 딥 스캔 기능을 켜고 용천묵의 뱃속에 있는 독소를 찾아 그 동태를 쫓으면서 독성의 변화에 따라 '그것'이 독약에 녹아내리는 정도를 계산했다.

눈앞의 상황에 몰두하는 한운석의 모습에서는 방해할 수도,

가까이 다가갈 수도 없는 엄숙함이 흘러나오고 있었다.

해독시스템의 딥 스캔 기능은 일종의 인공지능이었지만, 그녀의 의식과 서로 연결되어야 했기 때문에 반드시 그 대상에 100퍼센트 정신을 집중해야 했다. 그렇지 않으면 컴퓨팅 능력에 영향을 미쳐 오류가 발생하고, 결과적으로 개복 시각을 계산하는 데 문제가 생길 수밖에 없었다.

멀리서 그런 그녀를 바라보는 고북월의 눈동자는 흠모의 빛으로 가득했다. 그는 이 여자의 이런 진지한 모습이 제일 좋았다.

그런데 바로 그때였다…….

방해, 누가 해결할 것인가

한운석이 정신을 집중하고 있을 때 갑자기 문 밖에서 한종안의 목소리가 들려왔다. 천휘황제에게 애원하는 소리였는데 목소리가 제법 컸다.

젠장!

고북월은 속으로 욕을 하면서도 차마 밖으로 나가 막을 수는 없었다. 문을 여는 순간 밖에 있던 사람들이 우르르 몰려와 한운석을 방해하게 될까 두려워서였다.

밖에 있던 한종안은 치료가 끝난 뒤 허점을 조사할 기대에 부풀어 있었지만 생각하면 할수록 이건 아니다 싶어 점점 긴장되기 시작했다. 이대로 앉아서 죽음을 기다릴 수는 없었다. 만에 하나 한운석이 고북월과 짜고 무슨 수작이라도 부린다면? 그러면 그는 끝장이었다. 무슨 일이 있어도 일말의 가능성조차 용납할 수 없었다. 반드시 들어가서 한운석의 일거수일투족을 지켜봐야 했다.

"폐하, 소인이 들어가서 볼 수 있게 해 주십시오! 누가 뭐라 해도 오랫동안 태자 전하를 모셨으니 고 태의보다는 그분의 상황을 잘 압니다."

천휘황제는 싸늘하게 그를 바라보며 망설였다.

"폐하, 부디 들어가게 해 주십시오. 적어도 진왕비가 어떻게 치료하는지, 어떻게 약을 쓰는지 한 사람이라도 더 지켜볼 수 있으니, 모든 것이 끝나고 조사하기보다는 위험을 줄일 수 있지 않겠습니까?"

한종안이 정확하고 논리적으로 설명하자 아직도 한운석에게 의심을 품고 있던 천휘황제는 뜻밖에도 고개를 끄덕였다.

"들어가 보라."

한종안은 뛸 듯이 기뻤다.

"감사합니다, 폐하. 반드시 철저히 지켜보겠습니다."

기쁨에 차 목소리가 커지는 바람에 고북월도 똑똑히 들을 수 있었지만, 한운석은 아무것도 듣지 못한 것처럼 꼼짝도 하지 않았다.

한종안이 다가오자 고북월은 이러지도 저러지도 못하는 상황에 빠져 발만 동동 굴렀다.

한종안이 문을 두드려도 문을 꼭 닫고 버티든 밖으로 나가 막아서든, 한운석에게 커다란 방해가 되기는 마찬가지였다!

언제나 평화롭던 고북월의 눈썹이 잔뜩 일그러졌다. 사실은 한운석도 바깥의 소란을 똑똑히 들었지만 강한 집중력으로 무시하고 있을 뿐이었다.

다만 한종안이 문을 두드려도 그 집중력을 유지할 수 있을지는 아무도 몰랐다.

중요한 순간, 한종안이 문 앞까지 다가왔다.

고북월은 재빨리 결심을 내리고 문에 손을 얹었다. 한운석도 밖으로 나가려는 그의 움직임을 눈치챘는지 순간적으로 집중력이 흐트러졌다. 그녀는 즉시 정신을 가다듬으려 애썼다. 콩알만 한 땀방울이 이마에 송골송골 맺히고 등도 축축해졌다.

하지만 아무리해도 정신을 집중할 수 없었다. 이대로라면 분명히 실수를 하게 될 것이다. 그것도 크나큰 실수를!

어쩌지?

그 위기일발의 순간, 예상치 못한 냉랭한 목소리가 울려 퍼졌다.

"폐하, 조금 전에는 아무도 방해하지 못하게 하겠다고 말씀하시지 않으셨습니까?"

이 목소리는…… 진왕!

그 말이 떨어지기 무섭게 한종안이 우뚝 걸음을 멈추었으니, 진왕은 역시 진왕이었다.

그 목소리를 듣자 반쯤 공중에 매달렸던 고북월의 심장이 다시 내려앉았고 문에 댔던 손도 천천히 아래로 떨어졌다. 한운석은 더더욱 마음이 놓였다.

지난번 소장군을 치료할 때도 방해를 받아 침을 쥔 손이 떨렸지만 그의 목소리를 듣자마자 마음이 가라앉고 온 세상이 평화로워지는 느낌이었는데, 지금도 꼭 그랬다.

그녀는 두 눈을 가늘게 뜨며 다시 한 번 모든 것을 잊고 일에 몰두했다.

용비야가 밖에서 무엇을 하는지, 그 한마디를 끝으로 문가에 있던 고북월조차 아무 소리도 들을 수가 없었다.

문 밖에서는 한종안이 할 말을 잃고 서 있었다. 용비야는 입구 층계 위에 앉았는데, 위치는 낮았지만 온몸에서 흘러나오는 존귀한 기운 덕택에 아무도 허투루 보지 못했고 동작 하나하나에 멋스러움이 뚝뚝 흘렀다.

앞서 허락한 것이 있으니 천휘황제도 할 말이 없어, 복잡한 표정이 눈동자 깊숙한 곳을 스쳐 지나갔다. 그는 지금까지도 용비야가 저 정비를 대체 어떻게 생각하고 있는지 골머리를 앓고 있었다.

무슨 일이든 무관심하던 그가 이렇게까지 하는 것은 태자의 안위를 위해서일까, 아니면 한운석이 실수로 벌을 받는 것이 싫어서일까?

방 안은 여전히 적막에 휩싸여 있었다.

기다림 속에 느릿느릿 시간이 흐르고, 용천묵의 뱃속에서는 차츰차츰 '꾸르륵꾸르륵' 소리가 들려오기 시작했다. 독약이 태중태의 뼈를 녹이는 소리였다.

이 소리는 점점 커졌다가 다시 작아져 마지막에는 완전히 사라졌다. 소리가 사라지는 순간, 방 안의 긴장은 최고조에 이르렀다.

돌연, 한운석이 눈을 빛내며 나지막이 외쳤다.

"생혈단을 준비하세요!"

됐다!

고북월은 환하게 웃으며 한운석의 지시에 따라 곧바로 용천묵에게 먹일 수 있도록 생혈단을 준비했다.

한운석은 다시 조금 더 기다렸다. 스캐너에서 '땡' 하는 소리가 나는 순간 팽팽하게 긴장되었던 신경이 탁 풀렸다.

시간이 되었다!

그녀는 즉시 두 손을 움직여 배를 갈랐다. 노련하고 깔끔하면서 아름답기까지 한 움직임이었다.

날카로운 칼날이 용천묵의 배에 두 치 길이 상처를 내자 새빨간 피가 주르륵 흘러나오기 시작했다. 한운석이 침을 놓자 새빨갛던 피는 어느새 시커멓게 변했다.

한운석은 혈자리를 찾아 침을 놓는 한편, 출혈량을 관찰했다. 침상의 깔개가 순식간에 벌겋게 물들었다.

그녀는 시종 고개를 숙인 채 전문적인 태도로 환자에 집중했다. 가장 자신 있는 수술이었지만 단 한 번도 경솔하게 처리한 적이 없었다.

"고 태의, 약을 먹여요!"

고북월은 손발이 척척 맞게 움직였다. 생혈단은 역시 신비묘약이었는지, 허옇게 핏기가 가셨던 용천묵의 얼굴에 불그스름한 혈색이 돌아왔다. 한운석은 그 모습을 확인하고 맥을 짚어 보더니 무척 만족스러워하며 계속해서 침을 놓았다. 그 과정은 무척 길었지만 위험 지수는 최저치로 떨어진 상태였다.

반의반 시진이 지난 뒤 마침내 용천묵의 몸속에 있던 독소가 모조리 빠져나왔고, 후속 조치용 약을 쓸 필요도 없었다.

한운석은 염증을 완화하고 살을 아물게 하는 약으로 조심조심 상처를 싸매고, 마지막으로 조심조심 용천묵의 옷을 정리해 드디어 치료를 모두 끝냈다.

"휴……."

그녀는 고개를 돌리고 한숨을 푹 내쉬었다. 참았던 숨을 쏟아 내고 긴장을 풀자 곧바로 피로가 찾아왔다. 며칠 동안 누적된 피로에다 한 시진을 넘긴 수술로 인한 고단함이 한꺼번에 폭발한 것이다.

그러나 그녀는 안간힘을 써서 버티며 맥을 살피고 안색을 관찰해 잘못된 곳이 없다는 것을 확인한 후에야 겨우 자리에 앉아 차분하게 말했다.

"고 태의, 문을 여세요."

고북월은 안타까운 눈빛을 띠더니, 당장 문을 여는 대신 따뜻한 물 한 잔을 따라 건네고 왕진 상자에서 인삼 몇 조각을 꺼내 부드럽게 말했다.

"이걸 입에 넣고 잠시 쉬십시오. 서두르실 것 없습니다."

인삼을 받아 입에 넣은 한운석은 이 인삼이 무척 값비싼 것임을 알아차렸다. 천 년은 못되지만 족히 5백 년은 됨직해 조그마한 조각 하나도 천금은 될 텐데, 고북월은 한번에 큼직한 조각을 세 개나 주었던 것이다. 너무 지쳐 환각이 보이는 것일까, 고북월의 몸 주위로 옅은 금빛 광채가 감돌아 마치 자상한 대천사가 눈앞에 서 있는 기분이었다.

한운석의 안색이 조금 나아지자 고북월은 그제야 문을 열었다.

문이 열리자마자 황후가 제일 먼저 쏜살같이 달려들었다.

"태자는 어떻게 되었는가?"

고북월은 미소를 지으며 대답했다.

"폐하, 태후마마, 황후마마. 하례 드립니다. 치료가 성공했고 태자 전하께서는 무사하십니다!"

"정말이냐?"

천휘황제도 벌떡 일어나다가 하마터면 발을 잘못 디뎌 쓰러질 뻔했다. 그가 얼마나 긴장하고 있었는지 알 수 있는 장면이었다.

따라 일어난 태후도 뛸 듯이 기뻐하며 믿을 수 없는 듯이 물었다.

"정말이냐? 정말이야?"

"치료는 순조롭게 진행되었습니다. 태자 전하의 뱃속에 있던 혹은 제거되고 독도 모두 몸 밖으로 빼냈습니다!"

고북월이 사실대로 대답했다.

"어서……, 어서 들어가 보자!"

황후가 기뻐하며 제일 먼저 안으로 들어갔다. 흥분한 그녀에게 고북월이 황급히 권했다.

"황후마마, 천천히 들어가십시오. 넘어지실까 걱정됩니다."

"몇 년을 기다렸는데 어떻게 천천히 할 수 있겠는가? 꿈에서도 이 날만을 기다렸는데! 본 궁은 이미 천묵이 나을 줄 알고 있었어!"

"황제, 한종안이 틀림없이 오진을 했을 것이라 내 말하지 않았소. 천묵이 그런 괴병에 걸릴 리가 있소?"

태후도 기쁨과 놀람에 잠겨 말했다.

두 여인은 기쁜 나머지 신분조차 까맣게 잊은 채 허둥지둥 안으로 들어갔고, 천휘황제도 이번에는 체면 차리지 않고 화살처럼 빠르게 달려갔다.

한종안은 눈을 휘둥그레 뜨고 바닥에 주저앉아 꼼짝도 하지 않고 있었다. 너무 충격이 커서 벌린 입을 다물지 못했고, 덕분에 그의 입을 틀어막았던 누더기가 툭 떨어졌다.

냉정함을 유지하고 있는 사람은 오직 용비야뿐이었다. 그는 아직 문가에 서 있는 고북월을 한 번 바라본 후 몸을 돌려 떠나갔다.

방 안에는 코를 찌르는 피비린내와 하수구 냄새 같은 썩은 내가 진동했다. 한운석이 중요한 것은 거의 치웠기 때문에 남은 것은 약탕관과 피에 더러워진 깔개뿐이었다.

용천묵은 조용히 침상에 누워 있었는데, 불룩했던 배는 착 가라앉고 피부가 늘어나면서 생긴 군살만 남은 상태였다. 상처를 싸맨 천도 거의 보이지 않았다.

방 안의 냄새는 몹시 고약했지만, 모두들 기쁨에 들떠 냄새 따위에는 전혀 신경 쓰지 않았다.

누가 뭐래도 친어머니인 황후는 피 묻은 침상도 아랑곳 않고 그 위에 앉아 아들의 얼굴을 쓰다듬었다. 감격과 흥분으로 목이 푹 잠겼다.

"정말 나은 거니? 정말이야?"

태후는 태자의 배를 빤히 바라보며 믿을 수 없는 얼굴로 중얼거렸다.

44

"다행이구나, 다행이야. 정말 다행이다."

그나마 천휘황제는 신분을 생각해서 침착하게 행동했다.

"한운석, 태자가 정말 나았느냐?"

"폐하, 고 태의의 말대로 태자 전하의 뱃속에 있던 독으로 된 혹을 완전히 빼냈으니, 마취약의 약성이 사라지면 곧 깨어나실 것입니다. 약 세 가지를 드릴 테니 매일 밤 한 번씩 갈아주시면 상처도 금방 아물 것입니다."

한운석이 진지하게 대답했다.

"언제쯤 깨어나겠느냐?"

천휘황제가 다시 물었다.

그러자 기쁨에 푹 빠져 있던 태후와 황후도 그쪽을 돌아보았고, 당연히 한운석도 이 말의 뜻을 알아차렸다. 태자가 깨어나지 않으면 그녀는 이 자리를 떠날 수 없었다.

"한 시진 정도면 깨어나실 겁니다."

그녀가 사실대로 대답했다.

"진왕비, 다른 문제가 생기지 않도록 편전에서 쉬면서 기다리도록 해라."

천휘황제가 담담하게 말했다. 한운석의 의견을 묻는 것이 아니라 명령이었다.

그러나 직접 이름을 부르는 대신 '진왕비'라 한 것만 보아도 그녀를 대하는 태도가 달라졌다는 것을 알 수 있었다.

휴식이 몹시 간절했던 한운석은 의미심장한 눈으로 고북월을 바라본 뒤 궁녀를 따라 나가려고 했다. 그러나 바로 그때,

바깥에서 한종안의 목소리가 들려왔다.

"진왕비, 잠시 기다려 주십시오!"

빠른 걸음으로 들어온 한종안이 염소수염을 살짝 세우고 엄숙하게 읍을 했다.

"폐하, 소인의 생각에는 태자 전하의 병을 결론짓기는 아직 이른 것 같습니다."

사실, 태자의 배가 가라앉은 지금 태자가 깨어나기만 한다면 그 뱃속에 있던 것이 무엇인지 따지는 일은 쓸데없는 짓이었다! 설령 진짜 아기였다 해도 천휘황제는 절대로 그 사실이 새어 나가도록 내버려 두지 않을 것이다!

그러나 한종안 입장에서는 검증이 꼭 필요했다. 이 일은 자신의 명예와 관련이 있었고 나아가 그의 목숨과도 직결되기 때문이었다.

물론 주위에 아무도 없다면 천휘황제 역시 진실이 궁금하기는 했다.

황제는 손을 휘저어 궁녀를 먼저 내보냈다.

확진, 삼족을 멸하라

한종안이 검사를 하고 싶어 안절부절못하는데도 천휘황제는 당장 허락하는 대신 진지하게 물었다.

"고 태의, 네가 검사를 해 보았을 터, 그 피에 독이 있었느냐?"

순한 여우인 고북월은 겸손하게 대답했다.

"폐하, 아시다시피 소관은 독에는 재주가 없습니다. 한 신의에게 살펴보라 하시는 것이 어떻겠습니까?"

그는 이렇게 말한 뒤 한마디 덧붙였다.

"물론 확실하게 하려면 전문 독의를 불러 시험해 볼 수도 있습니다."

한종안은 자신의 진맥 결과를 철석같이 믿었기 때문에 아직도 자신만만했다.

"고 태의의 말이 옳습니다. 반드시 전문 독의가 검사해 보아야 합니다."

이렇게 말한 그가 옆에 있던 한운석을 돌아보았다.

"그렇지 않습니까, 진왕비?"

한운석은 고개를 끄덕였고, 입가에 비웃음을 머금은 채 전혀 동요하지 않았다.

"여봐라, 독의 세 사람을 불러오너라, 지금 당장!"

천휘황제의 차가운 명이 떨어졌다.

이를 본 태후와 황후도 상황을 깨닫고 서로 마주보며 아무 말도 하지 않았다. 사실 이 피가 독혈이 아니라 태아의 피라면, 한운석과 한종안 중 누가 옳고 누가 그르든 아무도 살아서 이곳을 나갈 수 없었다. 어차피 태자의 병이 나았으니 더는 의원이 필요하지 않았다. 한종안은 명의지만 일개 평민에 불과했고, 한운석은 진왕비이기는 했으나 허명뿐이었다. 한종안은 자신의 판단이 옳았다는 것을 증명하고자 하는 마음에 가장 중요한 것을 놓치고 있었던 것이다.

곧 독의 세 명이 불려왔고, 천휘황제는 그들에게 각자 침상에 묻은 피를 검사한 후 결과를 보고하게 했다.

독의들이 피를 채취해 검사하는 동안 장내의 사람들은 각기 다른 생각을 하고 있었다. 한종안은 한운석의 진료 주머니와 고북월의 왕진 상자를 훑어보더니 뭐라도 발견한 양 알았다는 표정을 지었다.

한운석은 너무 지쳐 아무 소리도 없이 앉아 있을 뿐이지만, 피로하기는 해도 역시 검사 결과를 기대하고 있었다.

독의들은 금방 결론을 내렸다.

"폐하, 이 피에는 확실히 독이 있을 뿐 아니라 독성도 강해 극독이라 할 수 있습니다. 허나 소관들이 어리석어 무슨 독인지는 알아내지 못했습니다."

독의들이 사실대로 보고했다.

이 말이 떨어지자 자신만만하던 한종안이 깜짝 놀라 노성을 터트렸다.

"그럴 리가!"

천휘황제가 냉랭하게 바라보자 겨우 냉정을 되찾은 그는 놀람과 분노를 꾹꾹 누르며 공손하게 말했다.

"폐하, 이 피에 독이 있다 해도, 이 피가 태자 전하의 뱃속에 있던 독이라 단정할 수는 없습니다. 피가 밖으로 나온 후에 독을 섞었을 수도 있습니다."

"한 신의, 그게 무슨 말씀입니까?"

언제나 차분하던 고북월이 냉랭한 목소리로 따졌다.

한종안은 당연히 고북월도 의심하고 있었지만 차마 그 말을 할 수는 없었다.

"폐하, 충분한 증거 없이는 믿을 수도 없을 뿐더러 진상을 밝힐 수도 없습니다!"

한종안이 일깨워 주었다.

"독을 썼다면 약이 있어야 합니다!"

고북월이 말했다.

고북월을 신뢰하는 천휘황제는 고개를 끄덕이며 멀지 않은 곳에 있는 약탕관으로 시선을 던졌다.

고북월은 담담하게 말했다.

"폐하, 저 약은 신이 달인 것이고 독은 없습니다. 하지만 독의가 왔으니 한 번 검사해 보시는 것이 어떻겠습니까?"

약탕관은 한운석이 미리 처리했으니 꼬투리 잡힐 일은 없었다.

천휘황제는 신중하게 고개를 끄덕였고, 독의들이 다가가 검사했다.

잠시 후 결론이 났다.

"폐하, 이 속에 든 것은 약재이고 독은 없습니다. 다양한 약초가 들어 있으나 소관은 약초를 잘 알지 못하고 구체적으로 무슨 약인지는 모르겠습니다."

그 말에 한종안의 얼굴이 훨씬 더 창백해졌고, 천휘황제는 슬슬 확신이 들기 시작했다.

"한종안, 너는 약초를 잘 아니 네가 가서 무슨 약인지 살펴보거라."

천휘황제의 목소리에는 설핏하게 차가움이 묻어 있었다.

한종안은 도무지 믿을 수가 없어 어떻게든 한운석의 속임수를 밝혀낼 생각뿐이었다.

"예!"

이렇게 해서 그는 약탕관에 든 약물을 모두 쏟아내 하나하나 분석하고 검사하며 알아낸 것을 모조리 기록하기 시작했다.

한운석은 처음부터 끝까지 차가운 눈으로 그를 지켜보았다. 어머니가 도대체 왜 저런 남자에게 시집갈 결심을 하셨는지, 저런 남자의 어디가 마음에 들었는지 아무리 생각해도 알 수가 없었다.

한참이 지난 후, 마침내 한종안이 약 찌꺼기를 분석하여 약방문 하나를 완성시켰다.

지난번 한운석이 써 냈던 약방문과 한군데라도 다르면 약에 수작을 부렸다고 증명할 수 있었다.

약방문이 천휘황제에게 전해지자 고북월도 한운석이 쓴 본래의 약방문을 가져왔다. 천휘황제가 친히 두 약방문을 비교해 보기 시작하면서 방 안은 적막에 휩싸였고 모든 사람들이 긴장한 채 결과를 기다렸다. 이 분위기에 감염된 탓인지 한종안도 까닭 없이 긴장되어 뒷짐을 지고 열손가락을 단단히 얽었다.

그 쥐 죽은 듯한 고요함 속에서 마침내 천휘황제가 고개를 들어 한종안을 바라보았다. 그 순간 장내에 있던 사람들의 심장이 쿵쿵 방망이질치기 시작했다. 결론은…….

퍽!

별안간 천휘황제가 탁자를 힘껏 내리치더니 손에 있던 약방문 두 장을 한종안의 얼굴에 집어던지며 노성을 터트렸다.

"한 신의, 아주 대단하구나. 직접 보거라!"

한종안은 얼굴이 하얗게 질려 약방문을 주워들고 대조해 보았다. 놀랍게도……. 놀랍게도 두 약방문은 완전히 똑같았다!

세상에…… 이럴 수가?

"아니야! 이럴 리가 없어!"

한종안은 연신 고개를 저었다.

"폐하, 이럴 리가 없습니다. 이건 아닙니다! 분명 한운석이 독으로 태아를 죽인 것입니다. 독약을 쓰고 남은 찌꺼기는 숨긴 것이 틀림없습니다!"

추측은 옳았지만, 유감스럽게도 이제 와서 맞춰 봐야 늦은 일이었다.

"한종안, 대체 무슨 말도 안 되는 소리인가?"

지켜보던 황후가 마침내 분통을 터트렸다.

태자의 뱃속에 든 것이 아기가 아닌 독 때문에 생겨난 혹이라는 사실이 눈앞에 훤히 드러나 있는데, 함부로 입을 놀려 태자를 헐뜯다니 두고 볼 수가 없었다!

"황후마마, 한운석은 분명히 독을 썼습니다. 반드시 그 찌꺼기가 있을 것입니다! 믿어 주십시오!"

한종안은 거의 붕괴직전이었다.

그가 갑자기 고북월이 옆에 놓아둔 왕진 상자에 달려들어 덮개를 열고 미친 듯이 뒤졌다. 그러나 약 찌꺼기는 물론이고 독약조차 없었다.

이를 본 한운석이 대범하게 자신의 진료 주머니도 던져 주었다.

"한 신의, 내 것도 살펴보시오."

한종안이 주머니를 받아 그 속에 든 것을 모조리 쏟아부었다. 크기가 각각 다른 금침과 하얀 천이 우르르 바닥에 떨어졌지만 그것뿐, 약 같은 것은 전혀 없었다. 이렇게 되자 한종안은 물론 천휘황제와 태후, 황후마저 한운석을 완전히 믿게 되었고, 태자의 뱃속에 있던 것이 혹이었다고 확신했다!

한종안은 손에 힘이 쫙 빠져 한운석의 진료 주머니를 툭 떨어뜨렸다. 뭔가로 머리를 세게 얻어맞은 것처럼 귓속에서 '윙윙' 소리가 나면서 눈앞이 어질어질해지고 두 다리가 흐물거렸다.

"이…… 이럴 리 없다! 어떻게 이런……."

정말 독약을 쓰지 않았을까? 한운석의 진맥이 옳았다니! 하지만 그건 분명히 태아였다!

"아니야……, 이럴 리 없어! 절대 있을 수 없는 일이야. 믿을 수 없어!"

한종안은 이렇게 외치다가 다리에 힘이 빠져 털썩 주저앉았다.

확고부동한 사실이 눈앞에 있으니 어떻게 설명해야 좋을지 알 수가 없었다. 그 자신이 틀렸다면, 의학원의 이사들까지 모두 틀렸다는 말이 아닌가?

평생 지녀 온 관점을 완전히 뒤집어 놓는 상황이었지만, 그에게는 반박할 말이 없었다.

한운석을 홱 돌아본 그는 웃고 있는 그녀의 모습에 버럭 화가 치밀어 소리소리 질렀다.

"한운석, 어떻게 된 것인지 말해라! 태자께서는 분명 태아를 품고 계셨다. 이는 틀림없는 사실이다!"

조금 전이었다면 해도 무방한 말이었지만, 천휘황제가 한운석을 완전히 믿게 된 지금 이런 말을 하는 것은…… 죽고 싶다는 뜻이었다.

모든 화는 입에서 나온다는 말이 있지 않았던가? 지금이 꼭 그 상황이었다!

그러잖아도 분노해 있던 천휘황제는 이 말을 듣는 순간 노기충천했다.

그가 분통을 터트리기 전에 황후가 먼저 화를 이기지 못하고 꾸짖었다.

"이런 못된 자를 보았나! 속임수로 허명을 얻더니 진맥을 잘못하여 사람을 해치기까지 하는구나. 증거가 확실한데 그래도 변명을 해? 남자가 아이를 낳다니, 참도 옳은 판단이구나! 한 종안, 7년이나 억울하게 견뎌 온 천묵에게 미안해서라도 내 반드시 너를 죽여야겠다!"

이 꾸짖음에 바락바락 소리를 지르던 한종안도 순식간에 조용해져 한마디도 반박하지 못했다. '죽음'이라는 단어에 머릿속이 텅 비어 어떻게 해야 좋을지 알 수가 없었던 것이다.

천휘황제는 서늘한 눈동자에 살기를 뿜으며 그를 힘껏 걷어찼다.

"한종안, 아직도 잘못을 모르고 태자를 모욕하다니! 실로 담력이 대단하구나! 목이 잘린 다음에야 정신을 차리겠느냐! 여봐라, 심문을 할 때까지 이 거짓말쟁이를 옥에 가두어라. 이 자의 삼족을 멸할 것이다!"

삼족을 멸한다고?

병을 잘못 판단하여 태자를 모욕하고 황실의 명예를 더럽힌 것만으로도 삼족을 멸하기에는 충분했다. 하물며 이 괴상한 병이 수년을 끄는 바람에 태자는 아까운 청춘을 낭비하기까지 했다.

삼족을 멸하는 것은 오히려 가볍다고 할 수 있었지만, 한종안에게는 청천벽력 같은 소리였다!

여유롭게 방관하고 있던 한운석도 살짝 안색이 변해 저도 모르게 허리를 곧추세웠다.

잠시 넋이 나갔던 한종안이 와락 소리를 질렀다.

"폐하, 소인이 잘못했습니다, 모두 제 잘못입니다! 제발 살려 주십시오, 폐하! 폐하, 태자 전하를 구한 운석을 봐서라도 용서해 주십시오. 저희 집안을 용서해 주십시오! 폐하!"

한종안은 필사적으로 바닥에 머리를 찧으며 애원하고 울부짖었지만, 어느새 시종들이 달려와 끌어내려 했다.

"살려 주십시오! 태후마마, 황후마마, 소인은 오랫동안 지극정성으로 두 분을 모시지 않았습니까! 비록 공은 없을망정 그간의 노고를 생각해서라도 부디 한 번만 용서해 주십시오……."

천휘황제는 무시무시할 정도로 분기탱천하여 인정사정 봐주지 않았다.

그때쯤 한종안도 한운석이 자신의 딸이라는 것을 떠올리고, 엉금엉금 한운석의 발치로 기어가 큰 소리로 울부짖었다.

"운석아, 내 딸아! 너는 태자 전하의 은인이니 이 아비를 좀 구해 다오. 우리 한씨 집안 삼족을 구해 다오!"

한운석의 눈빛도 다소 복잡했다.

한종안의 진맥은 틀리지 않았고, 보수적인 치료방식도 옳았다. 이번에는 한종안이 누명을 쓴 것이 분명했지만 한운석은 그를 도울 생각이 없었다.

소장군 사건 때도 한종안은 아버지로서 그녀를 돕기는커녕 뒤에서 칼을 꽂았고, 어려서부터 그녀가 당한 모욕을 막아 주지도 않았으니 그를 도울 까닭이 없었다. 그녀에게 한종안은 죽어 마땅한 사람이었다.

그러나 한씨 집안 삼족의 목숨이 걸린 문제였다.

삼족이란, 아버지의 가족과 어머니의 가족, 처의 가족을 의미했고, 그 수는 백 명을 훌쩍 넘었다. 더구나 어머니의 가족들도 연루되어 있었다.

천휘황제가 무슨 뜻으로 저런 말을 했을까?

한운석은 한종안을 무시한 채 잠시 망설이다가 결국 천휘황제를 바라보았다. 그녀가 입을 열기 전에 황제가 먼저 말했다.

"너는 천묵을 구했으니 연루시키지 않겠다. 허나 한종안이 용서할 수 없는 죄를 지었으니 한씨 집안은 반드시 그 대가를 치러야 한다!"

그래도 한운석은 일어나서 예를 갖추며 말했다.

"폐하, 부디 다시 생각해 주십시오!"

한종안의 처첩들과 자녀들은 대부분 그녀를 괴롭힌 적이 있었지만 죽을죄를 지은 것은 아니었고, 한씨 집안의 삼족 가운데는 무고한 사람이 셀 수 없이 많았다!

한종안 때문에 시작된 일이지만 이런 결과에 대해서는 그녀 자신도 책임을 면키 어려웠다. 비록 성모 마리아는 아니지만 그렇다고 망나니가 되고 싶지도 않았고, 한씨 일족의 죄인이 되고 싶지도 않았다.

추궁, 그게 다야?

"폐하, 제가 감히 공을 바라지는 못하지만 한씨 일족은 용서해 달라 부탁드리고 싶습니다!"

한운석은 이렇게 말한 뒤 진지한 얼굴로 꿇어앉았다.

"폐하, 한종안은 괴병으로 판단했지만, 끝까지 비밀을 지켜 그 집안에서 한종안 외에는 그 누구도 구체적인 상황을 알지 못하니 태자 전하를 비방할 사람도 없으리라 믿습니다. 공으로 죄를 상쇄하고자 하니 부디 무고한 이들을 용서해 주시고 은혜를 베풀어 주십시오."

그 말에 황망해하던 한종안도 냉정을 되찾고 황급히 빌었다.

"폐하, 태자 전하의 병에 대해 그 누구에게도 말한 적 없다고 목숨 걸고 맹세합니다. 부디 안사람과 운석의 얼굴을 보아서라도 한 번만 용서해 주십시오."

천휘황제는 똥 씹은 표정으로 미루적미루적했고, 태후는 묵묵히 지켜보며 속으로 냉소를 흘릴 뿐이었다. 한종안은 본래도 천심부인에 비해 한참 부족했는데, 이제 보니 딸보다도 한참 부족했다.

한운석은 한씨 삼족을 위해 용서를 구했지만 한종안은 줄곧 자기 자신만 용서해 달라 빌었다.

"모후, 용서하면 안 됩니다. 그러면 천묵이 너무 억울해요!"

황후는 당장 한종안을 죽이고 싶어 이를 갈며 말했다.

황족 가운데 이 상황을 바꿀 수 있는 사람이 있다면 지난날 천심부인의 도움으로 살아난 태후였다. 괴병으로 수년의 시간을 낭비하지 않았다면 태자는 벌써 조정에서 기반을 닦고 다른 황자들이 세력을 불리도록 놔두지 않았을 것이다.

태후는 한운석을 바라보며 속으로 주판알을 튕겨 보았다.

"황제, 운석은 천심부인을 꼭 닮아 마음씨가 참 곱다오. 저 아이 뜻을 들어주시오."

태후가 이 기회에 한종안을 죽이지 않고 도리어 살려 주려 하자 한운석은 무척 의아했다. 설사 그녀가 태자를 구했다 해도 태후가 진심으로 고마워할 리 없었지만, 지금은 그 진짜 이유를 고민할 겨를이 없었다.

천휘황제가 태후를 바라보았다가 다시 한운석에게 시선을 돌리며 입을 열었다.

"좋다. 오늘은 너와 네 어미의 얼굴을 보아 한씨 일족을 용서해 주겠다……."

이 말에 한종안은 크게 기뻐하며 연신 머리를 찧었다. 그러나 천휘황제는 그에게 분노에 찬 발길질을 하며 차갑게 말했다.

"한씨 일족은 용서하지만 너 같은 폐물은 절대 용서할 수 없다!"

걷어차여 나동그라진 한종안은 온몸에서 힘이 쭉 빠져나가는 것 같아 그 자리에 굳어 버리고 말았다.

"감사합니다, 폐하!"

한운석은 낭랑한 목소리로 대답했다. 본래부터 한씨 일족만 구할 생각이었지 한종안을 구할 생각은 없었기 때문에 무척 만족스러운 결과였다.

"여봐라, 당장 한종안을 끌고 가 옥에 가두지 않고 무얼 하느냐! 거리를 끌고 다니며 알린 뒤 오문午門에서 그 목을 베리라!"

천휘황제가 차갑게 말했다.

"제발…… 폐하, 운석……, 제발…… 제발 살려 주십시오……. 운석아!"

한종안은 소리를 질러 댔지만 곧 시위들에게 끌려 나갔다. 고함 소리는 점점 멀어지다가 사라졌다.

한운석은 '오문에서 목을 벤다'는 천휘황제의 말을 듣고, 그가 이 기회에 태자가 회복되었다는 것을 천하에 알리고 그 명예를 회복시키려는 심산이라는 것을 알 수 있었다.

아무래도 괴병이라는 말은 다양한 상상을 불러일으키기 쉬워 태자의 인상에 큰 영향을 미칠 수 있지만, 중독은 정상적인 병이었다.

그러나 이 일로 의술 명가인 한씨 집안의 명성은 땅에 떨어져 의학계에 발붙이기가 어려워졌다.

의술을 생업으로 삼아 온 한씨 집안에게는 틀림없이 커다란 재난이었다!

그간의 은원을 제외한다면, 백 년에 걸친 한씨 집안의 명성이 무너지는 것은 안타까운 일이었다. 하지만 한운석은 천휘황제가 그 일족의 목숨을 살려 준 것도 최선의 결과임을 알고 있었다.

한종안이 끌려 나가자 천휘황제는 화가 많이 가라앉았는지, 그제야 침상에 다가가 진지하게 아들의 얼굴을 살피며 물었다.

"한운석, 한 시진이면 깨어난다는 말이렷다?"

"예!"

한운석은 자신 있게 대답했다.

"여봐라, 진왕비를 쉴 곳으로 안내해 주어라."

차분하게 말하며 태자를 바라보는 천휘황제의 칠흑 같은 눈동자에 다시금 희망의 불꽃이 타올랐다.

"감사합니다, 폐하."

한운석은 진료 주머니를 챙기고 궁녀를 따라 편전으로 갔다.

그녀는 정말이지 너무 피곤해서 한종안의 일을 깊이 생각할 정신도 없었다. 한 시진밖에 없으니 침상에 누우면 일어나지 못할까 봐 따뜻한 의자에 몸을 기대고 한 손으로 이마를 괴었다. 잠깐 졸기만 할 생각이었지만 눈을 감자마자 그대로 잠이 들었다.

조용한 방 안에서, 용비야의 발소리가 마치 일부러 소리를 죽여 걷는 것처럼 몹시도 가볍게 울려 퍼졌다.

그는 한운석 앞에 서더니 높은 곳에서 그녀를 굽어보았다. 눈치를 채고 깨어날 줄 알았지만 뜻밖에도 이 여자는 낯선 환경 속에서도 경계심 하나 없이 푹 잠들어 있었다.

용비야는 불쾌한 눈빛을 하며 그 옆에 앉았다. 사람이 옆에 앉는데도 한운석은 눈치조차 채지 못했다. 잠든 그녀의 얼굴은 평온하면서도 아름다워, 평소의 고집스러운 모습 대신 젊은 여자답게 귀엽고 사랑스러운 모습을 하고 있었다.

용비야가 그녀에게 이렇게 가까이 다가간 적은 이번이 처음이었고, 이렇게 자세히 그녀를 바라본 것도 처음이었다. 천성적으로 차가운 그의 눈빛이 점점 냉혹하게 변하더니 마치 반드시 손에 넣어야 하는 사냥감을 보듯 제멋대로 그녀의 아름다움을 훑었다.

정적이 감도는 가운데, 용비야가 거리낌 없이 손을 뻗어 그녀의 고운 입술을 손가락으로 살짝 누르며 나지막이 말했다.

"한운석, 너는 대체 어떤 사람이지?"

오랫동안 조사한 결과 아무런 허점도 찾아내지 못했지만, 누가 뭐래도 이 여자가 예전의 그 겁 많고 소심하던 폐물 추녀와 동일인이라는 것을 믿을 수 없었다.

진왕부에 들어가는 것이 목표였다면 애초에 멍청한 척 꾸며낼 필요도, 한씨 집안에서 모욕을 당할 필요도 없었다.

용비야가 그 추측에 확신을 갖게 된 것은 조금 전 태자의 침궁 지붕에서 낱낱이 보았던 방 안의 풍경 덕분이었다.

이 여자는 고북월을 등지고 약탕관에 있던 독약을 요술처럼 사라지게 만들어 한종안이 절대 찾아내지 못하게 했다. 그것도 그녀의 신비한 독술 가운데 하나일까?

한씨 집안은 말할 것도 없고 운공대륙 의학원에도 그런 기술은 없을 것이다.

지금 한운석이 얼마나 피곤한지 아는 사람은 아무도 없었다. 죽은 듯이 잠들었던 그녀는 용비야가 손가락에 힘을 준 후에야 번쩍 정신이 들었다. 눈을 뜨자 얼음처럼 차가우면서도 다소 몽롱한 용비야의 두 눈이 시야에 확 들어왔다.

어……, 이건…….

어리둥절하며 시선을 내린 한운석은 자신의 입술을 누른 그의 손가락을 발견했다. 뭐야, 이 야릇한 동작은!

잠이 덜 깬 그녀는 더욱더 눈을 휘둥그레 떴다. 꿈을 꾸고 있는 건 아니겠지? 그렇지 않고서야 용비야가 잠든 자신을 이런 식으로 희롱할 리가 없었다!

이렇게 생각한 한운석은 별안간 화들짝 놀라며 용비야의 손을 확 뿌리쳤다!

으악……! 대체 얼마나 깊이 잠들었던 거야?

이건 아주 노골적인 희롱이잖아!

"용비야, 무슨 짓이에요?"

한운석은 분노를 터트리며 황급히 뒤로 물러나 경계하듯 몸을 잔뜩 웅크렸다.

용비야는 자신의 행동을 해명할 생각조차 하지 않고 긴 의자 끝에 나른하게 몸을 기대며 눈썹을 추켜세웠다.

"한운석, 아주 대담하더군. 감히 태자에게 독을 쓰다니?"

한운석은 흠칫 놀랐다. 이 인간, 어떻게 알았지?

"무슨 말씀을 하시는지 전혀 모르겠군요."

당연히 모르는 척해야 했다.

"네가 약탕관에 있던 독약을 없애는 것을 모두 보았다."

용비야가 말했다.

한운석은 더욱더 놀랐다. 저 인간이 몰래 훔쳐봤다고? 설마 독약을 해독시스템에 넣는 것까지 본 거야?

몹시 불안했지만 그녀는 재빨리 냉정을 되찾았다. 현장에서 들켰어도 변명할 수 있도록 준비해 놓았는데, 지금은 현장도 아니니 딱 잡아떼면 그뿐이었다.

"전하께서 무엇을 보셨는지는 모르지만, 잘못 보셨을 겁니다."

그녀는 태연자약하게 말하며 주의까지 덧붙였다.

"그런 말씀은 하지 않으시는 게 좋겠습니다, 전하. 황족에게 독을 쓰는 것은 대죄인데 만에 하나 폐하께서 문책하시면 무슨 수로 감당하시겠어요?"

한운석은 여유를 부렸지만 용비야는 그녀보다 더 느긋한 모습으로 태연하게 대답했다.

"본 왕은 감당할 수 있다."

한운석의 눈동자가 어둡게 흐려졌지만, 그래도 그녀는 참을성 있게 말했다.

"전하, 그런 말씀을 하시려면 증거야 있어야 합니다. 신첩이 태자를 치료하는 동안 고 태의가 함께 있었으니, 전하의 말씀이 사실인지 아닌지는 고 태의가 증명해 줄 겁니다."

누가 짐작이나 했을까? 그 말이 떨어지기 무섭게 용비야가 몸을 기울여 그녀에게 바짝 다가왔다.

예상치 못한 반응에 한운석은 황급히 뒤로 물러났다. 의자 뒤쪽 받침대가 높지 않았다면 벌써 벌러덩 나동그라지고 말았을 것이다. 그녀는 한 손으로 그의 가슴팍을 밀어내며 노기 띤 눈으로 바라보았다. 이 인간이 정말 왜 이래? 할 말이 있으면 말로 하란 말이야!

"고북월이 어째서 너를 돕고 있느냐? 그 자는 지나치게 많이 알고 있겠군."

용비야가 냉소를 지으며 말했다.

"고 태의는 신첩에게 협조하라는 어명을 받았으니 돕는 것은 당연한 일이지요."

한운석은 알아듣지 못한 척 진지하게 대답했다.

"본 왕이 무슨 말을 하는지 알아들었을 것이다. 태자의 병은 대체 어떻게 된 것이냐?"

용비야도 진지해졌다.

"태자의 병에 대해서라면 신첩이 이미 상세히 말씀드렸습니다, 전하."

한운석은 단호하게 말했다.

마침내 인내심이 바닥난 용비야가 싸늘하게 말했다.

"한운석, 폐하께서 너와 고북월을 믿겠느냐, 아니면 본 왕을 믿겠느냐?"

그런……. 한운석은 말문이 턱 막혔다. 저 얼음장도 비열한 구석이 있잖아!

그녀는 입을 삐죽이며 내키지 않는 듯이 말했다.

"차분하게 말로 할 수는 없나요? 좀 비켜요!"

그녀가 사납게 나오자 용비야는 엉겁결에 뒤로 물러났다.

하지만 여유롭고 느긋한 태도는 여전했고 심문하는 듯한 시선도 한운석에게서 떨어질 줄 몰랐다. 반드시 제대로 대답을 듣겠다는 모습이었다.

한운석도 어쩔 수 없어 태중태에 관해 사실대로 알려 주었다.

용비야는 진지하게 귀를 기울였고 마지막에는 다소 의아한 듯 눈을 살짝 찡그렸다.

그 표정을 본 한운석은 이 인간은 역시 보통 사람과는 다르구나 싶어 속으로 감탄을 터트렸다. 고북월도 이 이야기를 듣고 적잖은 충격을 받았는데 용비야는 호기심을 보인 것이 전부였다.

그녀는 확실하게 설명한 뒤 높은 베개에 편안하게 기대며 그를 마주보았다.

사실도 알아냈겠다, 이제 어쩔 생각일까?

뜻밖에도 용비야는 단 한마디만 했다.

"이렇게 된 이상 이 일은 영원히 비밀로 간직해야 할 것이다."

말을 마친 그는 의자에서 일어나 밖으로 나갔다.

그게 다야?

그냥 사실이 궁금해서 억지로 사실을 털어놓게 만든 거라고? 협박당할 줄 알고 단단히 대비하고 있던 한운석은 놀라지 않을 수 없었다. 저 인간, 해독시스템에 독약 찌꺼기를 넣는 것을 본 거야, 만 거야?

한운석은 혼자서 머리를 쥐어짜 보았지만 도무지 답을 알 수가 없었다. 에이, 보지 못 했으니까 묻지 않았겠지, 뭐. 정말이지 저 인간은 도무지 속을 꿰뚫어 볼 수가 없었다.

용비야에게 방해를 받은 한운석은 몸은 피곤해도 잠기운이 싹 달아나 의자 위에 축 늘어진 채 생각에 잠겼다.

얼마 안 있어 태감이 문을 마구 두드렸다.

"왕비마마! 왕비마마, 태자 전하께서 깨어나셨습니다! 깨어나셨단 말입니다!"

한운석의 예상보다 조금 빨랐다. 그녀는 기쁜 나머지 기운이 펄펄 나서 태자의 침궁으로 서둘러 달려갔다.

방 안은 모든 것이 그대로였다. 천휘황제와 태후, 황후가 침상을 에워싸고 있었고, 태의들이 줄줄이 불려와 차례차례 용천묵의 맥을 짚는 중이었다.

용천묵은 본래 자세대로 누워 있었지만 눈은 둥그렇게 뜨고 있었고, 새까만 눈동자에서는 말로 표현할 수 없는 기쁨이 샘솟아 환자답지 않게 생기가 철철 흘러넘쳤다!

그 어머니와 할머니가 못되게 굴지만 않았다면, 한운석도 역시 이 굳센 환자를 무척 마음에 들어 했을 것이다.

깜짝이야, 웬 매수질

한운석을 대하는 천휘황제의 태도는 완전히 달라져 있었다.

"운석, 자, 자, 어서 와서 천묵의 맥을 살펴보거라. 태의들은 하나같이 정상이라고 하지만 그래도 네가 봐야지."

태자가 정신을 차리자 천휘황제의 기쁨은 이루 말할 수가 없었다!

'한운석'에서 '진왕비', 그리고 '운석'으로 바뀐 호칭에 한운석은 그간의 노력이 헛되지 않았다는 것을 느꼈다. 속으로는 어떻게 생각하든, 천휘황제는 적어도 인격적으로 그녀를 존중하고 그 신분을 인정해 준 것이다.

그녀가 다가가자 태후와 황후가 황급히 자리를 비켜 주었는데 두 사람 모두 얼굴에서 기쁨이 넘쳤다. 그토록 그녀를 경멸하던 용천묵조차 감격한 표정으로 말했다.

"황숙모님, 노고가 많으셨습니다!"

한운석은 겉으로만 웃음을 지으며 앉아서 진지하게 맥을 짚었다. 그러자 방 안은 바늘 떨어지는 소리마저 들릴 정도로 조용해졌다.

비록 태의를 통해 이상이 없는 것을 확인했지만, 한운석이 직접 나서자 다들 긴장했던 것이다. 유일하게 고북월 혼자만 진지한 척하는 한운석의 모습을 바라보며 입가에 따뜻한 웃음을 떠올렸다.

저 여자는 진지한 척하는 모습도 저렇게 보기 좋군.

짐짓 진지하게 맥을 짚어본 한운석이 이윽고 입을 열었다.

"괜찮습니다. 며칠 쉬면서 시간에 맞춰 약을 갈면 상처가 아문 후 침상에서 내려올 수 있으실 겁니다. 생혈단을 복용했으니 따로 보약을 쓰지 않아도 됩니다."

천휘황제는 고개를 끄덕였다.

"고 태의, 네게 맡기겠다."

"예!"

고북월이 나지막하게 대답했다.

자리에서 일어난 한운석은 속으로 안도의 숨을 내쉬었다. 드디어 이 까다로운 일을 깨끗하게 처리했고, 며칠 동안 팽팽하게 긴장되었던 신경도 완전히 풀어졌다. 한씨 일족을 살려 달라 빌 때 공으로 과오를 상쇄하겠다고 말했지만, 그래도 천휘황제는 상을 내리겠다며 태감에게 수많은 물건들을 읊어 주었고, 한운석은 제대로 기억하지도 못한 채 그저 감사 인사만 했다.

천휘황제는 태자와 좀 더 있고 싶었지만 급히 처리해야 할 일이 있어 먼저 일어났다. 떠나기 전에도 그는 한운석에게 틈 날 때마다 입궁하여 태후와 함께 있어 주라고 분부했고, 한운석은 눈부신 웃음을 지으며 그러겠다고 대답했다.

하지만 아무래도 마음이 불안했다. 태후와 의태비가 앙숙이라는 것을 천휘황제가 모를 턱이 없었다. 더군다나 그와 용비야의 관계도 복잡 미묘했으니, 황궁 출입은 줄이는 편이 나을 것 같았다.

어머니가 태후를 구해 준 일을 통해 그녀가 명확하게 알게 된 것 한 가지는, 바로 황족들이 진심으로 감사할 줄을 모른다는 것이었다. 어쩌면, 은혜 때문에 마음 약해져 이익을 팽개치는 일은 절대로 하지 않는 사람들이라고 할 수도 있었다. 설령 그녀가 그들에게 있어 가장 소중한 사람을 살려 주었다 하더라도 마찬가지였다. 그 때문에 한운석은 이번 일도 스스로를 위해 골칫덩이를 해결한 것뿐이라고만 여겼다.

"황숙모님, 몸이 완전히 낫거든 반드시 직접 찾아뵙고 감사를 드리겠습니다!"

기쁨에 푹 잠긴 용천묵의 목소리에서는 자못 진심이 느껴졌다.

한운석은 생긋 웃었다.

"별것 아니니 마음 쓰지 마시고 푹 쉬시지요. 불편한 부분이 있으면 반드시 고 태의에게 알리셔야 합니다."

당부를 끝낸 한운석은 그제야 태후, 황후와 함께 방에서 물러났다. 함께 나온 두 사람에게 작별을 하려는데, 뜻밖에도 태후가 그녀의 손을 잡아끌며 처음 만났을 때처럼 친절하게 말했다.

"운석, 가지 말고 내 궁에서 저녁을 먹자꾸나. 며칠 동안 힘이 들었을 터이니 잘 다독여 줘야 하지 않겠느냐."

"호호호, 운석. 태후께서는 좀처럼 사람들과 식사를 하지 않으시는데, 정말 행운이군!"

황후도 웃으며 거들었다.

이 말이 진실인지 아닌지는 하늘만이 알 일이지만, 지금 한운석에게는 다른 길이 없었다. 거절하면 태후의 체면을 망가뜨리는 셈이기 때문이었다.

"그렇다면 명을 따라야지요."

한운석은 기쁜 척했지만 속으로는 비명을 질러 대고 있었다. 지금은 어서 빨리 돌아가 실컷 온천욕을 한 다음 한숨 푹 자고 싶은 마음뿐이었다.

태후가 편을 들어준 것이 결코 좋은 일은 아니라는 것은 알고 있었다. 이렇게 데려가서 대체 뭘 하려는 속셈일까?

태후가 가운데에서 걷고, 한운석과 황후가 양쪽에서 부축하며 태후궁으로 안내했다. 묵묵히 입을 다물고 걷기만 하던 한운석은 저도 모르게 용비야를 떠올렸다.

그 인간은 지금 어디에 있을까? 황궁에서 나갔을까, 아니면 천휘황제와 함께 있을까? 와서 날 데려가 주지는 않을까?

하지만 사실이 증명한 것처럼 헛된 기대였다.

태후궁에 도착하자 벌써 잔칫상이 차려지고 좋은 술과 맛있는 고기가 푸짐하게 상을 채우고 있었다. 며칠간 따뜻한 음식이라고는 구경도 못 한 한운석은 게걸스럽게 침을 꿀꺽 삼켰다.

자리에 앉아 몇 마디 뻔한 말을 나눈 뒤 태후와 황후가 젓가락을 들자 한운석도 신나게 먹기 시작했다.

"운석, 사양하지 말고 집에서처럼 편히 먹으려무나. 나는 네 모비와 달라서 식탁에서는 이래라저래라 까다롭게 따지지 않는단다.”

태후가 한운석에게 반찬을 집어 주려 했지만, 한운석은 재빨리 자기가 반찬을 던 뒤 그 말을 못 들은 척 밥그릇에 머리를 박고 먹기만 했다. 전혀 민망해하지 않는 그녀의 태도에 도리어 태후와 황후가 머쓱해져 서로를 바라보았다.

“저런, 배가 많이 고팠군. 많이 먹게.”

황후가 이런 말로 태후의 민망함을 감춰 주었다.

첫 마디에 의태비 이야기를 꺼내다니, 태후는 대체 무슨 생각일까?

한운석은 미심쩍었지만 아무 말도 하지 않았다. 어차피 먹고 살자고 하는 일이니 아무리 급해도 배부터 든든하게 채울 생각이었다.

태후는 국을 몇 모금 마신 뒤 다시 입을 열었다.

“운석, 네 어머니는……”

“태후마마, 누가 만들었는지 몰라도 국이 참 맛있습니다.”

한운석이 웃는 얼굴로 그 말을 잘랐다.

“어주방御廚房의 요리장이 내게만 보내 주려고 만든 것이야. 입에 맞으면 종종 와서 들거라. 너까지 먹어도 충분하단다.”

태후도 사람 좋게 웃으며 대답했다.

“신첩이 어찌 감히 그럴 수 있겠습니까?”

한운석이 말했다.

“감히라니? 너는 모르겠지만, 뱃속에 있던 네 혼사를 결정하기 전부터 내 너를……”

"태후마마, 이 반찬도 맛이 일품인데 역시 요리장이 만든 것인지요?"

한운석이 또 말을 끊었다.

결국 태후도 억지웃음을 지으며 고개를 끄덕인 뒤 더는 말하지 않았다. 이렇게 해서 한운석은 만족스럽고 마음 편하게 식사를 마쳤다. 배가 불러야 이야기를 하든 뭐든 할 게 아닌가.

입가심을 하고 차 탁자로 옮긴 뒤 마침내 기회를 얻은 태후는 뜻밖에도 조금 전에 하던 말을 계속했다.

"운석, 당시 뱃속에 있던 네 혼사를 결정하기 전부터 내 너를 양녀로 삼으려 했었고 네 어미도 허락했단다."

그 말에 찻잔을 든 한운석의 손이 살짝 굳어졌다. 이제 와서 저런 말을 꺼내는 목적이 뭘까? 그녀는 대답하지 않고 조용히 다음 말을 기다렸다.

태후는 잠시 뜸을 들이다가 웃으며 말했다.

"운석아, 내 양녀가 되고 싶으냐?"

한운석의 입가가 어색하게 일그러졌다.

"태후마마, 마마덕분에 진왕께 시집을 간 후로 저는 무엄하게도 이미 태후마마를 한 집안사람처럼 생각하고 있었습니다."

어떤 의미에서 그녀는 태후의 며느리이기도 했다.

그런데 양녀로 삼겠다? 총명한 한운석은 단번에 회유의 냄새를 맡았다.

"허허, 며느리가 아무리 가까워도 딸만 하겠느냐."

태후가 농담처럼 말하며 한운석의 손을 잡았다.

한운석이 옆에 있는 황후를 흘끔 살펴보니 예상대로 며느리인 황후의 낯빛이 썩 좋지 않았다. 물론 태후가 한 말은 황후를 겨냥한 것이 아니라 의태비를 겨냥한 것이었다.

한운석은 의태비의 며느리였다. 그런데 태후가 그녀를 양녀로 삼겠다는 것은 노골적으로 그녀를 매수하여 의태비에게 대적하겠다는 말이 아니면 무엇일까!

한운석은 그제야 태후가 뱃속에 있는 은인의 딸을 일찌감치 연적의 아들에게 시집보내기로 한 이유를 깨달았다. 이제 보니 태후는 그녀를 적의 소굴에 심어 놓은 첩자로 만들려던 것이었다!

하지만 예상과 달리 그 아이는 쓸모없는 추녀로 자랐다.

한운석은 첩자가 되는 것도 싫었지만, 설사 하더라도 용비야를 감시하는 첩자는 절대 되고 싶지 않았다. 태후와 의태비의 싸움은 따지고 보면 황제와 용비야의 싸움이었고, 첩자가되어 용비야 곁에 있으라는 말은 제 발로 죽으러 가라는 말이나 다름없었다!

태후는 완곡하게 말했지만, 영리한 사람에게는 더할 나위없이 명확한 의미로 다가왔다.

한운석이 망설이자 태후가 황후에게 눈짓을 했고, 황후가입을 열었다.

"운석, 태후께서는 딸이 없어서 늘 딸이 있었으면 하셨다네. 양녀라고는 해도 친딸처럼 생각하실 것이고 그리되면 누군가자넬 괴롭히려 할 때 태후와 본 궁뿐만 아니라 황제 폐하께서도 도와주실 것이야."

쯧쯧……. 어마어마한 유혹이군. 고개만 끄덕이면 황제가 든든한 뒷배가 되어 주겠다는 말이잖아?

대대로 첩자란 쓰임이 끝나면 죽임을 당하곤 했으니 뒷배 같은 것은 공수표에 불과했다. 다정하게 웃는 황후와 기대에 찬 태후를 바라보며, 한운석은 두 사람에게 이 사실을 알려 주고 싶어 입이 근질근질했다.

하지만 그녀는 말없이 홀짝홀짝 차를 다 마신 뒤 웃으며 말했다.

"물론 딸이 며느리보다 가깝지요."

"아무렴."

황후까지 고개를 끄덕였다.

"아무래도 며느리는 남이 아니겠습니까."

한운석이 또 말했다.

황후는 그녀가 승낙하는 줄 알고 재빨리 고개를 끄덕였다.

"며느리는 가까울래야 가까울 수가 없지요!"

한운석은 다시 다짐을 시켰다.

이제야 황후도 옳지 않다는 것을 깨달았다. 그녀 자신이 며느리요, 시어머니가 바로 옆에 있지 않은가!

그녀는 불쾌한 눈빛을 지었으나 꾹 참았다. 대신 고개는 끄덕이지 않았다.

하지만 태후는 그 말에 몹시 기뻐했다. 얼마 전에 황후에게 말했다시피 한운석이 태자를 치료하기만 하면 지난 은원은 묻지 않고 오래전의 계획대로 그녀를 첩자로 삼아 진왕부에 심어 두기로 마음먹은 상태였다.

좀 더 생각해 보겠다고 할 줄 알았던 한운석은 예상과 달리 쉽게 받아들일 모양새였다.

"그래, 알면 되었다. 아주 잘 생각했구나. 그러면 우리가……."

그런데 누가 짐작이나 했을까? 태후의 말이 끝나기도 전에 한운석이 벌떡 일어나 허리 숙여 인사를 했다.

"태후마마께 이토록 사랑을 받다니 제가 정말 복이 많은 모양입니다. 참으로 감사드립니다, 태후마마."

태후는 몹시 만족스러운 얼굴로 그녀를 잡아 일으켰다.

"녀석, 네 어미가 그리 일찍 세상을 떠나는 바람에 우리 사이에 오해가 생기지만 않았어도 네가 그리 고생하지는 않았을 테지. 이제 내가 뒤에서 버티고 있으니 의태비도 함부로 너를 괴롭히지 못할 게야."

한운석은 빙그레 웃었다. 얼핏 보아서는 안타까운 웃음 같았지만 사실은 비꼬는 웃음이었다.

"태후마마, 어머니께서는 떠나셨지만 저는 이미 시집을 간 몸입니다. 출가한 여자는 지아비를 따라야 하는 법이니 양녀가 되는 일은 제가 결정할 문제가 아닙니다. 차라리 진왕에게 물어보시는 게 어떨런지요?"

뭐라고?

태후와 황후는 넋이 쏙 빠지고 안색도 싹 변했다.

태후는 당장 폭발할 것처럼 흉악한 눈빛을 떠올렸다. 한운석, 요 맹랑한 것 같으니. 이렇게 한참 공을 들였는데 감히 나를 가지고 놀아? 의태비와 진왕을 상대하기 위한 제안임을 뻔히 알면서 진왕과 상의를 하라? 오냐! 출가한 여자는 지아비를 따라? 거절 한번 아주 제대로 하는구나! 이런 핑계라면 태후나 황후가 화를 낼 수도 없었고 죄를 물을 수도 없었다. 이럴 줄 알았다면 애당초 한종안의 삼족을 용서하라고 권하지도 않았을 것이다!

태후는 널따란 소매 속에 숨겨진 손을 힘껏 움켜쥐며 노기를 억눌렀다. 이제 물러날 곳이 없었다. 이 일이 일단 진왕과 의태비의 귀에 들어가면 웃음거리가 될 뿐 아니라 공연히 경계심만 키우게 만들 것이다.

분개한 황후가 나섰다.

"아차차, 진왕 이야기를 하지 않았다면 깜빡할 뻔했군요. 모후, 아무리 마음에 드셔도 운석은 진왕부 사람입니다. 의태비와 진왕의 성격을 잘 아시지 않습니까? 이렇게 공공연히 말씀하셨다가 그 귀에 들어가기라도 하면 되던 일도 어그러질 겁니다!"

가시 돋친 혀 vs 독 묻은 혀

황후가 물러날 곳을 마련해 주자 태후는 기다렸다는 듯이 꽁무니를 뺐다.

"허, 나 좀 보게. 오늘은 몹시 기분이 좋아서 그런 자질구레한 문제를 잊고 있었구먼."

한운석은 속으로 냉소를 지으며 시어머니와 며느리가 손발을 척척 맞추어 연기하는 모습을 말없이 지켜보았다.

"모후, 양녀를 삼느니 어쩌니 하는 이야기는 없었던 일로 하시지요. 다 한 집안사람이니 모후께서 운석을 예뻐하시고 운석이 종종 찾아오면 양녀와 진배없지 않겠습니까."

황후는 별 대단한 일도 아닌 것처럼 가볍게 상황을 무마했다.

태후도 고개를 끄덕였다.

"하긴, 그렇지. 운석아, 네 생각은 어떠냐?"

"태후마마께서 하자시는 대로 하겠습니다. 진왕은 날마다 바쁘니 방해하지 않는 것이 좋겠지요."

한운석도 당연히 동의했다. 태후 편에 서지 않겠다고 해서 공연히 척을 질 필요는 없었다.

그녀의 대답에 태후도 가까스로 억지웃음을 지어 보였다.

"허허, 그래, 분별이 있는 아이로구나."

회유가 실패한 이상 이곳에 오래 머물기도 난처해서, 한운석은 몇 마디 상투적인 이야기를 나눈 뒤 일어서서 작별을 고했다.

그녀가 사라지자 태후는 늙은 얼굴을 딱딱하게 굳히며 한운석이 썼던 찻잔을 홱 쳐서 떨어뜨렸다.

"세상물정도 모르는 고얀 것!"

"모후, 노여움을 푸시지요. 그러다 몸 상하십니다. 신첩이 일찍이 말씀드렸듯이 저 아이는 여간내기가 아니니 앞으로 잘 지켜봐야겠습니다."

황후가 재빨리 태후를 진정시키며 좋게 권했다.

"흥, 하늘 높은 줄 모르는 계집, 크게 써 주려 했더니만 감히 거절을 해! 두고 봐라, 언젠가 반드시 후회하게 해 줄 터이니. 너 같은 것이 진왕부에서 잘 지낼 수 있을 것 같으냐? 이번에는 운이 좋았지만 다음번에 내 손에 떨어지면 끝장인 줄 알아야 할 게야!"

태후는 화가 나서 쓰러질 지경이었다. 한운석이 거절하리라고는 생각해 보지도 않았던 탓에 한참이 지나도 기분이 가라앉지 않았다.

반면 이 일을 우스개로만 치부한 한운석은 궁을 벗어나자 마침내 안도의 숨을 내쉬었다. 한씨네 집 앞을 지날 때, 그녀는 걸음을 멈추고 한참 동안 그곳을 바라보았다. 한씨 집안은 명문 귀족은 아니지만 그래도 제법 알려진 가문이었다.

주홍색 대문이 꽉 닫힌 저택은 아무 문제가 없어 보였지만, 내일 한종안의 죄가 선포되면 집안 전체가 혼란에 빠지고 풍비

박산이 나리라는 것을, 한운석은 이미 알고 있었다.

원래 주인의 기억들이 끊임없이 머릿속에 떠올랐다. 어린 시절의 기억들로, 하나같이 모욕을 당하고 괴롭힘을 받던 장면들이었다. 비록 원래 주인의 기억이지만 그 몸에 깃들어, 이제는 그녀의 것, 그녀의 기억이 되어 있었다. 장면 하나하나가 너무 생생해서 마치 어제 있었던 일 같았다.

한참 후, 한운석은 입가에 싸늘한 미소를 떠올리며 돌아서서 자리를 떴다.

진왕부로 돌아왔을 때는 이미 한밤중이었다. 문을 두드려도 될지 자신이 없었는데, 뜻밖에도 저 멀리 보이는 저택 안에 불빛이 어른거리는 것이 보였고 특히 대청에는 등불이 환히 밝혀져 있었다.

이 한밤중에 왕부에 무슨 일이라도 생겼나? 한운석은 속으로 중얼거렸다. 의태비는 피부를 위해 이 시간에는 꼭 잠을 자는 사람이었다. 하늘이 무너져도 밤을 새우는 일은 있을 수 없었다!

그렇다면 용비야에게 무슨 일이 생겼을까?

온갖 추측이 머릿속을 맴돌고, 혹시 자신을 기다리고 있는 것은 아닐까 하는 생각도 들었다.

그녀는 곧 문 앞에 도착했다. 문지기 노인이 기다리고 있었는지, 문은 한 번 두드리기 무섭게 활짝 열렸다.

"왕비마마, 축하드립니다! 태비마마께서 한참 동안 기다리셨으니 얼른 들어가십시오."

늙은 하인은 몹시 신나 하며 벌어진 입을 다물지 못했다.

축하?

한운석은 그 자리에 얼어붙었다. 정말 그녀를 기다리고 있었다니! 의태비가 부리는 하인의 입에서 축하를 듣는 일이 과연 좋은 일일까?

더럭 의심이 들었지만 그녀는 자세히 묻지 않고 곧장 대청으로 향했다.

놀랍게도 대청에는 활짝 열린 커다란 보물 상자 세 개가 놓여 있었다. 금괴 한 상자, 은괴 한 상자, 보석과 장신구 한 상자에 옆에는 최고급 비단 옷감까지 몇 필 놓여 있었다.

세상에, 한운석은 눈을 휘둥그레 떴다. 저렇게 귀한 것들이 어디서 났을까!

한운석은 금은보화에 시선을 빼앗겼다가 그다음 의태비를 돌아보았지만, 보물들이 워낙 눈이 부셔 그녀를 탓할 일만은 아니었다.

주인석에 앉은 의태비의 고운 얼굴은 음침하게 어두워져 있었고, 그 옆에 서 있던 모용완여는 들어오는 한운석을 보자 질투와 부러움과 증오의 눈빛을 쏟아 냈다.

"모비, 부르셨는지요?"

한운석이 허리를 숙여 인사했다.

"어머나, 우리 공신功臣께서 돌아오셨구나. 어서 일어나거라. 위대하신 공신이 이렇게 나오면 본 궁이 무슨 수로 감당하겠느냐?"

목소리마저 신랄하고 뾰족해져 있는 것을 보니, 궁에서 있었던 일을 아는 모양이었다.

한운석은 허리를 펴고 일어나 다시 한 번 금은보화를 돌아보았고, 그제야 저 보물들이 천휘황제가 내린 선물이라는 것을 알아차렸다. 보물을 받아 좋긴 하지만 어쩌려고 이렇게 빨리 보냈을까?

한운석은 의태비의 표정을 살피며 저도 모르게 입가를 실룩였다. 그녀의 어머니는 태후를 구했고 그녀는 태후의 손자를 구했으니 의태비가 성질을 부릴 만도 했다.

"새언니, 새언니의 의술이 그 정도인 줄은 몰랐어요. 태자 전하의 괴병까지 치료하시다니요. 황제 폐하와 태후마마께서 몹시 기뻐하셨겠지요? 봐요. 모두 언니에게 주신 상이랍니다. 오밤중인데도 이렇게 보내셨지 뭐예요."

모용완여가 웃으며 말했지만 그러잖아도 노여워하는 의태비 앞에서 황제와 태후를 거론하는 일은 불에 기름을 끼얹는 행위였다.

"호호, 폐하와 태후까지 기쁘게 해드렸으니 네 앞날이 아주 창창하겠구나!"

의태비가 냉소 섞어 말했다.

뭐 하자는 거지? 겨우 저렇게 신랄하게 쏘아 주려고 오밤중에 잠도 안 자고 기다린 거야? 밴댕이 소갈딱지 같으니!

한운석은 이런 뼈 있는 말과 신랄한 비아냥거림을 견딜 수가 없었다. 벌써 몇 차례 다투기까지 했던 의태비가 아직도 그녀의 성격을 모른다면 다시 한 번 보여 주는 수밖에 없었다.

"모비의 말씀대로 폐하와 태후마마께서 무척 기뻐하셨습니다. 폐하께서는 성 안에 퍼진 소문이 아니었다면 신첩이 의술을 할 줄 안다는 사실을 전혀 모르셨을 것이라고 하셨습니다."

한운석이 웃으며 대답했다.

그 말이 떨어지자 모용완여의 얼굴은 더욱 핏기가 가셨다. 의태비 역시 창백해졌다. 감히 저런 말을 하다니, 저 천한 것은 갈수록 대담해지고 있었다.

"그으래애?"

의태비는 이를 으드득 갈다시피 하며 말했다.

"그것도 다 네 운이지. 이렇게 많은 상을 받았으니 본 궁이 축하라도 해 주어야겠구나?"

"물론이지요. 신첩의 영광은 곧 모비의 영광이고 진왕부의 영광입니다. 폐하와 태후마마께서도 진왕부에서 받은 은혜를 꼭 기억해 주실 겁니다."

한운석은 다시 다짐을 시켰다.

의태비의 혀가 뾰족한 가시라면 그녀의 혀는 독 묻은 칼이었다!

그 칼이 의태비의 가장 아픈 상처만 골라 쿡쿡 쑤셨다. 의태비에게는 치욕이라고 할 수 있는 일을, 한운석은 영광이라고 말하고 있었다. 무엇보다 의태비 또한 겉으로는 한운석을 따라 웃을 수밖에 없는 처지였다.

의태비는 분통이 터져 이를 악문 채 한동안 말을 잇지 못했다. 대체 무슨 꼴을 보자고 이 한밤중까지 기다렸는지 스스로도 이해가 가지 않았다. 저렇게 제 자랑 하는 말이나 들으려고, 완곡하게 비꼬는 말이나 들으려고 여태 기다렸던 걸까?

의태비가 말을 못하자 한운석이 다시 말했다.

"모비, 전하께서도 공신입니다. 목숨을 내놓고 생혈단을 얻어 내신 분이 바로 전하이시니까요. 생혈단이 없었다면 치료하지 못했을 겁니다."

뭐라고?

독 묻은 칼은 의태비의 오장육부를 갈기갈기 찢어 놓았다. 끔찍이도 사랑하는 아들이 위험을 무릅쓰고 적이 가장 아끼는 손자의 약을 구하다니!

아아악……!

의태비는 속으로 포효를 터트렸다.

"됐다, 한운석! 그만하거라!"

소매 속에 있던 손으로 힘껏 주먹을 쥐는 바람에 손톱이 살을 파고들었지만, 심장이 찢어지는 아픔에 비하면 아무것도 아니었다!

의태비는 한운석에 관한 소문을 퍼트린 사람을 찾아내기만 하면 절대로 용서치 않겠다고 다짐, 또 다짐했다!

찔리는 구석이 있는 모용완여도 결국 더 이상 기름을 붓지 못하고 한발 물러났다.

분노로 잔뜩 일그러진 의태비의 얼굴을 보자 한운석은 기분이 무척 좋아져 피로마저 까맣게 잊었다. 흥, 보자보자 하니까

누굴 보자기로 알아?

"태자를 치료하느라 신경을 많이 썼더니 피곤하군요. 모비께 다른 일이 없으시다면 먼저 물러가겠습니다. 폐하께서도 신첩 더러 푹 쉬라고 하셨습니다."

마지막 한마디는 일부러 들으라고 한 소리였다. 태후를 이용해 의태비를 협박할 정도로 멍청하지는 않았지만, 황제는 달랐다. 황제를 끌어들이면 적어도 며칠 동안은 푹 쉴 수 있을 터였다.

말을 마친 그녀가 돌아서려는데 뜻밖에도 의태비가 사납게 명령했다.

"한운석, 거기 서라!"

흉악하기 짝이 없는 목소리였다. 한운석도 의태비의 악에 받친 이 목소리가 평소 화를 낼 때와는 약간 다르다는 생각이 들었지만, 어디가 어떻게 다른지는 알 수가 없었다.

그녀는 걸음을 멈추고 태연하게 대답했다.

"모비, 무슨 분부라도 있으신지요?"

"한운석, 태후가 너를 궁으로 불러 함께 저녁을 먹었다지?"

의태비의 차가운 질문은 조금 전처럼 뾰족하지 않고 훨씬 진지했다.

의태비가 그 일까지 알고 있다니 한운석은 흠칫 놀랐다. 아무래도 황궁 안에 의태비의 첩자가 있는 모양이었다.

"예."

한운석이 사실대로 대답했다.

"태후가 무슨 일로 너를 불렀느냐?"

의태비가 다시 물었다. 이 소식이 아니었다면 한밤중이 되도록 잠도 자지 않고 한운석을 기다리지도 않았을 것이다.

한운석의 눈동자에 경계의 빛이 스쳤다. 의태비는 무엇을 의심하는 것일까? 이는 중요한 문제였다. 만일 의태비가 한운석과 태후의 관계를 의심하게 되면 그 성격상 쉽사리 넘어갈 리 없었다.

한운석은 여전히 태연한 얼굴을 유지했지만 입으로는 신중하게 대답했다.

"태후께서는 신첩이 태자를 치료한 일을 치하하기 위해 저녁 식사를 대접해 주셨습니다."

의태비의 눈빛은 어두워졌다 밝아졌다를 반복했다. 태후는 한 번도 궁에 사람을 청해 식사를 한 적이 없었으니, 단순히 치하를 하겠다고 저 계집을 불렀을 리 없었다!

저 계집에게 무슨 말이라도 한 건 아닐까? 천심부인이 태후를 구했고 저 계집은 태후의 보물인 손자를 구했는데 태후가 저 계집을 미워할 까닭이 없었다. 하물며 저 계집은 이제 예전 같은 추녀도 아니고 놀라운 의술까지 몸에 지니고 있지 않은가! 한번 써 볼 만한 인재였다!

애당초 태후가 은인의 딸을 진왕에게 시집보내기로 한 데에는 다른 뜻이 있지 않았을까?

여기까지 생각이 미치자 의태비의 눈빛은 더욱 그림자가 짙어졌다. 그녀는 한운석을 뚫어지게 노려보며 미적미적 아무 말도 하지 않았다.

좀 더 추궁을 당하리라 생각했던 한운석은 이 광경을 보자 소름이 끼쳤다. 의태비는 무슨 뜻으로 저러는 거지? 대체 뭘 하려는 걸까?

의태비는 한참 동안 한운석을 노려보다가 의미심장하게 냉소를 짓고는 소매를 떨치며 일어나 가 버렸다.

그 냉소에 한운석은 온몸의 털이 곤두서는 것 같았고, 편안하게 살기 글렀다는 사실이 뼈저리게 와 닿았다.

그러나 온갖 시련을 겪어 온 그녀인 만큼 곧 마음을 가다듬고 눈빛을 차분하게 가라앉혔다. 양심에 거리끼는 일을 한 적이 없으니 조사를 하든 말든 마음대로 하시지. 난 겁나지 않아.

하지만 조사가 끝나기 전까지는 경솔하게 내 성질을 건드리지 않는 편이 좋을 거야. 잘못 건드리면 전력을 다해 반격할 테니까!

의태비가 사라지자 마음 졸이던 모용완여는 속으로 안도의 숨을 내쉬었다. 모용완여에게 있어 가장 두려운 일은 의태비가 소문을 퍼트린 사람을 추궁하는 것이었는데, 다행히 한운석이 태후와 저녁 식사를 한 일 때문에 주의를 돌릴 수 있었던 것이다.

그녀가 아는 의태비라면 앞으로 한참 동안 그 일을 마음에 새기고 끝까지 조사할 것이 분명했다.

한운석, 태자의 괴병을 치료하고 황제의 지지를 받게 되었다고 너무 우쭐대지 마. 황제는 할 일이 많아서 너한테까지 신경 쓸 여유가 없을 테니까.

모용완여는 혼을 쏙 빼놓을 것 같은 웃음을 지으며 한운석에게 다가가 위로했다.

"새언니, 모비께서도 새언니의 성공에 기뻐하셨어요. 너무 오래 기다리셔서 다소 화가 나신 것뿐이니 마음에 두지 마세요."

재물, 마음을 사다

"당연히 그래야죠. 완여 동생, 이 장신구들 중에 마음에 드는 것이 있으면 고르도록 해요."

한운석이 시원시원하게 권했다.

"아니, 아니에요. 폐하께서 새언니에게 하사하신 상인걸요."

모용완여가 황급히 거절했다.

"괜찮아요. 너무 많아서 다 쓰지도 못할 테니 골라 봐요."

한운석은 열정적으로 모용완여의 손을 꽉 잡아끌었다.

사실 모용완여는 벌써 장신구들을 다 뒤져 본 후였다. 천휘황제가 내린 물건은 하나같이 타국에서 보내온 진상품으로, 돈이 있어도 살 수 없는 것들이었다.

그중 몇 가지가 마음에 쏙 들었던 터라 한운석이 이렇게 나오자 모용완여는 사양하지 않고 고르기 시작했다.

그런데 그때, 한운석이 고개를 저으며 말했다.

"아무래도 누가 내 소문을 퍼트렸는지 알아보고 상을 좀 나눠 줘야겠어요. 어쨌든 그 사람의 공도 크잖아요?"

그 말에 모용완여의 손이 우뚝 멈추었다.

"완여 동생, 누가 그런 소문을 퍼트렸을 것 같아요? 나를 해치려는 게 아니라 도우려고 한 일이겠죠?"

한운석은 몹시 진지하게 물었다.

모용완여가 아무리 표정 관리를 잘 한다고 해도 손은 그녀의 머리를 배신했다. 한운석이 꽉 붙잡은 그녀의 손이 감전된 것처럼 움츠러들었던 것이다. 한운석은 눈부신 미소를 지으며 더욱더 힘주어 그 손을 잡아당겼다.

"어서 골라 봐요, 사양하지 말고."

모용완여는 콕콕 찔러드는 양심을 억지로 다잡고 예의 바르게 말했다.

"아니에요, 됐어요……. 폐하…… 께서 하사하신 물건을 아무에게나 줄 수는 없잖아요. 새언니, 너무 늦었으니 어서 쉬세요. 저도 모비께 갈게요."

말을 마친 그녀는 대답도 듣지 않고 달아나다시피 사라졌다.

그 뒷모습을 바라보는 한운석의 눈동자에는 원한의 씨앗이 싹을 틔웠다. 한운석이 겪은 일들을 아는 사람은 많지 않았고, 소문을 퍼트려 이익을 얻을 수 있는 사람은 더욱더 적어 황궁에 있는 몇몇 사람을 제외하면 왕부에 있는 저 사람이 유일했다. 황후가 그녀에게 태자를 치료하게 할 작정이었다면 이렇게 복잡하게 꾸밀 필요 없이 베갯머리에서 몇 마디 속닥이면 그뿐이었다. 그러니 모용완여의 혐의가 가장 컸다.

또 저 여자였어! 또! 저 민폐녀, 이번에는 마음고생하는 걸로 끝내지만, 다음번엔 반드시 사람들 앞에 그 여우꼬리를 드러내게 할 테다!

의태비와 모용완여가 사라지자 한운석은 마침내 가슴을 꽉 막았던 숨을 토해 냈고, 대청에서 호화찬란하게 빛을 발하는 상자들을 향해 눈을 반달처럼 휘며 웃었다. 복권에 당첨되어 벼락부자가 된 기분이 이런 것일까. 앞으로는 은자를 세며 나날을 보내지 않아도 되었다.

그녀는 은 한 덩어리를 꺼내 옆에 있던 시녀에게 툭 던지며 말했다.

"사람을 불러서 이것들을 부용원으로 옮겨라."

허둥지둥 묵직한 은자를 받아드는 시녀는 다소 멍한 얼굴로 그녀를 바라보았다. 정말 이 큰돈을 다 주는 걸까? 알다시피 태비마마도 이렇게 시원시원하게 상을 준 적이 없었다.

"뭘 하느냐?"

한운석이 눈을 찡그리며 물었다.

"예, 예. 갑니다. 당장 가야지요. 조금만 기다리십시오!"

하녀는 기쁨에 겨운 표정으로 은자를 품고 달려갔다.

그녀는 곧 장정 예닐곱 명을 데려왔다. 평소 눈이 머리꼭대기에 달려 한운석을 본체만체하던 자들이 지금은 하나같이 공손하게 고개를 숙이고 왕비마마, 왕비마마 부르며 아부를 떨어댔다. 돈이 있으면 귀신도 부린다더니 딱 그 말 대로였다.

그들이 조심조심 상자를 부용원의 운한각으로 옮기자, 한운석은 통 크게 금 한 덩이를 주며 같이 나누라고 했다.

평생 이런 금덩이를 본 적이 거의 없는 하인들은 충격과 감동에 휩싸여, 마치 조상 대하듯 한운석에게 절을 하고 몇 번이나 감사 인사를 한 뒤에야 물러갔다.

"마마, 저건 금이라고요! 저들의 몇 달 치 품삯은 될 거예요!"

침향이 씩씩거리며 따졌다.

"침향, 독을 쓸 때의 원칙을 아니?"

한운석이 진지하게 물었다.

침향이 고개를 젓자 그녀는 웃으며 말했다.

"독을 쓸 때는 남김없이 완전히 써야 해. 그래야 독이 오장 육부로 스며들어 치료하기가 어려워지거든. 사람의 마음을 사는 일도 똑같은 거야."

침향은 그래도 무슨 말인지 몰라 고개를 저었고, 한운석은 하는 수없이 다시 설명했다.

"모용완여가 저렇게 씀씀이가 클까?"

"아무리 씀씀이가 커도 마마만큼 돈이 많지는 않을 거예요."

침향이 입을 삐죽이며 대답했다. 지금 그녀의 눈에는 주인 인 한운석이야말로 부잣집 마나님이었다.

"바로 그거야. 그래서 앞으로 저 하인들은 나를 따를 거야, 모용완여가 아니라."

한운석이 웃으며 말했다.

재물을 아끼면 사람이 멀어지고, 재물을 멀리하면 사람이 모이는 법. 한운석이 금덩이를 상으로 내렸다는 소문은 순식간에 진왕부 하인들 사이에 퍼져 나갈 것이고, 그렇게 되면 더 이상 아무도 그녀에게 불손하게 굴지 못할 것이다.

벌써 하늘이 희뿌옇게 밝아 오고 있는 데다 별로 잠이 오지 않아, 한운석은 침향과 함께 금은보화를 세고 차곡차곡 정리했다. 얼마나 많은지 손가락이 저릴 정도였다.

하늘이 환히 밝았을 때쯤 마침내 정리가 끝났다. 침향이 녹초가 된 몸을 이끌고 아침 식사를 가지러 갔는데, 뜻밖에도 부용원 입구에서 하인이 김이 모락모락 나는 아침 밥상을 들고 기다리고 있었다!

솔직히 침향은 어젯밤 주인이 한 말을 이해하지 못했지만, 이 장면을 보는 순간 퍼뜩 깨달았다. 돈은 곧 힘이었다!

간단하게 음식을 먹은 한운석은 너무 피곤한 탓인지 식욕도 없고 잠도 오지 않았다. 도무지 기운이 나지 않아 잠시 고민하던 그녀는 침향을 부용원 침궁으로 보내 살펴보게 했다.

"마마, 진왕 전하께서는 아직 돌아오지 않으셨어요."

침향이 재빨리 다녀와 보고했다.

한운석은 희희낙락하며 필요한 것을 챙겨 온천욕을 하러 갔다. 한겨울에 지쳤을 때는 역시 온천욕이 최고였다.

그녀는 안채에 사람이 없는 것을 확인한 뒤 침향을 문 앞에 세워 지키게 하고 곧바로 온천에 풍덩 몸을 담갔다.

용비야의 이 온천은 실내에 있었지만, 천연 연못인 데다 수질이 부드럽고 수온이 딱 맞고 깊이도 적당했다. 그 속에 몸을 담그자 온몸이 사르르 녹는 기분이었다. 그녀는 못가에 몸을 기대고 머리를 든 채 온천수가 찰랑찰랑 몸을 씻어 내리는 편안함을 만끽했다. 그리고 금세 몽롱하게 졸음에 빠져들었다.

그때 그림자 하나가 침궁의 오른쪽 담장 위에 내려앉았다. 주인이 돌아온 것이다.

안으로 들어가려던 용비야는 문 앞에 멍하니 선 침향을 보고 의아한 눈빛을 지었지만, 곧 무슨 일인지 알아채고 발소리 하나 없이 지붕 위로 올라갔다.

저 하녀가 문 앞을 지키고 있다면 한운석이 안에 있다는 뜻이었다.

그 여자는 그의 영역에서 뭘 하고 있을까?

용비야는 어두운 눈빛을 띠고 조심조심 기왓장 하나를 걷어 냈는데, 뜻밖에도 그 시야에 들어온 것은 선명하고 향기로운 미인의 목욕 장면이었다!

싸늘하던 그의 눈빛이 일순 움찔했다. 용비야는 반사적으로 시선을 돌렸지만 곧 다시 아래를 내려다보았다. 연못 주위로 옷가지들이 어지럽게 흩어져 있고, 여자의 매끄러운 등과 어깨, 쇄골, 가녀린 목은 뿌연 수증기 사이로 희미하게 드러났다 사라지며 끊임없는 유혹을 쏟아내고 있었다…….

감히 그의 방으로 목욕을 하러 오다니, 간이 보통 큰 게 아니었다!

용비야의 차가운 눈동자가 더욱 무겁게 가라앉았다. 마음에 들지 않는 것이 분명했지만 그래도 그는…… 시간이 차츰차츰 흘러가는데도 쉽사리 눈을 떼지 않았다.

그의 눈빛은 마치 예술품이라도 감상하듯 차갑고, 오만하고, 제멋대로여서, 분명히 훔쳐보는 것인데도 비열해 보이기는 커녕 당연한 권리를 행사하는 것 같았다. 지금 이 순간 그의 준수한 얼굴과 차가운 표정이야 말로 눈을 뗄 수 없게 만드는 예술품이었다!

그때 세찬 바람이 밀려왔다. 용비야가 고개를 들어보니 초서풍이 오고 있었다.

그는 다소 불쾌한 표정을 지으며 초서풍에게 다가오지 말라는 손짓을 한 뒤, 기왓장을 본래 자리로 돌려놓고 직접 후원으로 내려가 초서풍에게 다가갔다.

"전하, 무슨……."

초서풍은 도무지 알 수가 없었다. 주인께서 방금 무얼 하고 계셨던 거지?

용비야는 대답하지 않고 물었다.

"일은 어떻게 되었느냐?"

"예, 북려국 첩자의 수뇌는 도성에 숨어 있을 가망성이 크고 독을 쓰는 데 능한 자입니다. 사로잡은 포로들을 심문한 결과 대답이 모두 일치했습니다. 그들이 쓴 독약은 모두 한 사람에게서 나온 것인데, 그 사람이 누구인지는 그들도 모른다고 합니다."

초서풍이 진지하게 대답했다.

북려국이 천녕국에 독을 잘 쓰는 첩자들을 보낸 것은 천녕국의 능력 있는 대신과 장수들을 해치기 위해서였다. 한운석이 목청무의 몸에 잠복하던 독을 발견하지 못했다면, 용비야도 이렇게 빨리 실마리를 잡아내지는 못했을 것이다.

그동안 그는 그 일을 밝혀내느라 무척 바빴다.

"독의 근원을 추적하되, 소장군 쪽은 일단 건드리지 말도록."

용비야는 이렇게 분부했다. 소장군이 중독된 독은 만성독으로, 적어도 몇 년간 꾸준하게 독에 노출되어야 했으니 독을 쓴 사람은 가까운 사람이 분명했다. 소장군의 중독이 첩자와 관련되어 있다면, 이는 곧 첩자가 천녕국에 아주 오랫동안, 아주 깊이 잠복해 있다는 뜻이었다.

"예!"

초서풍은 공손히 명을 받들었다.

용비야가 다시 침궁 지붕으로 돌아갔을 때 한운석은 이미 온천에서 나온 뒤였다. 저 총명한 '멍청이'는 무슨 일이 있었는지 꿈에서도 모르고 있었다. 막 목욕을 마친 그녀는 부용꽃처럼 청초하며 속세의 티 하나 없이 맑았고, 분홍빛으로 물든 조그마한 얼굴에 만족스러운 미소를 피어올린 채 침향과 조잘조잘 수다를 떨며 운한각으로 돌아갔다.

"멍청하군. 언제쯤이면 경각심을 가지게 되려는지."

용비야는 몹시 불만스러운 목소리로 혼잣말을 했다.

사실 한운석을 탓할 일은 아니었다. 무공의 '무'자도 모르는 그녀가 무슨 수로 주위의 동정을 파악할 수 있을까? 더욱이 직업 탓에 일을 할 때 방해되는 것을 제거하는 능력이 무척 강해, 주위의 움직임을 완전히 무시할 수도 있었다.

푹 쉬고 난 한운석은 침향을 데리고 거리를 돌아보기로 했다. 돈이 생겼으니 그동안 갖고 싶었던 것들을 마련할 생각이기도 했고, 또 한씨 집안의 상황을 살펴보고 싶기도 해서였다.

지금쯤이면 한종안의 죄가 정해지고 공문이 발표되었을 것이다. 천휘황제는 이 일을 숨기기는커녕 보란 듯이 한종안을 처결하여 태자의 몸에 아무 이상이 없다는 것을 천하에 선포할 생각이었다.

하지만 그 일이 이렇게까지 일이 커졌을 줄은, 한운석도 전혀 모르고 있었다. 큰 거리에 들어서보니 곳곳에서 그 이야기를 떠들고 있었고, 거리 가득 방이 나붙어 있었다. 천휘황제는 한종안에게 군주를 능멸한 죄와 태자를 모해한 죄를 언도했다. 한운석이 태자를 구한 일은 분명히 밝히지 않았지만, 상류 사회에는 이미 소문이 쫙 퍼져 있었다.

한운석은 찻집의 조용한 별실에 앉아 바깥에서 들려오는 소리에 귀를 기울였다.

"한씨 집안은 아주 발칵 뒤집혔다네. 듣자니 첩 몇 명은 귀중품을 싸들고 달아났다는군!"

"저렇게 큰 죄를 짓고도 한종안 하나만 벌하다니, 분명히 뭔가 있어!"

"허허, 진왕비가 한씨 집안의 딸 아닌가. 진왕비가 나서서 한씨 집안을 보호했겠지."

"사흘 후에 거리에서 조리 돌리기를 한다는데, 거 참, 일대의 명의인 한종안이 이렇게 되다니……."

"생각들 해 보게. 그 자가 뭐 하러 태자를 해치려 했겠나? 그럴 이유가 없어!"

"황실의 일은 모르는 법이야, 암, 모르고말고!"

하나같이 한운석의 관심과는 동떨어진 이야기들이라 그녀는 태연한 표정으로 듣기만 했다. 지금 그녀는 사흘 후 있을 조리 돌림 전에 감옥에 있는 아버지를 만나 어머니의 난산에 대해 물어보아야겠다고 생각하고 있었다.

소식을 탐문해 보았지만, 어머니의 태위가 좋지 않았거나 병을 앓았다는 이야기는 없었다. 그런데 어쩌다 난산을 했을까? 의원이었던 그녀는 자신의 몸 상태를 잘 알았을 것이다. 한운석은 처음부터 이 일에 숨겨진 내막이 있으리라는 생각이 들었고, 그 진상을 가장 잘 아는 사람은 남편이었던 한종안일 것이다.

무엇보다 중요한 것은 그녀의 얼굴에 있던 독 종기가 대체 왜 생겨났느냐는 것이었다. 태어나면서부터 있었다면 누군가 뱃속에 있을 때부터 그녀를 죽이려 했다는 뜻이니, 반드시 확실히 밝혀내야만 했다.

오후가 되자 한운석은 침향에게 구입한 물건을 들려 왕부로 돌려보내고, 자신은 감옥으로 향했다.

구명救命, 부녀의 담판

한종안은 사형수라 면회가 불가능했지만, 한운석은 진왕비라는 특수한 신분인 데다 태자의 은인이기도 했다. 비록 공개된 사실은 아니지만 대리시경도 귀가 있어서 그 소식을 들었고 한운석이 찾아오면 통과시키라고 일찌감치 명을 내려 둔 상태였다. 지난번 그녀를 괴롭혔던 옥졸들은 혹시라도 눈에 띌까 두려워 전부 꽁꽁 숨었다.

길을 안내한 옥졸이 소리 죽여 보고했다.

"왕비마마, 한종안은 어제부터 내내 마마를 뵙겠다고 소리를 지르고 있습니다."

"알겠다, 그만 물러가거라. 일이 생기면 부르겠다."

한운석은 차분하게 대답했다.

한종안이 그녀를 만나려는 것은 이상한 일도 아니었다. 분명히 그녀에게 구명을 부탁하려는 심산일 것이다. 한운석은 그런 사람들을 도저히 이해할 수가 없었다. 적이라는 것을 잘 알면서 왜 부탁을 하려고 할까? 부탁해 봐야 얻을 것도 없는데 자존심이라도 지키는 게 낫지 않을까?

한운석이 나타자자 한종안은 몹시 기뻐하며 우르르 달려들었지만 다행스럽게도 철책에 가로막혀 가까이 올 수는 없었다. 겨우 하룻밤이 지났을 뿐인데 그는 이미 사람의 몰골이 아니었다. 머리는 산발이 되고 죄수복은 엉망으로 찢겨져 누가 봐도 형을 받은 것이 분명했다.

감옥에 들어와 형을 피할 수 있는 사람이 과연 있을까? 한운석 자신도 겪은 적이 있었다.

"딸아, 드디어 왔구나……. 아비는 네가 반드시 올 것을 알고 있었다! 네가 이렇게 아비를 버려두고 모른 척할 리 없지."

한종안의 목소리는 꽉 잠겨 있었고, 눈두덩이는 푹 꺼지고 눈자위에는 벌겋게 핏발이 서서 몹시도 가련하기 짝이 없는 노인네처럼 보였다. 모르는 사람이 보았다면 불효녀인 한운석이 아버지를 버렸다고 생각할 정도였다.

한운석은 차갑게 그를 바라보며 벽에 기댄 채 책상다리를 하고 앉았다. 이를 본 한종안이 눈시울을 빨갛게 물들이며 철책을 끌어안고 천천히 미끄러지듯 앉았다.

"딸아, 이제 이 아비를 구할 수 있는 사람은 너뿐이다! 아비는 오로지 네게 희망을 걸고 있단다…… 응? 제발 말 좀 해 보거라."

한종안의 눈동자에는 깊디깊은 희망이 묻어 있었고 목소리는 노쇠하고 애처로웠지만, 한운석은 전혀 흔들리지 않았다.

그녀는 싸늘하게 그를 살폈다. 그 차가운 태도에 한종안은 흠칫하더니 갑자기 입을 꾹 다물고 비참한 눈으로 지그시 그녀를 바라보았다.

"한종안, 드디어 내가 당신 딸인 것이 생각났나보군."

한운석이 그제야 입을 열고 비아냥거렸다.

이 몸의 기억 속에서, 저 아버지가 단 한 번이라도 '딸아'라고 불러준 적이 있었던가?

한종안은 입을 우물우물하다가 늙은 얼굴을 감싼 채 연신 고개를 저으며 혼잣말을 중얼거렸다. 후회하는 것 같았지만, 뭐라고 하는지 확실히 들을 수는 없었다.

한종안은 곧 다시 고개를 들고 철책을 부둥켜안은 채 흥분한 목소리로 외쳤다.

"딸아, 아비가 잘못했다. 내 이제 이렇게 늙었으니 그만 용서해 줄 수 없겠느냐? 이렇게 부탁하마!"

"왜 용서해야 하오?"

한운석은 차갑게 물었다. 이렇게 다 자란 다음에야 용서를 청하다니 가소롭기 짝이 없는 일이었다.

"운석, 어쨌든 나는 네 아비가 아니냐. 이 아비가 사람들 사이로 이리저리 끌려 다니며 모욕을 당하는 것을 두고 볼 수 있겠느냐? 아비는 그런 모욕을 견딜 수 없구나! 이제 아비를 구할 사람은 너뿐이다. 이렇게 빌 테니, 제발…… 죽은 네 어미의 얼굴을 보아서라도 한 번만 구해 다오!"

말을 하지 않았으면 모를까, 그의 입에서 이런 말이 나오자 한운석은 화가 폭발하여 참지 못하고 소리를 질렀다.

"한 신의, 나를 너무 과대평가하는군! 죽을죄가 정해진 마당에 내가 무슨 힘이 있어 당신을 구하겠소?"

"아니다! 네가 태자 전하의 목숨을 구했으니 폐하께서는 반드시 네 말을 들어주실 게야! 딸아, 너는 한씨 집안 삼족을 구했으니 이 아비도 좀 구해 다오. 폐하께서는 반드시 네 말을 들으실 게다! 지금 너는 최고의 공신이야! 아니면 진왕에게라도 말해 주려무나. 진왕의 말이라면 폐하께서도 꼭 들으시니까!"

한종안은 물에 빠진 사람이 지푸라기라도 잡는 심정으로 온 힘을 다해 외치고 빌었다.

"운석아, 아비를 구해 주기만 하면 뭐든 다 들어주마."

그러나 그가 이렇게 나올수록 혐오감만 부채질할 뿐이었다.

"뭐든 다 들어준다고 했소?"

한운석이 싸늘하게 웃으며 물었다.

한종안은 연신 고개를 끄덕이며 더욱 가엾은 표정을 지어 보였다.

"좋소, 그럼 어머니께서 어떻게 돌아가셨는지 말해 주시오."

한운석의 차가운 질문이 떨어졌다. 이곳까지 온 유일한 이유도 바로 이 질문을 하기 위해서였다.

그런데 그 말이 나오는 순간, 애원하던 한종안의 표정이 싹 가셨다. 한운석은 그의 눈가에 스친 복잡한 표정을 놓치지 않고 캐물었다.

"어머니께서는 난산으로 죽었다는데 증인이 있소? 응급조치는 했소?"

한운석의 단도직입적이고 날카로운 질문에 슬픔에 가득 찼던 한종안의 혼탁한 눈동자가 순식간에 맑아졌다.

그는 한운석을 그 어미처럼 마음 여리고 구슬리기 좋은 사람이라고 생각했고, 잘만 애원하면 반드시 마음이 약해져 자신을 구해 주리라 믿었다. 그런데 이제 보니 그녀는 그 일을 밝히러 찾아온 것이다.

한종안의 표정 변화를 본 한운석은 입가에 냉소를 떠올렸다. 역시 그녀가 의심한 것이 옳았다.

"왜, 내가 이런 질문을 해서 이상하오?"

한운석은 노기를 억누르며 물었다. 그녀가 추측한 대로라면 한종안은 어머니의 천부적인 의술을 질투한 나머지 일부러 그녀를 구하지 않아 결국 돌아가시게 만들었다. 그게 사실이라면 이 남자가 죽기 전에 차라리 죽고 싶을 만큼 괴롭혀 줄 것이다!

그러나 상황은 한운석의 예상 밖으로 흘러갔다.

한운석을 가만히 바라보던 한종안이 느닷없이 웃음을 터트린 것이다.

"몰랐구나, 이 한종안에게 오늘 같은 날이 올 줄은 몰랐어! 하하하하!"

한운석은 눈을 잔뜩 찡그리고 그를 바라보았다. 조금 전까지만 해도 비굴하게 애원하던 남자가 갑자기 저렇게 처량하게 웃음을 터트리다니, 도무지 영문을 알 수 없었다. 그런 질문을 받았는데 찔려하지도, 두려워하지도 않다니? 사실이 그녀의 추측과는 달랐던 걸까?

"말을 할 것이오, 말 것이오?"

한운석은 더 이상 인내심을 발휘할 수가 없었다.

"한운석, 정말 이 아비를 구할 생각이 없느냐?"

한종안이 갑자기 진지한 표정을 지으며 협박하듯 물었다.

그제야 한운석도 저 늙은이가 일부러 동정을 사기 위해 연기를 했다는 사실을 깨달았다.

그녀는 벌떡 일어나 차갑게 경고했다.

"꿈 깨시오! 말하지 않아도 상관없소. 내겐 얼마든지 당신의 입을 열게 할 방법이 있으니."

"만약 내 목숨을 살려 준다면 나도 사실을 알려 주마. 어떠냐?"

한종안도 따라 일어섰는데, 조금 전의 늙고 힘없던 모습은 간데없고 태연하고 자신만만한 표정이었다.

"당신은 나와 조건을 논할 자격이 없소!"

한운석은 노성을 터트렸다.

"있다. 나는 네가 몹시 흥미를 느낄만한 사실을 알고 있으니까. 나와 천심부인의 약속 말이다."

한종안은 일부러 목소리를 잔뜩 낮추어 신비스럽게 말했다.

그 말에 한운석은 깜짝 놀랐다. 한종안은 어머니를 '천심부인'이라고 불렀는데, 아무리 좋게 들으려 해도 도저히 자신의 부인을 칭하는 말이 아니었다!

한운석의 표정을 본 한종안의 눈동자에 질투의 빛이 어렸다. 한운석은 저렇게 똑똑한데 어째서 한씨 집안의 쓸모없는 자식들은 하나같이 그렇게 멍청하기만 할까? 어째서 그에게는 저런 딸이 없을까?

"대체 어떻게 된 것이오?"

한운석은 더욱더 불안해졌다. 하지만 한종안은 느긋하게 여유를 부렸다.

"내 목숨을 살려 준다면 모두 알려 주마."

"알려 주지 않으면 차라리 죽고 싶을 만큼 괴롭게 만들어 주겠소."

한운석의 두 눈동자가 가늘어지고 온몸에서 위험한 기운이 풍기기 시작했다. 그러나 한종안은 손에 쥔 것이 워낙 값어치가 커서 전혀 두려워하지 않았다. 더욱이 한 집안의 가주로서 온갖 시련과 사건들을 겪어 온 그가 이 정도 협박에 굴할 리도 없었다.

"마음대로 하거라. 어차피 나는 곧 죽을 목숨이니, 죽고 싶을 만큼 괴로운 것도 고작해야 사흘이겠지."

한종안이 쌀쌀하게 웃으며 말했다.

"이⋯⋯!"

한운석이 그에게 바짝 다가섰다.

한종안은 물러서지 않고 태연한 표정으로 말했다.

"믿기지 않으면 시험해 봐도 좋다."

이 늙은이가!

한운석은 다시 뒤로 물러나 소매 안에 숨겨진 손을 힘껏 움켜쥐었다.

"좋소, 약속하지. 기다리시오!"

말을 마친 그녀는 한종안에게 눈길 한 번 주지 않고 돌아서서 나갔다.

그날의 진상을 알기 위해서는 한종안의 조건을 들어줄 수밖에 없었다. 만에 하나 한종안이 심사가 틀려 입을 다물면 영원히 그 진상을 알 수 없을지도 몰랐다.

그러나 그녀는 그를 살려 준다고만 했지, 옥에서 풀어 준다고는 하지 않았다.

감옥을 나온 그녀는 곧바로 입궁했지만, 찾아간 사람은 천휘황제가 아닌 태자였다.

천휘황제는 지난번 한종안의 삼족을 멸하라는 명을 거둬들일 때도 몹시 내키지 않아 했으니, 또다시 부탁하면 한종안을 구하기는커녕 도리어 반감을 살 수도 있었다. 그리고 용비야에게는 애초에 그런 말을 꺼낼 용기조차 없었다. 따라서 그녀가 찾아갈 수 있는 사람은 태자뿐이었다.

상처를 살피기 위해 태자를 만나려 한다고 하자 통보할 필요도 없었다. 한 태감이 공손하기 짝이 없는 태도로 그녀를 동궁으로 안내했다. 마침 고북월은 조금 전 동궁을 떠났기 때문에 그녀와 마주치지 않았다.

한운석이 찾아오자 용천묵은 몹시 뜻밖이었다. 치료가 끝난 날, 한운석이 약을 갈 때 필요한 것을 모두 고북월에게 주고 상세한 것까지 당부했기 때문에 다시는 오지 않을 줄 알았던 것이다.

예전만해도 용천묵은 한운석이라는 지독한 추녀를 무척 경멸했고, 설사 황조모의 결정이었다 해도 그런 한운석을 왕비로 맞이한 황숙을 몹시 가엾게 생각했다. 그렇지만 지금은 그녀에게 진심으로 감탄하고 고마움을 느끼고 있었다. 그는 태후나 황후, 의태비처럼 한운석에게 적의를 품을 일이 없었다. 비록 부황은 진왕을 다소 경계했지만 그래도 그가 진왕의 지지를 얻기를 바랐고, 그것을 잘 아는 그는 진왕비를 몹시 반겨 맞았다.

"황숙모, 여기까지 친히 오시다니 노고가 많으십니다."

용천묵이 예의 바르게 말했다. 나이는 엇비슷했지만 어른을 대하듯 존경하는 태도였다.

한운석은 그의 상처를 살피지 않고 맥만 짚어 보았다.

"회복이 잘되고 있습니다. 이대로라면 이삼일 만에 침상에서 내려오실 수 있겠군요."

"모두 황숙모 덕분입니다."

용천묵이 겸손하게 말했다.

용천묵이 속이 시커먼지 어떤지는 모르지만, 겉으로라도 예의를 차리는 것을 보면 장평공주보다는 훨씬 강한 인물이었다. 이 정도 수양이면 나라의 후계자가 될 만했다.

상투적인 인사말을 주고받은 다음, 한운석이 떠보듯 물었다.

"태자의 큰 병이 나으셨으니 폐하께서 천하에 사면령을 내리시지 않겠습니까?"

용천묵도 영리한 인물이라, 그 말을 듣자 무슨 뜻인지 알아차린 듯 복잡한 표정을 지으며 잠시 망설이다가 대답했다.

"아직 말씀은 없으셨습니다."

"태자께서는 어찌 생각하십니까?"

한운석이 다시 물었다.

이렇게 되자 용천묵은 한운석이 이 일 때문에 찾아왔다는 것을 알고 싱긋 웃으며 시원하게 말했다.

"혹시 사면해 주고 싶은 사람이라도 있으십니까?"

용천묵이 이렇게 직접적으로 나오자 도리어 민망해진 한운석은 겸연쩍게 웃으며 말했다.

"태자께서는 참으로 총명하시군요."

"과찬이십니다. 하실 말씀이 있으면 꺼려말고 말씀하십시오."

용천묵이 진지하게 말했다.

"제 아버지인 한종안은 죽을죄를 지어 사흘 후 조리 돌리기를 하고 오문에서 참수 당하게 되었습니다."

한운석은 이렇게 말하며 가볍게 한숨을 내쉬었다.

"죽어 마땅한 죄를 지었지만 아무리 그래도 아버지이시니, 딸 된 도리로 도저히 지켜만 볼 수는 없어 이렇게 찾아왔습니다. 평생 갇혀 지내는 것이 죽기보다는 낫지 않겠습니까?"

한운석은 일부러 마지막 한마디를 강조했고, 용천묵은 곧 그 말뜻을 알아들었다. 사실 한운석이 직접 말하지 않았어도 한종안 때문에 사면령에 대해 물었다는 것은 짐작할 수 있었다.

하지만 이런 일은 황숙에게 청해도 충분했다. 황숙이 부황에게 제안하면 부황은 반드시 그 말을 들어주었을 텐데, 뜻밖에도 황숙모는 지아비가 아닌 그를 찾아왔으니 참 재미있는 일이었다.

진실, 생각지도 못한 이야기 (1)

　용천묵은 이런 상황이 잘 이해가 가지 않았지만 거절하지는 않았다. 비록 부황이 상을 내리긴 했으나, 한운석에게 목숨을 빚진 사람은 자신이었기 때문에 그렇잖아도 은혜를 갚을 기회를 찾던 차였다. 더군다나 사면령을 내리는 일은 민심을 얻기에도 딱 좋았다. 몇 년 동안 침묵 속에 살다가 다시 세상에 나가게 되었으니, 그 첫 등장은 반드시 우렁찬 축포와 함께 시작해야 할 것이다!

　용천묵은 고개를 끄덕였다.

　"본 태자의 고질병이 치료되었으니 사면령을 내리는 것도 좋은 생각입니다. 황숙모께서는 먼저 돌아가 계시지요. 조금 있다가 부황께서 오시면 제가 말씀드려 보겠습니다."

　용천묵이 허락할 줄은 알았지만 이렇게까지 쉽게 끝날 줄은 몰랐던 한운석은 몹시 기뻐, 새삼스레 태자를 다시 보게 되었다.

　그녀가 떠나기 전에 용천묵은 그녀를 불러 세우고 은근하게 말했다.

　"황숙모, 황숙께 저 대신 안부를 여쭈어 주시고, 몸이 나은 후 찾아뵙겠다고 전해 주십시오."

　한운석은 고개를 끄덕였다. 그녀가 알기로 용비야는 태자를 포함해서 어떤 황자들과도 가깝게 지내지 않았다. 용천묵이 구태여 찾아오겠다는 말은 용비야와 가까워져 보겠다는 뜻이 분명했다.

그렇지만 오래 병을 앓던 조카가 나았는데 한 번도 찾아오지 않는 것을 보면, 용비야도 정말 쌀쌀맞기 그지없는 사람이었다.

물론 한운석은 그런 것까지 생각할 틈이 없었다. 지금 그녀의 신경은 온통 한종안에게 쏠려 있다.

진왕부로 돌아온 한운석은 방에 틀어박혀 기다리며, 이따금씩 침향을 내보내 바깥소식을 알아 오게 했다. 하지만 이튿날 오후까지도 거리에 나붙은 방은 여전했고 사람들이 피우는 이야기꽃도 여전했다. 한씨 집안사람 몇 명이 차례로 감옥을 다녀갔지만 아무도 한종안을 만나지 못했고, 돌아와서는 재산을 두고 싸움을 벌였다는 소문이 났다.

용천묵이 나섰으니 성공할 확률이 무척 컸지만, 아직 정확한 답변을 받지 못한 한운석은 불안하지 않을 수 없었다. 아무래도 시간이 너무 촉박했다.

밤이 되자 그녀는 창가에 서서 도성의 야경을 바라보며 눈을 잔뜩 찌푸렸다. 내일이 마지막 날인데, 용천묵 쪽은 어떻게 되고 있을까? 오래전 있었던 천심부인의 난산에 숨겨진 진상은 무엇일까? 천심부인과 한종안 사이에는 어떤 비밀이 있었을까?

그녀는 밤새 잠 못 들고 뒤척였다.

그러나 다음날 날이 밝자마자 희소식이 도착했다.

침향이 문을 두드리며 소리를 쳐 댔다.

"마마, 마마! 폐하께서 아침 일찍 대사면령을 내리셨어요. 반역죄를 저지른 자를 제외한 사형수들을 모두 살려 주고 평생 감금하기로 했대요! 태자께서 몸소 청하신 거래요!"

한운석은 침상에서 굴러 떨어지다시피 내려와 씻고 옷을 입은 뒤 식사를 하는 둥 마는 둥 하고 감옥으로 달려갔다.

대사면령이 선포되자마자 가장 빨리 소식이 전해진 곳은 역시 감옥이었다. 한종안은 사람들이 떠드는 소리를 들었고 심지어 사형수 몇 명이 사형수 방에서 나가는 것도 보았다.

"태자께서 대사면령을 내리자고 하셨다지. 으하하, 우리도 태자 덕을 보게 생겼군!"

"누가 아니래. 이제 여기서 나갈 수 있겠지?"

"저것 좀 보게. 사형수들을 데리고 나가는 것을 보니 풀어 줄 모양이야! 으하하, 곧 우리 차례겠군!"

떠들썩한 소리가 감옥 안을 가득 채우자 한종안은 철책에 달라붙어 귀를 기울였다. 혼탁하게 흐려졌던 노쇠한 눈동자가 환하게 빛을 냈고, 마음은 놀람과 감탄에 빠져들었다. 한운석이 저렇게 총명하다는 것을 왜 진작 몰랐을까? 그녀는 천휘황제를 찾아가는 대신 태자를 찾아가 대사면령이라는 방법을 제안한 것이다!

정말 예전의 그 한운석이 맞는 걸까? 지금까지 그는 저 딸이 어머니만 못하다고 생각했는데 이제는 그 생각이 흔들리고 있었다.

곧 한운석이 찾아왔고, 그녀를 바라보는 한종안의 눈빛은 전과는 판이해져 있었다.

"딸아, 아주 영리하구나."

"폐하께서 대사면령을 내리신 걸 아는 모양이군."

그가 어떤 눈으로 보든 한운석은 퉁명스레 대답했다.

"이제 이 아비를 사형수 옥방에서 내보내 주겠지?"

한종안은 아직 몰골이 말이 아니었지만, 정신 상태는 훨씬 좋아져 허리를 꼿꼿이 펴자 자못 기백이 느껴졌다.

한운석은 비웃는 눈빛으로 차갑게 물었다.

"언제쯤 사실을 말해 줄 생각이오?"

"적어도 이곳에서 내보내 주기는 해야지."

한종안이 단호하게 뻗대었다. 의원들은 대부분 깨끗한 것을 좋아했고, 한종안 역시 썩은 죽음의 냄새를 풍기는 이 사형수의 옥방이 무척 싫었다.

한운석은 입가에 조소를 짙게 떠올렸다. 하나를 주면 두 개를 탐내는 것이 사람 마음이라는 것을 모를 줄 알았다면 큰 착각이었다.

그녀는 눈을 가늘게 뜨며 싸늘하게 경고했다.

"한종안, 이제 당신은 죽을 수도 없소. 차라리 죽여 달라고 빌 때까지 매일매일 당신을 괴롭혀 줄 수도 있소."

잃을 것이 없으면 두려울 것도 없다지만, 사형을 면한 한종안은 이제 목숨이 아까워 한운석의 협박에 흔들릴 수밖에 없었다. 한운석의 위험스러운 얼굴을 바라보던 한종안은 비록 마음에 들지는 않았지만, 이 정도 선에서 물러날 수밖에 없었다.

그는 벽을 가리키며 앉아서 이야기하자는 손짓을 했다. 한운석은 지난번처럼 벽에 기대앉은 후 싸늘한 눈초리로 그를 뚫어지게 바라보았다.

그녀가 경계하는 것을 알고 한종안은 자리에 앉으며 한숨을 푹 쉬었다.

"걱정 마라. 이런 상황에서 거짓말을 하지는 않을 테니까."

"쓸데없는 소리는 그만하고 어머니께서 대체 어떻게 돌아가셨는지나 말하시오!"

한운석이 싸늘하게 소리쳤다.

한종안은 그 질문에 직접적으로 대답하지 않았지만, 그의 입에서 나온 말은 한운석의 심장을 멈춰 버릴 만큼 놀라운 것이었다!

"한운석, 내 확실히 말하지만, 이 한종안은 네 친아버지가 아니다!"

뭐라고!

한운석은 자기 귀를 의심했고, 놀라움으로 눈을 휘둥그레 떴다.

이런 그녀의 모습을 보자 한종안의 눈에서도 자연스레 슬픔의 빛이 떠올랐다. 그가 이 딸에게 아버지의 의무를 수행한 적이 단 한 번도 없다는 것은 누구나 알고 있었지만, 마음속으로는 이 딸이 친딸이기를 얼마나 바랐는지 아무도 알지 못했다. 유명해진 지금의 한운석도 그렇지만, 그녀가 어머니의 뱃속에 있을 때도 늘 그런 바람을 품었었다.

그러나 안타깝게도…… 그에게는 그럴 자격이 없었다.

충격을 받은 한운석은 정신이 돌아오기 무섭게 버럭 소리를 질렀다.

"한종안, 거짓말 마시오!"

천심부인은 전설과 같은 인물이요, 재주 많고 인정 많은 사람이었다. 그런 그녀가 그런 지조 없는 행동을 하다니? 그런 그녀가 사생아를 낳다니? 더군다나 속 좁은 한종안이 부녀자의 도리를 어긴 여자를 용서하고 남의 아이까지 키웠으리라고는 절대 믿을 수가 없었다!

"거짓말이 아니다. 내게 증거가 있다."

한종안은 차분하게 대답했다. 한운석뿐만 아니라 천녕국에서 천심부인의 사적에 대해 들어 본 적이 있는 사람이라면 그 누구도 이 말을 믿지 않을 것이다.

그렇지만 틀림없는 사실이었다. 그렇지 않았다면 한씨 집안의 적출이자 진왕의 약혼녀이기도 한 한운석의 얼굴에 난 하잘것없는 종기 따위를 치료해 주지 않았을 까닭이 없었다.

"증거라니?"

한운석이 다급히 물었다.

"한 가지만 약속해 주면 사실을 빠짐없이 알려 주겠다."

한종안이 진지하게 말했다. 위협하는 것이 아니라 확고한 결심에서 우러난 말이었다.

그러나 흥분한 한운석은 그 결심을 인지하지 못하고 벌떡 일어나며 외쳤다.

"꿈 깨시오! 당신 목숨까지 살려 주었는데 뭘 믿고 또다시 조건을 들이미는 것이오?"

어쨌거나 한운석은 천심부인이 지조를 저버렸다고는 믿지 않았다. 그녀 자신이 정말 사생이라면 한종안이 먼저 천심부인을 배신했기 때문일 것이다.

이 일 하나로도 이렇게 격분했으니, 한종안이 조건까지 걸자 길길이 날뛰는 것도 당연했다.

그러나 노기충천한 한운석을 바라보는 한종안은 무척이나 태연했다.

"한운석, 일단 내 조건을 듣고 나서 대답해도 늦지 않다."

그는 이렇게 말하며 소매에서 열쇠 한 꾸러미를 꺼내 철책 사이로 한운석에게 건넸다.

한운석은 흠칫 놀랐다. 그녀가 알기로 이 열쇠는 바로 곳간 열쇠로, 한씨 집안 가주의 상징이었다. 곳간 안에는 한씨 집안의 재산뿐 아니라 가장 중요한 물건 두 가지가 들어 있었다. 하나는 한씨 집안이 소장한 진귀한 약재이고 다른 하나는 《한씨 의전韓氏醫典》이었다.

어떤 의술 명가든 자신들의 의술과 비방을 기록하여 집안의 가주에게 대대로 전해지는 책이 있었다. 이 《한씨의전》은 바로 한씨 집안의 보물이었다. 이 책을 얻는 것은 한씨 집안을 손에 넣는 것과 같았다. 비록 한종안이 감옥에 갇히면서 한씨 집안의 명성은 땅에 떨어졌지만, 그 기반은 아직 튼튼했다. 다른 것은 차치하고 이 《한씨의전》에 기재된 의술만으로도 일대의 명의가 되기에 충분했다.

눈앞에 내밀어진 열쇠를 바라보며 한운석은 꼼짝도 하지 않았다. 한종안이 저 열쇠를 나에게 주겠다고?

말도 안 되는 일이었다. 그녀는 한씨 집안의 핏줄도 아니었고, 설사 핏줄이라 해도 이미 출가했으니 한씨 집안 가주 자리를 이을 자격이 없었다. 한종안은 대체 무슨 조건을 내세우려는 것일까?

한운석은 한걸음 물러나 열쇠에서 멀찌감치 떨어지며 싸늘하게 물었다.

"이게 무슨 뜻이오?"

"약속해 다오. 네 힘이 닿는 데까지 새 가주를 도와 한씨 집안을 다시 일으키고, 그 무엇보다 한씨 집안을 중요하게 여기겠다고."

한 자 한 자 힘주어 말하는 한종안의 핏발이 가득선 눈동자에서는 확고한 의지가 철철 흘렀다.

한씨 집안을 다시 일으켜?

한운석으로서는 몹시 뜻밖의 제안이었다. 한종안이 이 감옥에서 풀어 달라고 위협할 줄 알았지, 이런 조건을 제시할 줄은 전혀 몰랐다.

자신보다 집안을 먼저 생각하다니.

한운석은 줄곧 이 '아버지'라는 사람에게 실망과 경멸만을 느끼고 있었다. 그녀가 아는 이 늙은이는 사리사욕만 챙기는 사람이었는데, 지금 보니 그에게도 대의大義가 있었던 것이다.

하지만 어째서 그녀가 온힘을 다해 한씨 집안을 지탱해 주어야만 그 대의가 이루어지는지는 알 도리가 없었다.

한씨 집안이 그녀를 위해 무엇을 해 주었던가? 그녀에게 무엇을 주었던가? 그 집안은 고통스러운 기억만 가득한 곳인데, 무슨 자격으로 한씨 집안을 위해 위험을 무릅쓰고 희생해 달라고 하는가?

하물며 한종안의 말대로라면 그녀와 한씨 집안은 피조차 이어지지 않은 생판 남이었다.

한종안의 결의에 찬 눈빛을 보며, 한운석은 입가에 비웃음을 떠올렸다.

"내가 받아들이리라고 확신하는 모양이군."

"네 어머니의 일은, 나를 제외하면 이 세상 누구도 아는 사람이 없기 때문이다. 네 친아버지도 포함해서!"

한종안의 말투는 단호했다.

"이미 말했지만 목숨마저 내 손안에 있는 지금, 당신은 그런 조건을 내세울 자격이 없소."

한운석이 싸늘하게 대답했지만 한종안은 도리어 웃음을 지었다.

"한씨 집안이 내 손에서 무너지면 이 한 목숨 구한들 무슨 소용이 있느냐? 내 손으로 목숨을 끊어 조상들께 사죄하는 수밖에!"

그녀가 아는 한종안은 자결할 용기도 없는 인물이었기에 한운석은 곧이듣지도 않았다. 그런데 뜻밖에도 한종안은 말을 마치자마자 돌아서서 감옥의 벽을 향해 뛰어들었다!

한운석은 화들짝 놀랐다.

"안 돼!"

한종안이 죽으면 며칠간의 고생이 물거품이 될 것이고 진실을 알아낼 수도 없었다.

그러나 한운석이 소리를 지르든 말든, 한종안은 멈추지 않고 달려가 벽에 머리를 박았고, 피를 철철 흘리면서도 계속 머리를 찧어 댔다!

한운석은 소스라치게 놀랐다. 집안을 지켜야 한다는 사명이 한종안의 마음속에 저렇게 깊이 뿌리내리고 있을 줄이야, 아무래도 그동안 저 늙은이를 잘못 본 모양이었다.

"좋소, 약속하겠소!"

한운석이 큰 소리로 외쳤다.

진실, 생각지도 못한 이야기 (2)

저 독한 인간!

한운석의 외침에 한종안은 비로소 멈추었지만, 뒤를 돌아보다가 머리가 핑 돌아 그대로 쓰러지고 말았다!

"앗······!"

한운석은 깜짝 놀라 황급히 옥졸을 불러 문을 열게 했다. 안으로 들어가 한종안의 상태를 살펴본 그녀는 겨우 한시름을 놓았다.

다행히도 한종안의 늙은 뼈는 아직 단단해서 피부만 찢겨 피가 났을 뿐이고, 쓰러진 것 또한 뇌진탕이 아니라 현기증 탓이었다.

그는 바닥에 누워 눈을 감고 있었고, 진짜 혼절한 것도 아니었다.

한운석은 옥졸을 내보낸 뒤 그 옆에 앉았다. 어차피 약속한 이상 조금 쉬게 해 준 다음 이야기를 들어도 상관없었다.

한종안은 비록 크게 다치지 않았지만 머리가 너무 어지러워 눈을 뜰 수가 없었다. 이곳에서 몇 날 며칠을 마음 졸이며 애태웠던 탓이었다.

한운석은 참을성 있게 기다리며 천심부인과 한종안이 대체 무슨 관계인지, 자신의 친아버지는 대체 누구인지, 천심부인이 억울하게 죽은 것은 아닌지만 곰곰이 생각했다.

그런 그녀와 달리 한종안은 마음이 급한지, 현기증을 무릅쓰고 다급히 물었다.

"한운석, 약속한 것이냐? 정말 약속하는 게지?"

한운석은 싸늘하게 그를 바라보며 불쾌한 듯 입을 실룩였다.

"이젠 진실을 알려 줄 수 있겠소?"

그러나 한종안은 서둘러 진실을 밝히는 대신 고개를 숙이고 한숨을 푹 쉬었다.

"한운석, 나는 늙었고 이제는 명성까지 잃었는데, 우리 한씨 집안에는 의술을 이을 사람이 없다. 내 아들들은 너도 잘 알다시피 하나같이 재주가 없어. 특히 첫째가 그렇지. 일곱째는 가르쳐 볼 만하지만 아직 나이가 어려 큰일을 맡기 어려우니 아무쪼록 네가 그 아이를 보살펴다오."

한운석은 그런 일을 깊이 생각할 기분이 아니었기 때문에 냉랭하게 재촉했다.

"알았으니 이야기나 하시오."

그러자 한종안은 품에서 손수건 한 장을 꺼냈다. 한운석은 그것이 여자의 손수건이고 유행이 지난 구식이라는 것을 한눈에 알아보았다. 한종안이 손수건을 펼치자 피로 쓴 글이 눈에 확 들어왔고, 한운석은 깜짝 놀랐다.

자세히 들여다보니 그 내용은 다름 아닌 계약서였다.

세상에, 천심부인과 한종안의 계약서라니! 그들은 계약 부부였던 것이다!

"한운석, 나와 네 어머니, 즉 천심부인은 이름뿐인 부부였다. 내게 시집왔을 때 그녀는 이미 너를 회임한 상태였지."

한종안이 담담하게 입을 열었다.

"그런데 왜 그분을 맞아들였소?"

한운석은 충격에 빠져 물었다. 혼례를 올린 후 지조를 저버린 줄 알았는데 이런 숨겨진 내막이 있을 줄이야.

"그건……."

한종안은 잠시 말을 멈추고 자조 섞인 미소를 지었다.

"그녀의 의술이 무척 뛰어나 나를 의학원 이사로 만들어 줄 수 있었기 때문이지. 우리 사이는 그저 거래였을 뿐이다."

계약서가 없었더라면 이 말을 믿지 않았을지도 모르지만, 증거가 떡하니 눈앞에 있었다. 한운석은 저도 모르게 긴장하며 이를 악물고 물었다.

"그분은 무엇 때문에 당신에게 시집을 갔소? 내 친아버지는 누구요?"

그러나 한종안은 연신 한숨만 푹푹 내쉬었다.

"나도 알고 싶구나."

뭐라고? 한종안도 모른다고?

한운석은 제 귀를 믿을 수가 없었다.

"아무것도 모르면서 어머니를 아내로 맞이했단 말이오?"

"딸아, 나는 네 아버지가 누구인지도 모르는 데다 네 어머니의 내력도 모른다. 네 어머니는 너를 가진 지 한 달째에 나를 찾아와 나를 의학원 이사 후보에 올려주고 10년 안에 이사로 만들어 주겠다고 했다. 그 조건은 자신을 정실로 맞아들여 너를 자식으로 인정하고 집을 마련해 주는 것이었지."

한종안은 연신 한숨을 내쉬며 안타까워했다. 천심부인같이 의술에 재능이 뛰어난 여자에게 왜 마음이 흔들리지 않았겠으며, 그런 여자를 왜 아까워하지 않았겠는가? 그 역시 떠보기도 하고 직접적으로 묻기도 했지만 천심부인은 끝내 아무 말도 하지 않았다.

심지어 그는 천심부인이 가진 아이를 유산시키고 그녀와 새롭게 시작할 생각까지 했지만, 그녀는 무정하게 거절했다.

천심부인을 '아내'로 맞이한 뒤, 그는 날이 갈수록 그녀의 의술이 뛰어나다는 것을 알게 되었고, 자신이 해결하지 못했던 병들을 그녀가 하나둘 치료해 나가면서 한씨 집안의 대표로서 천녕국 도성에서 이름을 날리게 되자 차츰차츰 질투를 하기 시작했다!

명성뿐만 아니라 의술에 있어서도, 아내가 자신을 뛰어넘는 것을 용납할 수 없었다. 설령 그 아내가 단순히 계약을 맺은 가짜 아내라도 말이다.

한번은 미치광이처럼 그녀의 내력을 캐내기도 해 보았지만, 약간의 실마리도 찾지 못했다.

한운석은 더욱더 이해가 가지 않아 답답한 듯 물었다.

"어머니께서는 하택현의 백리씨 집안사람이 아니오?"

한운석이 조사해서 알아낸 정보였지만, 뜻밖에도 한종안은 웃으며 고개를 가로 저었다.

"그 신분은 내가 네 어미를 위해 만들어 준 것뿐이다. 은자를 조금 써서 하택현 백리씨 일족을 매수했지. 나도 일찌감치 조사를 해 보았지만 안타깝게도 실마리가 전혀 없었다. 그녀는 마치 하늘에서 뚝 떨어진 사람 같더구나."

여기까지 말한 한종안의 눈동자에서는 안타까움과 애정이 떠올랐다. 질투를 하기도 했지만, 한종안의 마음속에는 아직도 천심부인을 향한 진심이 한 올 남아 있었던 것이다.

그러나 안타깝게도 천심부인은 너무 신비하고 의술도 뛰어나 그로서는 아무리 애를 써도 손댈 수 없는 사람이었다.

한운석은 몹시 뜻밖이었다. 이런 사정이 있을 것이라고는 생각조차 해 본 적이 없었다. 천심부인이 그토록 신비한 사람이고 한종안조차 그 신분을 모른다면 세상에 그녀에 대해 아는 사람이 과연 있을까?

천심부인은 한종안에게 시집간 지 1년도 못되어 난산으로 목숨을 잃었고, 이곳 천녕국의 도성에 이렇다 할 친구도 없었다.

백리천심百里天心이라는 이름이 있었지만 역시 가명일 것이다.

"그래서, 당신도 내 아버지가 누구인지 모른다는 말이군."

한운석이 혼잣말을 중얼거렸다.

한종안은 아쉬운 표정으로 허망하게 웃음을 흘렸다.

"나도 너처럼 알고 싶어 죽을 지경이다."

대체 어떤 남자가 천심부인의 마음을 얻었을까? 그녀는 의술만 뛰어난 것이 아니라 지혜롭고 마음도 넓어, 선제는 그녀를 한 번 보고도 칭찬을 아끼지 않았다.

"그렇다면 어째서 난산으로 돌아가셨소?"

한운석이 느닷없이 질문을 던졌다. 뜻밖의 이야기를 들었지만 가장 궁금했던 것을 잊지는 않았던 것이다.

뜻밖에도 한종안은 가소로운 듯이 웃음을 터트렸다.

"한운석, 너는 어떻게 생각하느냐? 네 어머니는 너를 훨씬 능가할 만큼 지혜로워 내가 들인 첩들 따위는 신경 쓸 상대도 아니었다. 더욱이 내가 그녀가 죽기를 바랐을 것 같으냐?"

한종안은 한운석이 자신을 의심한다는 것을 알았지만, 그에게는 실로 가소로운 의심이었다.

"나야말로 네 어머니를 죽일 이유가 전혀 없는 사람이다."

한종안은 한 자 한 자 진지하게 내뱉었다.

질투하기도 했고, 천심부인의 뱃속에 있는 자신과 피 한 방울 섞이지 않은 아이를 몹시 미워하기도 했지만, 그래도 그 정도로 잔인하게 굴 정도는 아니었다. 더욱이 천심부인이 그를 의학원 이사로 만들어 주기로 약속했으니, 그녀가 죽으면 그와 한씨 집안에 미치는 영향도 어마어마했다.

"난산으로 돌아가셨다니, 믿을 수 없소! 분명히 무슨 내막이 있었을 것이오! 의원이신 어머니께서 자신의 몸 상태를 몰랐다는 것이 말이 되오?"

한운석이 화난 목소리로 물었다.

한종안이 어머니를 죽일 이유가 없었다 해도, 난산으로 죽었다는 것은 받아들일 수가 없었다. 그녀가 알기로 천심부인은 출산하기 전에 아무런 이상도 없었다. 천심부인의 몸에 큰 문제가 없는데 난산을 했다면 태위胎位가 문제였다.

한종안은 한운석을 가만히 바라보다가 한참만에야 입을 열었다.

"한운석, 너는 연꽃을 밟고 선 아이다. 네 목숨을 살린 것만해도 운이 좋았지."

그 말이 한운석의 추측에 확신을 더해 주었다. 연꽃을 밟고섰다는 말은 듣기에는 좋지만 사실은 무척 끔찍한 상황을 의미했다.

연꽃을 밟고 선 아이는 '둔위臀位'라고 하는 똑바로 선 자세를 하고 있어서, 출산할 때 다리가 먼저 나오는 상황이 될 수밖에 없었다. 이런 상황에서는 태아가 질식하기 쉽고 산모도 피를 많이 흘리기 때문에 현대에서는 반드시 제왕절개를 해야 했고, 자연분만으로 이런 아이를 받으려는 병원은 없었다. 그러나 고대에는 수술하는 데 제약이 많았다. 운 좋게 살아남는 사람도 있지만, 이런 경우 산파는 보통 산모를 살릴지 태아를 살릴지 묻곤 했다.

"어머니께서 출산 전에 특별히 당부하신 것은 없었소?"

한운석이 물었다.

연꽃을 밟고 선 아이는 몹시 위험했지만, 천심부인은 남다른 사람이었다. 그녀의 의술이라면 적어도 출산 전에 배를 짚어 태위를 알아냈을 것이고, 일단 태위에 문제가 있다고 생각되었다면 침구를 이용해 조절할 수 있었다. 설사 마지막까지 조절하지 못했다 해도 최소한 출산 전에 산파에게 알려 미리 준비를 할 수도 있었다. 그런데 천심부인은 마지막까지 아무 말도 하지 않았다. 아기를 낳는 중대한 일을 앞두고, 어째서 스스로를 위험한 상황으로 몰고 갔을까?

한운석이 품은 의심은 사실 한종안도 늘 궁금하게 생각했던 문제였다. 그는 고개를 저으며 대답했다.

"없었다. 내가 몇 차례나 물어보았지만 아무 문제가 없다고만 했지."

한종안이 기억하기로는 그때 궁에서 일찌감치 산파를 보내주었는데, 그 산파도 별다른 말이 없었고 태아가 발부터 먼저 나왔을 때는 까무러칠 듯이 놀라기까지 했다.

한운석은 그래도 고개를 저으며 확신하듯 말했다.

"분명히 무슨 문제가 있었소!"

"문제는 네 어머니의 몸에 있었겠지, 안타깝게도……."

한종안은 한숨을 푹 쉬었다. 천심부인이 떠난 지 오랜 세월이 흘렀으니 이 수수께끼는 영원히 풀리지 않을 것 같았다.

"그렇다면 내 얼굴에 있던 흉터는 어떻게 된 것이오?"

한운석이 다시 물었다. 그녀의 기억이 틀리지 않았다면 그 흉터는 태어나면서부터 갖고 있던 것이었다.

태어나기 전부터 독으로 인한 흉터를 가지고 있었다면, 설마 천심부인이 독에 당했던 것일까? 누군가 천심부인을 죽음으로 몰고 가기 위해서? 그렇다면 태어난 아이도 똑같이 위험하지 않았을까?

이것이 유일한 실마리였기에 한운석은 초조한 얼굴로 한종안을 바라보았다. 그러나 한종안은 고개를 숙였다.

"어떻게 된 일이오?"

한운석이 긴장해서 물었다.

한종안은 한참 동안 침묵을 지키다가 비로소 고개를 들었다.

"네 얼굴의 흉터는 사실 태어나기 전부터 있었던 것이 아니다. 내가……, 내가 독을 쓴 것이다."

"뭐?"

한운석은 화가 머리끝까지 치밀었다. 어떻게 그런 일을!

한종안은 분노에 찬 그녀의 시선을 피한 채 차분하게 말했다.

"네 어미가 죽었는데 너를 남겨 둔들 어디에 쓰겠느냐?"

그에게 있어 한운석은 피 한 방울 섞이지 않은 남이었고 아무런 관계도 없었지만, 태어나자마자 존귀한 진왕비가 되기로 정해졌기 때문에 싫어도 애지중지하며 고이 길러야만 했다.

천심부인이 살아 있었다면, 그랬다면 한종안도 어찌어찌 견뎌 낼 수 있었을 것이다. 그러나 천심부인이 갑자기 사라지자 도저히 견딜 수가 없었다.

단순히 보기 싫은 정도가 아니라 죽이고 싶도록 미웠다. 이 아이만 아니었다면 천심부인이 죽지 않았을 테니까!

아이를 죽일 수도, 버릴 수도 없으니 남은 방법은 하나, 철저하게 망가뜨리는 것뿐이었다. 그 용모를 망가뜨리고 의술을 배우지 못하게 해서 태후가 그녀를 포기하게끔 만드는 것이었다.

예상대로 태후는 그녀가 추녀라는 것을 알게 되자 한동안 관망했지만 의술에 재능이 없다는 것까지 확인한 후에는, 비록 혼사를 취소하지는 않았지만 몹시 실망했다. 알다시피 당시 태후는 천심부인이 그녀 못지않은 뛰어난 여자아이를 낳아 주기를 고대하고 있었다.

혼약이 있었기 때문에 한종안은 한운석을 계속 키웠지만 하인처럼 대했고, 심지어 딸 중 누군가가 한운석 대신 시집갈 수 있기를 바랐다. 하지만 애석하게도 태자의 괴병이라는 골칫덩이를 떠안아 태후의 눈 밖에 나는 바람에 차마 그 바람을 꺼내 보일 수가 없었다.

한종안이라는 사람이 어떤 인물인지 확실하게 깨달은 한운석은 시종일관 입가에 차가운 미소를 띤 채 말했다.

"나를 남겨서 어디에 쓰겠느냐고? 한종안, 당신이 의학원 이사가 되는데 어머니의 공로가 전혀 없었다고 말할 수 있소? 은혜를 원수로 갚는 위군자 같으니!"

천심부인은 비록 죽었지만 처음 약속한 대로 한종안을 의학원 이사로 만들어 주었고, 바로 그 지위 덕분에 그동안 한씨 집안은 여러 가지 이익을 취할 수 있었다. 그렇지 않았다면 의술 명가가 수두룩한 천녕국에서 한씨 집안이 무슨 수로 두각을 나타낼 수 있었을까?

한운석은 자리에서 일어났다. 한종안이 한 이야기는 믿었지만 그에 대한 경멸이 사라진 것은 아니었다. 의원이라면 의원으로서의 윤리를 중요하게 여겨야 하는데, 기본적인 인품조차 갖추지 못한 사람에게 직업 윤리 따위를 말해 봐야 무슨 소용이겠는가?

한운석의 반응에 한종안은 깜짝 놀라 벌떡 일어났다.

"한운석, 내가 아는 것은 모두 말해 주었다. 설마 약속을 번복할 생각이냐?"

절세의 공자 뉘인가

번복?

한운석은 냉랭하게 한종안을 바라보다가 그의 손에서 곳간 열쇠를 받아들었다.

"쓸데없는 생각은 마시오."

약속을 한 이상 번복할 생각은 없었다.

더구나 이 일은 보통 일이 아니었다. 한씨 집안을 구하는 것은 그들의 삼족을 구하는 것과 같은 의미였다. 백 명에 가까운 한씨 집안사람들이 하나같이 악인들은 아니었고, 그중에는 선량하고 무고한 사람들도 있었다. 더군다나 누군가는 한씨 집안의 의술을 이어 더 많은 환자들을 구해야 했다.

생각해 보면 천심부인이 한종안을 선택한 것도 한종안이 마음에 들어서가 아니라 한씨 집안의 미래를 보았기 때문인지도 모른다. 한운석은 이 부탁을 최우선으로 여길 마음은 없었지만 그래도 최선을 다할 생각이었다.

한운석이 곳간 열쇠를 받자 한종안은 마음이 놓였다. 그 역시 자신이 지은 죄를 알고 있었기 때문에 죽음은 면해도 완전히 사면을 받지는 못하리라 생각하고 있었다. 어쩌면 평생 이 감옥에서 벗어날 수 없을 지도 몰랐다.

한운석은 더 이상 그와 이야기를 나누고 싶지 않아 돌아서서 밖으로 걸어갔지만, 한종안이 그녀를 불러 세웠다.

"한운석, 기다려라!"

한운석은 걸음을 멈추었지만 돌아보지도 않고 물었다.

"무슨 일이오?"

"한운석, 태자의 병은……."

한종안은 여기서 잠시 멈추었다가 곧 결연한 목소리로 말했다.

"내 진맥이 틀리지 않았다고 믿어마지 않는다!"

한운석은 살짝 멈칫했다. 저 인간은 혐오스럽지만, 그 의술은 확실히 훌륭했다.

그러나 그녀는 대답할 마음이 없어 계속 걸음을 옮겼다.

한종안이 뒤쫓아 와 옥방의 문을 가로막으며 외쳤다.

"이제 다 끝난 일이 아니냐. 나는 사실을 알고 싶을 뿐이다!"

한운석은 입가에 비웃음을 떠올렸다.

"한 신의, 잘 생각해 보시오. 당신 정도의 탁월한 재주라면 분명히 그 답을 깨달을 수 있을 것이오!"

말을 마친 그녀는 그의 손을 뿌리치고 성큼성큼 밖으로 나가 제 손으로 옥방에 자물쇠를 채웠다.

"나는 모르겠다!"

한종안은 몹시 흥분한 듯 목소리가 훨씬 높아졌다.

하지만 한운석은 아무렇지도 않게 말했다.

"모르겠으면 좀 더 생각해 보시오."

그녀는 휙 돌아섰다. 한종안에게 사실을 알려 주지 않은 것은 일종의 벌이라고 볼 수 있었다. 아마도 그는 평생 그 궁금증을 마음에 품고 살아야 할 것이다.

한운석은 별로 죄책감을 느끼지 않았다. 이 모든 것은 한종안이 마땅히 당해야 할 일이었다. 만약 그가 천심부인에 대해 감사하는 마음이 조금이라도 있었다면 그녀를 친딸처럼 키웠을 것이다. 그랬다면, 오늘 그녀는 목숨을 걸고서라도 그를 구해냈을 것이다.

하지만 세상에 만약이란 없었고, 게다가 조금 전 한종안의 눈 속에도 죄책감 같은 것은 전혀 없었다.

고요하고 깊디깊은 복도를 걸으면서, 한운석은 두 팔을 감싸 안고 고개를 숙인 채 깊이 생각에 잠겼다.

어머니의 죽음은 무엇 때문이었을까? 아버지는 어떤 사람일까?

이렇게 오랜 시간이 지났는데 어디서부터 조사해야 할까? 이 넓디넓은 세상 어디에서 실마리를 찾아낼 수 있을까?

천심부인은 어째서 아기를 가진 채 다른 사람에게 시집을 가야 했을까? 절망에 처했기 때문이었을까, 아니면 부득이한 상황이었기 때문일까?

천녕국 도성에 온 지 채 1년이 되기도 전에 세상을 깜짝 놀라게 했던 그녀가 어떤 이유로 혼례도 올리지 않은 채 아기를 가지게 되었을까? 어쩌면 한씨 집안에 오기 전에 이미 혼례를 올렸을지도 몰랐다.

아버지는 아직 이 세상에 살아 있을까? 그녀의 존재를 알고 있을까?

수많은 질문이 꼬리를 물며 그녀를 괴롭혔다. 알면 알수록 궁금한 것도 늘어나기만 했다.

결국 그녀는 한숨을 푹 쉬며 그 생각을 접었다. 그리고 한씨 집안 가주의 상징인 곳간 열쇠를 품에 넣으며, 시간이 나면 한씨 저택을 한 번 둘러보아야겠다는 생각을 했다.

물론 지금쯤 한씨 집안은 발칵 뒤집어졌을 것이고 그 시끌 벅적한 싸움에 끼어들 생각은 없었으니, 우선 악독하고 못된 첩들끼리 서로 물어뜯고 싸우도록 내버려 둘 생각이었다.

감옥에서 나온 그녀는 마음이 울적하여 정처 없이 거리를 걷다가 하늘이 어두워진 다음에야 진왕부로 돌아갔다.

천휘황제는 대사면령을 내린 동시에 태자의 병에 대한 사실을 공표했고, 사흘 후에는 태자가 다시 조례에 나가 정무에 참여했다.

나라의 후계자인 태자가 다시 등장하자 천녕국의 조정에는 암암리에 불온한 움직임이 일기 시작했다.

한운석이 태자를 치료한 일은 공표되지 않았지만 상류층 사이에는 이미 소문이 나 있었고, 덕분에 한운석을 원망하는 사람이 감사하는 사람보다 훨씬 많아졌다. 물론 그녀를 다시 보게 된 사람들이 더욱 많았다.

한운석은 그런 줄도 모른 채 며칠 동안 부용원에 처박혀 있었다.

용비야도 며칠 동안 돌아올 기미가 없었고, 의태비도 지난번 일로 단단히 화가 났는지 공연히 찾아와 괴롭히지 않았다. 대신 하인들은 정성을 다해 시중을 들었기 때문에 생활은 예전보다 훨씬 좋아졌다.

하지만 한운석은 천심부인의 일 때문에 아직도 마음이 무거웠다. 한씨 집안 소식을 알아보기라도 할라치면, 늘 누가 누구와 싸움이 붙었다느니, 누가 보물을 싸서 달아나 버렸다느니 하는 이야기만 들려왔다.

물론 한씨 집안의 대표적인 첩 세 사람은 아직 남아 있었다. 그들은 가주 자리를 놓고 피터지게 싸우거나 한종안을 만나기 위해 애를 썼지만, 아무리 돈을 써도 만나 볼 수가 없었다.

어느 날 한운석이 운공 의학원의 소개서를 뒤적이고 있을 때 침향이 와서 보고했다.

"마마, 의학원 사람이 한씨 저택에 찾아와 가주를 의학원 이사에서 제명시키고 이사의 영패를 가져갔대요."

이미 예상한 일이었기에 한운석은 별로 놀라지 않았다. 일부러 의학원에 관한 책을 뒤적이는 이유도 실마리를 찾기 위해서였다. 천심부인이 한종안을 이사 자리에 앉힐 수 있었다면 의학원과 무슨 관계가 있을지도 몰랐다.

그 문제로 한 번 더 감옥을 다녀왔지만, 한종안은 천심부인이 자신에게 의술을 가르쳤을 뿐이고 시집온 지 1년도 되지 않아 죽었으니 의학원 이사가 된 것은 자신의 노력 덕분이라고 했다.

한운석은 화가 나서 다시는 그를 보고 싶지 않았다. 의학원에 관해 알아보려면 고북월에게 도움을 청하는 것이 더 나을 것 같았다.

고북월은 무척 바쁜 사람이라 미리 약속을 해야 만날 수 있을 줄 알았는데, 뜻밖에도 오전에 서신을 써서 저택으로 사람을 보냈더니 오후에 바로 만날 수 있다는 답신이 왔다.

두 사람은 천녕국 도성에서 가장 큰 찻집인 명선루茗仙樓에서 만났다.

고북월을 보자 한운석은 저도 모르게 '낯선 청년의 얼굴 옥같이 고우니, 절세의 공자 뉘인가.'라는 시 한 구절을 떠올렸다.

손목과 발목을 꽉 졸라매는 소박한 의원복을 벗고 티 없이 하얀 옷을 걸친 그는 너무나도 고와서, 그 편안하고 따뜻한 눈동자가 아니었다면 사람을 잘못 보았다고 생각했을 정도였다.

백의는 눈처럼 새하얀 그의 피부며 깨끗한 기질, 신선 같은 표표함과 꼭 어울렸다. 그는 부드러웠지만 의뭉스럽지 않고, 여성스럽기는커녕 말로는 표현하기 힘든 남성미를 가지고 있었다. 그 매력은 마치 한 번 맡으면 마음이 편안해지고 쉽사리 잊지 못하게 만드는 향수 같았다.

한번은 한운석이 장난스레 고북월은 마치 부처님 같은 인상이라고 말한 적이 있었는데, 고북월은 웃음을 터트리더니 자신은 그렇게 뚱뚱하지 않다며 고개를 저었다.

경국지색의 미인과 남중일색의 미남자가 나란히 앉아 있으니 이목이 집중되는 것도 당연했다. 물론 아무도 그들의 신분을 알지 못했다. 그들은 미리 약속이라도 한 듯 태연자약하게 행동했고, 특히 고북월이 그랬다.

한운석은 한참을 머뭇거리다 출신의 비밀은 숨기기로 하고 운공 의학원에 관한 내용만 확인한 뒤 한종안이 의학원 이사가 된 과정을 물었다.

고북월에게 듣자니 의학원 이사의 후보자는 의학원에서 직접 선발하며, 그 후보자들 가운데 이사를 고른다고 했다.

천심부인이 세상을 떠난 지 3년 후 한종안은 집안의 명성과 의술 능력 덕분에 이사 후보자로 지명되었고, 6년 후에는 정식 이사가 되었다. 천심부인은 10년이라고 약속했고, 그는 정말 10년 후에 이사가 되었다.

"그분이 이사가 되었을 때 저와 조부께서는 의학원을 떠났기 때문에 구체적인 상황은 모릅니다. 하지만 그분은 의학원 사상 가장 젊은 후보자였고 또 가장 젊은 이사였지요."

고북월은 잠시 멈추었다가 덧붙였다.

"이사가 되기 위한 경쟁은 상당히 치열합니다. 이사 후보자가 된다 해도 10년이나 20년, 때로는 평생 이사로 선발되지 못하는 사람이 수두룩합니다."

비록 정확하게 말하지는 않았지만, 한종안의 의술이 뛰어난 편이긴 하지만 고수들과 비교할 때 최고는 아니라는 말임은 알 수 있었다. 의학원의 이사는 대부분 백 살에 가까운 노인들인 만큼 후보자들 중에도 백발이 창창한 노인들이 많았으니, 한종안은 너무 쉽게 이사가 된 셈이었다.

"처음 그를 추천한 사람은 누구였죠?"

한운석이 다시 물었다.

고북월은 고개를 저었다.

"그건 비밀입니다. 아마 한종안 자신도 모를 겁니다."

그랬구나. 그렇다면 한종안의 입으로도 알아낼 수 없겠지.

그녀가 눈을 찡그리는 것을 본 고북월의 입가에 아무도 알아차리지 못할 미소가 스쳐갔다. 그가 담담하게 말했다.

"제가 한번 알아볼 수도 있습니다. 단, 반드시 알아낼 수 있다고는 장담하지는 못합니다."

어, 방법이 있나 본데?

한운석은 웃으며 찻잔을 탁자에 내려놓은 뒤 시원스럽게 대답했다.

"그렇다면 감사 인사부터 해야겠군요. 다음에 술 한잔 대접하죠."

고북월은 한운석의 이런 말투에 익숙하지 않았다. 도무지 왕비 같지 않고, 정식 왕비다운 우아함과 존귀함이 전혀 느껴지지 않는 말투였지만, 도리어 억지로 꾸며 내지 않은 그 소탈함이 그를 매혹시켰다.

고북월은 한운석이 한씨 집안 출신이 아니고 진왕비가 아니었다면 훨씬 더 높이 날아올랐을 것 같다는 생각을 했지만, 그 생각은 마음속에 숨긴 채 웃으며 고개를 끄덕였다.

밖에서 만날 기회가 흔치 않았던 두 사람은 저녁까지 앉아 이야기를 나누었고, 한운석은 고북월이 말수가 거의 없는 사람처럼 보여도 이야기가 끊어져 어색한 상황을 만들지는 않는다는 것을 알게 되었다.

의술에 관한 이야기, 약에 관한 이야기, 여러 가지 병에 관한 이야기를 나누는 동안 한운석은 진지하게 고민하기도 하고 깔깔거리며 웃기도 했지만, 고북월은 시종일관 빙그레 웃으며 점잖은 태도를 유지했다.

침향이 달려와 귀띔해 주자 그제야 한운석은 시간이 훌쩍 지나 하늘이 어두워지고 있다는 것을 알아차렸다.

"다음에 또 만나요. 방금 이야기한 그 병에 대해서 좀 더 가르침을 받고 싶어요."

한운석은 독에 조예가 깊었지만 의술에는 부족한 점이 많았다. 배우는 것을 좋아하는 그녀는 고북월을 왕부로 데려가 가정교사로 삼지 못하는 것이 못내 아쉬웠다.

"왕비마마, 이는 규칙에 어긋나는 일입니다."

고북월이 어쩔 수 없이 소리 죽여 깨우쳐 주었다.

진왕부에서 벗어난 한운석에게는 규칙이니 뭐니 하는 것은 하나같이 쓸모없는 잔소리에 불과했다. 마음에 거리낌이 없는 사람일수록 모호한 사이로 의심받는 것을 겁내지 않는 반면, 꼬치꼬치 신경 쓰는 사람일수록 이상한 생각을 품고 있기 마련이었다.

그녀는 맑은 눈동자에 간교한 빛을 띠며 속삭였다.

"매달 15일에 여기서 만나요. 그때는 당신도 고 태의가 아니고 나도 진왕비가 아니에요. 우린 그냥 같은 길을 가는 사람으로서 의술을 연구하기 위해 만나는 거예요, 알겠죠?"

말이 연구지, 사실은 의술을 배우는 자리였다. 고북월 역시 그녀가 의술은 배워도 독에 대해서는 알려 주지 않겠다는 뜻임을 꿰뚫어 보았지만 굳이 지적하지는 않았다.

매달 15일에 신분을 벗어던지고 만나서 의술에 관한 이야기를 나누다니, 이 얼마나 아름다운 일인가? 하지만 온화한 고북월은 언제까지나 이성적인 사람이었다.

그는 따스하게 미소를 지으며 말했다.

"왕비마마께서는 농담도 잘 하시는군요. 시간이 늦었으니 돌아가시지요."

"고북월."

한운석이 눈을 찌푸리며 그를 불렀다. 당연히 승낙할 줄 알았는데 거절이라니 뜻밖이었다.

"왕비마마, 소신은 함부로 궁에서 나올 수 없습니다. 자, 그만 돌아가시지요."

고북월은 여전히 미소 띤 얼굴로 말했다.

그 웃음은 따뜻해 보였지만 아무도 흔들어 놓을 수 없을 만큼 단호했다. 한운석은 떨떠름했지만 우기지 않고 손을 흔들어 작별을 고했다.

찔리는 마음, 왕비님 왜 숨으세요

누각을 내려가면서 침향이 투덜거렸다.

"마마, 이러시면 안 돼요!"

"뭐가?"

한운석이 마지못해 물었다.

"마마, 마마는 진왕비이시잖아요, 이렇게…… 이렇게……."

평소 주인이 무척 똑똑하다고 생각했던 침향이지만 지금은 그 행동에 조마조마했다.

그녀는 주인의 손을 잡고 귓속말을 속삭였다.

"마마는 지아비가 있는 여자이고 친왕親王의 정비라고요! 만에 하나 이 일이 진왕 전하의 귀에 들어가면 마마는 끝장이에요!"

침향은 어리숙한 편이었지만 어떤 부분에서는 무척 민감했다.

한운석은 기가 막힌 듯이 눈을 흘겼다. 그런 것쯤은 당연히 알고 있었다. 하지만 몰래 연인을 만난 것도 아니고, 고북월을 가까이해도 좋을 친구로 여겨 만나서 이야기나 한 것뿐이었다. 그뿐인가? 심심풀이로 수다를 떤다거나 시시덕거리며 농담 따먹기를 하기 위해 불러낸 것이 아니라 부탁할 일이 있었던 것뿐이었다.

더욱이 그녀와 용비야는 이름뿐인 부부였다. 용비야는 그녀 앞에서 다른 여자를 안은 것도 모자라, 다른 여자를 구하기 위

해 그녀를 내팽개친 적도 있었다! 단목요 일을 생각하면 한운
석은 아직도 속이 부글부글 끓었다.

"마마, 제 말 들으셨어요?"

침향이 진지하게 물었다.

"나쁜 짓을 한 것도 아닌데 무슨 걱정이야? 누가 들으면 내
가 바람이라도 피운 줄 알겠네."

한운석은 그런 시선이 싫었다. 그녀가 고북월에게 느끼는
감정은 순수한 우정뿐이었다. 그런데 그렇게 말하려는 순간 저
도 모르게 우뚝 발걸음이 멈추는 바람에, 하마터면 바닥에 나
동그라질 뻔했다.

문으로 들어서고 있는 거대하고 오만한 그림자, 너무나도
익숙한 모습……, 용비야!

비록 일부러 단출하게 입고 있었지만 한운석은 한눈에 그를
알아보았다.

조금 전까지만 해도 당당하던 한운석은 무의식적으로 휙 돌
아서서 누각 위로 뛰어올라갔고, 침향도 따라 달아났다. 누각
위에서 아래를 훔쳐보니 다행히 용비야는 위로 올라올 기미가
없어 겨우 마음이 놓였다.

침향은 이상한 표정으로 그녀를 바라보았다.

"마마, 뭐가 찔리시는 거예요?"

아니…….

"그…… 그게……, 너같이 이상한 생각을 하는 사람이 워낙
많아서 주의하는 것뿐이야."

한운석은 생각나는 대로 변명했으나, 사실 방금 그 반응은 뇌를 거치지 않고 반사적으로 튀어나온 것이었고 뒤늦게야 왜 달아났나 싶었다.

아직 떠나지 않았던 고북월은 그 장면을 모두 목격했지만, 그녀에게 다가가는 대신 입가에 옅은 미소를 띤 채 어쩔 수 없는 표정을 지었다.

한운석은 냉정을 찾은 후에야 고북월이 아직 누각 위에 있다는 것을 떠올렸다. 그러나 그쪽으로 돌아섰을 때 그는 이미 어디론가 사라지고 보이지 않았다.

"어디 갔지?"

한운석은 어리둥절했다.

침향이 대신 한 바퀴 둘러보았지만 역시 보이지 않았다.

"마마, 이상해요. 분명히 우리가 먼저 나왔잖아요."

계단은 단 하나뿐이었고, 그들은 다시 위로 올라온 뒤 내내 계단 입구를 지켰는데, 고북월은 어떻게 내려갔을까?

한운석은 의아했지만, 결국 삼층으로 올라가는 계단을 떠올리고 그리로 올라갔으리라 짐작했다.

그러나 그때 고북월이 찻집 문 앞에 있다는 사실을 그녀는 전혀 알지 못했다. 그는 이 층을 올려다보며 빙그레 웃은 뒤 그림자처럼 순식간에 모습을 감추었다.

상황이 이렇게 되자 한운석은 용비야가 떠나기를 기다렸다가 그제야 누각에서 내려왔다.

마차에 오른 뒤 침향은 웃고 싶은 것을 꾹 참아야 했고, 한운석은 입을 쑥 내민 채 창밖만 내다보았다. 덕분에 주인과 하녀 사이의 분위기가 아주 요상해졌다.

부용원으로 돌아온 뒤 용비야의 침궁에 불이 밝혀 있는 것을 본 주인이 그쪽으로 가자, 침향은 참지 못하고 푸하하 웃음을 터트렸다.

그러나 그 웃음은 '푸하하' 까지만 하고 딱 멈추었다. 한운석이 부끄럽다 못해 화가 치밀어 침향을 마구 꼬집었던 것이다.

"이 못된 계집애! 웃긴 뭘 웃어! 빨리 들어가지 못해!"

소리소리 지른 한운석은 침향이 움직이기도 전에 먼저 획 돌아서서 가 버렸다.

그날 밤은 까닭 없이 잠이 오지 않아, 한운석은 이불을 둘둘 말고 침상 가장자리에 앉아 용비야의 침궁에 밝혀진 등불만 멍하니 바라보았다.

솔직히 오늘 침향이 했던 경고를 한 귀로 흘린 것만은 아니었다. 진왕부에 시집온 지도 꽤 시간이 지났지만 오늘에서야 자신이 지아비가 있는 여자라는 사실이 뼈저리게 와 닿았던 것이다. 비록 이름뿐인 부부지만, 그 이름만으로도 평생의 족쇄가 되기에 충분했다.

용비야는 다시 장가를 들 수 있지만 그녀는 영원히 다시 시집갈 수 없었다.

가만히 생각하던 그녀는 갑자기 머리를 마구 저었다. 대체 무슨 생각이람? 목숨만 붙어 있으면, 편안하게 살 수만 있으면 되는 걸, 웬 쓸데없는 생각이야?

날이 밝을 때에야 겨우 잠든 한운석은 오후가 되어서야 깨어났다.

며칠 후 한씨 집안 이야기가 여전히 골목골목에서 들려와도 예전만큼 시끄럽지 않게 되자, 한운석은 소매 속에 넣었던 곳간 열쇠를 만지작거리며 가 볼 때가 되었다고 생각했다.

하지만 막 외출하려는데 뜻밖에도 소장군 목청무가 찾아왔다.

한운석은 목청무를 보자마자 농을 걸었다.

"소장군, 장평공주께서 요즘 무척 바쁘신가 봐요?"

장평공주는 얼굴에 났던 버짐이 사라진 뒤 남들의 웃음거리가 될까 봐 한파를 피한다는 핑계로 남쪽으로 유람을 갔다. 그렇지 않았다면 목청무를 따라 여기까지 쫓아오고도 남았을 사람이었다.

목청무는 다소 민망한 듯 웃음으로 무마한 다음 진지하게 말했다.

"진왕비마마, 제가 찾아온 까닭은…… 그러니까…….."

이렇게 머뭇머뭇하는 것은 소장군답지 않았다. 대체 무슨 이야기이기에 저렇게 주저하는 거지?

"소장군, 할 말이 있으면 해 보세요."

한운석이 답답해하며 물었다. 진왕부까지 찾아온 것을 보면 틀림없이 중요한 일일 것이다.

"실은, 제가 중독되었던 만사독에 관한 일입니다. 왕비마마께서는 그 독이 만성이며 오랜 세월 꾸준히 노출된 것이라고 하셨는데, 아버지와 함께 조사해 보았으나 여태 독을 쓴 사람을 찾지 못했습니다. 그래서…… 마마를 부중으로 모시고 군영을 한 번 살펴봐 달라고 부탁드리러 왔습니다."

목청무는 대범하고 시원시원한 무장이었지만 부탁을 할 때는 수줍음 타는 소년 같았다.

아무래도 찔리는 구석이 있기 때문이었다!

그간 연락이 뜸하다가 일이 생기자마자 찾아온 것도 그렇고, 한운석에게 뭐든 보답하겠다고 해 놓고 도움이 되기는커녕 도리어 부탁을 하러 찾아오기까지 했으니 그럴 만도 했다.

그 일 때문이라니 한운석도 별로 이상하게 생각하지 않았다. 사실 만사독은 쉽게 쓸 수 있는 독약이 아니었기 때문에 그녀 자신도 그 문제를 곰곰이 생각해 본 적이 있었는데, 그간 다른 일로 바빠 까맣게 잊고 있었던 것이다.

잠시 망설이던 그녀가 물었다.

"조사는 어떻게 했나요?"

"주방에서 일하는 자들과 가까이 부리는 하녀, 하인들을 심문했습니다."

목청무가 사실대로 대답했다. 그의 생활은 몹시 단조로워 집 아니면 군영에만 있었기 때문에 그에게 접근하여 독을 쓸 수 있는 사람은 그 정도뿐이었다. 물론 심문이 제일 좋은 방법이라고는 할 수 없지만, 그래도 한 가지 방법이기는 했다.

"부중과 군영에서 부리는 사람들 가운데 최근 무슨 변화가 없었나요?"

한운석이 다시 물었다. 그녀가 목청무를 해독시켰다는 이야

144

기가 쫙 퍼졌을 뿐 아니라 대장군부에서 하인들을 심문하기 시
작했다면, 독을 쓴 사람은 분명히 불안한 마음에 무슨 행동을
취했을 것이다.

"없었습니다. 해서……."

목청무는 진왕도 그 결과를 물은 적이 있다고 말해 주고 싶
었지만, 진왕이 비밀로 하라고 했기 때문에 잠시 고민하다가
입을 다물었다.

"해서 이렇게 마마께 도움을 청할 수밖에 없었습니다."

"난 신탐神探(사건 조사에 뛰어난 사람)이 아니에요."

한운석은 기가 막힌 듯 웃음을 지었다.

부탁하러 찾아온 것도 민망한데 한운석이 이렇게 말하자 목
청무는 무슨 말을 해야 좋을지 몰라 머리를 긁적였고, 얼굴에
는 그 당황한 심정이 그대로 드러났다. 그 소년 같은 모습을 본
한운석은 그가 전쟁터에서 용맹을 뽐내며 적을 벨 때의 모습을
상상하며 웃음을 감추지 못했다.

그녀가 그의 민망함을 없애 주려 물었다.

"구체적으로 내가 무엇을 해 주었으면 하죠?"

그녀는 확실히 신탐은 아니었다. 독을 쓴 지 오래고 이미 해
독도 되었으니, 그녀가 가더라도 도울 일이 없었다.

"만사독이 희귀한 독이라는 것은 마마께서 더 잘 아실 겁
니다. 어쩌면 주위에서 실마리를 찾을 수 있지 않을까 생각됩
니다."

목청무가 진지하게 대답했다. 사실 한운석을 찾아온 것은

최후의 방법이었다.

그러나 그 말이 무언가를 떠올리게 한 듯, 한운석의 눈동자에 복잡한 빛이 어렸다.

잠시 고민하던 그녀는 더 이상 묻지 않고 시원스레 고개를 끄덕인 후, 진지한 태도로 말했다.

"이렇게 해요. 내일 아침에 대장군부로 가서 살펴볼 테니, 공연히 소문이 나서 적들이 손을 쓰지 못하도록 재진을 위해 방문한 것으로 해 줘요."

군기가 엄한 군영에서 독을 쓰기란 쉽지 않을 테니 실마리는 대장군부에 있으리라 생각했다. 아무래도 대장군부를 드나드는 사람들이 군영의 병사들보다 많고 복잡할 것이다.

그 말을 들은 목청무는 무척 기뻐하며 황급히 두 손을 모아 예를 올렸다.

"감사합니다, 왕비마마. 훗날 마마께 필요한 것이 있다면 부디……."

그 말이 끝나기도 전에 한운석이 끼어들었다.

"소장군, 별말씀을 다 하는군요. 설마 나와 거래를 하자는 건가요?"

그는 지난번에도 이런 말을 한 적이 있었다.

평생 누군가에게 부탁을 해 본 적이 없었던 목청무는 민망한 얼굴이 되어 황급히 읍을 했다.

"진왕비마마, 결코 그런 뜻이 아닙니다. 다만…… 그게…… 마마를 너무 귀찮게 해드려 송구합니다!"

한운석은 그런 그를 보면 볼수록 장난기가 발동했다. 일부러 목청무와 가깝게 지낼 생각은 없었으나 이렇게 직접 찾아와 주었으니 교분을 트고 지내도 괜찮을 것 같았다.

어쨌거나 대장군부는 조정에서 제법 큰 세력을 가지고 있는 집안이었다. 출신이 곧 세상의 전부이고 출신이 운명을 결정하는 이 시대에서, 친정이 몰락한 지금 이런 친구라도 얻어 든든한 후원자를 만들어 두는 편이 좋았다.

목청무가 작별하고 떠나자 한운석은 그가 진지하게 말했던 '훗날 필요한 것이 있다면 얼마든지 말해 달라'는 말을 떠올리며 저도 모르게 웃음을 터트렸다.

그녀가 한귀로 흘려버린 그 약속을 목청무는 평생 지켰지만, 물론 그것은 훨씬 나중의 일이었다.

다음날, 아침 일찍 침향을 데리고 대장군부를 방문한 한운석은 목청무의 원락으로 안내되었다. 목 대장군도 벌써 와서 기다리고 있었다.

"진왕비, 독을 쓴 사람은 틀림없이 내부의 첩자입니다!"

목 대장군은 몹시 엄숙해 보였다.

"소장군이 독을 당해 만성 만사독이 드러나게 되지 않았더라면, 몇 년이 더 지난 다음에야 독성이 발작했을 겁니다."

한운석은 차분하게 대답했다.

독을 쓴 사람을 찾아내려면 꼭 확인해야 할 것이 두 가지였다. 하나는 독을 쓰고 발작하게 만드는 방식이고, 다른 하나는 독약의 공급처였다. 우선 독을 쓰고 발작하는 만드는 방식을 살

퍼보아야 했다.

만사독은 극독이지만 만성독이기도 했다. 극독이라는 것은 한 번 발작하면 한 시진 내에 반드시 목숨을 잃는다는 뜻이고, 만성독이라는 것은 오랜 기간 동안 체내에 조금씩 조금씩 침투하다가 특정한 시기가 되면 갑작스레 발작한다는 뜻이었다. 따라서 오랫동안 조금씩 조금씩 약을 쓸 수 있는 사람이라면 목청무와 자주 접촉하는 사람이 틀림없었다.

목청무가 명단을 가져왔다.

"보십시오. 부중에서 제게 접근할 수 있는 하인들의 명단입니다. 모두 심문을 했고 지금은 갇혀 있습니다."

목 대장군은 세상을 떠난 부인과 너무나도 정이 깊었던 나머지 첩을 들이지 않았고, 이 때문에 목 대장군과 목유월을 제외하면 목청무에게 접근할 수 있는 사람은 하인들뿐이었다.

한운석이 명단을 훑어보니 주방에서 일하는 사람을 포함해 일고여덟 명 정도로, 생각보다 많지 않았다.

내기, 판돈이 어마어마

한운석은 심문을 해 본 경험이 없었다. 이미 목 대장군이 심문했다면 그녀가 다시 물어도 얻을 것은 없었다. 첩자의 소행이라고 확신했으니 이제는 증거를 찾는 수밖에 없었다.

한운석은 들고 있던 명단을 살피며 담담하게 말했다.

"일단 가서 살펴보지요. 혹시 무슨 단서를 찾아낼지도 모르니."

장군부 안에 독약이 남아 있다면 반드시 찾아낼 수 있었다.

한운석은 군영에서 보내온 찻잎 몇 통을 포함하여 목청무의 방에 있는 물건을 낱낱이 살폈다.

그 후에는 목 대장군과 목청무를 따라 주방으로 갔다. 장군부의 모든 음식은 이곳에서 나오기 때문에 가장 혐의가 큰 곳이었다.

목 대장군과 목청무는 한운석이 한참을 뒤질 줄 알았지만, 뜻밖에도 그녀는 안으로 들어서자마자 다시 나왔다.

"없어요."

한운석은 차분하게 말했다.

"확실합니까?"

목 대장군이 의심스레 물었다.

"백이면 백 확실합니다. 자, 수방水房(급수를 하는 곳)으로 가시지요."

한운석은 자신만만했다.

목 대장군은 의아했지만 그녀의 해독술을 본 뒤로는 믿기지 않아도 믿어야만 했다. 목청무는 애초에 그녀를 의심하지도 않았는데, 그 이유를 묻는다면 단순히 자신을 구해 준 사람을 의심할 수 없기 때문이라고 대답할 것이다.

수방은 주방 못지않게 중요한 곳이었으므로, 한운석은 스캐너를 켜고 주위를 한 바퀴 돈 다음 정원 안에 있는 우물 세 곳까지 자세히 살폈다.

그러나 수방에서도 소득은 없었다. 이제 명단에 오른 혐의자들의 숙소와 개인 용품들을 살필 차례였다. 한운석이 방 몇 군데를 살펴보고 나오는데, 맞은편에서 목유월이 다가오는 것이 보였다. 목유월은 싸늘한 눈길로 한운석을 훑어보다가 경멸에 찬 냉소를 지었다.

"버릇없는 것, 진왕비를 뵙고도 예를 갖추지 않다니? 뭘 멀뚱멀뚱 서 있는 게냐?"

목 대장군이 꾸짖었다.

목유월은 그제야 내키지 않는 얼굴로 인사했지만, 입가에 떠오른 비웃음을 거두기는커녕 더욱 선명하게 드러내 보였다. 한운석이 독을 쓴 첩자를 조사하기 위해 왔다는 말을 들었을 때부터 우스워 죽을 지경이었다.

이 여자는 기껏해야 의술을 좀 할 줄 아는 것뿐이잖아. 오라버니와 태자 전하를 구해 칭찬 좀 듣더니 아주 자기가 뭐든 다

할 줄 안다고 생각하나 봐?

이렇게 생각한 그녀는 외출하려던 계획도 취소하고 일부러 한운석을 기다렸다.

"진왕비께서 그렇게 대단하시다니 반드시 실마리를 찾아내시겠죠?"

목유월이 냉소를 지으며 물었다.

주방과 수방에서도 찾아낸 것이 없으니 이제 남은 것은 이 원락뿐이었다. 목유월의 말투가 뾰족하기는 했지만, 목 대장군과 목청무 역시 결과를 알고 싶었다.

목청무는 목유월을 따갑게 노려본 뒤 한운석에게 말했다.

"왕비마마, 어떻습니까?"

"없군요."

한운석은 무척 태연했다. 한 번 살펴보겠다고 했을 뿐 반드시 실마리를 찾아내겠다고 한 것도 아니니, 없는 것을 없다고 말한다고 미안하거나 부끄러울 것도 없었다.

그런데 목유월은 깔깔 웃음을 터트렸다가 일부러 놀란 척 입을 가렸다.

"진왕비마마를 비웃은 건 절대 아니니 오해 마세요."

한운석은 개의치 않고 입가에 냉소를 떠올리며 그녀를 본체만체 지나쳤다.

그녀가 나가자 목청무가 목유월의 팔을 붙잡고 무섭게 야단쳤다.

"못된 것, 그만하지 못 해! 네가 나설 일이 아니니 썩 돌아가

거라!"

목유월은 그의 손을 힘껏 뿌리치고는 일부러 들으라는 듯이 바깥에 대고 외쳤다.

"왜요, 웃지도 못해요? 능력이 있으면 할 말이 없게 능력 발휘를 해 보이고, 능력이 없으면 공연히 나서서 거들먹대지 말란 말이에요."

목청무가 재빨리 누이의 입을 틀어막았지만, 뜻밖에도 목유월은 그 손을 꽉 깨물어 밀친 뒤 계속 소리소리 질렀다.

"능력도 없으면서 누가 뭐라고 하는 건 싫은가 봐요?"

한운석은 이미 한참 걸어간 후였지만 그 소리는 똑똑히 들을 수 있었다. 함께 걷던 목 대장군이 얼굴이 시퍼레진 채 돌아서서 야단을 치려 했지만 한운석이 만류했다.

그녀가 직접 그쪽으로 돌아가자 이를 본 목청무가 목유월의 입을 꼭 틀어막으며 해명했다.

"이 아이가 미쳤는지 허튼 소리를 지껄였습니다. 부디 마음 쓰지 마십시오, 마마."

아무래도 목유월은 목청무의 친 누이동생이자 목 대장군의 딸이었으니, 목청무가 이렇게 나오는 것도 사실은 목유월을 위해서였다. 한운석이 화가 나면 목유월에게 벌을 내릴지도 몰랐다.

아무리 못돼 먹었어도 목유월은 친 누이동생이었고, 아무리 좋아도 한운석은 결국 타인이었다.

그 점은 한운석도 잘 알고 있었다. 사실 그녀도 오늘 이렇게 찾아오기까지 한 이상 목유월의 뾰족한 말 몇 마디 때문에 목 대장군과 틀어질 생각은 없었다. 더군다나 신분은 높지만 누군가를 위협할 만한 실권은 전혀 없는 자신의 처지도 너무나 잘 알고 있었다.

용비야에게 완전히 인정을 받지 않는 한, 진왕비라는 명분은 그저 허울에 불과했다. 태자를 구한들 어떤가? 그런다고 그녀가 진왕비라는 것을 인정해 줄까? 이 자리에 있는 사람이 의태비, 하다못해 모용완여였더라면, 목유월이 아무리 화가 나도 이렇게까지 함부로 굴지는 못했을 것이다. 그녀가 목청무의 목숨을 구해 주지 않았다면, 목 대장군 부자도 그녀를 이렇게까지 공손하게 대하지는 않았을 것이다.

지위 높고 존귀한 사람으로 살아가려면 결국 모든 것은 그녀 자신에게 달려 있었다.

한운석은 목청무에게 누이를 놓아주라는 손짓을 했다.

목청무는 다소 걱정스러워 목유월에게 경고의 눈빛을 몇 번 보낸 뒤에야 손을 놓았다. 목유월도 바보가 아닌 이상 한운석의 면전에 대고 불손한 말을 하지는 않았다.

한운석 앞에 선 그녀는 얼굴 가득 웃음을 띤 채 속으로 중얼거렸다. 한운석, 아버지와 오라버니가 날 보호해 줄 텐데 네가 뭘 할 수 있겠어? 그래봤자 벌을 받고 몇 대 맞으면 그뿐이잖아, 겁 안 나! 오늘은 반드시 치욕을 안겨 줄 테야!

한운석은 싸늘하게 목유월을 바라보면서 평온하게 미소를 띤 채 물었다.

"목유월, 본 왕비가 흉수를 찾아내지 못할 것 같으냐?"

"그럴 리가요. 진왕비께서는 신처럼 훌륭하신 분이니 그 누가 감히 진왕비의 손에서 빠져나갈 수 있겠어요?"

목유월은 보란 듯이 비아냥거렸다.

옆에 있던 목 대장군과 목청무의 안색이 새하얗게 질렸고, 결국 참다못한 목 대장군이 노성을 터트렸다.

"어허, 네가 나설 곳이 아니니 썩 꺼지지 못하겠느냐!"

목유월의 한마디에 한운석은 완전히 격노하고 말았다. 지난번에 목 대장군의 채찍 몇 대로 봐준 것도 고마워해야 할 판인데 아직도 정신 못 차리고 이렇게 대들다니!

실권이 없어 쓸데없는 시비에 휘말리지 않으려 한 것뿐인데 목유월은 그런 그녀를 제멋대로 괴롭혀도 되는 사람쯤으로 생각하고 있었다.

한운석이 재빨리 목 대장군을 만류하며 빙그레 웃었다.

"목유월, 첩자 문제를 놓고 나와 내기할 자신이 있느냐? 지는 사람은…… 겉옷을 벗고 현무문 거리를 한 바퀴 도는 것이다. 어떠냐?"

어마어마한 내기였다!

당당한 진왕비가 이런 내기를 걸다니, 목 대장군과 목청무도 놀라 눈이 휘둥그레졌다.

목유월도 처음에는 움찔했지만 금세 마음이 들떠 뒤질세라 다급히 대답했다.

"당연하죠. 당신이 첩자를 찾아내지 못한다는 데 걸겠어요!"

대장군부에서 첩자를 수색한 지 벌써 한 달째였다. 오라버니의 목숨과 안전이 걸린 문제라 황제도 비밀리에 대리시의 신탐들을 보내 조사하게 했지만 아쉽게도 여태 결론이 나지 않았다.

목유월은 한운석에게 도움을 청하러 간 오라버니를 제정신이 아닌 사람처럼 생각했다. 한운석이 와 봤자 위세 부리는 것말고 뭘 할 수 있겠어? 의술을 좀 안다고 자기가 무슨 신이라도되는 줄 알아? 나 참, 기가 막혀서!

이런 내기라면 반드시 해야 했다. 때가 되면 한운석은 옷을벗고 현무문 거리를 뛰어다녀야 할 것이고, 그 망신스러운 행동만으로도 진왕이 그녀를 내칠 이유는 충분했다.

어명으로 치른 혼사이기 때문에 정비가 죄 없이 죽으면 그자리는 영원히 공석이 되지만, 정비가 칠거지악을 어기거나 큰죄를 지어 쫓겨나면 진왕은 다시 정비를 세울 수 있었다!

모용완여는 한운석이 죽기를 바랐지만 목유월은 한운석이소박을 맞아 쫓겨나기를 바라마지 않았다.

목유월이 이렇게 자신만만하게 나오자 한운석은 교활한 눈빛을 지으며 진지하게 말했다.

"좋다. 만약 본 왕비가 첩자를 찾아내면 네가 지는 것이다."

"기한은 한 달이에요, 그래도 할 자신이 있으세요?"

목유월이 도발했다. 당연히 기한을 정해야만 했다.

한 달, 짧으면 짧다고 할 수 있는 시간이었지만 한운석은 흔쾌히 받아들였다. 이번에는 첩자를 찾아내는 것보다 저 버릇없는 대소저를 꼼짝 못하게 만들어 놓는 것이 중요했다! 저 오만하고 제멋대로인 소녀를 제 손으로 단단히 혼을 내주어야만 다시는 함부로 덤비지 못할 것이다!

"한 달 안에 첩자를 찾아내지 못하면 진왕비께서 지는 거예요!"

목유월도 한운석에게 명확한 대답을 듣기 위해 재차 확인했다.

"대장군께서 증인이 되어 주시지요."

한운석은 대장군부의 가주를 바라보며 말했다.

비록 오늘 아무것도 찾아내지 못해 조금 실망한 목 대장군이었지만, 이 일의 결과에 상관없이 딸이 망신을 당하는 것도, 진왕비가 망신을 당하는 것도 원치 않았다.

"왕비마마, 그런 내기는 하지 않으시는 것이 좋겠습니다. 어쨌든 내부자의 소행은……."

그런데 말이 끝나기도 전에 목유월이 끼어들었다.

"아버지, 왕비마마께서 먼저 꺼내신 내기잖아요. 왕비마마의 흥을 깨뜨리시면 안 돼요."

"그래도!"

목 대장군은 홧김에 채찍을 휘두를 뻔했다.

목유월도 겁이 났는지 뒤로 한 걸음 물러서면서, 혹시 한운석이 발을 뺄까 봐 도발하듯 그쪽을 바라보았다.

"대장군, 군자는 허튼 소리를 하지 않는다고 합니다. 본 왕비는 비록 여자지만, 그래도 진왕의 정비로서 한 번 한 약속을 지키지 않을 수는 없지 않겠어요?"

한운석이 진지하게 물었다.

한운석이 왕비라는 이름을 내걸자 목 대장군도 어쩔 수가 없었지만, 누가 이겨도 감당하기 어려운 상황이 닥쳐 올 것이 뻔해 속이 타들어갔다.

"왕비마마, 노신의 얼굴을 보아서라도……."

그러나 이번에는 옆에 있던 목청무가 끼어들었다.

"아버지, 유월이 약속을 했습니다. 아랫사람이 윗사람의 말을 어기고 이랬다저랬다 할 수는 없습니다!"

목청무의 이 말은 한운석도 무척 의외였다. 보아하니 그 역시 이 제멋대로인 누이동생에게 인내심이 다한 모양이었다. 역시, 저 남자는 나를 실망시키지 않는군.

목 대장군은 목청무를 흘낏 바라보았다가 싸늘하고 엄숙한 한운석의 얼굴을 보더니 어쩔 수 없이 물러났다.

아버지가 고개를 끄덕이자 목유월은 속으로 기뻐서 팔짝팔짝 뛰었다. 어서 빨리 장평공주에게 서신을 띄워 이 기쁜 소식을 전해 주고, 재미있는 구경거리를 놓치지 않도록 당장 도성으로 돌아오라고 전해 주고 싶었다.

그렇지만 곧 기뻐하기에는 이르다는 것을 깨달았다.

"목 대장군, 대장군부에서 실마리를 찾을 수 없으니 이제 한 가지 방법밖에 없겠군요."

한운석은 진지하게 말했다.

그 말에 목유월은 눈을 잔뜩 찌푸렸다. 태연자약한 한운석의 표정을 보자 괜스레 긴장되기 시작했다.

"말씀하십시오."

목 대장군도 긴장했다.

"공급처를 조사하는 것입니다."

한운석은 진지하게 대답했다.

"공급처라면?"

목청무도 이해가 가지 않았다.

"이 독약의 공급처 말입니다."

한운석은 차분하게 대답했다.

만사독은 몹시 희귀한 독으로, 세상에서 가장 독한 열 가지 뱀독을 섞어 만든 것이었다. 이름은 '만사독'이지만, 뱀 만 마리의 독을 추출해 만들어서 붙여진 이름이 아니라, 세상에서 가장 독한 열 가지 뱀독이 뱀 만 마리를 합친 독에 견줄 정도였기 때문에 붙여진 이름이었다. 이 이름만으로도 얼마나 무시무시한 것인지 알 수 있었다.

이런 독약을 만들어 내는 것은 간단한 일이 아니었다. 조합 비율에 대해서도 잘 알아야 하지만, 무엇보다 중요한 것은 가장 독한 뱀 열 종을 찾아내어 그 독액을 채취해야 했다.

약과 독은 하나의 가지라 약을 많이 쓰면 독이 되고 독을 적게 쓰면 약이 될 수 있다고들 하지만, 이는 특수한 경우일 뿐 약과 독은 엄격하게 구분해야만 했다. 하지만 이 열 가지 뱀독은 특별해서, 극독인 동시에 희귀한 질병을 치료하는 데 쓰이는 약이기도 했다.

실마리, 반드시 정확하게

열 가지 뱀독을 모두 구하는 것은 어려운 일이지만, 그중 몇 가지를 구하는 것은 그나마 쉬운 편이었다.

"대장군, 열 가지 뱀독 가운데 일곱 가지는 약으로 쓰이기 때문에 큰 약방에서도 팝니다. 나머지 세 가지는 무척 희귀한 뱀독이지요. 독을 쓴 사람이 소장군에게 가까운 사람이라면 그 첩자는 근 2, 3년 동안 뱀독을 구매해 독약을 만들었을 것입니다. 이런 독은 길어야 하루밖에 보관할 수 없습니다."

하루!

한운석의 말이 떨어지자 목 대장군은 화들짝 놀랐다. 이게 바로 실마리였다. 아주 중요한 실마리.

목청무도 몹시 기뻐했다.

"진왕비마마, 열 가지 뱀독의 이름을 써 주시면 소관이 즉시 조사해 보겠습니다!"

한운석의 한마디에 목유월은 놀라서 입을 떡 벌어졌지만 목 대장군 부자는 놀라면서도 기뻐했다. 비록 판돈이 어마어마한 내기가 걸렸지만, 첩자를 찾아내는 일에 비하면 그리 큰일도 아니었다.

첩자가 하루 빨리 밝혀지지 않으면 목청무는 물론이고 목 대장군까지 위험에 처할지도 모르는 데다, 특히 북려국의 첩자와 연루되었다면 더욱더 소홀히 할 수 없었다.

목청무는 목유월에게 정나미가 떨어져 따끔하게 혼쭐을 내주고 싶은 마음이 굴뚝같았고, 목 대장군은 첩자를 찾아내는 것이 가장 중요하다고 생각하여 다른 일은 나중에 따지기로 했다.

한운석은 일곱 가지 뱀독의 이름을 써서 내밀었다.

"열 가지라고 하지 않으셨습니까?"

목청무가 의아한 목소리로 물었다.

"일단 이것부터 찾아보세요. 어느 약방에서 팔고 있는지, 사간 사람이 있는지 자세히 조사해 주면 나머지는 내가 알아서 하겠어요."

한운석은 진지하게 말했다.

목청무도 영리한 사람이라 꼬치꼬치 따지지 않는데, 뒤에서 그 모습을 지켜보던 목유월은 슬그머니 걱정이 되기 시작했다.

하지만 걱정이 되더라도 아직은 한운석의 추측에 불과했으니 정말 찾아낼 수 있을지는 알 수 없는 일이었다! 목유월은 이런 상황에 굴하지 않고, 곧바로 장평공주에게 서신을 보냈다.

그날 한운석이 떠난 후 목청무는 몸소 뱀독을 찾으러 갔다.

사흘 동안 도성 안팎의 크고 작은 약방을 모두 뒤졌더니, 확실히 한운석의 말대로 적잖은 약방에서 그 독을 팔고 있었다. 하지만 조사 결과는 몹시 의외였다.

사흘 후, 목청무는 다시 진왕부를 방문했다.

"왕비마마, 크고 작은 약방 서른 두 곳을 조사하니 총 열 곳에서 이 뱀독들을 팔고 있었습니다. 하지만……."

그는 눈을 잔뜩 찌푸리고 진지하게 말을 이었다.

"약방 주인들은 이 뱀독이 자주 쓰는 약이 아니어서 특별한 약방문을 지을 때가 아니면 의원들도 함부로 사용하지 않는다고 했습니다. 열 곳 가운데 여덟 곳은 이 일곱 가지 뱀독을 한 번도 판 적이 없고, 나머지 두 곳에서는 딱 한 번 팔았는데 모두 5년 전의 일입니다."

만사독이 목청무의 몸속에 쌓인 지는 길어야 3년이었으니, 첩자는 약방에서 뱀독을 구매하지 않았다는 뜻이었다.

"왕비마마, 혹시 다른 곳에서 뱀독을 가져와 독약을 만든 것이 아닐까요?"

목청무가 의견을 냈지만 한운석은 단호하게 고개를 저었다.

"다른 곳에서 가져오려면 대량으로 운반해 와야 했을 거예요. 이건 독이고, 그 첩자가 대량의 독을 몸에 지니고 다녔을 리는 없어요."

"그렇다면 누군가 보내 주었거나, 아니면 미리 독약을 만들어 대장군부에 전해 주었을 수도 있겠군요."

목청무는 추측을 계속했다.

이런 만성독은 보통 이삼일에 한 번 써야 하고, 만든 독약은 하루 이상 보관하면 냄새가 나고 색깔을 띠게 되어 쓸 수가 없었다.

"3년 동안 그렇게 자주 물건을 주고받으려면……."

한운석은 생각에 잠겼다.

대장군부는 다른 저택과는 달리 대장군과 소장군이 사는 곳이었다. 현대로 말하자면 군사 구역이자 주요 군 기밀을 다루는 곳이라고 할 수 있고, 일하는 사람들도 반은 병사, 반은 일반 하인들이었지만 하나같이 허락 없이는 자주 부중을 들락거릴 수 없었다.

갑자기 목청무가 눈동자를 환하게 빛내며 놀란 목소리로 외쳤다.

"개숫물을 버리는 노이와 똥오줌을 푸는 노왕입니다!"

그들 두 사람은 이삼일이 아니라 매일 저택을 들락거렸다. 추측에 불과했지만 아무것도 알아내지 못한 것보다는 나았다.

"소장군, 그 단서를 따라 조사해 보세요. 나는 다른 세 가지 뱀독의 공급처를 알아볼게요."

한운석은 진지하게 말했다.

"예, 뭐든 발견하면 즉시 보고드리겠습니다!"

목청무가 몸을 일으켜 완벽한 군인 자세로 손을 모으고 허리를 숙이며 똑 부러지게 군례를 갖추었다. 힘이 철철 넘치는 동작이었다. 아직 젊은 데다 자질이나 경력도 그리 높지 않은 그였지만, 그에게 이렇게 정식으로 예를 받을 수 있는 사람은 조정에도 얼마 없었다.

목청무가 떠나려고 하자 한운석이 그를 불러 세웠다.

"소장군, 앞으로 보는 사람이 없을 때에는 그렇게 예의를 갖추지 않아도 돼요. 왕비니 마마니 부를 필요도 없이 그냥 이름을 불러요."

목청무의 강직한 표정이 움찔하는가 싶더니, 뭔가 이상한 듯 머리를 긁적이며 다시 소년 같은 모습이 튀어나왔다.

"왕비마마, 그…… 그게 무슨 말씀이십니까?"

한운석은 웃을 수도 울 수도 없었다. 관두자, 규율을 딱딱 지켜야만 마음이 편한 사람이니 괴롭히지 않는 것이 좋겠어.

"됐어요, 그만 가 보세요."

한운석이 손을 내저으며 말했다.

목청무가 떠난 뒤 그녀는 곧바로 침향을 고북월의 저택으로 보내 만나자고 청했다.

주어진 시간이 한 달밖에 없으니 가장 빠르고 가장 정확한 방법은 관련이 없는 것을 하나씩 제거해 나가는 것이었다. 쉽게 구할 수 있는 일곱 가지 뱀독은 도성에서 구할 수도 있지만 다른 곳에서 구할 수도 있기 때문에 추적하기가 쉽지 않았으니, 이쪽의 실마리는 잠시 무시하기로 했다.

나머지 세 가지 뱀독은 아무 곳에서나 구할 수도 없고, 하물며 3년 동안 썼으니 적은 양도 아니었다. 때문에 이 세 가지 뱀독의 공급처만 밝혀내면 거의 성공이나 다름없었다.

이 독들은 미질사, 청죽사, 소상사라는 서너 치도 안 되는 아주 작은 뱀에게서 나는 독이었는데, 그 독성은 얼마 전에 본 독이무기 못지않았다.

독이무기와는 달리 미질사, 청죽사, 소상사는 개체 수가 많은 편인데, 그 뱀을 잡을 수 있는 사람이나 잡은 후 독을 빼낼 수 있는 사람이 많지 않다는 것이 관건이었다. 한운석이 셈해 본 결과 운공대륙을 통틀어 그만한 솜씨를 가진 집안은 열 곳보다 많은 정도였다!

물론 한운석의 추측에 불과했고 그녀의 힘으로는 그 집안을 조사할 방법이 없었지만, 의학계에서 제법 지위가 있는 고북월이라면 알아낼 방법이 있을 것이다.

고북월은 확실히 바쁜 사람이었는지 지난번처럼 곧바로 시간을 내지 못했다. 황제가 풍한이 들어 궁에서 한 발짝도 나올 수 없었고 언제 시간이 날지도 확실하지 않았기 때문에 한운석은 그저 기다리는 수밖에 없었다.

"마마, 목 대소저와 약속한 기한이 한 달인데 그 전에 오실까요?"

침향이 걱정스레 물었다.

"풍한일 뿐이니 길어야 대엿새겠지. 소장군 쪽에도 시간을 줘야 하고."

한운석은 태연하게 말하며 천휘황제가 큰 병을 앓지 않아 다행이라고 생각했다. 그랬다면 고북월도 한두 달 안에 궁에서 나오기가 어려웠을 것이다.

침향은 그래도 입을 삐죽이며 썩 마음에 들지 않는 표정이었다.

"마마, 왜 진왕 전하께 도움을 청하지 않으세요?"

한운석은 똑똑히 듣고도 못들은 척하며 일어나 밖으로 나갔다.

침향이 계속 잔소리를 했다.

"고 태의보다 진왕 전하께서 하실 수 있는 일이 더 많은데 마마는 정말 귀한 것을 함부로 쓰신다니까요."

이 말을 듣자 한운석도 어쩔 수 없이 걸음을 멈추고 웃으며 돌아보았다.

"애, 그 말은 그런 식으로 쓰는 게 아니야."

물론 그녀도 용비야가 고북월보다 더 도움이 된다는 것은 알고 있었지만, 그 인간이 아무리 할 일이 없어도 이유 없이 자신을 도와주리라곤 생각지 않았다.

"마마, 마마께서 진왕 전하께 부탁드리기가 민망하시면 소장군을 보내셔도 되잖아요. 장군부의 일이니까요."

침향이 또 말했다.

이렇게 되자 한운석은 눈을 가늘게 뜨며 그녀를 바라보았다.

"내가 왜 민망해?"

주인의 위험한 눈빛을 보자 침향은 그제야 입을 다물고 속으로만 중얼거렸다.

괜히 찔리니 저러신다니까…….

침향의 입을 막은 한운석은 시원시원하게 걸음을 옮겼다. 이렇게 남들한테 무시를 당하고 있는 이유도 용비야의 인정을 받지 못한 탓이었다. 그 인간이 진정으로 나를 인정하고 이 정비 자리가 튼튼해지면 천녕국 전체에서 누가 감히 내게 싸움을 걸고 밉보이려 할까!

지금은 어미가 아들 덕에 귀해지고 지어미는 지아비 덕에 존귀해지는 시대였다. 그렇지만 그녀가 믿을 곳과 의지할 곳은 오로지 자기 자신밖에 없었다.

한운석은 소식을 기다리면서, 운공대륙의 각 나라와 다양한 세력들을 소개한 《운공지雲空志》를 읽었다. 운공대륙 한가운데에는 천녕국과 북려국, 서주국이 있고, 그 나라들에 각 나라와 독립된 세력들이 존재하고 있었다. 그 세력들 중 가장 유명한 곳이 소요성逍遙城, 여아성女兒城, 의성醫城이었다.

고북월이 자주 언급하는 의학원은 바로 의성에 있는 큰 규모의 학원으로, 운공대륙 전체 의학계의 권위 기구였다.

《운공지》는 개요만 기술한 책이라 의술 명가나 독문毒門에 관한 기록은 거의 없어, 한운석이 원하던 정보는 찾을 수 없었다.

"마마, 한씨 집안은 천녕국에서 가장 유명한 의술 명가 중 하나이고 약을 많이 보유하고 있대요."

침향이 지나가듯 던진 말에 한운석은 정신이 번쩍 들었다!

맞아, 한씨!

천녕국 도성, 아니 천녕국 전체에서 황실을 제외하면 한씨 집안만큼 약을 많이 보관하고 있는 곳이 없었다. 그런데 왜 그곳을 놓쳤을까?

"가자, 한씨 저택으로 가야겠어!"

한운석은 곧바로 일어났다.

그날 정오에 한운석은 침향을 데리고 한씨 저택의 대문을 두드리고 있었다.

타임슬립을 했을 때는 가마를 타고 한씨 저택을 출발한 후였기 때문에 그녀가 이 저택에 관해 아는 것이라곤 본래 주인의 기억밖에 없었다.

끼이익…….

문이 열리고 안에서 문을 지키는 하인의 퉁명스러운 목소리가 들려왔다.

"누구요? 누가 낮잠 잘 시간에 문을 두드리고 난리요?"

"진왕비께서 오셨다!"

침향이 소리 높여 외쳤다.

"진왕비가 오긴 왜 와?"

하인은 그럴 리가 없다는 듯 투덜거렸지만 곧 화들짝 놀라 문을 활짝 열고 쪼르르 달려 나왔다. 그는 한운석을 보자마자 털썩 바닥에 엎드려 절했다.

"왕비마마! 왕비마마께서 행차하신 줄은 정말 몰랐습니다. 부디 용서해 주십시오!"

놀라서 까무러칠 것 같은 모습이었다. 솔직히 이런 하인은 말할 것도 없고, 한씨 집안을 통틀어 한운석이 진왕부의 대문을 넘을 수 있으리라 생각한 사람은 아무도 없었다. 아니, 오히려 대소저가 죽을 것이라고 생각한 사람도 적지 않았다. 황제가 혼례를 지시하고 진왕이 거부하는 이 상황을 해결하는 방법은 단 하나, 한운석이 죽는 것이었다.

그러나 뜻밖에도 대소저는 순조롭게 진왕부로 들어갔을 뿐 아니라, 성격이 싹 바뀌고 뛰어난 의술까지 갖게 되어 소장군을 치료한 일로 명성을 날리기까지 했다. 게다가 최근에는 대소저가 태자의 괴병을 치료하는 일에도 참여했다는 소문이 돌았다. 나리는 옥에 갇힌 반면 대소저는 무사했기 때문에 백성

들 사이에서는 온갖 이야기가 떠돌고 있었다.

"일어나거라."

한운석은 쌀쌀하게 말했다.

하인은 고개를 들다가 한운석의 미모를 보고 몹시 놀랐지만, 심장을 꿰뚫을 것 같이 날카로운 시선을 대하자 차마 더는 쳐다볼 수가 없었다. 바깥에 떠도는 소문이 사실이었다니! 하인은 허둥지둥 일어났지만 감히 허리를 똑바로 펴지도 못했다.

한운석은 높다란 문지방 위에 여유롭게 앉아서 물었다.

"이 집에 소실댁이 몇이나 남았느냐?"

바짝 얼어붙은 하인은 즉시 사실대로 대답했다.

한씨네, 방자한 큰 도령

모르면 좋았을 일이지만 알고 나자 기가 막혔다.

한종안에게는 소실이 많았지만, 이번 일로 여럿이 달아나고 둘째 부인인 서徐 부인, 셋째 소실댁 이李 씨, 일곱째 소실댁 혁련赫連 씨만 남아 있었다.

사실 엄격히 말해 서 부인도 첩이었으니 소실댁이라고 불러야 했다. 그러나 서 부인은 신분이 달랐다. 그녀는 이부상서의 정실 소생으로 한종안을 흠모하여 한씨 집안에 시집을 왔는데, 죽은 천심부인이 태후의 은인이었기 때문에 감히 정실 자리에 오르지 못했다. 그렇다고 해도 귀한 이부상서의 딸을 소실댁이라는 굴욕적인 호칭으로 부를 수는 없었다. 그래서 한종안은 그녀를 둘째 부인이라고 불렀고, 다른 사람들은 모두 서 부인이라 불렀다.

달아난 첩들 대부분이 적잖은 귀중품들을 가져갔지만, 남은 사람들은 모두 똑똑한 이들이라 그런 것에는 신경 쓰지 않았다. 그들이 손에 넣으려는 것은 한씨 집안의 곳간에 든 진귀한 약재와 《한씨의전》이었다.

하인에게 이런 이야기를 들은 한운석은 저도 모르게 눈을 찌푸렸다. 그 사람들만 데리고 무슨 수로 한씨 집안을 다시 일으킬 수 있을까!

서 부인에게는 큰 아들 하나뿐이었고, 셋째 소실댁에게는 딸 하나, 그리고 일곱째 소실댁에게는 겨우 여섯 살밖에 되지 않은 남자 아이만 있었다! 한씨 집안의 운명이 그들 손에 달렸으니 끝장나는 것은 시간문제가 아닐까?

물론 지금의 한운석은 그런 것까지 생각하고 있을 틈이 없었다. 대장군부의 사건이 더 중요했기 때문이었다. 목유월에게 지면 옷을 벗고 거리를 활보하는 어마어마한 망신이 기다리고 있었다!

"내가 왔다는 것은 알리지 말고 곳간으로 안내하거라."

한운석이 나지막이 말했다.

그 말에 하인은 더더욱 놀랐다. 설마 출가한 대소저께서도 곳간에 있는 물건을 노리는 건 아니겠지? 알다시피 그간 곳간 열쇠 하나 때문에 이곳에 남은 세 여인 사이에서 피 튀는 싸움이 벌어지고 있었다.

물론 하인은 겉으로는 아무 말도 하지 않고 황급히 길을 안내했다.

둘째 부인이 비용을 줄이기 위해 적잖은 하인들을 내보낸 데다 문지기 하인이 일부러 외진 길로만 안내했기 때문에 일행은 누구와도 마주치지 않았다. 그러나 곳간에 거의 도착할 즈음 회랑 저편에서 웃음소리가 들려왔다. 꽤 많은 사람들이 있는 것 같았다.

한운석은 걸음을 멈추고 소리 죽여 대나무 숲 속으로 몸을 숨겼다.

"저곳은 어디지? 무슨 일이냐?"

그녀가 나지막이 물었다. 집안이 풍비박산이 났는데 누가 저렇게 즐겁게 웃고 있는 거지?

"왕비마마, 저쪽은 일곱째 소실댁께서 쓰시는 운수각雲水閣인데, 아마 큰 도련님께서 오셨나 봅니다."

하인이 대답했다.

운수각의 혁련 씨?

그 소실댁에 대한 기억은 제법 선명하게 남아 있었다. 그녀는 한종안의 첩 가운데 가장 늦게 들어온 사람이자 가장 젊은 사람이었고, 당연히 가장 총애를 받은 사람이었다. 그녀가 낳은 아들은 한운일韓雲逸이라고 했는데, 일곱째 아들이고 나이는 올해 여섯 살이었다. 한종안이 한운석에게 부탁한 아들이 바로 이 꼬마 도련님이었다.

한운석은 어린 동생에 대한 기억이 거의 없었다. 웃음소리는 거의 하인들이 내는 소리였으니, 그들이 어린 도련님에게 장난을 치고 있는 것 같았다. 그런 어린 아이가 뭘 알까?

급한 일이 있는 한운석은 깊이 캐묻지 않고 돌아섰지만, 바로 그때 뜻밖에도 '철썩, 철썩' 하는 날카로운 마찰음이 웃음소리를 뚫고 들려왔다. 사람을 때리는 것 같은 소리였다.

한운석은 걸음을 뚝 멈췄다.

"무슨 일이냐?"

"소인이 보기에는 일곱째 도련님께서 또 맞고 계신 것 같습니다."

하인은 그렇게 말하며 유감스러운 듯이 한숨을 푹 쉬었다.

"나리께서 일을 당하신 후로 가장 사랑을 받았던 일곱째 도련님께서 제일 먼저 화를 입으셨습니다. 모두들 곳간 열쇠가 일곱째 소실댁께 있다고 의심하셨지요! 일곱째 소실댁은 무슨 생각을 하시는지, 사람들이 그렇게 달아나라고 말씀드렸는데도 끝내 남아 계셨습니다. 그분의 친정에는 힘이 돼 줄 사람도 없는데 무슨 수로 둘째 부인과 셋째 소실댁의 상대가 되시겠습니까!"

그 말에 한운석은 얼굴을 굳히며 냉랭하게 말했다.

"그리로 안내해라!"

곳간 열쇠는 그녀의 손에 있으니 혁련 씨가 가지고 있을 리 없었다. 혁련 씨는 가난한 집 출신이고 친정 오라버니와 새언니도 하나같이 못된 작자들이라 이곳에서 떠나더라도 갈 곳이 없었을 것이다.

하인은 황급히 길을 안내했다. 긴 복도를 따라 대나무 숲을 돌아가자, 저 멀리 발가벗은 남자아이가 두 손이 꽁꽁 묶인 채 수풀 속에 쪼그리고 있는 것이 보였다. 그 뒤에는 어른들이 빙 둘러서 있고, 한씨네 큰 도련님인 한옥기韓玉騏가 죽비竹篦로 아이의 등을 철썩철썩 때리는 중이었다. 어른들이 어린 아이 하나를 학대하면서 저렇게 큰 소리로 웃고 있다니!

한운석은 기가 막혀 그 자리에 우뚝 섰고, 몸의 본래 주인이 저 큰 도련님에게 받았던 어린 시절의 매질이 절로 머릿속에 떠올랐다. 그때 그녀는 열 살이었지만 지금 저 아이는 고작 여섯 살이었고, 매질도 한층 잔혹했다! 너무하잖아!

일순 분노가 부글부글 끓어올라, 한운석은 득달같이 그쪽으로 달려가며 노성을 터트렸다.

"한옥기, 당장 멈춰라!"

한운석의 목소리를 들은 사람들이 일제히 그쪽을 돌아보았다. 얼굴에 있던 흉터는 사라졌지만 모두들 금세 그녀를 알아보았다. 혼례 날 적잖은 이들이 그녀의 변한 모습을 보았기 때문이었다.

"한운석!"

한옥기가 놀라 외쳤다. 한운석이 오리라고는 생각조차 하지 못한 일이었다.

한운석이 달려가 보니, 남자 아이는 추워서 오들오들 떨고 있는 데다 야윈 등에는 채찍으로 마구 때린 듯 온통 울긋불긋한 상처가 나 있어 차마 눈뜨고는 볼 수 없을 지경이었다.

"침향, 어서 옷을!"

한운석이 놀란 목소리로 외쳤다.

갑자기 어디에서 옷을 구한단 말인가? 하지만 영리한 침향은 곧바로 문지기 하인의 겉옷을 벗겨 내밀었다.

한운석이 옷을 받아 아이에게 다가가는데, 한옥기가 눈짓을 하자 하인들이 아이의 주위에 둘러서서 가로막았다.

한옥기는 팔짱을 끼고 다가와 한운석을 아래위로 훑어보더니 차갑게 웃었다.

"한운석, 몇 달 못 본 사이 많이 컸구나! 진왕부에 고이 처박혀 있지 않고 감히 이 도련님의 영역에 와서 잘난 척을 해?"

"무엄하다. 진왕비 앞에서 무릎을 꿇지 않다니 이 무슨 무례냐?"

침향이 차갑게 꾸짖었지만, 뜻밖에도 한옥기는 큰 소리로 웃음을 터트렸다.

"진왕비? 진왕이 널 맞이했어? 인정하기라도 했어? 제 발로 꽃가마에서 내린 게 누구더라? 부끄러움도 모르고 제 발로 진왕부의 문턱을 넘어 들어간 주제에 무슨 낯으로 진왕비를 자처해?!"

한운석의 신분과 바깥에 도는 소문 때문에 망설였던 하인들도 큰 도련님이 이렇게 나오자 차례차례 고개를 들고 경멸하는 눈길로 한운석을 훑어보았다.

생각해 보면 큰 아가씨는 어렸을 때부터 큰 도련님에게 괴롭힘을 당하면서 자란 사람이었다. 큰 아가씨가 시집을 가기 전에 큰 도련님이 혼례복을 찢어 놓을 뻔했지만, 그때도 큰 아가씨는 꼼짝도 하지 못했다.

큰 도련님은 서 부인의 외아들이고 이부상서의 외손자였으니, 그의 소식이 바깥에 떠도는 풍문보다 훨씬 믿을 만했다.

큰 도련님이 저렇게 대하는 것을 보면, 진왕비라는 이름은 유명무실한 것이 분명했다.

"한옥기, 감히 웃전에게 무엄하게 굴다니, 죽고……."

침향이 버럭 화를 냈지만 한운석이 그녀를 가로막고 서서 얼음장 같은 눈으로 한옥기를 노려보았다.

한옥기는 신경도 쓰지 않았지만, 그 눈동자에 어린 무서운 빛을 보는 순간 저도 모르게 불안해지기 시작했다. 그 불안감이 그를 짜증나게 만들었다.

한운석 따위를 겁내다니? 한운석은 유명무실한 왕비로, 의태비나 진왕의 사랑을 받지도 못했고 태후의 마음에도 들지 못했다. 그렇지만 그에게는 든든한 외조부가 있었으니, 아버지가 감옥에 갇힌 이상 한씨 집안에서 그를 이길 사람은 아무도 없었다.

그런데 누굴 겁내?

이렇게 생각한 그가 차갑게 으르렁거렸다.

"한운석, 눈치가 있으면 저리 썩 꺼져. 그렇지 않으면 너도 함께 때려 주겠다!"

한운석은 그를 거들떠보지도 않고 차갑게 말했다.

"침향, 가서 대리시에 고하거라. 한씨 집안의 한옥기가 웃전을 무시하고 본 왕비를 함부로 모욕했다고!"

"예!"

침향이 재빨리 달려갔다.

오냐, 권력에 빌붙을 줄만 아는 놈들, 대리시에서 사람이 오면 이 왕비마마의 무서움을 똑똑히 보여 주마!

대리시?

한옥기가 느닷없이 웃음을 터트렸다.

"대리시라고? 아이고, 무서워 죽겠구나! 이걸 어쩌나!"

그 장난스런 비아냥거림에 하인들도 큰 소리로 웃어 댔다.

한옥기는 금세 다시 본래 모습으로 돌아와 한운석에게 경멸의 시선을 던졌다. 대리시는 두렵지 않았다. 전임 대리시경 북궁하택이 무슨 일로 하옥되었는지는 모르지만, 상서부에서 듣자니 외조부가 그를 친히 심문했고, 신임 대리시경인 구양 대인도 외조부가 천거한 사람이라고 했다.

대리시경과 이부상서는 똑같은 정삼품이었으니, 외조부의 위세가 얼마나 높은지 알 수 있는 일이었다.

침향이 나가도록 내버려 둔 한옥기는 여유만만하게 앉아 눈썹을 추키고 한운석을 바라보았다.

"오늘은 이 도련님께서 기분이 좋으니 사람이 올 때까지 기다려 주지!"

한운석은 그를 무시한 채 오들오들 떠는 남자 아이의 등을 바라보았다. 보기만 해도 몹시 마음 아팠지만, 그녀가 다가가려 하면 하인들이 앞을 가로막았고, 그녀를 안내했던 문지기 하인은 찍소리도 못한 채 멀찌감치 물러서 있기만 했다.

상황은 대치 상태가 되었다.

아이가 몸을 더욱 웅크리자 한운석은 점점 더 초조해졌다. 저렇게 어린 아이를 저대로 두었다간 아파서 죽거나 얼어서 죽고 말 것이다. 몇 번 다가가려고 해 봤지만 하인들이 벽을 이루고 서서 막는 바람에 한걸음도 다가설 수가 없었다.

힘으로도 하인들을 밀어낼 수 없자 한운석은 화가 치밀어 분노에 찬 목소리로 경고했다.

"한옥기, 후회하기 전에 물러서라!"

"후회? 흐흐, 후회할 사람은 너다, 한운석!"

한옥기가 큰 소리로 웃었다. 소장군을 해독했다는 말을 들었지만 그럴 리 없다며 무시해 버린 그가 구체적인 상황 같은 것을 알 리 없었다. 오히려 어서 빨리 대리시에서 사람이 찾아와 좋은 구경거리를 만들어 주었으면 했다.

한운석은 고운 눈을 가늘게 뜨고 그를 노려보았다. 이곳은 대리시에서 그리 멀지 않으니 기다릴 수 있었다.

그렇게 양쪽이 대치하고 있을 때 별안간 날카로운 비명소리가 들려왔다.

"일아! 일아!"

소리 나는 쪽을 바라보니 스무 살을 갓 넘겼을 듯한 젊은 부인이 놀란 얼굴로 달려오는 것이 보였다. 바로 아이의 어머니인 한씨 집안 일곱째 소실댁 혁련취향赫連醉香이었다. 그녀는 주위 사람에게는 신경도 쓰지 않고 아들만 찾더니, 아들의 가엾은 모습을 발견하는 순간 통곡을 터트리며 미친 사람처럼 달려들었다.

"막아라!"

한옥기가 명령하며 벌떡 일어났다.

혁련취향은 연약한 여자에 불과했으니 하인 한 사람으로도 막기에는 충분했다. 하인은 그녀를 거칠게 바닥으로 밀쳐 버렸다.

하지만 그녀는 벌떡 일어나 한옥기를 꾸짖었다.

"한옥기, 네가 그러고도 사람이냐? 무슨 일만 생기면 내게 따지고 저 어린 아이를 괴롭히니, 그게 남자로서 할 짓이냐?”

“흐흐, 따져? 좋아, 그럼 순순히 곳간 열쇠를 내놓으시지. 그러면 당장 놓아줄 테니까.”

한옥기가 냉소하며 말했다

그 말에 한운석은 어떻게 된 일인지 깨달았다.

“없다지 않느냐! 벌써 몇 번이나 말했듯이 나는 열쇠를 가지고 있지 않다. 나리께서 왜 우리 같은 여자들에게 열쇠를 맡기시겠느냐! 나리께서 갑자기 사고를 당하셨으니 열쇠도 분명히 나리께서 가지고 계실 거야!”

혁련취향이 솔직하게 말했다.

“흐흐, 그런 거짓말을 믿을 줄 알고? 네가 이 집에 들어온 후부터 아버지께서 매일같이 네 침소에만 머무르시고 네 아들에게만 의술을 가르치신 것을 모를 줄 아느냐? 설사 네게 열쇠를 주시지 않았다 해도, 열쇠가 숨겨진 곳은 알고 있겠지!”

한옥기가 냉랭하게 코웃음을 쳤다.

“나는 모른다! 나리께서 매일 오신 것도 운일이가 배우는 것을 좋아했기 때문에 몸소 가르치시러 오신 것뿐이야.”

혁련취향이 다급히 해명했다. 그러면서 하인들이 보지 못한 틈을 타서 아들에게 가려고 했지만, 결국 다시 붙잡혀 바닥에 나동그라졌다.

이번에는 혁련취향도 곧바로 일어나지 못하고 보기에도 끔찍한 아들의 등을 바라보며 큰 소리로 울음을 터트렸다.

“애야, 어떻게 된 거니? 어미에게 대답 좀 하렴! 애야, 이 어

미를 놀래지 말고 어서 한마디만 해 봐! 얘야, 얘야 제발 이 어
미를 놀래지 말아 줘!"

열쇠, 자신 있으면 가져가 보시지

혁련취향이 아무리 소리를 질러도 웅크린 아이는 반응이 없었다. 한운석은 아이가 이미 추위에 의식을 잃은 상태라고 판단했다. 저 작은 몸이 꽁꽁 얼어붙었으니 이대로 두면 정말 큰일이 날 수도 있었다.

그녀도 초조해 죽을 지경이었다. 침향아, 침향아, 대체 구원병은 언제 데리고 올 거니!

유명무실한 왕비의 명분으로 장평공주나 목유월 같은 이들을 물리칠 수는 없지만, 대리시경을 으를 정도는 되었고 한옥기가 믿어마지 않는 이부상서도 마찬가지였다.

한옥기처럼 제 잘난 줄만 아는 어리석은 놈은 혼이 나 봐야 했다!

아들이 반응이 없자 혁련취향은 거의 미칠 지경이 되어 한옥기의 발치로 기어가 울며 애원했다.

"큰 도령, 곳간 열쇠는 정말로 내가 가지고 있지 않아. 제발 부탁이니 우리를 보내 줘! 큰 도령, 아무리 그래도 운일이는 도령의 아우잖아? 나리의 얼굴을 봐서라도 제발 풀어 줘! 제발! 큰 도령, 내가 이렇게 절을 할게!"

한운석이 보다 못해 그녀를 만류하려는데, 뜻밖에도 한옥기가 미치광이처럼 혁련취향을 걷어차며 차갑게 말했다.

"네가 아니라면 아닌 것이냐? 여봐라, 이 여자의 몸을 뒤져라!"

뭐라고?

그 말에 혁련취향은 깜짝 놀라 몸을 잔뜩 웅크렸고, 한운석은 일언반구 없이 앞을 가로막은 하인을 밀어젖히고 나아가 혁련취향 앞에 양팔을 쫙 벌리고 섰다.

"곳간 열쇠는 본 왕비가 가지고 있다. 자신 있으면 본 왕비의 몸을 뒤져 보아라!"

그 차가운 목소리, 부릅뜬 눈, 온 몸에서 흘러나오는 범접할 수 없는 패기! 이를 본 사람들은 하나같이 넋이 나갔다.

뭐라고? 곳간 열쇠가 한운석에게 있다고?

한옥기는 어리둥절했지만 곧 큰 소리로 웃음을 터트렸다.

"한운석, 우습지도 않은 농담을 하는구나."

"그래?"

한운석은 입가에 조소를 떠올리더니 소매 속에서 천천히 열쇠를 꺼내 보였다. 구리로 만든 열쇠는 예스러우면서도 정교했고, 한씨 집안에 대대로 물려 내려오면서 영기를 얻었는지 옅은 구릿빛으로 은은하게 반짝이기까지 했다.

이 자리에 있는 사람 대부분이 이 열쇠를 본 적이 없었지만, 큰 도령인 한옥기는 아버지가 저 열쇠를 들고 있는 것을 몇 차례나 본 적이 있었다. 한씨 집안 가주의 상징이자, 그가 꿈에서도 그리던 가보였으니 한눈에 알아볼 수 있었다!

그는 눈을 휘둥그레 뜨고 넋이 나간 얼굴로 열쇠를 쳐다보았다.

"이젠 어떠냐? 아직도 우습지 않으냐?"

한운석이 냉소하며 물었다.

"네가…… 어떻게……. 이 천한 계집, 네가 무슨 자격으로 곳간 열쇠를 가지고 있는 거야! 내놔!"

정신을 차린 한옥기는 마치 며칠 굶은 늑대가 고기를 발견한 것 같이 탐욕스러운 표정을 지었고, 주위에 있던 사람들은 충격을 받았다.

세상에, 어떻게 곳간 열쇠가 한운석에게 있지? 어떻게 된 일이야? 설마 나리께서 직접 한운석에게 주신 건가? 그럴 리가 없어, 나리께서는 저 딸을 누구보다 싫어하셨잖아?

아무도 이해할 수 없었고, 한옥기는 숫제 이해할 생각조차 없었다. 탐욕의 빛이 그의 눈에서 쏟아지는가 싶더니, 별안간 그가 와락 달려들어 열쇠를 빼앗으려 했다. 그러나 한운석은 이미 예상한 듯 재빨리 열쇠를 품속에 넣었다.

이를 본 한옥기가 우뚝 멈춰 섰다.

"이……!"

"왜 그러지?"

한운석은 눈썹을 추키며 도발했다.

한옥기가 아무리 간이 커도 그녀에게 손을 댈 정도로 정신이 나간 것은 아니었다. 아무리 이름뿐이라고는 해도 그녀는 진왕비였다!

예의를 갖추지 않고 듣기 흉한 말을 할 수는 있었지만 정말로 그녀의 몸을 수색했다가는 외조부가 이부상서가 아니라 황제라 해도 용비야가 절대 가만두지 않을 것이었다!

이것은 남자의 자존심에 관한 문제였다.

어쨌든 한운석은 진왕비였다. 용비야는 평생 그녀에게 손을 대지 않을 수도 있었지만, 다른 남자가 손대는 것을 결코 허락할 리 없었다.

밤마다 꿈에 그리던 물건을 눈앞에 두고도 얻지 못하자 한옥기의 심장이 격렬하게 벌렁거렸다.

"한운석, 곳간 열쇠가 어째서 네 손에 있지? 훔친 거지?"

그가 싸늘하게 물었다. 절대로 아버지가 직접 열쇠를 줬다고는 믿을 수가 없었다. 아버지가 그녀를 싫어한 것은 말할 것도 없고, 이미 시집간 딸이라는 이유만으로도 그녀는 한씨 집안의 가주가 될 자격이 없었다.

한운석은 차갑게 한옥기를 노려보았지만 대답할 가치조차 없다는 태도로 돌아서서 혁련취향을 잡아 일으키고 말했다.

"안심하세요. 내가 있는 한 아무 일도 없을 거예요."

혁련취향도 한운석의 말에 놀랐는지 멍해졌지만 곧 정신을 차리고 애원했다.

"운석, 운석아! 일이를 구해다오, 운석아. 나와 일이는 한 번도 너를 괴롭힌 적이 없단다. 네 아버지를 봐서라도 제발 일이를 구해 줘!"

한운석은 일곱째 소실댁과 잘 아는 사이는 아니었지만, 한씨 집안을 통틀어 유일하게 자신을 괴롭히지 않았던 사람이라는 것은 똑똑히 기억하고 있었다.

"아이는 아무 잘못이 없어요. 설사 당신이 날 괴롭혔다 해도 아이는 구했을 거예요."

한운석은 진지하게 말했다.

뜻밖에도 그 말에 뭔가를 깨달았는지 한옥기가 갑자기 웃음을 터트렸다.

"한운석, 당장 곳간 열쇠를 내놓지 않으면 이 도련님께서는 절대로 이 후레자식을 풀어 주지 않겠다!"

말을 마친 그는 성큼성큼 한운일에게 걸어가면서 미처 피하지 못한 하인들을 거칠게 밀쳤다.

철썩!

그가 미치광이처럼 또다시 한운일을 때리기 시작했다. 그 매질이 얼마나 매운지 아물어가던 상처가 다시 터져 피가 튀었다.

"안 돼……!"

혁련취향은 비명을 지르며 그대로 한운석의 품에서 혼절해 버렸다.

"한옥기!"

한운석은 참다못해 혁련취향을 내려놓고 벌떡 일어났다. 그녀의 온몸에서 무시무시한 살기가 흘러넘치자 하인들이 주위를 에워싸고 다가왔지만 주인인 그녀를 어찌해야 좋을지 모르는 것 같았다.

한옥기도 이유 없이 겁이 났지만 금세 털어 냈다. 한운석같이 연약한 여자가 성질을 부린들 무슨 짓을 할 수 있겠는가?

"왜?"

한옥기가 손에든 죽비로 장난을 치며 도발하듯 물었다.

한운석은 한 손으로 곳간 열쇠를 꺼내들고 다른 손으로 독침을 꺼낸 뒤 차갑게 말했다.

"곳간 열쇠는 여기 있으니 어린 아이를 괴롭히지 말고 와서 가져가 보아라."

곳간 열쇠를 보자 한옥기는 금세 흥분하여 무작정 죽비를 내던지고 달려들었다. 한운석이 뒤로 한 걸음 물러섰지만 한옥기는 아무것도 모른 채 손을 쭉 뻗었다. 바로 그때, 한운석이 다른 손에 쥐고 있던 독침을 그의 손목에 힘껏 꽂았다!

"으악……!"

한옥기가 비명을 질렀다.

"감히 나를 찔러!"

그는 한운석을 후려치려고 손을 번쩍 쳐들었지만, 뜻밖에도 짐승에게 물린 것처럼 지독한 통증이 밀려와 오른팔을 들 수가 없었다.

"한운석, 너……."

한옥기는 그제야 독에 당한 것을 깨닫고 왼손으로 오른팔을 꽉 쥐었다. 통증이 점점 가중됨에 따라 그의 눈썹이 마구 일그러졌다.

"개미독이다. 들어본 적 있겠지. 당장 아이를 풀어 주지 않으면 팔을 잘라야 할 것이다!"

한운석이 싸늘하게 경고했다.

개미독. 이 독에 중독되면 처음에는 지독한 통증을 느끼다가 곧이어 수천마리의 개미에게 물어뜯기는 것 같은 가려움증이 일어나게 되는데, 그 정도가 견딜 수 없을 만큼 지독했고 아무리 긁어도 시원해지지 않았다. 해약을 복용하지 않으면 독소가 점점 온몸으로 퍼져 나가는데, 비록 죽지는 않지만, 온몸에서 일어나는 가려움 때문에 차라리 죽고 싶을 정도로 괴로웠다.

해약이 없으면 최선의 방법은 바로 중독 부위를 절단하여 독소가 퍼지는 것을 막는 것이었다.

하지만 이런 독은 독개미에게 물려야만 중독되는데, 이는 개미에게서 독소를 채취할 수가 없기 때문이었다. 비록 독술을 잘 모르는 한옥기지만 의술 명가 출신답게 개미독의 이런 특징은 잘 알고 있었다!

그래서 팔이 아무리 아파도 그 말을 믿으려 하지 않았다.

"한운석, 그깟 시시한 속임수로 나를 속이려고?"

한옥기가 그렇게 말하며 눈짓을 하자, 옆에 있던 하인이 죽비를 주워들고 대신 한운일에게 다가갔다.

그러나 죽비가 아이의 몸에 떨어지기도 전에 한옥기가 예고도 없이 와락 소리를 질러 댔다.

"으악……, 가려워!"

다친 오른팔을 움켜쥐었던 그의 왼손은 어느새 팔을 긁고 있었다.

이렇게 되자 모두들 놀라지 않을 수 없었다. 정말 개미독인가? 세상에, 한운석이 어떻게 저런 독을 쓸 수 있지? 어떻게 개미독을 추출한 거야?

개미독이 발작한 한옥기는 이미 그런 것을 신경 쓸 기분이 아니었다. 그는 미친 듯이 팔을 긁어 대며 마구 소리쳤다.

"가려워……, 가려워 죽겠다고! 가려워! 어서, 어서 도와줘!"

하인들이 허겁지겁 달려가 오른팔을 긁어 주었다. 처음에는 손바닥과 아래팔만 가려웠는데 잠깐 사이 위팔까지 가려움이 퍼져 나갔다.

"으아악……! 나 죽네! 이쪽, 이쪽, 이쪽을 긁어! 아악, 미치겠다! 미치겠어!"

한옥기는 체면불구하고 소매를 찢어내 마구 긁어 댔고, 팔에는 금세 기다란 핏자국이 그려졌다. 이를 본 하인들은 차마 더 이상 손을 대지 못했다.

"어서 긁어! 어서! 아이고, 나 죽네!"

한옥기가 미친 듯이 노성을 터트렸다. 이제 그는 제정신이 아니었다.

"도련님, 아가씨는 분명 해약을 가지고 계실 겁니다!"

하인 한 명이 일깨워 주었다.

그러자 한옥기는 미치광이 상태에서 잠시 벗어나 홱 고개를 들고 한운석을 노려보며 외쳤다.

"이 천한 것, 어서 해약을 내놔!"

"당장 일이를 풀어 줘라. 그렇지 않으면 온몸이 가려워질 것이다!"

한운석은 매섭게 외치며 한 발짝도 물러서지 않았다. 그녀에게 독술은 사람을 구하는 수단일 뿐만 아니라 사람을 해치고 죽이는 수단이기도 했다. 이런 상황에서도 조건을 달 생각을 한다면 한옥기가 너무 순진한 것이었다!

"꾸…… 꿈 깨시지!"

한옥기는 그렇게 쉽게 타협할 사람이 아니었다. 아버지가 집을 비울 때면 곳간 열쇠를 손에 넣으려 했는데 하물며 아버지가 하옥된 지금은 말할 필요도 없었다.

참자! 참아야 한다!

"뭣들 하느냐, 계속 때려라!"

그는 명을 내리면서 쉼 없이 팔을 긁어 댔다.

그런데 갑자기 팔뿐 아니라 어깨까지 가렵기 시작했다. 개미독은 처음에는 느리지만 시간이 갈수록 빨리 퍼져 나가는데, 가장 끔찍한 것은 얼굴까지 퍼졌을 때였다!

한운석이 이 개미독의 강도를 높였는지 어떤지는 모를 일이지만, 어깨에서 가려움을 느끼기 시작한 순간 곧바로 목까지 가려워지기 시작했고 결국 얼굴 전체가 근질근질해졌다!

"아…… 안 돼…….."

한옥기는 비명을 지르며 원숭이처럼 목과 얼굴을 긁어 대더니 결국 항복했다.

"해약…… 한운석, 해약을 내놔. 당장 한운일을 풀어 주겠다!"

한운석은 쉽사리 물러날 사람이 아니었다. 그녀는 싸늘한 눈으로 그를 바라보며 한 글자씩 힘주어 말했다.

"아이부터 풀어 주어라. 그렇지 않으면 협상은 없다!"

한옥기는 한시도 더 참을 수가 없는 상황이었다. 이대로 가

다간 제 손으로 두 팔을 자르고 심지어 목까지 잘라야 할 판이
었다. 그만큼 가려워서 견딜 수가 없었다!

그는 하인들을 돌아보며 노성을 터트렸다.

"풀어 줘! 어서, 풀어 줘!"

큰 도련님의 미치광이 같은 모습에 놀란 하인들이 허둥지둥
물러섰고, 한운석은 쏜살같이 한운일에게 달려갔다. 마음이 급
했지만 그래도 아이를 아프게 할까 봐 조심조심 움직여야 했다.

그녀는 땅에 떨어진 옷을 주워 등에서부터 아이를 살짝 감
싼 뒤 품에 안았다.

억척꾸러기, 장하다!

한운일이 품으로 들어오는 순간 한운석은 깜짝 놀랐다.

세상에, 두꺼운 겉옷으로 감쌌는데도 아이의 꽁꽁 언 몸과 떨림이 고스란히 느껴졌다.

때는 춥디추운 한겨울이었다!

한운석은 아이가 꽁꽁 얼었고 의식을 잃었으리라 생각했지만 그 앳된 얼굴을 들여다보는 순간 저도 모르게 멍해졌다.

아이는 깨어 있었다!

새파래진 입술이 바들바들 떨렸지만 고집스레 이를 악물었고, 흑백이 분명한 두 눈동자는 눈 내린 호수처럼 맑고 깨끗했다. 눈에는 글썽글썽 눈물이 맺혀 있었지만 끝끝내 눈가로 흘러내리지 않았다.

한운석은 아이의 창백한 입가에 피가 배어나온 것을 보았다. 얼마나 세게 물었던 것일까?

이제 겨우 여섯 살이었지만 애기 티도 벗지 못한 조그마한 얼굴에는 고집과 억척스러움이 잔뜩 새겨져 있었다.

이 나이의 아이들 대부분은 부모의 품에서 어리광을 부리고 있을 텐데, 한운일은 인간의 존엄이 무엇인지, 어려움 앞에 굴복하지 않는 것이 무엇인지 뼈저리게 배우고 있었다!

발가벗겨져 웃음거리가 되고 죽비에 두드려 맞는 한 시진

동안 그는 아프다는 소리 한 번 하지 않았고 울음 한 번 터트리지도 않았다. 심지어 풀어 달라고 빌지도 않았다.

한순간, 앳되면서도 고집스러운 조그마한 얼굴은 한운석의 가슴속에 깊이 아로새겨져 평생 잊히지 않았다.

그녀는 저도 모르게 한운일을 더욱 힘주어 껴안으며 온기를 나눠주려 했다.

"일아, 장하구나!"

옆에서는 한옥기가 거의 붕괴되기 직전에 처해 있었다.

"한운석, 해약을 내놔! 해약!"

한운석은 그제야 늘 지니고 다니는 진료 주머니에서 해약 한 포를 꺼내 툭 던졌다. 한옥기는 허둥지둥 포장을 풀고 꿀꺽 삼켰다.

독은 발작하는 것도 빨랐지만 사라지는 것도 빨랐다. 얼마 지나지 않아 한옥기의 얼굴과 목의 가려움이 모두 사라졌고 마지막에는 팔도 깨끗이 나았다. 다만 모습은 처참하기 짝이 없었다. 양쪽 소매는 물론이고 옷깃까지 갈가리 찢어지고, 팔과 목, 얼굴에는 긁어 부은 자국이 가득했다. 피부가 벗겨져 피가 배어 나온 곳도 허다했다. 모르는 사람이 보았다면 미친개와 한바탕 싸움이라도 벌인 줄 알았을 것이다.

냉정을 되찾은 한옥기는 숨을 씩씩거리며 한운석을 죽일 듯이 노려보았지만 한운석은 한운일을 안은 채 전혀 기죽지 않고 싸늘하게 마주보았다.

"한운석, 감히 이 도련님을 해치려 하다니, 내가 가만히 있을 것 같으냐?"

한옥기는 위협하듯 한 발 한 발 그녀에게 다가갔다.

"그럴 리 없겠지. 그래서 해약을 주지 않았다."

한운석이 차갑게 말했다. 침향이 아직 돌아오지 않은 데다 어렵사리 중독을 시켰는데 그리 쉽게 해약을 내줄 그녀가 아니었다.

저 짐승 같은 한옥기는 일단 화가 나면 무슨 짓이든 해치울 사람이었다. 그런 그가 약속을 지킬 것이라 믿었다면 한운석은 바보 멍청이였다.

"이……!"

한옥기는 초조해졌다.

"대리시에서 사람이 올 때까지 기다린다고 하지 않았느냐? 자신이 있으면 기다려라! 그렇지 않으면 반 시진마다 독이 발작할 것이다!"

한운석이 경고했다. 앉아 있었지만 몸에서 풍겨져 나오는 위엄은 장내를 휘어잡기에 충분했다.

한 번 당한 한옥기는 함부로 모험을 할 수 없어 이를 악물며 말했다.

"오냐, 기다리마. 누가 겁낼 줄 아느냐!"

대리시에서 누가 오든, 그가 이부상서의 외손자라는 것과 한운석이 유명무실하고 양쪽 집안에서 무시당하는 진왕비라는 것은 잘 알고 있을 것이다. 그런데 누가 감히 그를 건드릴까?

그 정도는 기다려 줄 수 있었다! 곳간 열쇠를 내놓지 않으면 한운석 역시 이 저택에서 한 발짝도 나가지 못할 것이다!

자리에 앉은 한옥기는 제 몰골조차 신경 쓰지 않고, 곳간 열쇠가 사라지기라도 할까 봐 두려운 것처럼 한운석에게서 눈을 떼지 않았다.

그가 쳐다보든 말든 한운석은 품에 안은 아이를 달랬다.

이제 몸은 따뜻해졌지만 한운일은 여전히 이를 악물고 신경이 팽팽하게 긴장된 상태였다. 그는 한운석을 알고 있었고, 한운석이 자신을 구하는 것도 보았지만 완전히 긴장을 풀 수는 없었다. 긴장을 푸는 순간 울어 버릴 것 같아서였다.

울지 않을 거야!

이 집안에서 어머니는 가장 총애를 받은 사람이었지만, 또한 가장 은인자중隱忍自重하는 사람이기도 했다. 그는 아버지가 가장 아끼는 아들이었지만, 참고 견디는 어머니 때문에 철이 들었을 때부터 수없이 억울한 일을 당해야 했다.

하지만 그는 한 번도 운 적이 없었고, 이번에도 울고 싶지 않았다.

"일아, 이제 괜찮으니 이를 악물지 않아도 돼. 그만 풀어."

한운석이 부드럽게 권했다.

그녀는 한운일의 뺨을 살며시 쓰다듬었다.

"일아, 착하지, 말을 들어. 피까지 흘리고 있잖니."

따스한 손이 싸늘하게 식은 그의 조그만 얼굴을 녹였지만, 한운일은 여전히 무덤덤한 얼굴이었다. 맑은 눈동자에는 한운석의 모습이 비쳤으나 그는 다시는 그녀를 바라보지 않았다.

"괜찮으니 그만 풀지 않겠니? 누나가 여기 있잖아. 누나가 널 보호해 줄 테니 저들도 감히 너를 건드리지 못할 거야."

한운석은 끈기 있게 달랬다.

"앞으로는 누나가 보호해 줄게. 두려워하지 마, 괜찮아."

그녀의 끈기가 차츰차츰 한운일의 마음을 녹였고, 그의 눈동자에 비친 한운석의 모습이 조금씩 조금씩 흐려졌다. 마침내 견디지 못하게 된 아이가 힘겹게 지탱하던 고집을 포기하려 한다는 것을 알 수 있었다.

"착하지, 겁내지 마. 누나는 네가 얼마나 강한지 안단다."

한운석은 그의 부드러운 머리를 어루만지며 마치 자기 아이처럼 정성을 쏟았다.

"일아, 누나도 알아. 너는 용감한 남아대장부이니 울지 않을 거야. 넌 한 번도 운 적이 없어, 그렇지? 일아, 피곤하면 자렴. 괜찮아. 누나가 있을게. 계속 있을 거야."

한운석의 목소리는 갈수록 부드러워지고 작아졌고, 그 소리를 듣는 한운일의 눈동자가 차츰 차츰 닫혔다. 결국 버티는 것을 포기하고 피로에 지쳐 잠이든 것이었다. 그의 눈이 완전히 감기는 순간 앙다물었던 입이 풀어지고 눈에 맺혔던 눈물이 눈가를 따라 또르르 흘러내렸다……

한운석은 한종안의 부탁을 깊이 마음에 새기고 있지는 않았지만, 지금은 너무너무 마음이 아파 저도 모르게 중얼거렸다.

"일아, 사실 이 누나는 아버지께 약속했단다. 반드시 너를 보호하겠다고 말이야."

한운석이 한운일을 안고 방 안으로 들어가려하자 즉시 하인 몇 명이 가로막았지만, 그녀의 날카로운 눈빛에 주춤주춤 물러섰다. 하인들은 어쩔 줄 몰라 하며 한옥기를 바라보았다.

한옥기는 경멸에 찬 얼굴로 하인들에게 길을 열어 주라는 손짓을 했다. 비켜 준다고 해서 한운석이 달아날 수 있을 리 없었다.

한운일을 방 안으로 데려간 한운석은 아이가 잠에 빠져 통증을 느끼지 못하는 틈을 타서 등의 상처를 치료하고 가장 좋은 약을 바른 다음 단단히 싸맸다.

조심스레 치료를 마치고 이불을 덮어 주고 나자마자 문 밖에서 한옥기의 외침 소리가 들려왔다.

"한운석, 이리 나와. 당장 나오란 말이다!"

대리시에서 사람이 왔을까? 그런데도 저렇게 위세를 부려?

한운석은 의아해하며 서둘러 밖으로 나갔다. 하지만 대리시 사람은 보이지 않았고 침향 혼자 문가에서 숨을 헐떡이고 있었다.

"대리시는?"

한운석이 물었다.

"마마……. 마마…… 구…….."

침향은 기운이 달려 말도 제대로 하지 못했다.

대리시로 달려가 진왕비의 사정을 말했더니 대리시경인 구양 대인은 공손하게 대해 주며 당장 마차를 타고 출발했다. 그러나 한씨 저택이 있는 거리로 접어들자 사람들로 붐벼 속도가 느려졌고, 답답해진 침향 혼자 마차에서 내려 마구 달려온 것이었다. 그 덕분에 숨이 턱까지 차올라 도저히 말을 할 수가 없었다.

이를 본 한옥기는 큰 소리로 웃어 댔다.

"하하하, 깜짝 놀란 모양이구나. 대리시 사람들에게 쫓겨났지?"

그런데 그 말이 떨어지기 무섭게 바깥에서 하인의 다급한 외침이 들려왔다.

"큰 도련님, 대리시경 구양 대인께서 친히 찾아오셨습니다!"

대리시경 구양 대인이 직접?

사람만 보내고 말 줄 알았던 대리시경이 직접 방문한 것은 의외였지만, 한옥기는 오히려 더 으스댔다. 누가 뭐래도 구양 대인은 외조부가 추천한 사람이니 외조부의 체면을 세워 주는 것이 당연했다.

뭐, 좋아. 대리시경이 직접 와서 혼내 주면 세상 무서운 줄 모르는 저 계집도 또다시 이곳을 찾아와 왕비니 뭐니 거들먹거리지 못하겠지!

그는 한운석에게 비웃음을 날려 준 뒤, 제 모습이 어떤지 생각지도 않고 성큼성큼 마중을 나갔다.

마침 구양 대인도 황망한 표정으로 총총히 안으로 들어서고 있었다. 그와 이부상서 서향광徐向光은 오랜 친구였고, 덕분에 그 외손자의 성품을 익히 알고 있었다. 조금이라도 늑장을 부리다가 진왕비가 무슨 일이라도 당하면 감당할 방법이 없었다.

전임 대리시경은 이부의 판결로 해임되었지만, 진짜 이유는 진 왕비에게 무례를 저질러 진왕 전하께서 노했기 때문이 아닌가! 비록 외부에 알려지지는 않았지만 이부상서와 그는 절대로 진 왕비를 건드리면 안 된다는 사실을 마음속에 새기고 있었다.

구양 대인이 나타나자 한옥기는 히죽거리며 재빨리 손을 모 아 읍을 했다.

"구양 대인, 이런 소소한 문제로 여기까지 오시게 하다니 참 으로……."

한옥기의 말이 끝나지도 않았는데, 구양 대인은 그의 곁을 지나쳐 쏜살같이 정원 안으로 들어섰다.

무시당한 거야? 한옥기는 순간적으로 멍해졌다. 지금 이게 무슨 상황이지?

"소관이 왕비마마께 인사 올립니다. 만수무강하십시오. 도 착이 늦은 점 부디 용서해 주시기 바랍니다!"

공손하기 짝이 없는 구양 대인의 목소리가 뒤에서 들려오 자, 한옥기는 경악한 얼굴로 홱 고개를 돌렸다. 구양 대인은 한 운석 앞에 무릎을 꿇고 고개를 깊이 숙인 채 두 손을 모아 읍을 하고 있었다. 단순히 예를 차리는 것이 아니라 몹시 겁을 먹은 모습이었다.

그런…….

한옥기는 제 뺨을 꼬집었다. 이런 세상에, 이건 꿈이 아니 야. 구양 대인이 대체 어떻게 되신 거지?

"구양 대인, 한옥기는 웃전을 멸시하고 함부로 혀를 놀려 본 왕비를 위협했소. 이것이 무슨 죄인지 말해 보시오!"

한운석이 차갑게 질문을 던졌다.

물론 그녀도 이부상서와 신임 대리시경의 관계를 알고 있었지만, 신임 대리시경 역시 그녀의 성질을 잘 알고 있을 것이다.

"그것은…… 그것은……."

구양 대인은 망설였다.

"무엇이오?"

한운석이 재차 추궁했다.

"웃전을 멸시한 것은 곤장 쉰 대에 준하는 죄이며, 왕비를 위협한 것은…… 죽을죄입니다!"

구양 대인이 사실대로 대답했다.

이 말이 떨어지자 한옥기도 마침내 정신이 돌아와 놀란 목소리로 외쳤다.

"구양 대인, 저 천한 계집이 정말 뭐라도 되는 줄 아십니까? 어쩌자고 그리 겁내십니까, 그래 봤자……."

"닥쳐라!"

구양 대인이 분노를 터트렸고, 그와 동시에 서 부인의 목소리가 들려왔다.

바깥에서 총총히 달려온 서른 후반의 부인은 화려하게 치장을 했고 기질도 범상치 않았다.

"왕비마마께서 왕림하신 줄 모르고 멀리 나가 맞이하지 못했으니 부디 용서해 주십시오!"

서 부인은 안으로 들어서자마자 예를 올렸다.

이를 본 한옥기는 다시 한 번 눈을 휘둥그레 떴다. 어젯밤만 해도 바깥에 떠도는 한운석에 관한 소문을 듣고 몹시 화를 내며 폐물이라고 욕을 했던 어머니였다. 그런데 오늘 상서부에 다녀오더니 갑자기 딴 사람이 된 것이다!

서 부인은 그동안 한종안을 면회하기 위해 수차례 상서부를 찾아가 부탁했지만 매번 거절을 당했다. 오늘도 부탁하러 갔더니 아버지는 북궁하택이 파면된 진짜 이유를 조용히 귀띔해 주며, 그간 한종안을 만나려고 이리 뛰고 저리 뛰어도 소용이 없었던 까닭 또한 한운석이 한씨 집안사람들과 한종안을 만나지 못하게 하라고 지시했기 때문이라고 알려 주었다.

이 말을 들은 서 부인은 큰일 났구나 싶었다. 그녀와 그 아들은 전부터 한운석을 몹시 못살게 굴었던 경험이 있었다. 지난 일을 어떻게 벌충해야 하나 고민에 빠져 돌아오는데, 뜻밖에도 집에서는 벌써 일이 벌어지고 있었다.

본보기, 큰 도령에게 중벌을 (1)

한옥기는 믿을 수 없는 눈길로 구양 대인과 어머니인 서 부인을 번갈아 바라보며 속을 끓였다. 두 사람 다 머리가 어떻게 된 것이 아닐까? 어째서 한운석에게 저렇게까지 예의를 차리지?

"어머니……."

그가 입을 열기 무섭게 서 부인이 허리를 숙여 인사를 올리며 엄한 표정으로 야단을 쳤다.

"세상 무서운 줄 모르는 녀석, 눈이 있는데도 사람을 몰라보다니! 당장 왕비마마께 사죄하지 못하겠느냐! 아무리 친 누님이시라 해도 이런 장난을 치는 것은 예의가 아니야!"

그녀는 야단을 치며 아들에게 눈짓을 했지만, 한옥기는 본래가 우둔하기 짝이 없는 인물이라 전혀 눈치채지 못하고 어리둥절한 얼굴로 어머니를 바라볼 뿐 꼼짝도 하지 않았다.

서 부인은 화도 나고 초조하기도 하여, 재빨리 다가가 아들의 귀를 잡아채며 꾸짖었다.

"이 못된 녀석, 어서 꿇지 못해! 장난도 정도껏 쳐야지, 아무리 누님이라도 이런 장난을 치다니! 왕비마마를 위협하면 죽을 죄라는 것을 모르느냐? 그렇게 죽고 싶으면 마음대로 하려무나!"

"아야……, 아파요, 놓으세요……, 놓으시란 말이에요!"

한옥기는 연신 비명을 지르며 어쩔 수 없이 몸을 숙였고, 서 부인은 이 때를 틈 타 그의 귀에 속삭였다.

"이 녀석아, 어미인들 이러고 싶은 줄 아느냐! 소문이 진짜라지 않니! 한운석이 정말로 태자를 구했다고 네 외조부께 직접 들었다!"

뭐? 소문이 진짜라고? 한운석이 진짜 태자를 구했고, 그래서 대공신이 되었다고?

한옥기는 묵직한 것으로 머리를 얻어맞은 것처럼 멍해졌고, 두 다리에 힘이 풀려 자연스레 무릎을 꿇었다.

"왕비마마, 어려서부터 생각 없이 말을 하던 아이라는 것을 잘 아시지 않습니까? 아직 어려서 그러니 한 번만 용서해 주시지요. 모두 제 잘못입니다. 제가 아들을 잘못 가르쳐서 벌어진 일이니 제가 벌을 받겠습니다!"

서 부인은 간곡하게 애원했지만 눈동자에는 불만이 가득했다. 예전에 한운석을 쥐 잡듯이 잡고 이래라 저래라 하녀처럼 부려먹은 사람이 바로 그녀가 아니었던가.

옆에 있던 구양 대인도 연신 용서를 구했다.

"왕비마마, 큰 도령은……, 그러니까 확실히 큰 도령의 태도는 잘못되었지만, 이런 집안일에 대리시까지 나서면 마마의 체면도 떨어지고 사람들의 웃음거리가 되지 않겠습니까?"

한운석은 속으로 냉소를 지었다. 구양 대인과 이부상서의 관계가 관계이니만큼 그 낯을 세워 주려는 것이 분명했다.

그녀는 서 부인과 구양 대인을 무시한 채 꿇어앉은 한옥기를 거만하게 내려다보며 장난 섞인 목소리로 물었다.

"큰 도령, 천한 계집이란 누굴 가리키고 한 말이지?"

그 말에 서 부인과 구양 대인은 화들짝 놀랐고, 당사자 한옥기는 심장이 덜컥 내려앉고 다리에 힘이 빠져 꿇어앉아 있지도 못할 지경이었다.

"한…… 아, 아니, 왕비마마, 소인은…… 소인은 그저 농을 한 것뿐이니 너무 심각하게 받아들이지 마십시오. 다 요 입이 화근이지요! 사죄드리겠습니다! 소인이 잘못했습니다! 잘못했습니다!"

한옥기는 놀란 나머지 두서없이 떠들어 댔다. 한운석이 태자를 구한 공신이 되었다면, 더 이상은 유명무실한 왕비가 아니었다! 적어도 황실은 그녀를 인정했을 것이고, 그런 그녀에게 평민인 한씨 집안이 조금이라도 불손하게 굴면 중죄를 짓는 것이 분명했다!

조금 전 자신이 했던 일을 떠올리자 한옥기는 후회가 밀려와 오장육부까지 핏기가 싹 가시는 것 같았다.

그는 느닷없이 제 뺨을 철썩 때리며 외쳤다.

"왕비마마, 요 입이 화근이니 소인이 직접 벌을 내리겠습니다!"

이 광경에 서 부인은 몹시 놀라 손으로 입을 막았다. 귀하디 귀한 내 아들이 저런 짓을!

하지만 한운석은 냉랭하게 바라볼 뿐, 흔들림도 없었고 반응도 없었다. 한옥기는 눈 딱 감고 다시 한 번 제 뺨을 때렸다. 물론 아픈 것이 싫어서 동작은 그리 크지 않았다. 두 번이나 때렸는데도 한운석은 아무 표정 없이 그를 바라보기만 했다.

어쩌지? 계속 때려야 하나? 안 돼, 아픈 건 싫다고!

한옥기는 어쩔 수 없이 어머니에게 도움을 청하는 눈빛을 보냈다. 서 부인은 따귀 두 대 만으로도 마음이 찢어질 듯이 아파 펄펄 뛰며 화를 내고 싶었지만, 차마 그렇게 하지는 못하고 재빨리 허리를 숙이며 말했다.

"왕비마마, 아무리 그래도 친동생이 아닙니까. 별 뜻 없이 한 일이지 정말로 마마께 무례를 저지르려던 것은 아닙니다. 따끔하게 야단을 쳤으니 다시는 그러지 않을 겁니다."

그때, 마침내 한운석이 입을 열었다.

"아프냐?"

"그럼요, 얼굴이 저리 퉁퉁 부었는데 어찌 안 아프겠습니까? 저 정도면 평생 잊지 못할 겁니다."

서 부인이 서둘러 대답했다.

"그럴까……."

한운석은 허리를 숙이고 여유롭게 한옥기의 턱을 잡아 올렸다. 한옥기는 잔뜩 긴장해서 꼼짝도 하지 못했다.

한운석은 진지하게 그의 얼굴을 요리조리 살폈다. 하얗고 깨끗한 피부는 여자보다 더 꼼꼼하게 관리를 했고, 흠집 하나 없었다. 이 정도로 아프다면, 어린 시절 그녀의 팔에 채찍을 때려 만들어 냈던 그 상처들은 뭐라고 해야 할까? 한운일의 등에 생겨난 피투성이 상처들은 뭐라고 해야 할까?

한운석은 눈동자에 노기를 떠올리며 차갑게 말했다.

"얼굴이 부었는지 아닌지는 당신이 판단할 일이 아니오!"

그 말과 함께 그녀는 한옥기의 턱을 홱 밀어내며 차갑게 명령했다.

"침향, 때려라!"

"안 돼……!"

서 부인이 비명을 질렀다. 갑자기 목소리가 뾰족해졌다.

"운석아, 저 아이는 네 동생이고, 너희는 한 아버지 밑에서 난 남매야! 어쩜 이렇게 독하게 구니!"

한운석은 냉소를 터트렸다.

"방에 누워 있는 아이도 친동생이고 한 아버지 밑에서 난 형제요. 그런데 이 자는 어떻게 그렇게 독하게 굴 수 있었소?"

자기 아들이 무슨 짓을 했는지, 서 부인도 당연히 짐작이 갔다. 말문이 막힌 그녀는 차가운 목소리로 화제를 돌렸다.

"운석아, 이 아이야 뭘 몰라서 그런다지만 어떻게 너까지……."

서 부인의 말이 끝나기도 전에 한운석이 냉소를 터트렸다.

"둘째 소실댁, 지금 내가 뭘 모른다고 말하는 것이오?"

둘째 소실댁?

서 부인은 멍해져서 한운석이 자신을 불렀다는 것도 알아차리지 못했다.

그랬다. 그녀는 정실이 아니었다. 하지만 한종안은 그녀를 정실의 예로 맞아들였고, 그녀 역시 여덟 사람이 드는 꽃가마를 타고 한씨 집안으로 들어갔다. 시집을 온 그날부터 모든 사람들이 그녀를 서 부인이라고 불렀으니, '소실댁'이라는 말을 듣는 것은 오늘이 처음이었다.

소실댁 세 글자는 첩을 의미하는 말이었다!

한운석이 그녀를 모욕하고 있는 것이다!

서 부인은 소매 속에서 주먹을 부르쥐었다. 한운석, 이 못된 것! 좋게 좋게 해결하려고 했더니 감히 이런 짓을 해! 우리 옥기가 꼬투리를 잡히지만 않았어도 이렇게 참고 있지는 않았을 것이다!

서 부인은 심호흡을 하면서 한운석이 한 말을 애써 무시하고 평정심을 찾으려고 노력했다. 호걸은 뻔히 보이는 손해는 당하지 않는 법이라고 했으니 참아야 했다.

"아니, 아니야. 그럴 리가 있겠니? 운석이 너는 누님이니 언제나 아우들보다야 철이 들었지."

한운석은 냉소를 지었다.

"둘째 소실댁은 아직도 내가 철이 덜 들었다고 말하는 것 같군."

서 부인은 다시 말문이 막혀 할 말을 잃고 옆에 있던 구양 대인을 팔꿈치로 쿡쿡 찔렀다.

"왕비마마……."

구양 대인이 중재하려는데, 한운석이 손을 들어 막으며 물었다.

"구양 대인, 대인은 방금 웃전을 멸시한 자에게는 곤장 쉰 대를 때린다고 했소. 본 왕비를 속인 것은 아니겠지?"

구양 대인은 깜짝 놀랐다. 한운석의 진지한 얼굴을 보자 그는 혹시라도 말려들까 봐 황급히 고개를 저었다.

"어찌 그럴 리가 있겠습니까. 분명히 곤장 쉰 대입니다."

"그렇다면 한옥기가 본 왕비에게 천한 계집이라고 욕한 것은 웃전을 멸시한 것이 맞소?"

한운석이 재차 물었다.

구양 대인은 고개를 끄덕일 수밖에 없었다.

"그렇다고 볼 수 있습니다."

"그렇다면 두 번이나 웃전을 멸시했으니 곤장 백 대를 맞아야겠구려?"

한운석이 갑자기 목소리를 깔았다.

그 말에 한옥기는 완전히 얼어붙어 온몸에서 힘이 빠지고 머릿속이 텅 비었다. 서 부인도 얼굴이 하얗게 질려, 경고를 담은 차가운 눈빛으로 구양 대인을 노려보았다. 그러나 그녀가 경고를 하든 말든 한운석에게 밉보일 수 없는 구양 대인은 그 시선을 슬며시 피했다.

"구양 대인, 저 자를 데려가 형을 집행하시오!"

한운석은 숨 돌릴 틈도 주지 않고 밀어붙였다.

곤장 백 대를 맞으면 사람이 죽을 수도 있었다. 곤장에 비하면 따귀를 맞는 것은 아무것도 아니었다. 그들에게 주어진 선택은 단 두 가지, 따귀를 때리거나 곤장 백 대를 맞는 것뿐이었다.

"때려야지요!"

선택의 여지가 없는 서 부인이 벌떡 일어나 다급히 말했다.

"이 놈은 맞아도 쌉니다! 때리세요!"

한운석이 곤장을 치라고 우기지 않는 틈을 타서 그녀는 재빨리 침향의 손을 붙잡았다.

"낭자, 어서 때리시게! 실컷 때리시게!"

침향은 저 모자가 끔찍하리만치 싫어서 힘껏 그 손을 뿌리치며 느긋하게 말했다.

"제 손은 조그만데 도련님은 낯짝이 너무 두꺼우셔서, 도련님 얼굴이 붓기도 전에 제 손이 먼저 붓겠어요."

한운석은 속으로 웃음을 터트렸다. 이제 보니 침향도 독설이 제법인데?

침향이 때리지 않겠다고 하자 한옥기는 황겁질겁하여 바닥에 주저앉은 채 꼼짝하지 못했다. 서 부인의 음침한 눈동자에 약삭빠른 빛이 반짝이는가 싶더니, 갑자기 그녀가 눈시울을 빨갛게 물들이며 울음을 터트렸다.

"운석아, 한 번만 네 아우를 용서해 다오. 제발 부탁이다……."

부탁? 가엾은 척을 하겠다?

한운석은 입가에 냉소를 떠올리며 혼절한 뒤 아직도 깨어나지 못한 일곱째 소실댁을 쳐다보았다. 부탁이 통하는 곳이었다면 저 가련한 어머니는 몸수색을 하겠다는 협박을 받지 않아도 되었을 것이다. 부탁이 통하는 곳이었다면, 그녀 역시 자라는 동안 그렇게 큰 고초를 겪지 않았을 것이다.

한운석은 서 부인의 손을 힘껏 뿌리치며 인정사정없이 말했다.

"구양 대인, 끌고 가시오!"

"안 된다! 안 돼!"

서 부인이 고함을 지르며 구양 대인 앞을 막아섰다.

"내가! 내가 직접 때리겠다! 운석, 내 손으로 저 아이를 혼쭐 내 주마!"

이렇게 말한 그녀는 한운석이 받아 주지 않을까 봐 추호의 망설임도 없이 한옥기의 뺨을 호되게 올려붙였다. 철썩! 우렁 찬 소리가 울렸다.

한옥기는 정신이 번쩍 들어 저도 모르게 얼굴을 가리며 피하려 했지만, 서 부인이 차갑게 명령했다.

"여봐라, 저 아이를 붙잡아라."

주위에 서 있던 하인들은 모두 넋이 나가 어쩔 줄을 모르다 가, 서 부인의 명이 떨어지자 그중 두 사람이 나아가 한옥기를 잡아 눌렀다.

"어머니……."

한옥기가 입을 열기 무섭게 서 부인이 다시 따귀를 올려붙 였다.

철썩!

이 명쾌한 마찰음에 하인들은 간담이 서늘해졌고, 구양 대 인도 차마 보지 못하고 고개를 돌렸다.

따귀 두 번 만에 한옥기의 뺨에는 벌건 손자국이 선명하게 찍히고 살갗이 부어올랐다.

서 부인은 손이 아팠지만 마음은 더 아팠다. 어떻게 키운 귀 한 내 아들인데! 그녀 자신은 물론이고 한종안조차 이 아들에게 손 한 번 대지 못하게 했던 그녀였다. 그런데 오늘 제 손으로 아들의 뺨을 때리고 있는 것이다. 서 부인의 손은 바르르 떨렸고 심장은 갈기갈기 찢어졌다. 한옥기는 양 볼이 화끈화끈 불타오르는 것을 느끼며 너무 아파 손을 대지도 못했다.

이 정도면 충분하겠지?

"왕비마마, 부었습니다. 퉁퉁 부었어요."

서 부인이 목멘 소리로 말했다. 마음 같아서는 한운석에게 와락 달려들어 따귀를 마구 때리고 싶었다!

분명히 조금 붓긴 했지만 한운일의 등에 난 상처에 비하면 새발의 피였다. 따귀 두 대로 곤장 백 대를 벌충하려 하다니, 에누리가 너무 심하지 않아?

한운석은 그녀를 흘끗 바라보며 싸늘하게 대답했다.

"말했다시피 부었는지 아닌지는 당신이 판단할 일이 아니오!"

뭐라고?

그 말에 한옥기는 당장이라도 울음을 터트릴 것 같았다. 서 부인은 이미 눈물을 철철 흘리고 있었지만 차마 따질 수가 없어 이를 악물고 계속했다.

손이 왼뺨 한 번, 오른뺨 한 번 번갈아 가면서 때려 댔다. 철썩! 철썩! 철썩! 이쪽저쪽에서 울리는 마찰음이 몹시도 맹렬했다.

서 부인은 손이 아프고 한옥기는 뺨이 아파서 나란히 울음을 터트렸지만, 한운석은 그만두라는 말이 없었다.

결국 주위에 있던 하인들도 차마 보지 못하고 속으로 덜덜

떨었다. 아가씨, 아니……, 이제 진왕비이시지. 진왕비께서는
정말 함부로 건드리면 안 되는 분이시구나. 우리가 눈이 삐었던
거야!

본보기, 큰 도령에게 중벌을 (2)

어느덧 혼절해 쓰러졌던 혁련취향도 깨어나 눈을 휘둥그레 뜨고 서 부인이 자기 아들을 때리는 장면을 바라보았다. 그녀는 대리시경 구양 대인을 발견한 후에야 상황을 짐작했다.

마침내 서 부인은 손에 힘이 쭉 빠졌고, 한옥기의 뺨도 돼지처럼 시뻘겋게 부어올랐다. 서 부인이 털썩 무릎을 꿇고 빌었다.

"왕비마마, 보십시오……. 부었습니다! 정말 부었어요……."

"내가 볼 수 있게 고개를 들어라."

한운석은 쌀쌀하게 말했다.

한옥기는 어차피 아프기는 매한가지라고 생각하며 재빨리 고개를 들었다. 눈, 코, 입을 알아볼 수 없게 퉁퉁 부은 그 얼굴을 보자 한운석은 웃음이 터질 뻔했지만 당연히 꾹 참았다.

"음, 붓긴 부었군."

그녀가 태연하게 말했다.

그 말에 서 부인과 한옥기는 힘없이 주저앉으며 안도의 숨을 내쉬었다. 그런데 뜻밖에도 한운석이 계속 말했다.

"웃전을 멸시한 죄는 치렀지만, 본 왕비를 위협한 죄는……."

그녀는 말을 얼버무리며 구양 대인을 돌아보았다.

뭐라고? 이 꼴이 되도록 때려 놓고 계속 죄를 묻겠다고? 게

다가 이번에는 황족을 위협한 죄였다.

예상치 못한 상황에 구양 대인도 심장이 쿵 내려앉았다. 진왕비가 이렇게까지 상대하기 까다로운 여자였을 줄이야.

서 부인과 한옥기는 거의 넋이 나간 상태였다. 아무리 생각해도 이럴 수는 없었다.

한순간 정원 안은 정적에 휩싸였고, 하인들도 깜짝 놀라 큰소리를 내지 않으려고 숨을 꾹 참았다.

조금 전 구양 대인이 진왕비를 위협한 것은 죽을죄라고 말하는 것을 모두들 똑똑히 들어 알고 있었다!

"구양 대인, 한씨네 큰 도령은 많은 하인들을 데리고 본 왕비를 위협하고 가진 물건을 빼앗으려 했으니 본 왕비의 안전을 위협한 것이오. 율법에 따르면 어떻게 판결해야 하오?"

한운석이 더할 나위 없이 진지한 목소리로 물었다.

그 말이 떨어지자 옆에 있던 하인들마저 털썩 무릎을 꿇었다. 끝장이다, 끝장이야. 우리 모두 끝장이야!

그때쯤 원락 주위에는 소식을 듣고 달려온 사람들이 그득했다. 하인들은 대부분 와 있었고 셋째 소실댁인 이 씨와 그 딸 한약설韓若雪도 그 틈에 숨어 있었다.

이 씨의 나이는 서른 살 가량이지만, 관리를 잘한 덕분에 젊은 부인 못지않게 아름다울 뿐 아니라 젊은 부인들보다 훨씬 매력이 있었다. 그 딸인 한약설도 어머니를 쏙 빼닮았는데, 초롱초롱하고 커다란 눈동자는 특히 더 아름다웠다.

그들은 아무 말도 하지 않았고 아무런 표정도 드러내지 않으며 지켜보기만 했다. 서 씨 모자에 비해 이 씨 모녀는 훨씬 침착하고 신중했다.

쥐 죽은 듯 고요한 정적 속에서 구양 대인이 몹시 난처하게 입을 열었다.

"왕비마마, 그…… 그것은……."

그의 말이 끝나기도 전에 서 부인이 '왁' 하고 울음을 터트렸다.

"운석아! 정말 이렇게까지 해야겠니? 운석아…… 옥기는 한 씨 집안의 장남이란다. 한씨 집안의 후계자이자 한씨 집안의 희망이야! 네 아버지가 그리 되신 마당에, 설마 한씨 집안의 마지막 희망까지 무너뜨리려는 거냐? 이렇게 빌 테니 한 번만 용서해 다오!"

동정을 사는 방법밖에 없는 서 부인은 체면도 생각지 않고 눈물을 펑펑 쏟았다.

한옥기도 울음을 터트리며 애원했다.

"누님, 뭐든 시키셔도 좋으니 한 번만 용서해 주세요. 다음부터는 절대 안 그러겠습니다."

이 한 장면으로 한씨 집안에서 서 씨 모자의 지위는 나락으로 떨어지고, 한운석의 위엄이 크게 높아지게 되었다.

서 씨 모자마저 한운석에게 싹싹 비는 것을 보았으니, 앞으로 한씨 집안의 그 누구도 그녀 앞에서 함부로 굴지 못할 것이다.

한운석은 속으로 냉소를 지었다. 그녀가 기다린 것은 한옥기의 이 한마디였다. 이 모자에게 한바탕 겁을 줄 생각이었을 뿐, 정말 대리시로 끌고 가거나 한옥기를 죽일 생각은 없었던 것이다. 정말로 죄를 물었다간 정이라고는 눈곱만큼도 없고 형제조차 모른 척하는 악독한 여자라는 소문만 날 뿐이었다.

더욱이 한종안이 무너진 이상 한씨 집안을 지탱할 사람은 꼭 필요했고, 시집간 딸은 제아무리 권력이 강해도 결국 외부인이었다.

서 부인은 배경이 든든했으니 그녀가 있으면 적어도 동족 친척들이 한씨 집안의 재산을 노리지는 못할 터였다. 일곱째 소실댁은 아무래도 너무 세력이 약해서 아직은 내우외환內憂外患에 빠진 한씨 집안을 지켜 낼 힘이 없었다.

한운석은 한옥기를 한참 살피다가 이윽고 차갑게 말했다.

"좋다, 아버지를 보아 죽을죄는 면하게 해 주마. 하지만 벌을 받아야 할 것이다!"

그 말이 떨어지자 서 씨 모자는 대사면을 받은 양 기뻐했다. 서 부인은 놀라 달아날 뻔했던 혼을 겨우 붙잡았지만, 속 빈 강정인 한옥기는 그 자리에서 혼절해 쓰러질 뻔했다. 다행히 서 부인이 제때 붙잡아 남몰래 허리춤을 세게 꼬집어 준 덕에 겨우 정신을 차렸다.

벌써 체면이 많이 깎였는데 놀라 혼절까지 하면, 앞으로 이 집안에서 얼굴을 들고 살 수도 없었다!

"은혜를 베풀어 주셔서 감사합니다, 왕비마마. 정말 감사합니다!"

서 부인은 거듭거듭 감사 인사를 했지만, 고개를 숙일 때 그

214

눈동자에서는 원한이 줄기줄기 쏟아지고 있었다.

그녀는 한껏 호사를 부리며 살아온 자존심 강한 사람이요, 한 집안의 여주인이었다. 그런데 아들의 목숨을 구하기 위해 어쩔 수 없이 고개를 숙이고, 사람들이 보는 앞에서 울며 애원하기까지 했으니 원한이 쌓이지 않을 리 없었다.

어미 없이 자란 무식한 계집, 높은 가지에 올랐다고 네가 정말 봉황이라도 되는 줄 아느냐? 태자를 살렸다고 해서 태후와 황후가 너를 용서할 줄 알고? 진왕부로 들어갔다고 해서 의태비가 너를 인정할 줄 알고? 진왕비라는 귀한 신분이 되었다고 해서 한씨 집안에 감 놔라 배 놔라 할 수 있는 자격이 생겼을 줄 알고? 착각 마라!

이번에는 우리가 참아 주지. 앞으로 꼬투리 잡힐 일만 하지 않으면 네가 우리를 어쩔 테냐?

벌은 받아야 한다고? 마음대로 하시지. 그래봤자 몸만 조금 고생하면 될 것이고, 설마하니 옥기를 해치기야 할까? 한씨 집안의 일은 한종안의 부인인 나와 집안의 장남인 옥기가 알아서 할 것이다. 이곳에서 털 한 오라기라도 가지고 나갈 생각은 꿈도 꾸지 마라. 일곱째를 보호할 생각 따위는 더더욱 하지 않는 게 좋아!

대답하지 못하고 우물거리던 구양 대인은 그제야 물러날 길이 생겨 황급히 비위를 맞추었다.

"왕비마마께서 이토록 마음씨가 넓으시니 한씨 집안의 홍복입니다!"

한운석은 생긋 웃었다.

"그렇다면 구양 대인, 어떤 벌을 내려야겠소?"

그런…….

서 부인과 한옥기가 나란히 그를 바라보았다. 가만히 있으면 중간이라도 갈 텐데 쓸데없이 나서기는 왜 나섰냐는 눈초리였다. 구양 대인은 한옥기의 얼굴이 퉁퉁 부었으니 가볍게 벌하는 것이 좋겠다고 말하고 싶었지만, 웃는 척만 하고 실제로는 전혀 웃지 않는 한운석을 보자 도저히 입이 떨어지지 않았다. 결국 그는 겸연쩍게 웃으며 말했다.

"그야 왕비마마께서 정하시는 대로 해야겠지요."

그 말에 서 부인 모자의 눈빛은 다시금 애처로워졌다.

"침향, 네 생각은 어떠냐?"

한운석은 귀찮은 듯이 물었다.

"마마, 죽을죄는 면하더라도, 정해진 곤장 백 대는 맞아야지요."

침향은 마치 날씨 이야기라도 하듯 태연하게 대답했다.

이 말에 한옥기는 눈이 휘둥그레졌고, 서 부인은 노기를 꾹 누르며 차갑게 말했다.

"낭자, 농담 한번 잘 하는구려……."

"농담이라니, 본 왕비가 보기에는 아주 좋은 생각이오."

한운석 역시 날씨 이야기라도 하듯 태연하게 말했다.

그러자 모든 사람들의 얼굴에서 핏기가 싹 가셨고 서 부인의 얼굴은 숫제 숯덩이처럼 시꺼메졌다. 그녀는 물론이고 구양 대인도 더는 두고 볼 수가 없어 황급히 권했다.

"왕비마마, 곤장 백 대를 치면 죽습니다. 방금 뺨을 호되게 맞았으니 가볍게 처벌하시지요."

한운석도 곤장 백 대면 사람이 죽는다는 것을 당연히 알고 있었고, 이 말도 서 부인을 겁주려고 해 본 것뿐이었다. 이부 상서의 큰 따님께서 놀라 어쩔 줄 몰라 하는 모습은 쉽게 볼 수 있는 장면이 아니었다.

한운석은 어려서부터 괴롭힘을 받으며 자랐다. 사흘에 한 번 꼴로 욕을 먹고 닷새에 한 번 꼴로 매질을 당한 데다, 대나무 채찍에 맞아 양팔에 성한 곳이 하나도 없을 정도였다.

그 대부분이 서 부인이 시킨 일이었다. 그러니 그녀가 서 부인이 어떤 사람인지 모를까?

저 여자는 사근사근하게 권유하든 통곡을 하며 애원하든 그 속은 사갈처럼 악독해서, 마치 풀숲에 숨은 독사처럼 기회만 있으면 언제든지 독니를 들이댈 사람이었다. 그런 여자를 견제할 유일한 방법은 바로 그 귀하디귀한 아들을 이용하는 것이었다.

한운석은 서 부인을 흘끗 바라보며 생각에 잠긴 표정을 지었다.

"가볍게 처벌한다? 어떻게 해야……."

그 모습에 사람들은 잔뜩 긴장했고, 서 부인은 연신 구양 대인에게 눈짓을 보냈다. 구양 대인은 잠시 머뭇거리다가 조심조심 입을 열었다.

"왕비마마, 차라리…… 차라리 한씨 집안의 규칙대로 처벌하는 것이 어떻겠습니까?"

한씨 집안의 규칙 중에도 엄한 것이 있었지만, 아무리 그래도 곤장 백 대 보다는 가벼웠다.

어려서부터 집안 규칙을 충분히 겪어 왔던 한운석은 백여가지의 규칙들을 줄줄이 꿰고 있었다. 상황을 보아하니 구양 대인과 서 부인은 아직도 희망을 품고 있는 모양이었지만 그녀는 곧바로 그들의 희망을 철저하게 짓밟아 주었다.

"저 자가 본 왕비를 위협한 죄를 묻고 있는데 집안 규칙으로 처벌하라니, 잘못 짚은 것 같소, 구양 대인!"

움찔한 구양 대인은 곧 한옥기가 쉽게 벗어나지 못하리라는 사실을 깨달았다.

그래도 서 부인이 포기하지 않고 사정해 보려 했지만 한운석이 싸늘하게 명했다.

"곤장 쉰 대로 하겠소. 또다시 부탁하는 사람이 있으면 똑같은 벌을 내릴 것이오!"

그 말에 주위가 조용해졌다. 서 부인은 믿을 수 없는 눈길로 한운석을 쳐다보았다. 저 천한 계집이 정말 형을 내릴 줄이야!

곤장 쉰 대로 죽지는 않겠지만, 한두 달은 자리보전을 해야 할 것이다. 집안의 가주 자리를 다투는 이 중요한 순간에 장남 한옥기가 침상에 누워만 있으면 무슨 수로 셋째, 일곱째 소실과 싸울 수 있을까? 이는 분명 한옥기를 가주 자리 싸움에서 떨어뜨리려는 심산이었다.

서 부인이 주먹을 부르쥐며 분통을 터트리려는 찰나, 뜻밖에도 한옥기가 먼저 폭발하여 한운석에게 와락 달려들었다.

"한운석, 이 뻔뻔스러운 계집! 내 충분히 참았다! 경고하는데 감히……."

그의 말이 끝나기도 전에 구양 대인이 황급히 그를 붙잡아 말렸다.

"큰 도령, 무례하게 굴지 말라!"

한옥기가 그 손을 힘껏 뿌리치며 계속 욕을 퍼부으려 하자, 구양 대인은 다급히 뜯어말리며 나지막이 속삭였다.

"서 부인, 이래서는 안 되네, 안 돼! 계속 이리 나가면 사태를 수습할 수 없게 된단 말일세. 알다시피 큰 도령은 앞서 한 번 왕비마마를 모욕했네. 왕비마마가 진왕부에서 어떤 위치에 있든……, 휴……, 결국은 진왕부의 사람이시니 일이 커지면 상서께서 나서시더라도 어떻게 될지……."

구양 대인은 말을 맺지 않았으나 서 부인은 곧 그 뜻을 알아차렸다. 그녀는 내키지 않아 죽을 맛이었지만 어쩔 수 없이 아들을 붙잡아 말렸다.

"옥기야, 맞아서 머리가 어떻게 되기라도 했니? 어서……."

남을 괴롭히는 일만 뻔질나게 해 오다가 이렇게 참혹하게 모욕을 당한 한옥기가 제정신일 리 없었다. 그는 어머니를 향해 소리소리 질렀다.

"어머니, 무엇이 무서워서 그러세요? 저것이 왕비라고 해도 우리 뒤에는 외조부께서 든든히 버티고 계시니 절대 우리를 건드리지 못할 거라고 하셨잖아요! 외조부께서도 녹록하신 분은 아니라고요!"

물론 저런 말을 했고, 심지어 더 심한 말도 했던 서 부인이지만 한운석 앞에서 그렇게 말할 수는 없었다!

그녀는 별수 없이 한옥기의 팔을 힘껏 꼬집어 입을 다물게 했다.

"그만! 한 번 더 미치광이 같은 말을 하면 집에서 쫓아내겠다!"

서 부인은 결국 엄하게 경고했다.

한옥기가 제일 무서워하는 것이 바로 어머니였기 때문에 이런 말을 듣자 씩씩거리면서도 물러설 수밖에 없었다…….

이 씨, 차분한 사람

한옥기가 한 말을 들은 한운석은 그다지 놀라지 않았다. 서 부인은 그녀가 혼례를 올리던 날에도 꽃가마에 대고 저런 말을 했는데, 그때는 훨씬 더 듣기 흉하고 오만무례한 내용이었다.

뭐라더라, 높은 가지에 오른다고 봉황이 되는 것은 아니며, 천한 계집은 천한 계집일 뿐이라던가.

또 뭐라더라, 한운석이 진왕에게 시집가는 것은 못난 두꺼비가 백조를 얻으려는 것이라던가.

또 뭐라더라, 다른 사람이었다면 일찌감치 벽에 머리 박고 죽었을 텐데, 낯짝 두껍게 꽃가마에 오른다던가.

그날 길을 잘못 든 것은 의태비가 매파를 시켜 한 일이었지만, 서 부인도 매파에게 적잖이 속살거려 혼례복이며 화장이며, 장신구며 죄다 손을 댔고 심지어 혼수품까지 가로채, 동생이 마다한 낡은 옷만 한 상자 들고 시집가게 만들었다. 이 모든 것을 똑똑히 기억하는 한운석은 오늘 한운일의 복수뿐 아니라 자신의 복수도 해 줄 생각이었다!

한옥기가 물러나자 한운석은 싸늘하게 명령했다.

"여봐라, 큰 도령을 끌어내 매우 쳐라!"

그녀가 데려온 하인은 침향 한 사람뿐이었지만, 한씨 집안의 하인들이 재깍 나서서 형을 치를 준비를 했고 그중 몇 사람이 한옥기를 붙잡아 일으켰다.

"놔……, 놓으란 말이다! 진왕비, 제발 살려 주세요! 살려 주십시오! 다시는 안 그러겠습니다, 다시는……."

한옥기가 아무리 빌어도 한운석은 꿈쩍도 하지 않았다. 어차피 일은 벌어졌으니 차라리 제대로 소란을 일으켜 시집간 이 집 딸이 보통내기가 아니라는 사실을 한씨 집안의 모든 사람들에게 똑똑히 보여 줄 심산이었다.

한옥기가 끌려 나가자 원락 바깥을 에워싼 사람들은 자연스레 길을 터주며 좌우로 갈라섰다.

한옥기는 긴 의자에 앉혀졌지만 순순히 엎드릴 사람이 아닌지라 버둥거리며 내려오려 했다. 이를 본 한운석이 차갑게 명령했다.

"그 자를 의자에 묶어라! 단단히!"

"예, 예……."

하인들은 겁이 나서 이가 딱딱 부딪힐 정도였지만 명을 따르지 않을 수는 없었다.

쫓아 나온 서 부인이 벽을 붙잡고 겨우 똑바로 섰다. 그녀는 차마 아들 쪽은 쳐다보지도 못하고 한운석만 노려보았는데, 그 눈동자에는 원한이 처절하게 맺혀 있었다. 당장 한운석을 찢어 죽이고 싶어 미칠 지경이었다!

한운석, 내 손에 떨어질 날을 기대하거라. 내 반드시 너를 갈기갈기 찢어 줄 테니!

한옥기는 금세 의자에 꽁꽁 묶였다. 하인 두 명이 커다란 곤장을 하나씩 쥐고 좌우로 나누어 섰다.

"쉰 대에서 단 한 대도 빠뜨리지 말아야 한다! 쳐라!"

한운석의 명이 떨어졌다.

그와 동시에 '틱!' 하고 곤장이 떨어졌다. 소리만 듣고도 별로 힘을 주지 않았다는 것을 알 수 있었다.

"잠깐!"

한운석은 차갑게 하인을 노려보았다.

"왜, 하루 종일 굶었느냐? 너도 배불리 곤장을 맞고 싶은 모양이지?"

하인은 화들짝 놀라, 한운석이 뭐라고 하기도 전에 한옥기의 엉덩이를 향해 힘껏 곤장을 내리쳤다. 이번에는 '철퍼덕' 하는 우렁찬 소리가 울려 퍼졌다!

그와 동시에 한옥기가 비명을 질러 댔다.

"크아악⋯⋯!"

다른 하인도 앞서 동료가 혼이 나는 것을 보았기 때문에 주저하지 않고 힘껏 내리쳤다.

"으악⋯⋯!"

한옥기의 비명은 처절하기 그지없었다.

곤장 쉰 대가 차례차례 엉덩이에 떨어지는데 하나같이 힘이 잔뜩 들어가 있었다. 그 장면을 지켜보는 사람들의 심장도 곤장이 떨어질 때마다 쿵덕쿵덕 뛰었고, 서 부인은 도저히 바라볼 자신이 없어 입을 가린 채 겨우 벽에 붙어 섰다.

조용해진 정원 안에는 곤장 치는 소리를 제외하면 악악거리는 한옥기의 참혹한 비명만 울렸다. 마치 돼지 멱을 따는 것 같은 소리였다.

마침내 곤장 쉰 대가 모두 끝났다. 곤장을 친 두 하인은 양팔이 뻣뻣해질 지경이었고, 한옥기의 엉덩이는 피범벅이 되어 보기만 해도 살이 떨릴 정도였다. 그는 일찌감치 혼절해 있었다.

그제야 달려온 서 부인은 그 광경을 보고 너무 마음이 아파서 까무러칠 것 같았다.

"의원! 의원을! 누구 없느냐, 의원을 불러라!"

이런 판국에 한운석이 가진 곳간 열쇠에 신경 쓸 틈은 없었다. 그녀는 사람을 시켜 한옥기를 방으로 데려가게 하는 한편 의원을 재촉하는 등 정신없이 움직였다. 하인들마저 멍하니 입을 열고 이 광경을 바라보았다. 이렇게 넋이 나간 서 부인의 모습은 단 한 번도 본 적이 없었기 때문이었다.

서 부인과 한옥기가 사라지자 한운석은 그제야 주위를 둘러보았다. 그 시선을 받은 사람들은 하나같이 고개를 숙이고 알아서 물러갔다.

셋째 소실댁과 둘째 아가씨도 커다란 나무 옆에 몸을 숨겼다가 소리 없이 사라졌다……

그들 모녀는 한운석이 곳간 열쇠를 가지고 있다는 소식을 듣고 쫓아왔다가, 한운석이 한옥기에게 엄벌을 내리는 장면을 목격하게 된 것이었다.

서 부인이 친정을 등에 업고 패악을 부린 지 오래라 누군가 나서서 혼쭐을 내주어야 한다고는 생각했지만, 한운석이 나설 줄은 꿈에서도 생각지 못한 일이었다. 한운석은 비록 정실 소생의 맏딸이지만 소심하고 겁이 많아 늘 양보만 했고, 설사 진왕비가 되었다 해도 허울뿐인 이름에 불과했다.

둘째 딸 한약설은 멀리서 질투 어린 시선으로 한운석을 바라보며 나지막이 속삭였다.

"어머니, 저 여자 얼굴이 정말 나았어요!"

한약설은 한씨 집안에서 가장 아름다운 딸이었는데, 이제는 흉터가 사라진 한운석이 한약설을 훨씬 뛰어넘는 미모를 자랑하고 있었다. 혼례 당일에도 한씨 집안의 많은 이들이 한운석의 미모를 직접 보았고 하인들 사이에서도 이야기가 분분했지만, 제 눈으로 본 적이 없는 한약설은 끝내 믿으려 하지 않았다. 그런데 지금 보니 그녀 자신도 인정하지 않을 수 없었다.

"저 아이가 해독을 할 줄 알아서 소장군을 구했다는 소문이 있었는데 사실인 것 같구나."

이 씨는 차분하게 말하며 어두운 눈빛을 지었다.

그렇지 않다면 대리시경 구양 대인이 한운석 앞에서 저렇게 벌벌 떨 리도 없고, 한운석이 왕비랍시고 친정에 돌아와 위세를 부릴 리도 없었다.

어머니의 말에 한약설의 표정도 복잡해졌지만 곧 냉정을 되찾고 웃음 섞인 목소리로 말했다.

"어머니, 저 여자가 곳간에 든 것을 노리고 돌아온 건 아니겠죠?"

이 씨는 차갑게 콧방귀를 꼈다.

"출가한 딸이니 황후라 해도 그럴 자격은 없다."

이 씨는 딸을 낳았지만 남들 못지않게 교육에 힘을 쏟았기 때문에, 의술로만 따지면 그 딸은 이 한씨 집안에서도 특출한 인재였다. 그녀는 딸이 가주 자리를 물려받을 수 있도록 딸의 짝으로 데릴사윗감을 물색하고 있었다.

"곳간 열쇠가 왜 저 여자 손에 있죠? 분명 아버지에게서 빼앗았을 거예요. 곳간을 노린 거라고요!"

한약설이 이를 갈며 말했다.

이 씨는 복잡한 눈빛을 떠올린 채 한운석을 한참 바라보다가 말했다.

"설아, 목 대소저를 만난 지 오래되었지?"

한약설은 고개를 끄덕였다. 한약설과 목유월의 관계는 목유월과 장평공주 만큼 가깝지는 않았지만, 그래도 제법 친밀한 사이였다. 한약설은 늘 목유월에게 희귀한 장난감을 구해 주며 환심을 샀다. 물론, 모두 이 씨가 시킨 일이었다. 이 씨는 목유월을 가까이 하는 것은 곧 장평공주를 가까이하는 것이며, 장평공주가 뒷배가 되어 주면 이부상서를 업고 있는 서 씨보다 훨씬 낫다고 설명했다.

한운석이 진왕부로 시집간 후 한약설은 차마 목유월을 찾아갈 수가 없었다. 누가 뭐래도 그녀는 한운석의 동생이니, 진왕의 열혈 지지자인 목유월의 불똥이 자신에게까지 튈 지도 모르기 때문이었다.

"대장군부의 일과 태자의 괴병에 대해서는 역시 목유월에게 물어보는 것이 나을 것 같구나."

이 씨가 차분하게 말했다.

"최선을 다해 볼게요."

한약설은 진지하게 대답하고는 떠나려는 어머니를 붙잡았다.

"어머니, 이대로 저 여자를 놓아두실 거예요? 설사 아버지가 저 여자에게 열쇠를 줬다 하더라도 출가한 딸이 가지고 있는 것은 부당해요. 가서 찾아와야죠."

이 씨는 걸음을 멈추었다. 싸늘한 눈빛이 천천히 자신을 붙잡은 한약설의 손에서부터 얼굴로 올라갔다.

이를 본 한약설은 어머니가 화가 났다는 것을 알고 흠칫 손을 뗐다.

"서 부인도 가만히 있는데 네가 서두를 게 무엇이냐? 싸우더라도 우리가 나서서 싸워서는 안 된다."

이 씨의 말투는 차갑고 매서웠다.

어려서부터 지금까지 얼음처럼 차갑기만 한 어머니에게 익숙해진 한약설은 고분고분 고개를 숙였다.

"예, 알겠어요."

서 부인은 뒷배가 든든한 사람인데 한운석이 한운일을 구하겠다고 한옥기를 저 꼴로 만들어 놓았으니, 서 부인의 성격 상 절대로 일곱째 소실을 가만 놓아둘 리 없었다.

일곱째 소실인 혁련취향이 은인자중하는 사람이라면, 이 씨는 차분한 사람이었다. 그녀는 항상 침착하고 여유로운 방관자로서 어부지리를 노렸다.

이 씨 모녀가 조용히 사라졌을 때 한운석은 이미 혁련취향을 부축해 방으로 들어간 후였다. 한운일은 아직 잠들어 있었는데, 이마를 짚어 보니 열이 나거나 염증이 생긴 것 같지 않아 마음이 놓였다.

"오늘…… 오늘 마마가 아니었다면 우리는 정말……."

일곱째 소실은 침상에 조용히 누운 아들을 바라보다가 한운석에게 고개를 돌아보며 입을 열었지만, 목이 메어 말을 끝맺지 못했다.

한운석은 그런 그녀를 바라보며 속으로 한숨을 쉬었다. 이렇게 연약하고 은인자중하는 어머니가 무슨 수로 아들을 보호할 수 있을까? 오히려 아들이 어머니를 보호해야 할 판이었다.

곳간 열쇠를 보여 주고 한옥기를 혼내 주었으니 서 부인도 한동안은 감히 두 사람을 건드리지 못할 것이다. 하지만 미봉책일 뿐 근본적인 해결책은 아니었다. 그러니 가능한 빨리 한 씨 집안에 새 가주를 세워야 했다. 한운일이 아직 어려도 가주라는 신분이 있으면 다른 사람들도 감히 못되게 굴지는 못할 것이기 때문이었다.

하지만 안타깝게도 목유월과 한 내기가 있어 이곳에서 두 사람을 도와 싸워 줄 시간이 없었다. 한종안의 결정이라고 말해 보았자 한종안은 감옥에 있으니 서 씨와 이 씨가 쉽사리 받아들일 것 같지 않았다.

한운석은 일곱째 소실에게 그만 말해도 좋으니 일단 앉으라고 한 뒤 곰곰이 생각하다가 말했다.

"침향, 네가 여기 남아 일곱째 도련님을 보살펴라."

"예, 걱정 마세요, 마마. 제가 있으면 아무도 도련님을 괴롭히지 못할 거예요!"

침향이 재빨리 대답했다. 갈수록 똑똑해지는 침향이었다.

일곱째 소실은 몹시 기뻐하며 황급히 꿇어앉으며 감사 인사를 올렸다.

"감사합니다, 왕비마마. 왕비마마의 보살핌을 받게 되다니, 우리 일이가 큰 복을 얻었습니다!"

한운석은 친히 그녀를 부축해 일으키고 진지하게 말했다.

"일곱째 소실댁, 일이를 잘 보살피세요. 때로는…… 강하게 나가야 할 때는 강하게 나가야 할 거예요. 서 부인도 정실은 아니에요. 비록 한옥기가 장남이라 해도 일이와 다름없는 서출이니 두려워할 필요가 없어요. 앞으로는 침향이 이곳에 있을 테니 무슨 일이 생기면 기탄없이 이 아이에게 말하도록 해요, 알겠죠?"

일곱째 소실은 감격한 나머지 말 한마디 못한 채 고개만 끄덕였다. 눈물이 구슬 목걸이처럼 주르륵 쏟아졌다.

한운석은 침향에게 몇 가지 당부한 뒤 밖으로 나갔다. 날이 어둑어둑해지고 있었지만 아직도 오늘 해야 할 일을 끝내지 못했다.

문지기 하인은 차마 자리를 뜨지 못하고 정원 바깥에서 기다리다가 한운석이 나오는 것을 보고 황급히 다가왔다.

"왕비마마, 소인이 기다리고 있었습니다."

제법 눈치가 빠른 하인이었다. 한운석은 고개를 끄덕이며
명령했다.

"안내해라."

남들이 생각한 것처럼 그녀가 원하는 것은 곳간이었지만,
그 목적은 곳간에 있는 것을 가져가려는 것이 아니라 찾고 있
던 세 가지 뱀독이 이곳에 있는지 확인하려는 것이었다.

한운석은 하인의 안내를 받아 곧 한씨네 곳간에 이르렀다.

곳간, 상황은 어떤가

한씨네 곳간은 한종안이 쓰던 안채 백초원百草院 뒤에 있는 지하 비밀 창고였다. 입구에는 곳간을 지키는 사람이 둘 있었는데, 하인이 아니라 무공을 배운 장정들로 비록 한종안이 하옥되었지만 여전히 곳간을 단단히 지키며 다음 가주가 나타나기를 기다리고 있었다.

금지 구역인 곳간에는 아무나 접근할 수 없었기 때문에 하인은 멀리서 걸음을 멈추었다.

"가 보시지요, 왕비마마. 소인은 여기서 기다리겠습니다."

한운석이 다가가자 호위가 즉시 가로막았다.

"누가 감히 곳간에 접근하려 하느냐?"

"맏딸 한운석이다."

한운석이 차갑게 대답했다.

호위는 그녀를 자세히 보고 신분을 확인했지만, 그래도 표정을 풀지 않았다.

"큰 아가씨라면 한씨 집안의 규칙을 더 잘 아실 겁니다."

한운석은 느긋하게 곳간 열쇠를 꺼내 보였다.

"곳간 열쇠가 곧 가주를 의미한다는 것은 너희도 알겠지."

그 호위는 화들짝 놀랐고, 다른 호위들도 다가와 곳간 열쇠를 확인했다. 그녀의 말대로 곳간 열쇠가 곧 가주였기 때문에 호위들에게는 열쇠가 어디서 났느냐고 물을 자격이 없었다. 그들은 곧 공손히 물러섰다.

한운석은 당당하게 곳간으로 다가갔다. 어렸을 때부터 집안의 곳간이 아주 크다는 말은 들었지만, 직접 들어가 보고 나서야 그 방대함을 알 수 있었다.

열쇠로 문을 열자 좌우로 광이 하나씩 있었다. 왼쪽은 금괴와 은괴가 쌓인 금고로, 한씨 집안이 비축한 재산을 보관해 둔 곳인데 부득이한 경우가 아니면 절대로 꺼내 쓰지 않는 것들이었다. 오른쪽은 약 창고로, 입구로 다가가자 짙은 약 냄새가 훅 끼쳤다. 그 익숙한 냄새가 한운석의 마음을 훨씬 편안하게 해 주었다.

이 약 창고는 마치 조그마한 도서관 같았다. 높이 솟은 시렁들이 줄줄이 늘어서 있고, 각 시렁 측면에는 약재 목록을, 시렁 위 서랍 앞에는 약재 이름을 붙여 놓았는데 유형별로 분류하여 명료하게 정리해 놓은 덕분에 찾기가 수월했다.

한운석은 금세 독약류를 찾아냈다. 한씨는 독을 다루는 집안이 아닌 의술 명가였기 때문에 이곳에 있는 독약들은 진정한 의미의 독약이 아니라 약으로 쓸 수 있는 독초들이었다.

보지 못했으면 모르겠지만 실제로 보니 놀라지 않을 수 없었다. 한씨 집안이 보유한 약재가 한운석이 상상한 것보다 훨씬 많았기 때문이었다. 하지만 독약 시렁의 서랍을 하나하나 열어 보고 비밀 공간까지 뒤졌으나 흔히 구할 수 있는 일곱 가지 뱀독뿐 그녀가 찾으려던 나머지 세 가지는 보이지 않았다.

아무래도 그 세 가지 뱀독은 한씨 집안에서 구한 것은 아닌 모양이었다. 이렇게 또 단서가 끊어졌다.

한운석은 마지막 서랍을 닫고 한숨을 푹 쉬었다. 그때쯤 바깥의 여광이 한쪽에 놓인 책상을 비추고 있었는데, 책상 위에는 반쯤 펼쳐진 책이 한 권 놓여 있었다. 다가가 표지를 살펴보니 《한씨의전》이라는 글이 큼직하게 적혀 있었다. 그 보물이 여기 있었던 것이다!

그녀는 잠시 망설였지만, 결국 《한씨의전》을 소매 속에 넣고 씩 웃으며 혼잣말을 했다.

"일이에게 주기는 너무 이르니 일단 내가 보관해야지!"

곳간을 나온 한운석은 고개를 숙인 채 생각에 잠겼다. 한씨 집안의 혐의는 사라졌으니, 이제 목청무가 실마리를 발견했는지 확인하는 수밖에 없었다. 그녀는 한시라도 빨리 고북월을 만나고 싶었다. 그의 연줄을 이용하면 이렇게 고생할 필요도 없었다.

곳간을 나온 지 얼마 되지 않아 문지기 하인이 쫓아왔다.

"왕비마마, 돌아가시겠습니까? 소인이 배웅하겠습니다."

한운석은 그를 흘낏 바라보며 물었다.

"이름이 무엇이냐?"

"소인의 천한 이름은 왕소사王小四라 합니다. 대문 쪽에서 우두머리 노릇을 하고 있어 집안에 들고나는 일들을 모두 알고 있습니다."

왕소사가 황급히 대답했다.

그러잖아도 사람이 부족했는데, 제법 쓸모 있는 자가 제 발로 찾아온 것이다.

한운석은 나지막이 말했다.

"평소 일곱째 소실댁 거처를 잘 보살펴라, 알겠느냐?"

그러면서 은괴 하나를 건네며 덧붙였다.

"가져가서 형제들과 술 한잔하거라. 나가는 길은 본 왕비도 잘 안다!"

영리한 왕소사는 은괴를 받자 뛸 듯이 기뻐하며 연신 감사 인사를 했다.

"좋게 봐 주셔서 감사합니다, 왕비마마. 소인, 마마를 위해 하찮은 힘이나마 모두 바치겠습니다."

한운석은 멀리 사라졌지만 왕소사는 여전히 기쁨의 물결에 잠긴 채 그 자리에 서 있었다. 오랫동안 문지기 노릇을 했지만 이렇게 높은 자리에 올라갈 기회를 잡은 것은 처음이었으니 기쁘지 않을 리가 없었다.

진왕비라는 신분도 신분이지만, 곳간 열쇠를 가진 이상 그녀가 지목하는 사람이 가주가 되는 것은 당연했다. 높으신 분들이 싸움을 벌일 때 그와 같은 하인들에게는 줄을 잘 서는 것이 가장 중요했다. 진왕비를 따르기만 하면 가주 싸움에서 줄을 잘못 설 걱정은 하지 않아도 되었다. 이제 줄은 섰으니 당연히 형제들을 끌어들여 일곱째 소실댁을 보살필 차례였다. 이렇게 생각한 그는 희희낙락 은괴를 품에 넣고 자리를 떠났다.

그때, 길 옆 꽃밭에서 이 씨가 걸어 나왔다. 그녀는 멀지 않은 곳에 있는 곳간 입구와 왕소사의 뒷모습을 번갈아 바라보며 경멸에 찬 웃음을 지었다…….

한씨 집안의 가주 싸움도 급했지만, 한운석과 목유월의 내기는 더 급했다. 한 달이라는 기한 중에 어느새 열흘이 지나갔다.

왕부로 돌아온 한운석은 이틀 동안 고북월을 기다렸지만 뜻밖에도 비극적인 소식이 날아들었다.

"왕비마마, 고 태의 저택의 총관에게 들으니 고 태의께서 한 달 안에는 궁에서 나오실 수 없다고 합니다. 구체적으로 무슨 일 때문인지는 알아내지 못했습니다."

하인이 사실대로 보고했다.

"뭐?"

한운석이 놀란 목소리로 외쳤다.

하인은 그녀가 제대로 듣지 못한 줄 알고 황급히 다시 말했다.

"고 태의의 총관에게 들으니 태의께서는 아직 궁에 계시고 한 달 안에는 나오실 수 없다고 했습니다. 무엇 때문이냐고 물었지만 모른다고 합니다."

한운석은 얼굴이 창백해졌다. 고 태의가 한 달 동안 나오지 못한다면 천휘황제의 병세가 악화된 것이 분명했다! 그런 일이라면 총관이 꼭 안다는 보장도 없었고, 설사 알더라도 함부로 입에 담지 못했을 것이다.

"큰일났군!"

혼잣말을 중얼거린 한운석은 잠시 망설이다가 목 대장군부를 찾아갔다.

"왕비마마, 마침 보고를 드리러 가던 참이었는데 이렇게 오셨군요."

의외라는 얼굴로 그녀를 맞이한 목청무는 목유월이 친구와 약속이 있어 나갔다는 사실에 무척 안도했다. 그렇지 않았다면 진왕비를 보고 또 무슨 소동을 벌일지 모를 일이었다.

"지난번 조사한 일은 어떻게 되었죠?"

한운석이 물었다.

지난번 그들은 만사독의 독성과 독을 쓰는 빈도를 분석하여 독을 쓴 사람이 내부인이거나 목씨 집안과 자주 왕래하는 사람일 것이라고 판단했다. 설사 내부인이라도 해도 독약을 공급할 사람이 필요했다.

목청무는 맥없이 대답했다.

"왕비마마, 소신이 열심히 조사해 보았습니다만……."

목청무의 말이 끝나지도 않았지만, 한운석은 잔뜩 찡그린 그의 눈썹을 보고 소득이 없었다는 것을 알 수 있었다. 이쪽도 단서가 끊긴 것이다.

어떻게 이럴 수가 있지?

분명 추리에는 아무 문제가 없었다. 만사독은 만든 지 하루가 지나면 반드시 버려야 했고, 그렇지 않으면 냄새가 나고 색을 띠어 신중한 목청무가 알아차리지 못할 리 없었다.

게다가 독소가 누적되려면 최소한 이삼일에 한 번씩 써야 하니, 독을 쓴 사람은 분명 대장군부와 무척 밀접한 관계였다.

하지만 조사할 만한 사람과 심문할 만한 사람을 모두 살펴보았는데도 아무것도 나오지 않았다.

혹시 놓친 것이 있었을까? 빠뜨린 사람이 있었을까?

첩자를 찾아내려면 두 가지 방법밖에 없었다. 하나는 대장 군부 안의 의심스러운 인물들을 계속 조사하는 것이고, 다른 하나는 희귀한 뱀독 세 가지를 찾는 것인데, 한운석이 이곳을 찾은 이유는 후자 때문이었다.

그녀는 약 목록을 꺼내 목청무에게 내밀었다.

"소장군, 이것이 나머지 세 가지 뱀독이에요. 몹시 보기 드 문 것이라 일반 약방은 물론이고 의술 명가라 해도 대부분 갖 고 있지 않을 거예요. 어쩌면 이 뱀독부터 조사하는 것이 더 빠 를 수도 있어요."

지난번에는 일부러 미루어 두었지만, 고북월의 도움을 받을 수 없는 지금은 이 단서를 목청무에게 넘길 수밖에 없었다. 적 어도 목청무의 인맥이 그녀보다는 넓을 테니 찾을 희망도 컸다.

약 목록을 들여다본 목청무는 잠시 망설이다가 고개를 들고 당당하게 한운석을 바라보며 단도직입적으로 물었다.

"진왕비께서 지난번 이 약의 이름을 알려 주지 않은 것 은…… 저와 아버지가 사사로운 감정에 치우칠까 걱정스러우 셨기 때문입니까?"

갑작스러운 질문에 한운석은 어쩔 줄 몰라 했지만, 솔직히 목청무의 말대로 그런 생각을 가지고 있었던 것은 분명했다.

그녀와 목유월은 진 사람이 겉옷을 벗고 현무대가를 한 바 퀴 도는 내기를 했다. 그 결과는 누구에게든 참아 내기 힘든 치욕이었지만 비길 수가 없는 내기였으므로 둘 중 한 사람은 반드시 그 일을 할 수밖에 없었다.

목 대장군과 목청무가 조사를 도맡으면 그들 부자가 일부러 시간을 끌 수도 있었다. 한 달 후에 첩자를 찾아내더라도 그들에게는 큰 손해가 되는 것도 아닐뿐더러 목유월이 처참한 꼴을 당하는 것도 막을 수 있었다.

누가 뭐래도 목유월은 목 대장군의 하나뿐인 딸이 아닌가? 한운석이 직접 조사를 하려 했던 것도 그 때문이었는데, 안타깝게도 도움을 받으려 했던 고북월이 궁에서 나오지 못하게 된 것이었다.

목청무가 이렇게 나오자 한운석도 더는 숨기지 않고 태연자약하게 미소를 지으며 인정했다.

"그래요!"

그러자 줄곧 공손한 태도를 유지하던 목청무가 갑자기 엄숙하고 진지한 표정을 지으며 맑은 눈동자로 한운석을 똑바로 쏘아보았다.

"왕비마마께서는 이 목청무를 어떻게 보신 겁니까?"

그런…….

굳세고 당당한 목청무의 눈빛을 마주한 한운석은 군자의 넓은 속을 몰라본 소인배가 된 기분이었지만, 자신을 보호하기 위해 한 일이니 잘못이라고 생각하지는 않았다.

"소장군, 만약 소장군의 누이동생이 지더라도 공평무사하게 겉옷을 벗고 거리를 활보하도록 내버려 둘 수 있겠어요?"

한운석이 진지하게 물었다.

뜻밖에도 목청무는 추호의 망설임도 없이 대답했다.

"그렇습니다!"

한운석은 당황스러웠다. 믿을 수가 없었지만, 목청무의 맑은 눈동자를 들여다보면 의심할 수도 없었다.

"며칠 전에 저와 아버지는 누이에게 사죄를 하고 내기를 없던 것으로 하라고 타이르기도 했습니다. 하지만 애석하게도 그 아이는 끝내 화를 당해야만 정신을 차릴 것 같습니다."

목청무가 차분하게 말했다.

"그래서…… 이제는 나를 구슬리려는 건가요?"

한운석이 눈을 찡그리며 물었다.

"아닙니다. 누구든 자신의 선택에 대가를 치러야 하는 것입니다. 내기는 왕비마마와 누이 사이의 일이고, 소신과 마마 사이에는 오로지 조사만 있을 뿐이니 마음 놓으십시오. 소신은 반드시 전력을 다할 것입니다."

목청무가 진지하게 말했다.

그런 목청무를 보자 한운석은 가슴이 뭉클해지며, 그가 이토록 젊은 나이에 병권을 쥘 수 있었던 이유를 알 수 있었다. 명문귀족 출신인데도 원칙을 지키고 공명정대하기란 정말이지 쉬운 일이 아니었다. 이 천녕국의 문무대신 중에 그런 사람이 몇이나 될까?

한운석은 그의 말대로 마음 푹 놓아도 된다는 것을 깨달았다.

"소장군을 믿겠어요. 우선 그 뱀독을 서둘러 조사해 줘요. 그

다음은 소장군에게 접근할 수 있는 사람을 비밀리에 조사하는 거예요. 신분을 막론하고 혈육까지 모두 포함해야 해요."

한운석은 진지하게 대답했다.

목청무는 깜짝 놀랐다.

"혈육까지 말입니까?"

"그래요. 소장군, 우리는 중요한 점을 놓치고 있어요. 독을 쓴 사람이 다른 사람의 손을 빌렸고, 이용당한 사람은 아직 모르고 있을 수 있어요!"

한운석이 솔직하게 말했다.

뱀독, 본 왕이 처리하겠다

독을 쓴 사람이 대장군부와 밀접한 관계가 있다면, 그런 상황을 배제할 수는 없었다!

한운석의 말을 듣자 목청무도 이해가 갔다.

"왕비마마께서는 역시 세심하시군요. 잘 알겠습니다."

한운석은 목청무와 세세한 논의를 한 뒤 대장군부에서 나왔다. 그러나 자신이 떠나자마자 용비야가 도착했다는 사실은 까맣게 모르고 있었다.

용비야는 북려국의 첩자를 찾기 위해 두 번째로 목 대장군부를 방문한 길이었다.

검은색 경장輕裝을 하고, 패기 넘치게 대청 주인석에 앉아 싸늘한 눈동자로 아래를 굽어보는 그는 그야말로 세상을 지배하는 제왕의 모습이었다.

조용한 대청 안에는 목 대장군만 서 있었다.

잠시 후 목청무가 바삐 달려오더니, 문에 들어서기 무섭게 완벽하게 각이 잡힌 군례를 올렸다.

"소신, 진왕 전하께 인사 올립니다."

용비야가 손을 들어 답한 뒤 차갑게 물었다.

"한운석은 막 떠났느냐?"

한운석?

진왕의 입에서 그 세 글자를 듣자 목 대장군 부자는 아무래도 어색하고 이상했다. 그들의 기억에서 진왕이 이런 식으로 여자의 이름을 직접 부른 적은 단 한 번도 없었다.

물론 '사랑하는 왕비'라고 부를 수는 없었지만, 지난번까지만 해도 다른 사람들처럼 '진왕비'라고 부르지 않았던가. 그런데 언제부터 호칭이 바뀌었을까?

목 대장군과 목청무는 호기심이 일었지만 차마 용기 내어 묻지 못했다. 진왕 앞에 서면 천휘황제를 알현할 때보다 더 큰 위압감이 느껴졌다.

"왕비마마께서는 방금 떠나셨습니다. 이것이 마마께서 주신 새 단서입니다."

목청무는 재빨리 방금 받았던 약 목록을 내놓으며 설명을 덧붙였다.

"지난번 왕비마마께서 말씀하신 세 가지 뱀독입니다. 무척 보기 드문 독약이라 운공대륙을 통틀어 가진 자가 거의 없을 것이라고 합니다."

용비야는 고개를 끄덕이고 물었다.

"의심스러운 자들은 모두 조사했는가?"

목 대장군이 부끄러움에 몸 둘 바를 모르는 얼굴로 대답했다.

"예, 전하. 아직까지 알아낸 것이 없습니다."

"혐의 대상의 범위를 넓혀 계속 조사하도록."

용비야가 말하며 눈빛을 번뜩였다.

"특히 여자를."

그 말에 목 대장군과 목청무는 깜짝 놀랐다. 진왕은 황제의 명을 받아 북려국의 첩자를 색출하고 있었고, 지금까지 밝혀낸 자들은 모두 여자였다. 용비야의 말은 목청무가 중독된 사건이 그 일과 관계가 있다는 뜻이었고, 그렇다면 대장군부에도 북려국의 첩자가 숨어 있을 가망성이 무척 컸다.

알다시피 대장군부는 특수한 곳으로 적잖은 군사 기밀을 다루고 있었다. 이는 몹시 심각한 문제였다!

이런 상황이니 목유월과 한운석의 내기 같은 것은 목 대장군의 머릿속에서 까맣게 잊히고 말았다.

그는 즉시 결단을 내렸다.

"안심하십시오, 전하. 멀고 가까움을 따지지 않고 범위를 넓혀 조사하겠습니다!"

아버지가 언제나 누이 편이라는 것을 잘 아는 목청무가 기회를 보아 말했다.

"아버지, 진왕비께서는 독을 쓴 자가 남의 손을 빌렸을 수도 있다고 하셨습니다. 소자 생각에는 자주 왕래하는 당형제들도 빼뜨려서는 안 될 것 같습니다."

여기까지 말한 그는 잠시 망설이다가 덧붙였다.

"물론 유월 쪽도 조사해 보아야 합니다."

평소였다면 목청무의 이런 말에 펄펄 뛰며 머리가 어떻게 된 것이 아니냐, 친누이동생이 무엇 때문에 그런 마음을 품겠느냐, 어떻게 그런 생각을 하느냐고 야단을 쳤을 목 대장군이었다. 그러나 상황이 상황인 데다 진왕 전하 앞이기도 해서 함부로 성질을 부릴 수가 없었다.

그는 마음을 가라앉히며 잠시 생각하다가 진왕을 향해 말했다.

"왕비마마의 말씀이 일리가 있습니다."

용비야도 곰곰이 생각하다가 고개를 끄덕인 후 약 목록을 소매에 넣었다.

"이 뱀독은 본 왕이 알아서 처리하겠네. 나머지 일도 속도를 내어 조사하게."

"예!"

목 대장군 부자는 입을 모아 대답하며 공손하게 명을 받았다.

용비야는 일어나서 걸음을 옮겼지만, 문가에서 갑자기 우뚝 멈추더니 고개를 돌리지도 않고 평소와 다름없이 차가운 목소리로 물었다.

"본 왕이 듣자니…… 한운석과 목 대소저가 내기를 했다지?"

뭐라고? 진왕 전하께서 한운석과 목유월의 내기를 알고 계신다고?

목 대장군은 일을 크게 만들지 않으려고 미리 입단속을 시키고 그 일을 아는 하인들도 함부로 입에 담지 못하게 했다.

그런데 진왕 전하가 어떻게 아셨을까?

"예, 전하. 확실히 그런 일이 있었습니다. 딸이 세상 물정을 모르고 함부로 날뛰니 소장이 반드시 따끔하게 혼을 내주겠습니다."

목 대장군은 황급히 해명했다.

어쨌든 그런 일이 일어나지 않도록 안간힘을 쓸 것이고, 그래도 안 되면 억지로라도 목유월에게 사과를 시킬 생각이었다. 어느 쪽이 이겨도 나쁜 상황이 되는 이 끔찍한 내기는 그로서는 도무지 감당할 자신이 없었다.

"전하께서는 마음 쓰지 마십시오. 소장이 반드시……."

그런데 누가 예상이나 했을까? 목 대장군의 말이 끝나기 전에 용비야가 그 말을 끊으며 태연하게 말했다.

"본 왕은 결과를 기대하고 있네."

말을 마친 그는 더 이상 묻지 않고 성큼성큼 밖으로 나갔고, 그의 그림자는 눈 깜짝할 사이 사라졌다.

그런…….

목 대장군은 넋이 나간 얼굴로 서 있다가 한참이 지나서야 정신을 차리고 느릿느릿 고개를 돌려 목청무를 바라보았다.

"바…… 방금…… 진왕 전하께서 뭐라고 하셨느냐?"

목청무도 몹시 뜻밖이었는지 웅얼웅얼 대답했다.

"전하께서는…… 결과를 기대하신다고 하셨습니다."

목 대장군의 얼굴이 하얗게 질렸다.

"그게…… 그게 무슨 뜻이지?"

설마 목유월이 겉옷을 벗고 현무대가를 한 바퀴 도는 모습을 보고 싶으시다는 건가?

여기까지 생각이 미치자 목 대장군은 즉시 도리질을 쳤다. 미친 생각이야, 진왕 전하께서 아무 이유도 없이 목유월 같은 소녀를 괴롭히시려 할 리가! 그럼 설마…… 진왕비가 져서 옷을 벗고 거리를 한 바퀴 돌기를 바라시는 건가?

아이고, 아니지, 아니야!

목 대장군은 제 손으로 머리를 때렸다. 말도 안 되는 소리지, 진왕비가 그런 꼴로 돌아다니면 체면이 땅에 떨어질 사람이 바로 진왕 전하이신데!

목 대장군은 초조한 마음에 눈을 부라리며 목청무에게 물었다.

"전하께서 뭘 기대하신다고?"

"내기의 결과를 기대하시는……."

목청무가 우물쭈물 대답했다.

"누구의 결과 말이냐!"

목 대장군이 다시 물었지만, 목청무는 대답할 수가 없었다. 목 대장군은 화가 치밀고 초조하여 돌아보지도 않고 짧은 채찍으로 허공을 찰싹 내리쳤다.

"목유월! 이 못된 것, 대체 언제쯤 철이 들려는지!"

진왕 전하가 이렇게 말했으니, 그 속뜻이 무엇이든 간에 다시는 목유월에게 사죄하라 압박하거나 진왕비에게 내기를 물러 달라 청할 수 없게 되었다.

이제는 정말 어떻게 수습해야 할지 알 수 없는 상황이었다!

아버지의 그런 모습을 본 목청무가 진지하게 말했다.

"아버지, 유월도 이제 다 컸으니 자신이 벌인 일은 스스로 책임져야 합니다. 그보다는 첩자를 밝혀내는 것이 중요합니다. 만에 하나 정말 북려국의 첩자라면 폐하의 꾸중을 감당할 수 없을 것입니다."

일이 이렇게 된 이상 목 대장군도 더는 할 말이 없어 초조하게 목청무를 바라보았다.

"당장 그 관련자들의 명단을 작성해 낱낱이 조사하거라! 정말 집안사람의 짓이라면 절대 가볍게 넘어가지 않겠다!"

그때 목유월은 아버지가 이렇게 펄펄 뛰고 있다는 것을 전혀 몰랐다.

그녀는 경성 교외에서 가장 유명한 천향차원天香茶园에서 친구를 만나고 있었다. 당연히 그녀도 사건이 어떻게 진행되고 있는지 궁금했지만, 아버지와 오라버니는 통 알려 주려 하지 않았다. 하지만 매일 수심 가득한 얼굴로 인상을 쓰고 있는 아버지를 보면 별 진전이 없다는 것을 대강 짐작할 수 있었다.

벌써 열흘이 지났고 기한은 열여덟 날밖에 남지 않았다. 이대로 가면 한운석이 당할 가능성이 컸다!

게다가 앞으로 조사에 진척이 있다 해도 두려울 게 없었다. 아버지와 오라버니가 조사를 맡고 있으니 무슨 일이 있어도 그녀에게 불리한 결론을 내리지 않을 것이다. 누가 뭐래도 한 달이 지날 때까지 미룰 방법은 있을 것이다.

이번에야말로 한운석에게 쓴맛을 보여 주고, 나아가 허명뿐인 진왕비라는 이름은 좋은 출신만 못하다는 잔인한 사실도 깨우쳐 줄 수 있겠군! 진왕부에 시집갔다고 해서 위세를 부릴 일이 아니란 말이야!

이렇게 생각하자 목유월은 절로 웃음이 났다.

손수 찻잎 한 통을 들고 들어온 한약설이 그 모습을 보고 웃으며 말했다.

"우리 대소저께서 무슨 일로 이렇게 즐거워하실까? 나도 좀 즐거워하게 말 좀 해 봐."

그녀는 찻잎을 탁자에 내려놓은 뒤 책상 다리를 하고 앉아 두 손으로 턱을 받치고 목유월의 이야기에 귀를 기울이는 자세를 취했다.

목유월은 그녀를 흘낏 보며 몇 번 더 킥킥거리다가 웃음을 그쳤다.

"아무것도 아니야. 즐거운 일은 무슨?"

한약설이 의미심장하게 그녀를 살폈다.

"얼굴에서 꽃이라도 필 기세인 걸? 대체 어느 집 공자가……."

말이 끝나기도 전에 목유월이 찻잔을 낚아채 집어던지려 하자 한약설은 황급히 손을 내저었다.

"그래, 그래. 안 물을게! 요 입이 문제라니까!"

그녀는 손으로 제 입을 때리는 시늉을 해 보였다. 오기 전에는 이 목씨 집안의 아가씨가 한운석의 일로 자신을 냉대하지 않을까 걱정했는데, 막상 만나 보니 다행히 평소와 다름이 없었다.

생각해 보면 그럴 만도 했다. 애당초 목유월이 그녀와 친구가 되려 했던 것도 단순히 후한 선물을 보냈기 때문이 아니라 그녀에게서 한운석의 소식을 들을 수 있었기 때문이었으니까.

목유월은 그녀를 흘겨보다가 까르르 웃음을 터트렸다.

"암, 그래야지."

목유월의 기분이 좋아 보이자 한약설은 때를 잘 맞추었다고 생각했다.

"자자, 소인이 차 한 잔 올릴 테니 그만 화 푸시지요."

한약설이 장난스레 하인 흉내를 내자 목유월은 눈썹을 치켜 뜨며 대답했다.

"오냐, 한번 타 보아라."

그 말이 끝나자마자 두 사람은 깔깔거리며 폭소를 터트렸다. 한약설이 찻잎을 담은 통을 열고 목유월에게 내밀었다.

"맡아 봐, 향기롭지?"

천녕국 사람들은 차를 몹시 좋아했다. 특히 경성 사람들이 차를 좋아했기 때문에 천녕국 경성 안에는 크고 작은 찻집들이 즐비했고 교외에도 차를 파는 장원이 많았다. 목유월처럼 차에 조예가 깊은 사람들은 일반적으로 찻집을 찾지 않고 집에서 차를 마셨다. 집에서 기른 찻잎과 샘물로 탄 차가 찻집보다 훨씬 맛이 좋기 때문이었다.

한가로이 여가를 즐길 때나 집에서 이야기하기 어려운 일이 있을 때면 그들은 주로 교외의 차 장원에서 만나 갓 따서 말린 찻잎을 고르고 산속에서 샘물을 떠오게 하여 차를 마셨는데, 그렇게 끓인 차는 색이나 향, 맛이 집에서 먹는 차보다 한층 고급스러웠다.

목유월과 한약설은 정확히 말하면 차 친구였다. 두 사람은 꼭 차 장원에서 약속을 잡았고, 한약설은 성 하나를 살 수 있을 만큼 값비싼 차들을 목유월에게 선물했다.

목유월은 살짝 향을 맡아 보았다. 차 향기가 코 속으로 스며들자 금세 머리가 상쾌해지는 것 같아, 그녀는 눈을 감고 향을 음미하면서 한약설에게 차를 타라는 손짓을 했다.

같은 찻잎과 물, 찻주전자라도 타는 사람이 다르면 차 맛도 천차만별이었다. 한약설은 그 방면에서 고수였기 때문에 목유월은 그녀가 손수 타 주는 차를 좋아했다. 하지만 한약설이 어머니 이 씨에게 다도를 배웠다는 사실은 알지 못했다.

곧 맑은 푸른빛을 띠는 찻물이 목유월의 눈앞에 나타났다. 목유월은 향기부터 맡고 한 모금 살짝 맛을 본 다음에야 제대로 마시기 시작했다.

잠시 맛을 음미한 그녀가 연신 감탄을 터트렸다.

"훌륭해! 정말 훌륭해! 다음에는 장평공주도 모셔 와서 맛보시게 해드려야겠어."

이 말에 한약설은 뛸 듯이 기뻤다. 일찍부터 목유월을 통해 장평공주에게 줄을 대고 싶었던 것이다.

차 한 잔, 각자 딴 생각

목유월이 한약설 앞에서 장평공주 이야기를 꺼낸 것이 처음은 아니었다.

"이번엔 정말이지? 벌써 몇 번이나 약속해 놓고선."

그녀가 애교스레 투덜거렸다.

목유월이 웃으며 말했다.

"지난번에는 일이 생겨서 미룬 거잖아. 좋아, 장평공주께 곧 있을 매화연梅花宴에 널 초청하라고 말할게, 어때?"

그 말에 한약설의 얼굴이 환해졌다.

"유월, 듣기 좋으라고 하는 말 아니지?"

매화연은 3년에 한 번 열리는 모임으로, 매화를 감상하고 차를 품평하며 즐기기 위한 자리였다. 참석자는 대부분 여자들이고 황실에서 직접 선정하여 초청하는데, 천녕국 권력자들의 딸들이 대부분을 차지했다. 일단 초청을 받으면 천녕국 상류 사회의 인정을 받았다는 증명이기 때문에 이 모임은 수많은 여자들의 동경을 받았다.

한종안이 하옥되기 전의 일이지만, 당시만 해도 한씨 집안은 제법 알아주는 집안이었는데도 평민이라는 신분 때문에 권세가라고는 할 수 없었고 그 때문에 한약설은 애초에 그 모임에 참가할 기회조차 얻지 못했다.

"맹세할게, 됐지? 그렇게 못 믿겠어?"

목유월이 말하며 교활한 눈빛을 떠올렸다.

"아니, 아니, 믿어, 당연히 믿지!"

한약설은 흥분한 나머지 판단력이 흐려져 목유월이 갑자기 이렇게 나오는 까닭을 의심하지 않았다.

물론 흥분할 때 하더라도 이곳까지 온 목적은 잊지 않고 장난스레 이야기를 꺼냈다.

"사실 내가 널 믿지 않는 게 아니야. 오랫동안 연락이 없기에 우리 목 대소저께서 날 까맣게 잊었나 했지."

그 말에 목유월은 흥이 깨졌는지 막 들었던 두 번째 잔을 세게 내려놓고 의미심장한 눈으로 한약설을 바라보며 차갑게 물었다.

"그게 날 탓할 일이야? 그동안 너희 집 큰 따님 때문에 괴로워 죽을 뻔했다고!"

한약설은 기회다 싶어 잠시 머뭇거리는 척하다가 나지막이 말했다.

"그 사람은 이제 진왕비가 되었으니 어쩔 수 없잖아."

목유월은 콧방귀를 꼈다.

"진왕비면 어때? 진왕 전하께서 인정을 해야지."

"듣자니……."

한약설은 말을 하려다가 입을 다물었다.

"듣자니 뭐야?"

목유월이 눈을 찡그리며 낯빛을 굳혔다. 그녀가 가장 싫어하는 것이 말을 하다 마는 것이었다.

"듣자니 그 여자가 너희 오라버니를 구해 주었다던데? 얼마 전에 거리에 소문이 쫙 퍼졌어. 의술이 아주 뛰어나서 권세가들마저 수없이 진왕부의 대문 앞에 모여들어 진맥을 청했다고 말이야."

한약설이 쭈뼛거리며 말했다.

목유월은 불쾌한 눈빛을 떠올렸다. 그 일은 오라버니가 암습을 당한 것과 관련이 있었는데, 아직 흉수를 붙잡지 못했을 뿐 아니라 독을 쓴 사람도 밝혀내지 못한 탓에 아버지는 절대로 밖에 알리지 말라 신신당부를 했다. 게다가 그 일에 한운석의 도움이 컸던 것은 사실이어서 말하고 싶지가 않았다.

그러나 한약설의 놀란 표정을 보자 여전히 언짢았다.

"유월, 헛소문이지? 한운석이 그렇게 대단할 리가 없잖아? 우리 집에 있을 때만 해도 폐물이었단 말이야. 설마 진짜 천재였는데 그동안 숨기고 있었던 거야?"

한약설은 과장된 표정을 지어 보였고, 목유월이 아무 반응이 없자 계속 말했다.

"그렇다면 우리가 너무 과소평가했나봐. 그 여자가……."

말이 끝나기도 전에 참다못한 목유월이 대뜸 그 말을 자르며 막말을 내뱉었다.

"개방귀 같은 소리!"

한약설은 놀라 허둥지둥 주위를 살폈다.

"쉬잇……, 생각 좀 하고 말해. 누가 듣기라도 하면 내일 성안이 네 이야기로 시끌시끌해질거야!"

목유월은 조그마한 얼굴을 착 가라앉히고 불쾌한 듯 입을 삐죽였다.

"한운석은 해독만 할 줄 아는 것뿐인데 신의는 무슨 신의? 천하에 해독을 할 줄 아는 사람은 차고 넘쳐."

목유월은 이렇게 말하고도 성이 차지 않아 덧붙였다.

"해독 같은 건 대단한 실력도 아니야. 해약만 있으면 누구나 해독할 수 있잖아, 안 그래?"

그러나 한약설은 깜짝 놀랐다.

"너희 오라버니가 중독되었었구나! 자객에게 암습을 당한 게 아니었어?"

"자객의 검에 독이 있었어!"

목유월이 다시 말했다.

"그랬구나……. 하지만…… 소문에는 그 여자가 대리시 감옥에 갇혔다가 풀려났고 그 후 대리시경도 바뀌었다고 하던데, 대체 어떻게 된 일이야?"

한약설이 캐물었다.

목유월이 약간 망설이는 것을 보자 그녀는 이 일이 기밀이라는 것을 알고 덧붙였다.

"친구들에게 들었는데, 진왕께서 그 여자 편을 들었대. 뭐라더라, 진왕께서 불문곡직하고 친히 감옥으로 가서 그 여자를 구해 냈다나?"

진왕이 한운석 편을 들었다?

한약설의 이 한마디에 발끈한 목유월이 탁자를 '쾅' 내리쳤다.

"허튼 소리, 한운석은 그럴 자격도 없어!"

한약설은 의아한 눈빛을 띠고 고개를 갸웃하며 그녀를 바라보았다.

저런 눈빛을 몹시 싫어하는 목유월은 숨을 깊이 들이쉰 뒤 차갑게 말했다.

"그래, 다 말해 줄게. 절대로 다른 사람에게는 말하지 마. 그렇지 않으면 다시는 나를 못 볼 줄 알아."

한약설은 황급히 고개를 끄덕였다.

"유월, 너도 알다시피 나는 한 번 들은 말은 절대 내뱉지 않는 사람이야."

목유월은 그래도 한참을 망설이다가 고개를 끄덕이며 소리 죽여 말을 꺼냈다.

"사실, 오라버니는 두 번이나 중독되셨어."

"뭐?"

너무나도 뜻밖의 설명에 한약설이 비명을 질렀다.

"쉿……."

목유월이 그녀를 찌릿 노려보자 한약설은 황급히 입을 막고 다시는 안 그러겠다는 표정을 지어 보였다.

그제야 목유월이 말을 이었다.

"첫 번째 독을 한운석이 해독했지만, 나중에 오라버니가 다시 발작해 계속 열이 나자 한운석이 죄를 뒤집어쓴 거야. 누가 알았겠니? 오랜 잠복기를 가진 두 번째 독이 오라버니 몸에 또 있었던 거야. 다행히 그 여자가 해독할 수 있는 독이어서 오라버니를 해독했고 그래서 죄를 벗었지."

이렇게 말한 목유월은 한운석을 깎아내리기 위해 거짓말을 지어냈다.

"사실 소가 뒷걸음질 치다 쥐를 잡은 것이나 마찬가지야. 운 좋게 그 여자가 해독할 수 있는 독이었거든. 진왕께서는 처음부터 끝까지 나타나지 않으셨어. 그 여자가 죽든 말든 관심도 없으신걸. 바깥에 떠도는 소문 같은 건 믿지 마."

한약설의 눈빛이 복잡해졌다. 물론 그녀도 목유월이 한 말이 모두 사실은 아니라는 것을 알고 있었지만, 한운석이 소장군을 구한 것은 거짓말이 아닌 것 같았다.

"그랬구나. 흐흥, 그 여자가 해독을 할 수 있는지는 몰랐는걸."

한약설은 중얼거리듯 말했지만 목유월은 그것조차 마음에 들지 않았다. 한약설이 한운석을 다시 보는 것 같았기 때문이었다.

그녀는 머리를 이리저리 굴려 생각을 짜낸 뒤 나지막이 말했다.

"약설, 한 가지 더 있어. 너한테만 말해 줄 테니 비밀은 꼭 지켜야 해."

"물론이지, 걱정 마!"

목유월의 신비한 표정을 본 한약설은 잔뜩 긴장했다. 소장군 사건을 알아보러 왔는데 다른 소식까지 듣게 되다니 뜻밖이었다. 이럴 줄 알았다면 좀 더 일찍 목유월을 만나 볼걸 싶었다.

목유월은 더욱더 목소리를 낮추었다.

"약설, 너희 아버지가 하옥된 일도…… 사실은 한운석과 관계가 있어."

이 말에 한약설은 충격을 받아 눈을 휘둥그레 뜨고 목유월을 바라보았다.

"뭘 그렇게 봐? 아주 넋이 나갔잖아!"

목유월이 눈앞에서 손을 흔들어 보이더니, 그녀를 끌어당겨 계속 말했다.

"나도 며칠 전에 입궁했다가 들은 이야기야. 사실인지 아닌지는 모르지만, 어쨌든 알아두는 게 좋을 거야."

"대체 무슨 일이야?"

한약설이 애를 태우며 물었다.

"태자의 병은 한운석이 고 태의와 함께 치료했다고 들었어. 그리고 한운석은 네 아버지의 진맥 결과를 철저히 부정했대."

목유월이 말했다.

황제는 천하에 포고를 내려 한종안의 오진으로 태자의 병이 오랫동안 낫지 않았다고 알렸는데, 그 진상에 대해서는 누구나 다 정확히 알고 있지는 못했다.

그러나 목유월이 어떤 사람인가? 그녀는 일찍부터 진상을 알고 있었지만, 당연히 한약설에게 알려 줄 생각은 없었다. 그저 그 진상에 양념을 조금 쳐서 한운석을 깎아내리려는 것뿐이었다.

멍하게 있는 한약설을 보자 목유월은 목소리를 더욱 낮추었다.

"한운석이 나쁜 짓을 꾸민 거야!"

한약설이 지금껏 데릴사위를 구하려고 한 것은 한씨 집안의 가주가 되기 위해서였다. 그러니 이런 충동질을 들으면 한운석을 죽도록 미워하는 것이 당연했다.

"그러니까, 그 여자가 아버지를 해친 거로구나!"

한약설이 노성을 터트렸다.

목유월은 그제야 자리로 돌아가 한약설에게 손수 차를 따라주며 말없이 고개를 끄덕였다.

"그랬구나. 그래서 우리가 아버지를 만나지 못하게 막은 거야. 그래서 곳간 열쇠가 그 여자 손에 있었던 거라고. 출가한 딸이 어떻게 친정 재산을 노려?"

한약설은 냉정을 잃고 씩씩거리느라 한가하게 차를 마실 기분이 아니었다. 당장 돌아가서 어머니께 이 사실을 알려야 했다.

"유월, 심각한 일이니 돌아가야겠어!"

한약설이 일어나며 진지하게 말했다.

오늘의 목적을 이룬 목유월도 고개를 끄덕인 뒤 나지막하게 주의를 주었다.

"절대 비밀은 지켜야 해."

"걱정 마! 먼저 갈게."

한약설은 총총히 떠나느라 찻잎을 놓아 둔 것도 깜빡했다. 이 찻잎은 그녀의 어머니가 세심하게 고른 것으로, 목유월과 차를 마실 때마다 한 통씩 선물하곤 했다. 도발에 성공한 목유월은 기분이 무척 좋아져 찻잎이고 뭐고 눈에 들어오지 않았다. 그녀는 차를 몇 잔 더 마신 뒤 나른하게 일어나 기분 전환을 할 겸 찻잎을 넣은 온천으로 향했다.

이제 한씨 집안사람들이 한운석을 찾아가 귀찮게 굴 것이 분명했다. 지금쯤이면 장평공주도 서신을 받았을 테니 며칠이면 경성으로 들어올 터였다. 기한이 다가오지만 한운석은 첩자를 찾아낼 시간조차 내지 못할 것이다.

그날 오후, 한약설은 집에 돌아가자마자 어머니 이 씨의 처소로 달려갔다.

"어머니, 한운석은 정말 재산을 노리고 있어요. 제 생각에는 서 부인과 상의를 해 봐야 할 것 같아요. 일단 곳간 열쇠부터 찾아온 다음 생각해야 해요."

꿈꾸어 온 가주의 자리를 빼앗길 것 같자 한약설은 몹시 초조했다.

그러나 이 씨는 약간 의아해했을 뿐 한약설처럼 허둥거리지는 않았다.

"그렇다면 태자를 구한 것도 사실인 모양이구나. 후후, 어쩐지 지독하게 위세를 부리더라니. 구양 대인까지 몸을 사리는 것을 보면 서 씨도 이미 내막을 알고 있을 것이다."

그 말에 한약설도 그제야 퍼뜩 깨달았다. 서 부인이 한운석을 꺼리지 않는다면 한옥기가 그렇게 얻어맞도록 내버려 둘 리가 없었다.

"하지만 배경이 아무리 탄탄한들 무슨 소용이에요? 출가한 딸이 곳간 열쇠를 가졌다는 것은 어느 모로 봐도 말이 되지 않는 소리예요. 그런 법은 없다고요!"

한약설이 진지하게 말했다.

이 씨는 몹시 불쾌한 눈빛으로 딸을 훑어보았다. 이를 본 한약설이 허둥지둥 변명을 하려는데, 이 씨가 차갑게 꾸짖었다.

"그런 성품으로 훗날 어떻게 큰일을 하겠니? 화를 삭여야 할 때는 삭여야 한다고 몇 번이나 말했는데, 도대체 듣지를 않는구나."

한약설은 그제야 냉정을 되찾고 고개를 푹 숙이면서 어머니가 주신 교훈을 떠올렸다. 이번 일에 서 부인도 절대 가만히 있지 않을 것이니 그들이 직접 나설 필요는 없었다.

한약설이 고개를 숙이든 말든, 이 씨는 느긋하게 차를 탔고, 따뜻한 차 몇 잔으로 몸을 덥힌 다음에야 입을 열었다.

"내가 알아보라고 한 일은 알아보았느냐?"

한약설이 이번에 목유월을 만나러 간 주요 목적은 소장군 사건에 대해 알아보는 것이었다.

한약설도 당연히 잊지 않았지만, 어머니가 소장군의 일을 알아내려는 이유는 알 수가 없었다. 그럴 시간에 한운석의 저력이 어느 정도인지 알고 싶어 해야 하는 게 아닐까? 한운석이 태자를 구했다는 것을 아는 이상 소장군을 해독한 것쯤은 별로 중요한 것도 아니었다.

"알아보았어요. 밖에 떠도는 소문과 거의 같아요."

한약설이 담담하게 말했다.

"자세히 알아보라고 했지!"

이 씨가 차갑게 내뱉으며 주먹을 꽉 움켜쥐었다. 앞에 있는 아이가 친딸만 아니었다면 벌써 여기서 끌어냈을 것이다.

이 씨, 비밀투성이

어머니의 날카로운 반응에 한약설은 움찔 놀라 황급히 대답했다.

"목유월은 한운석이 소장군을 치료한 것이 아니라 해독한 것이라고 했어요!"

이 한마디에 이 씨의 주먹 쥔 손이 살짝 뻣뻣해졌지만, 별다른 말은 하지 않았다.

"소장군이 자객에게 기습을 당했고 자객의 검에 독이 있었대요. 마침 한운석이 잘 아는 독이라 소장군을 구했는데, 뜻밖에도 소장군이 또 다른 만성독에 중독되어 있었다는 거예요. 역시 때마침 한운석이 발견하고 해독했대요."

한약설이 말했다.

그 말에 별안간 이 씨의 주먹이 풀렸다. 그녀는 넋이 나간 얼굴로 눈을 휘둥그레 뜨고 있었다.

놀란 한약설이 황급히 그녀를 붙잡았다.

"어머니, 왜 그러세요? 어디 안 좋으세요?"

이 씨는 그제야 정신이 돌아왔지만, 여전히 조금은 부자연스러운 얼굴로 고개를 저었다.

"아…… 아니다. 뜨거운 물 한 잔 다오."

한약설이 황급히 물을 따르자 이 씨는 그제야 길게 한숨을 내쉬며 마음을 가라앉혔다. 그녀는 어둡고 복잡한 눈빛으로 한약설의 뒷모습을 바라보다가 한참만에야 담담하게 입을 열었다.

"한운석이 어떻게 만성독을 발견했다고 하든?"

"목유월이 상세히 말해 주지 않아서 저도 묻지 않았어요."

한약설이 대답했다.

"소장군이 어쩌다 만성독에 중독되었지? 만성독이라면 어쨌든 꾸준히 써야 했을 텐데."

이 씨가 다시 묻자 한약설이 몸을 돌리며 말했다.

"어머니, 저도 그런 생각을 했어요. 하지만 그 말은 대장군부 안에 소장군을 해치려고 마음먹은 사람이 있다는 뜻인데 자세히 물을 수가 있어야죠."

이 씨는 고개를 끄덕이며 천천히 물을 몇 모금 마신 다음 지나가듯 물었다.

"설아, 오늘 목 대소저에게 선물하라고 한 봄차는 주었니?"

한약설은 그제야 그 일이 생각나 고개를 숙이며 우물쭈물 대답했다.

"그게…… 급히 나오느라 깜빡했어요."

이 씨는 속으로 안도의 숨을 내쉬며 다시 물었다.

"값이 제법 나가는 것인데 어디다 두었지?"

"차 장원의 탁자 옆에 두고 왔어요. 지금이라도 가져오게 해서 대장군부에 보낼까요?"

한약설이 물었다.

"됐다."

이 씨는 곧바로 거절했다.

"관두거라, 인연이 있는 사람에게 준 셈 치자."

잘못을 저지른 한약설은 전전긍긍하며 아무 말도 하지 못했다.

"피곤하구나. 한 숨 잘 테니 그만 가 보거라."

이 씨가 말하며 피곤한 듯 높은 베개에 기댔다.

"어머니, 맥을 짚어 드릴까요?"

한약설이 걱정스레 권했지만, 이 씨는 나가라는 듯이 손을 내저을 뿐이었다.

어머니는 어렸을 때부터 이렇게 엄격했고 심지어 냉정했던 적도 있었기 때문에 한약설은 이미 이런 태도에 익숙했다.

"그럼 푹 쉬세요."

그녀는 다시 물 한 잔을 따라 옆에 놓아 둔 후 물러났다.

한약설이 나가자 이 씨는 즉시 벌떡 일어났다. 조용하던 얼굴도 급변하여 먹구름 드리운 하늘처럼 어두침침해졌고, 늘 차분하기만 하던 눈빛은 날카롭게 번뜩였다.

"게 있느냐!"

그녀가 나지막하게 불렀다.

그 부름과 함께 검은 옷을 입은 여자 시위가 병풍 뒤에서 걸어 나왔다.

"당장 천향차원으로 가서 물건을 찾아오너라. 그리고 오두막에 보관한 뱀독도 깨끗이 치워라!"

이 씨가 단단히 분부했다.

"예! 알겠습니다!"

명을 받은 시위는 곧바로 밖으로 나갔다.

이 씨는 한참 동안 앉아 있다가 날카로운 눈을 서서히 가늘게 떴다.

"오냐, 한운석. 내가 정말 너를 과소평가했구나. 감히 내 일을 망쳐! 네가 그리 잘났단 말이지? 절대로 널 가만두지 않겠다!"

시간은 하루하루 흘러 부지불식간에 사흘이 지났다. 이제 열닷새만 지나면 약속한 한 달이었다.

조사는 목청무에게 맡겼지만 한운석도 놀고 있지는 않았다. 그녀는 며칠 동안 방에서 나오지 않고 운한각 서재에서 만사독을 연구했다. 열 가지 뱀독을 갖추지는 못했지만, 지난번 견본을 검사할 때 만사독이 섞인 목청무의 혈액을 해독시스템에 넣었고, 해독시스템은 당연히 그 독소를 추출하고 복제하여 저장소에 보관해 두었다.

요 며칠 한운석이 머리를 싸매고 고민한 것은 바로 독을 쓴 방식이었다.

독을 어떻게 쓰느냐에 따라 독을 쓰는 사람에게 주어지는 제약은 무척 컸다. 예를 들어, 다른 것과 쉽게 반응하여 독성이 약해지거나 색이나 냄새가 변하기 때문에 반드시 물에만 타야 하는 독약이 있고, 반대로 물에 타면 쉽게 발각되는 독약도 있었다.

한운석은 머리를 쥐어짜 보았다. 목청무가 마시는 물에 자주 독약을 타기란 쉬운 일이 아니었고, 수방과 주방에서 목청무의 시중을 든 하인들을 모두 조사했지만 이상한 점은 발견되지 않았다.

혹시 뭔가 놓친 것이 아닐까? 만사독을 물에 타서 먹이지 않았던 것은 아닐까?

해독시스템의 기록에 따르면, 만사독은 물에 타야 할 뿐만 아니라 만든 지 하루 만에 색과 냄새가 변해 버려야 했다. 그러나 해독시스템이 아무리 지능화되었다 해도 결국은 사람이 만들어 낸 것이었다. 현대에는 만사독이 없었고, 해독시스템의 기록 역시 고서적에서 찾아낸 뒤 써넣은 것이었다.

말하자면 해독시스템의 독성 검사 기능이나 해약 배합 기능은 무척 강력해서 아무리 천재적인 두뇌도 대체할 수 없지만, 독약 제조 기능은 아직 약했다.

어쩌면 독성에 영향을 주지 않고 색이나 냄새도 바뀌지 않도록 다른 용액에 섞는 방법이 있는 것이 아닐까?

어쩌면 독을 쓴 자가 독을 만들 때 무슨 수작을 가해, 만사독의 독성을 유지하면서 만사독의 성질을 변화시켜 독을 쓰는 방식마저 바꾸어 놓은 것은 아닐까?

만사독을 만드는 일 자체가 쉽지 않고, 만사독을 개량한다는 것은 더욱 어려웠기 때문에 가능성은 낮은 가설이었다.

그러나 오랫동안 조사해도 단서가 나오지 않았다면, 그 가능성도 고려하지 않을 수 없었다.

물에 타지 않는다면 목청무가 자주 먹는 것에 섞어야 하는

데, 하루 세 끼 식사를 제외하면 생각나는 것은 딱 하나뿐이었다. 차!

천녕국 사람들은 차를 몹시 좋아했고, 특히 경성 사람들은 집집마다 찻잎을 준비해 놓고 아침부터 저녁까지 손에서 차를 놓지 않았다.

"혹시 차일까?"

한운석은 혼잣말을 중얼거리며 침향을 부르려고 했지만, 한운일을 보호하기 위해 침향을 한씨 저택에 남겨 둔 것을 떠올렸다.

그녀는 어쩔 수 없이 직접 부용원에서 나가 하인을 시켜 유명하다는 찻잎을 모두 구해 오게 했다.

그런데, 분부를 마치고 운한각으로 돌아오자 익숙한 그림자가 회랑 저 편에서 걸어오는 것이 보였다.

거대하고 오만한 그림자는 보는 사람을 절로 주눅 들게 하는 기운을 풍기면서도, 걸음걸이는 어찌나 우아하고 존귀한지 저 멀리 나타난 것만으로도 주위의 모든 것들이 빛을 잃고 희미해져 무시하려야 무시할 수도 없었다.

오후의 고요한 회랑에서 우아하게 홀로 걷는 냉혹한 미남자. 이 고요하고 아름다운 풍경이 한 폭의 그림이라면, 저 우아한 미남자는 바로 그 그림 속의 신선이었다.

용비야…… 그 사람이었다.

한운석은 넋을 잃은 것처럼 그를 멍하니 바라보았다.

그런데 별안간 그림 속의 신선이……, 아니, 용비야가 홱 사라졌다!

한운석은 퍼뜩 정신을 차리고 어리둥절하며 주위를 둘러보았다. 어디 갔지?

무의식적으로 몇 걸음 다가가 살펴보았지만 여전히 그는 보이지 않았다.

어쩐지 그 인간을 본 지 무지무지 오래 되었다는 생각이 들었다. 마지막으로 본 것은 찻집에서였으나, 그녀만 그를 보았고 그는 그녀를 보지 못했다.

지난번 태자를 치료할 때 해독시스템에 약 찌꺼기를 넣던 장면을 그에게 발각된 것이 못내 마음에 걸렸는데, 지금껏 그 이야기를 꺼내지 않은 것으로 보아 그 장면은 보지 못한 모양이었다.

이제 겨우 오후인데, 일찍 돌아왔네.

사실 그가 어느 날 언제 돌아왔는지, 어느 날 종일 돌아오지 않았는지, 한운석은 훤히 알고 있었다. 누가 시키지도 않았는데 매일같이 누각 창가에 서서 그의 침궁에 켜진 등불을 지켜본 덕분이었다.

왕부에 돌아오지 않을 때면 저 인간은 어디서 밤을 보낼까? 오늘은 어쩐 일로 이렇게 빨리 돌아왔을까?

"이상하단 말이야……."

한운석은 그렇게 중얼거리면서도 곧 호기심을 거두었다. 저 인간은 항상 저렇게 신출귀몰하니 갑자기 사라져도 이상할 것은 없었다.

그러나 계속 앞으로 걸어가려는 순간, 등 뒤에서 묵직하고 차가운 목소리가 들려왔다.

"한운석, 본 왕을 찾았느냐?"

한운석은 소스라치게 놀라 후다닥 뒤를 돌아보았다. 조금 전까지 앞에 있었던 그가 어느새 뒤에 서 있었다. 커다란 몸이 산처럼 우뚝하게 뒤를 막고 서자 어마어마한 압박감이 밀려들었다.

한운석은 저도 모르게 뒤로 주춤 물러서서 그에게서 멀어져 안전거리를 유지했다. 물론 그녀 자신도 왜 그러는지 알 수 없었다.

"전하를 찾은 것이 아니에요."

"그렇다면 이곳에 서서 뭘 보고 있었지?"

용비야가 물었다.

그 말에 한운석은 입장이 난처해졌다. 봤을까?

그녀는 어쩔 수 없이 고개를 들었지만, 그 순간 몹시도 경멸스럽고 귀찮은 듯한 용비야의 눈빛과 딱 마주쳤다.

"무슨 일이냐?"

이 인간! 좀 쳐다봤다고 자기가 대단한 사람이라도 된 줄 아나?

뭐, 확실히 대단한 사람이긴 했지만, 지금은 인정할 기분이 아니었다.

어째서 항상 저런 눈으로 보는 거야? 그렇게 열심히 노력했는데도, 저 인간 눈에 난 아직도 보잘것없고 하찮은 사람이란 말이야?

여태껏 남에게 인정받으려 애쓸 필요가 없다 생각했고, 남들 시선에 전혀 개의치 않았던 한운석은 지금 자신이 이 남자의 시선에 얼마나 신경 쓰는지 알아채지 못한 채, 진한 모욕감을 느꼈다.

화가 날수록 그녀의 얼굴에 떠오른 웃음은 더욱더 환해졌다.

그녀는 유난히도 교만하게 웃으며 말했다.

"아무것도 아니에요. 전하께서 오해를 하시는 것 같군요. 제가 여기서 바라보았던 사람은 전하가 아니라 다른 사람이랍니다."

그 말에 용비야의 눈동자가 훨씬 더 차가워졌고, 주위의 온도도 덩달아 떨어졌다.

흥, 한 번 더 잘난 체해 보시지.

한운석은 그 차가운 눈빛을 모른 척하고 말을 이었다.

"다른 분부가 없으시다면 신첩은 물러가겠습니다."

말을 마친 그녀는 턱을 치켜들고 여봐란 듯이 우아하게 몸을 돌렸다. 그런데 바로 그때 용비야가 차갑게 입을 열었다.

"멈춰라. 본 왕이 할 이야기가 있다."

한운석은 우뚝 걸음을 멈추고 그를 돌아보며, 여전히 달콤하고 아름다운 웃음을 지어 보였다.

"무슨 일이신지요, 전하?"

"들어가서 얘기하지."

용비야는 그녀에게 눈길조차 주지 않은 채 말을 툭 던지고 돌아섰다.

침궁 쪽으로 갈 줄 알았지만, 뜻밖에도 그는 운한각 방향으로 걸어갔다.

"정말 무슨 일 있어요?"

한운석은 미심쩍어하며 서둘러 뒤를 따랐다.

문 안으로 들어서는 순간, 용비야는 이상한 냄새를 맡았다. 비록 여자 방에 들어가 본 적은 없지만, 여자의 방이 깨끗해야 한다는 것쯤은 그도 알고 있었다.

그는 자연스레 눈을 찡그리며 숨을 죽이고 한운석의 서재로 들어갔다. 널따란 책상 위에 시커먼 연기가 솟구치는 그릇이 그득하게 놓여 있었는데, 악취는 바로 거기서 흘러나오고 있었다.

용비야는 서재를 훑어보았지만, 보이는 곳마다 더럽고 어지럽고 지저분했다. 결벽증이 있는 그는 이런 어지러운 곳을 몹시 싫어했지만 이상하게도 곧바로 자리를 뜨지는 않았다.

그때 한운석이 쫓아 들어왔다. 저 인간이 서재로 들어갈 줄은 예상도 못한 일이었다.

찻잎, 검사 결과 없음

한운석 자신도 서재에서 악취가 난다는 것을 알고 있었기 때문에 민망한 웃음을 지어 보였다.

"전하, 밖으로 가시지요. 이곳은 냄새가 좋지 않아요."

"밖도 마찬가지다."

용비야가 차갑게 말했다.

"그럼 정원으로 가시든가요."

한운석은 주인으로서 미안함도 없이 어깨를 으쓱하며 말했다. 어쨌든 그녀가 용비야를 초대한 것도 아니었다.

의사로서 그녀 역시 약간의 결벽증이 있었지만, 익숙지 않은 독약 연구에 몰두할 때면 결벽증 같은 것은 곧 자취를 감추곤 했다. 지금 서재 정도면 그럭저럭 괜찮은 편이고, 하루 이틀 더 지난 후에는 쓰레기장보다 더 지저분해질 것이다. 물론 연구가 끝나면 즉시 깨끗이 치우고 가지런하게 정리해 놓곤 했다.

"독을 만들고 있느냐?"

용비야는 나갈 의사가 없어 보였다.

"심심해서 장난쳐 본 것뿐이에요."

한운석이 대답했다. 사실 책상 위 그릇에 든 것은 모두 만사독이었다. 어제 오후 해독시스템에서 꺼내 물에 넣었는데 하루 만에 이 모양이 되어 버린 것이다.

"무슨 독이냐?"

용비야가 또 물었다.

"만사독이에요. 지난번 소장군의 피에서 독소를 채취해 왔는데 할 일도 없고 해서 연구하던 중이었어요."

한운석이 대답했다. 사실이라고 할 수는 없지만 그렇다고 거짓이라고 할 수도 없었다.

그러나 용비야가 볼 때 그녀는 거짓말을 하고 있었다.

보아하니 이 여자는 목청무의 사건으로 바쁜 것 같은데, 어째서 그를 속이려고 할까? 초서풍에게 들으니 그녀가 고북월을 두 번이나 찾았지만 고북월은 출궁하지 못했다고 했다.

용비야는 그 일을 들춰내지 않고, 뜻밖에도 자리를 잡고 앉아 태연하게 물었다.

"그래서 그 연구로 뭘 알아냈느냐?"

한운석이 보니, 그는 더럽고 냄새나는 약 찌꺼기 속에서도 여전히 고귀하고 깨끗해서, 마치 하늘에서 내려온 신처럼 티하나 없었다.

무슨 뜻이지? 느긋하게 이야기할 생각인가?

"아직 알아낸 것은 없어요."

한운석은 담담하게 대답하며 용비야에게 계속 물을 기회를 주지 않고 반문했다.

"방금 할 말이 있다고 하셨는데…… 무슨 일이신지요?"

뜻밖에도 막 앉았던 용비야가 다시 일어나며 온도라고는 전혀 느껴지지 않는 목소리로 말했다.

"아무 일도 없다."

말을 마친 그는 그녀의 곁을 지나 뒤도 돌아보지 않고 운한 각에서 나갔다.

아무 일도 없다고?

한운석은 기가 막혀 문가까지 그를 쫓아나갔지만, 용비야의 뒷모습은 이미 저 멀리 사라지고 있었다.

저 인간, 대체 뭘 하러 온 거야? 항상 저렇게 영문을 알 수 없는 일만 한다니까!

용비야는 느릿느릿 걷는 것 같았지만, 사실은 빠르게 움직여 순식간에 침궁 입구에 도착했다. 문 앞에서 기다리고 있던 초서풍이 의아한 얼굴로 물었다.

"전하, 일찍 돌아오시지 않으셨습니까?"

매우 중요한 정보를 보고하러 왔는데 주인의 성격상 이렇게 늦을 리가 없었다. 게다가 안색을 보니 별로 기분이 좋지 않은 것 같았다.

용비야는 아무 말 없이 문을 열고 안으로 들어갔고, 뒤따르는 초서풍은 그의 일그러진 눈썹을 보지 못했다.

빌어먹을. 서둘러 초서풍을 만나려던 차였는데 정원에서 그 여자를 보자 걸음을 멈추고 숫제 그녀의 거처까지 들어가다니. 그는 이런 돌발적인 행동을 혐오했고, 절대적인 통제에서 벗어나는 느낌도 혐오했다.

주인이 걸음을 멈추자 초서풍이 나아가 나지막이 말했다.

"전하, 소식이 있습니다."

용비야는 그제야 깊은 생각에서 깨어나 고개를 옆으로 돌려 차갑고 신비로운 옆모습을 드러냈다.

"어디냐?"

용비야가 얼마나 효율적으로 일하는지는 말할 필요도 없었다.

그날 목청무에게서 한운석이 써 준 약 목록을 받은 그는 곧바로 의약계통의 인맥을 동원해 비밀 조사를 진행했다.

"전하, 세 가지 뱀독은 확실히 희귀한 것들이었습니다. 모두 가진 곳은 단 세 군데였으나, 그 중 두 가지를 갖춘 곳은 십여 곳입니다."

초서풍은 사실대로 대답했다. 아무래도 오늘 주인은 어딘지 이상하고 정신이 딴 데 팔려 있는 것 같았지만, 차마 그렇게 말할 수는 없었다.

용비야는 잠시 기다렸으나 초서풍이 말이 없자 돌아섰다. 본래도 차갑기 그지없는 준수한 얼굴은 서리가 낀 듯이 서늘했다.

"그래서?"

초서풍은 오싹 몸서리를 치며 쭈뼛쭈뼛 말했다.

"뱀독을 모두 가지고 있는 곳은 북려국의 이 씨 집안과 서주 황실의 어약방, 그리고 약귀곡입니다. 뱀독 두 가지를 가진 곳들은 서둘러 조사할 필요가 없을 것 같습니다. 북려국 이 씨 집안은 자세히 조사하라고 명해 두었으니 곧 구체적인 소식이 올 것입니다."

지금까지 그랬던 것처럼, 초서풍은 독약을 찾는 일을 보고한 뒤 곧 다른 이야기를 꺼냈다.

"전하, 비밀 감옥에 갇힌 첩자 중 둘이 굶어 죽었고 남은 것은 넷뿐입니다. 제가 보기에는 그 여자들의 입을 열기가 쉽지 않을 것 같습니다."

용비야는 고개를 끄덕였다.

"본 왕이 직접 심문할 테니 준비하도록."

운한각 누각에서는 한운석이 창가에 늘어지듯 기댄 채, 멀지 않은 곳에 있는 신비한 침궁을 바라보며 눈을 찌푸리고 있었다. 하인이 아직 찻잎을 가져오지 않았고, 침향도 없으니, 할 일이 없어진 그녀는 까닭 없이 누각에 올라 멍하니 창에 기대 넋을 놓았다.

얼마 지나지 않아 초서풍이 침궁에서 나와 바삐 떠나가는 것이 보였다. 급한 일이 있는 모양이었다.

용비야는 대체 왜 저렇게 온종일 바쁠까? 그는 이 천녕국에서 지위와 권세를 모두 가졌고, 재채기만 해도 천녕국 조정이 휘청거릴 만큼 영향력이 컸다. 그러나 그는 조정에 나가는 일이 드물었고 입궁하는 일은 더더욱 없었다. 설마 지난번 북려국 첩자의 일이 아직 끝나지 않은 걸까?

한운석이 골똘히 생각하고 있을 때 한 시위가 찻잎을 가지고 왔다.

부용원 안의 하인들은 하나같이 용비야의 시위들이었고, 시녀라고는 한 명도 없었다.

용비야가 한운석에게 보낸 시녀는 침향밖에 없었으니 침향이 없을 때에는 당연히 한운석도 용비야의 시위들을 부려야 했다.

"왕비마마, 주방 쪽 하인이 가져온 것입니다."

시위는 찻잎 한 무더기를 들고 공손하게 입구에 서 있을 뿐 들어오려고도 하지 않았다.

"서재로 가져다주게."

한운석이 누각 위에서 외쳤으나 예상과 달리 시위는 진지하게 말했다.

"누구도 운한각에 한 발짝도 들어가지 말라는 진왕 전하의 엄명입니다."

한운석은 제 귀를 의심했다.

"뭐?"

"누구도 운한각에 한 발짝도 들어가지 말라는 진왕 전하의 엄명입니다."

그제야 한운석도 말뜻을 깨닫고 불퉁거리며 외쳤다.

"어째서지?"

하지만 일개 시위가 알면 얼마나 알까? 그 명령은 얼마 전 초서풍이 내린 것이었다. 그날 초서풍뿐만 아니라 다른 사람들도 진왕이 침궁 지붕에 올라가 있는 것을 목격했지만 무슨 일로 그랬는지는 아무도 몰랐다.

"저는 모릅니다. 귀찮으시더라도 직접 오셔서 가져가시기 바랍니다."

시위는 그렇게 말한 뒤 물건을 입구에 놓고 가 버렸다.

한운석은 마구 눈을 흘겼다. 용비야, 이 좀팽이!

그녀는 별수 없이 아래로 내려갔다. 무겁지는 않았지만 종류가 많아 부피가 큰 탓에 세 번이나 왔다 갔다 해야 했다.

주방 하인은 일솜씨가 제법이어서, 기본적으로 마실 수 있는 차를 모두 준비했고 분류도 꼼꼼하게 해 놓았다.

홍차와 녹차, 백차白茶(발효차로 색이 눈처럼 희다하여 백차라 불림), 흑차黑茶(발효차로 색이 검다하여 흑차라 불림) 네 종류로 나누고, 종류마다 산지에 따라 여러 품종을 구비해 두었는데 합쳐서 쉰 가지가 넘었다.

품종이 다른 차는 토양과 관개수의 수질, 기후, 건조 정도, 보관 방식과 시간 등의 조건이 다르고 찻잎의 성분이 다르기 때문에, 마셔 보면 맛이 완전히 달랐다. 물론 차에 일가견이 있는 사람들이나 느낄 수 있는 차이기 때문에 차를 좋아하지만 골수 애호가는 아닌 한운석은 당연히 하나하나 맛보면서 알아낼 수 없었다.

하지만 그녀에게는 해독시스템이 있었다! 해독시스템 안에 있는 제약 시스템은 한약재의 모든 성분을 분석할 수 있었다.

한약의 옛 이름은 초본草本으로, 이는 식물성 약(뿌리, 줄기, 잎, 열매)과 동물성 약(내장, 뼈와 피부 등), 그리고 광물성 약으로 이루어져 있었다. 찻잎은 당연히 식물성 약의 한 종류였다.

한운석은 쉰 가지 찻잎을 하나씩 하나씩 뜨거운 물을 부은 찻잔에 담고 일일이 해독시스템에 넣은 뒤 자러 갔다. 자는 동안은 마음이 가장 편할 때이자 가장 방해를 받지 않을 때이고, 해독시스템의 효율도 가장 높아지는 때였다.

한 일이 너무 많았던 탓인지, 한운석은 이튿날 새벽녘에야 겨우 눈을 떴다.

결과는 어떻게 됐을까?

해독시스템을 살핀 한운석은 무척 실망했다. 찻잎이든 찻물이든 각종 성분을 분석한 결과 하나같이 만사독과는 맞지 않는 것들이었다.

바꿔 말해 만사독을 흔적도 없이 이 찻잎이나 찻물에 섞는다는 것은 불가능한 일이었다. 일단 섞으면 즉시 독성이 나타나 차가 변질되거나, 독성이 바뀌어 장기간 복용하더라도 만사독의 특성이 나타나지 않게 된다.

한운석은 서재의 찻잎 더미 앞에 앉아 고운 눈썹을 잔뜩 찌푸렸다. 이번에도 틀렸나? 차에 독을 타서 먹인 게 아니었나? 물도 아니고 차도 아니라면 또 무엇이 있을까?

지난번 목청무에게 물었을 때, 목청무는 집안사람들이 모두 먹는 세끼 식사 외에 특별히 따로 먹거나 간식을 즐기지 않고, 음료는 물과 차밖에 마시지 않는다고 했다. 물론, 그날 대장군부에 가서 조사할 때 그녀가 가장 먼저 검사한 것도 목청무의 물건들이다. 대장군부와 군영의 찻잎을 모두 살폈지만 이상한 점은 없었다.

잠을 오래 잤더니 머리가 묵직한 데다 책상 위에 쌓인 잡동사니까지 신경을 거슬렸다.

대체, 대체 어디가 잘못된 거야? 뭘 놓치고 있는 거지? 오늘까지 쳐서 기한까지는 열나흘이 남아 있었고, 목청무에게서는 아직 소식이 없었다.

이렇게 생각하자 한운석은 더욱더 눈을 찌푸린 채 시선을 돌려 한참 동안 책상 위를 노려보았다. 그 모습이 몹시도 엄숙했고 얼굴에는 범접할 수 없는 심각한 표정이 떠올랐다.

그랬다. 기분이…… 정말 좋지 않았다!

얼마나 지났을까, 갑자기 그녀가 벌떡 일어나 밖으로 나갔다. 바람이라도 쐴 겸 한씨 저택에 가서 한운일을 만나 볼 생각이었다.

한씨 저택 운수각에는 침향과 일곱째 소실이 정원에 나와 일을 하고 있었다. 한종안이 있든 없든 서 씨가 장부를 틀어쥐고 있었기 때문에 매달 주는 용돈이 넉넉지 않은 데다, 일곱째 소실 쪽에는 특히 빡빡하게 굴었기 때문에 어쩔 수 없이 남몰래 손품을 팔아 필요한 것을 보충했다.

일곱째 소실은 한종안의 총애를 가장 많이 받는 사람이었지만, 참고 견디는 성품이라 양보할 수 있으면 양보하곤 했다. 사실 한종안도 서 씨가 불공평하게 군다는 것을 알고 있었지만 친정의 세력이 두려워 모르는 척했다. 어쩌면 일곱째 소실의 이런 평화로운 성품 때문에 한종안이 이곳을 자주 찾았던 것인지도 몰랐다.

"일곱째 마님, 왕비마마께서 작은 도련님을 키워 주실 때까지 참고 기다리세요. 그때가 되면 이 집안이 모두 마님 것이 될 거예요. 인생지사 새옹지마라고 했으니, 제가 반드시 마님을 도와 서 부인을 혼내 줄 거예요!"

침향이 진지하게 말하자 일곱째 소실은 놀라고 당황한 표정이 되었다.

"쉿……, 침향, 무슨 말이니? 소리 좀 낮춰!"

침향은 하늘을 올려다보며 한숨을 푹 쉬었다. 어휴, 속 터져!

요 며칠 일곱째 소실을 수없이 위로하고 자신감을 북돋아 주었지만, 일곱째 소실은 여전히 소심하고 후덕했고, 서 씨에게 들켜 경을 칠까 봐 말 한마디 한마디도 조심했다.

침향은 하던 일을 멈추고 심호흡을 한 뒤 일어나서 진지하게 말했다.

"일곱째 마님, 곳간 열쇠가 저희 마마 손에 있는데 뭘 그렇게 두려워하세요? 그날 저희 마마께서 큰 도련님을 혼내 주시던 것을 직접 보셨잖아요?"

만남, 날카로운 말싸움

"침향!"

일곱째 소실이 초조해하며 그녀를 붙잡아 앉혔다.

"침향, 네가 뭘 알겠니. 공연한 일은 만들지 않는 것이 좋아. 일이는 아직 어리고 난 그저 저 아이가 무사히 자라기를 바랄 뿐이야. 다른 건 아무것도 필요 없단다."

"그날 저희 마마께서 제때 나서서 막지 않았다면 작은 도련 님께서 살아나실 수 있었겠어요? 저 작은 몸에 매를 얼마나 맞으셨는데요?"

침향은 화가 폭발했다.

그때 한운일은 창틀에 엎드려 남몰래 어머니를 바라보고 있었다.

옷은 낡고 희끄무레 색이 바랬고, 바지와 소매는 깡총하게 짧았다. 다른 아이들처럼 색이 곱고 몸에 꼭 맞은 비단옷을 입은 것은 아니지만 무척 깨끗하고 단정했고 남다른 기질도 엿보였다.

어머니의 말을 듣자 한운일의 앳된 얼굴에도 차츰 실망한 기색이 떠올랐다. 그는 이를 악물고 몇 번이나 입을 달싹거렸지만 안타깝게도 그때마다 우물우물하다가 할 말을 꿀꺽 삼키곤 했다.

어머니의 성품이 그의 성품에 영향을 미쳤고, 덕분에 그는 누구보다 철이 든 아이가 되었다. 하지만 철이 든 후로는 항상 우울하기만 했다.

침향이 말을 하면 할수록 화를 내자 일곱째 소실은 달래고 또 달래다가 슬쩍 화제를 바꾸었고, 침향은 알아차리지 못한 채 흐름에 휩쓸려 다른 이야기를 하기 시작했다. 한운일은 실망한 듯 눈을 내리깔고 입을 삐죽이더니, 창틀에서 느릿느릿 미끄러져 내려갔다. 그런데 바로 그때, 익숙한 목소리가 들려왔다.

"침향, 내가 맛있는 것을 가져왔어!"

이 목소리는…….

한운일은 재빨리 창밖으로 머리를 쏙 내밀었다. 며칠 전 그를 구해 준 큰 누나 한운석이 커다란 보따리 두 개를 들고 들어오고 있었다.

그 사람이다!

한운일은 그 곱고 아름다운 얼굴과 단호하게 빛나던 눈동자를 영원히 잊을 수가 없었다. 딱 한 번 들었던 저 목소리는 더더욱 잊을 수 없었다. 그날, 지독한 추위에 의식을 잃어가던 그는 사람들을 등지고 있었기 때문에 뒤에서 무슨 일이 벌어지는지 전혀 알지 못했다. 그저 한옥기를 꾸짖는 목소리만 귀에 들려왔는데, 크지 않지만 무척 당차고 힘이 있는 목소리였다.

그가 혼절하기 직전에 그녀가 말했다.

'일아, 겁내지 마. 누나가 반드시 너를 보호해 줄게.'

그가 가장 존경하는 아버지도, 가장 사랑하는 어머니도, 한 번도 그에게 이런 말을 해 준 적이 없었다.

"누나⋯⋯."

한운석이 들어오는 것을 본 어린 한운일은 남몰래 소리 죽여 불러보았다. 조금 겁을 먹은 듯 쭈뼛쭈뼛한 목소리였다. 그에게는 누나가 여럿 있었지만 이렇게 불러 보는 것은 처음이었다.

기분이 우울했던 한운석이 물건을 마구 사들이는 바람에 들고 온 보따리는 두 개나 되었다. 그중 하나는 따끈따끈한 간식이었고 다른 하나는 일곱째 소실과 한운일을 위한 보약이었다.

"마마, 드디어 오셨군요!"

침향이 몹시 흥분하여 달려 나갔다. 주인이 조금만 늦게 나타났더라면 이곳을 박차고 나가 버렸을지도 모르는 일이었다.

일곱째 소실이 황급히 예를 갖추었다.

"왕비마마께 인사드립니다. 왕비마마⋯⋯."

그녀의 말이 끝나기도 전에 한운석이 손을 내저었다.

"됐어요, 됐어. 일이는 어디 있죠? 좋은 것들을 가져왔으니 어서 불러오세요!"

어린 한운일은 그 말을 듣고 신이 나서 달려 나가려다가, 어머니가 말이 없자 걸음을 멈추었다.

"왕비마마, 일이 때문에 이렇게 거금을 쓰시면 제가⋯⋯."

일곱째 소실은 아무래도 마음에 걸리는 것 같았다.

기분 전환을 하러 나왔는데 이런 뻔한 말을 듣자 한운석은 속이 터질 것 같았다.

"일곱째 소실댁, 자꾸 그런 말을 할 생각이면 차라리 나가서 기다려요. 우리와 일이만 먹을 테니까."

그 말에 일곱째 소실은 어쩔 줄을 몰랐고, 숨어 있던 한운일은 저도 모르게 푸하하 웃음을 터트렸다.

"누가 웃는 거야?"

한운석이 소리 나는 쪽을 돌아보았다. 한운일은 재빨리 몸을 숨겼지만 한운석의 날카로운 눈은 채 숨기지 못한 정수리를 놓치지 않았다. 지난번에는 그렇게 용감하던 아이가 오늘은 왜 저렇게 부끄러움을 탈까? 아니면 숨바꼭질이라도 하려는 건가?

한운석은 두 눈을 가늘게 뜨며 침향과 일곱째 소실에게 소리 내지 말라고 손짓한 뒤, 살금살금 창가로 다가가 고개를 쑥 들이밀었다. 그런데 뜻밖에도 한운일이 보이지 않았다.

재미가 난 한운석이 방 안을 들여다보니, 한운일은 병풍 뒤에 숨어 조그마한 머리를 살짝 내밀고 그녀를 훔쳐보고 있었다. 어벙하면서도 귀여운 그 표정에서는 약간의 두려움이 묻어 있어서, 가까이 오고 싶지만 차마 용기가 나지 않는 것 같았다.

한운석이 씩 웃은 뒤 문 쪽으로 돌아가는 척하자, 한운일은 깜짝 놀라 재빨리 뒷문으로 달아났다. 딱 한운석이 원한 대로였다.

"요 녀석!"

그녀가 웃으며 뒷문을 가로막으려 했지만, 한운일의 속도가 예상보다 빨라 한운석이 뒷문에 도착할 때쯤에는 이미 밖으로 달려 나간 뒤였다.

일곱째 소실이 소리쳐 부르려 했지만 침향이 재빨리 그 입을 막았다. 왕비마마가 저렇게 신나게 장난을 치는 일은 드물었기 때문에 이렇게 흥을 깰 수는 없었다.

헛손질을 한 한운석은 두 눈을 가늘게 뜨고 헤죽 웃었다.

"좋아. 어디 누가 더 빠른지 볼까!"

그녀가 웃자 한운일도 귀엽게 씩 웃으면서 다시 달려가 거리를 벌렸다.

한운석이 곧바로 쫓아갔다. 그녀가 어마어마한 속도로 달려오자 한운일은 깜짝 놀라 걸음아 날 살려라하고 정원 바깥으로 달려 나가다가 그만 들어오던 서 부인과 정면으로 부딪히고 말았다!

"앗……!"

서 부인은 비명을 지르면서 뒤로 밀려나 몸을 가누지 못하고 비틀거렸다. 다행히 곁에 있던 하녀가 넘어지지 않도록 붙잡아주었다.

한운일은 즉시 걸음을 멈추었다. 놀란 서 부인의 고운 얼굴을 올려다보는 순간 그는 곧장 뒤로 물러났다.

서 부인이 정신을 차리기도 전에 하녀가 소리소리 질렀다.

"이 못된 잡종 새끼, 네 어미가 어떻게 가르쳤기에 그 모양이냐! 부인께서 다치기라도 하셨으면 어쩔 뻔했어? 거기 서!"

원락 입구에 선 돌 가림담 때문에 서 부인은 안에 있는 사람을 볼 수 없었지만, 안에 있는 사람들은 그 하녀의 꾸짖음을 똑똑히 들을 수 있었다.

일곱째 소실이 허둥지둥 달려 나가려고 했지만, 침향이 그녀를 붙잡아 세우고 속삭였다.

"왕비마마께서 계시잖아요, 겁내실 것 없어요."

그러잖아도 침향은 이곳에서 며칠 지내면서 서 부인이 찾아오기를 벼르고 있었는데, 뜻밖에도 서 부인은 왕비마마가 계신 때를 골라 찾아온 것이었다.

그때 한운석은 한운일과 별로 떨어져 있지 않은 가림담 뒤에 서서 꼼짝도 하지 않았다.

한운일은 반박하지 않았지만, 화난 눈으로 하녀를 노려보며 한 걸음 한 걸음 뒤로 물러났다.

정신을 차린 서 부인이 그 눈빛을 보고 버럭 화를 냈다.

"한운일, 거기 서라고 했는데 들리지 않느냐? 그 눈빛은 뭐지? 설마 내게 부딪히고도 잘했다는 것이냐? 네 어머니가 어른에게 그리 하라고 가르치던? 버르장머리 없는 것!"

서 부인은 그동안 종일 아들 방에만 들락거렸다. 볼기짝이 다 터져 엎드려 있을 수밖에 없는 한옥기는 고약하게 성질을 부려대다가 서 부인이 며칠 동안 달래고 어른 뒤에야 가까스로 기분이 약간 풀려 약을 발랐다.

그렇게 해서 겨우 틈이 난 서 부인이 제일 먼저 한 일이 바로 이렇게 일곱째 소실을 찾아오는 것이었다!

한운석이 시녀를 남겨 두었다는 것은 알지만, 시녀 따위가 대수랴? 시녀는 고사하고 한운석 본인이라 해도 한씨 집안의 일에 이러쿵저러쿵 할 자격이 없었다. 지난번에는 아들이 한운석을 건드렸기 때문에 꼬투리를 잡혀 부득불 고개를 숙이고 하잔 대로 할 수밖에 없었지만, 이번에는 한운석에게 잘못한 것이 없었다. 도리어 출가한 딸인 한운석이 무슨 자격으로 친정 일에 간섭하려는지 궁금했다.

일곱째 소실을 단단히 혼내 주려고 마음먹었는데 아무리 찾아도 꼬투리 잡을 것이 없어 답답해하던 차에, 운 좋게도 한운일이 부딪혀와 핑계를 마련해 주었다.

서 부인이 눈짓을 하자 하녀가 재빨리 한운일을 붙잡으려고 다가갔다.

그런데 바로 그때 한운석이 한운일을 홱 밀치고 가림담 뒤에서 쑥 몸을 내밀었다. 너무 갑작스러운 상황이라 한운석이 하녀에게 부딪혔는지, 하녀가 한운석에게 부딪혔는지는 판단하기 어려웠지만 어쨌든 한운석은 뒤로 비틀비틀 물러나다가 숫제 쾅당 하고 쓰러졌다!

"아야!"

그녀가 소리를 질렀다.

"이 버르장머리 없는 것! 감히 본 왕비에게 부딪히다니!"

한운석이 있을 줄 꿈에도 몰랐던 서 부인은 눈을 휘둥그레 떴고, 하녀 역시 동작을 딱 멈추고 어리둥절한 얼굴로 바라보고 있었다. 방금 무슨 일이 일어났는지도 몰랐지만 한운석이 바닥에 쓰러져 있는 것을 보자 하녀는 금세 얼굴이 창백해지고 몸에서 힘이 쫙 빠졌다.

"소…… 소인은…… 일부러 그런 것이 아닙니다!"

"이렇게 망둥이처럼 뛰어다니다니, 대체 뉘 집 하녀냐? 필시 일부러 그런 것이겠지!"

한운석은 서 부인의 존재를 싹 무시한 채 꾸짖었다.

하녀는 두 다리가 풀려 바닥에 털썩 꿇어앉았고, 너무 놀라 말조차 제대로 나오지 않았다.

"그…… 그렇지…… 그렇지 않습니다……."

서 부인이 옆에 서 있었지만 한운석은 그녀를 바라보지 않았고, 서 부인 역시 한운석을 보고 싶지 않았다!

저 천한 것이 또 왜 왔을까? 출가한 여자는 소박을 당해야 친정에 오는 법인데 정말이지 부끄러운 줄도 모르는 계집이었다!

물론 이 모든 분노는 속으로 삭이는 수밖에 없었다. 어쨌든 귀한 집 출신이고 오랫동안 집안의 안주인 노릇을 해 온 그녀였으니 해야 할 일과 하지 말아야 할 일을 잘 알고 있었던 것이다.

"아니야, 오해란다. 일부러 그럴 리야 있겠니? 그래, 언제 왔니? 오면 온다고 통보라도 하지 그랬니."

서 부인이 사람 좋은 얼굴로 허둥지둥 그녀를 부축해 주려 나섰다.

그러나 뜻밖에도 한운석이 발딱 일어나더니 안면을 싹 바꾸고 생긋 웃었다.

"그렇다면 일이가 당신에게 부딪힌 것도 일부러 그런 것은 아니겠구려. 그렇지 않소, 둘째 소실댁?"

서 부인은 움찔했다. 뒤늦게야 한운석이 이렇게 나온 까닭을 알아차린 데다 '둘째 소실댁'이라는 말까지 듣자, 눈빛이 차가워지고 고운 얼굴도 흉악해졌다.

"그래, 일부러 그러기야 했겠니. 아랫것들이 뭘 모르고 한 일인데 주인 된 우리가 똑같이 굴 수야 없지."

서 부인은 억지로 웃음을 지으며 말했다.

사실 서 부인의 말에는 뼈가 있었다. 한운석이 이 일을 따지고 들면, 뭘 모르는 '하인'들과 똑같은 꼴이 되는 것이었다.

한운석도 할 일 없이 소동을 벌인 것이 아니라 한운일을 구하기 위해 한 일이었기 때문에 서 부인이 이렇게 말하며 방금 있었던 일을 무마하자 구태여 따지지 않았다.

그녀는 옆에 있는 한운일을 흘끗 바라본 뒤 태연하게 웃었다.

"둘째 소실댁은 무슨 일로 일곱째 소실댁을 찾아왔소?"

"운일이의 상태가 어떤지 보러 왔는데 저렇게 팔짝팔짝 뛰어다니는 것을 보니 다 나은 것 같구나. 그럼 나도 안심이야."

서 부인은 느릿느릿 말하며 입가에 비웃음을 떠올렸다.

"제때 치료를 한 덕분이오. 그렇지 않았다면 어떻게 되었을지 누가 알겠소? 열흘이나 보름쯤은 침상에서 내려오지 못했을지도 모르지."

한운석도 사정 봐주지 않았다.

열흘이나 보름쯤 침상에서 내려오지 못하는 사람은 다름 아닌 한옥기였다. 또다시 한방 먹은 서 부인은 가슴속에서 부글부글 끓어오르는 화를 참지 못하고 차갑게 한마디 던졌다.

"운석아, 내가 한씨 집안에 시집온 이후로 네 아버지는 항상 나를 부인이라고 불렀다. 한씨 집안에는 서 부인만 있지 둘째 소실댁은 없다."

"그렇소? 헌데 나는 왜 모르고 있었을까? 태후마마께서도 모르시는 것 같던데……."

한운석의 말이 끝나기도 전에 위협을 느낀 서 부인이 재빨리 변명했다.

"오해를 하고 있구나. 정실부인을 떠받들어 모셔도 부족한 내가 왜 정처 자리를 노리겠니? 내게 무슨 덕이 있다고 감히 그분과 비교를 하겠니? 그저 호칭이 그렇다는 거야. 네 아버지가 나를 무척 아끼셨기 때문에 부인이라고 부르신 것인데, 이 '부인'은 그 '부인'과는 다르단다. 네 아버지의 뜻인데 우리가 바꿔서야 되겠니?"

한운석은 생글거리며 속으로 중얼거렸다. 좋아, 서 씨, 당신 제법 혀를 잘 놀리는군.

"아, 그냥 호칭이 그렇다는 것이군. 본 왕비는 둘째 소실댁이라고 부르는 것이 익숙하고 더 친근하오."

"운석아, 사실 그건……."

서 부인이 말을 꺼내기도 전에 한운석이 그 말을 딱 자르면서 조금 전 그녀의 말투를 흉내 냈다.

"둘째 소실댁, 내가 진왕부로 시집간 뒤로 아버지께서는 나를 진왕비라고 불렀소. 이곳에는 진왕비만 있지, 한운석은 없소."

그런…….

약속, 어른이 되면 내가 보호해 줄게

한운석 저 못된 것이 내 말을 고대로 써먹는구나! 서 부인은 울화가 치밀었다. 피비린내가 목구멍까지 올라와 억지로 꾹꾹 누르지 않았더라면 피를 내뿜고 말았을 것이다!

그런데! 저 염치도 없는 천한 것이 태자를 구했답시고 태후를 거론하며 위세를 부려? 순진하기도 해라!

서 부인은 소매에 감춰진 손을 꽉 움켜쥐며 눈썹을 치켜세우고 눈을 부라렸다. 본래는 아들이 조금 좋아지면 장남인 아들을 내세워 한운석에게서 곳간 열쇠를 받아올 생각이었지만 이제 그 생각 따위는 저 멀리 날아가 버렸다! 쇠뿔도 단김에 빼랬다고, 지금 당장 곳간 열쇠를 빼앗아 저 잘난 척하는 계집애의 코를 납작하게 해 주리라!

"왕비마마 말씀이 옳습니다. 제가 실례를 했군요."

서 부인은 가식적으로 웃으며 몸을 살짝 숙였다.

"괜찮소. 잘못을 알고 고치면 됐소."

한운석은 배짱이 두둑했고 거리끼는 것도 없었다.

"일곱째에게 별일이 없으니 들어가 볼 것도 없겠군요. 그러잖아도 왕비마마를 한 번 뵈러 가려던 참이었는데 마침 잘 오셨습니다. 제 방에 가서 차 한잔하시지 않으시겠습니까?"

서 부인이 말했다.

이 말에 한운석도 짚이는 곳이 있었다. 곳간 열쇠!

침향은 며칠 동안 내내 자신만만하게 일곱째 소실을 설득했지만, 일곱째 소실이 뭘 걱정하는지 알 턱이 없었다. 하지만 한운석은 알고 있었다.

그녀는 출가한 딸이니, 설사 존귀한 신분이라 해도 세속의 관습에 따라 친정 일에 나설 수가 없었고, 설사 자주 친정에 드나든다 해도 할 수 있는 것은 한가롭게 잡담을 나누는 것뿐이었다.

천녕국의 풍속은 보수적인 편이어서, 딸은 한 번 시집가면 소박을 당해야만 친정에 돌아갈 수 있었다. 그러니 서 씨가 측실들과 합세해 그녀가 가진 곳간 열쇠를 빼앗으려 들면 내줄 수밖에 없었다.

그렇지만 한운석이 겁 없이 이곳으로 왔다는 것은 대책이 있다는 뜻이었다. 겁먹을 필요 없었다!

"여기서는 할 수 없는 이야기요?"

한운석은 모르는 척하고 궁금한 듯 물었다.

"큰일일 수도 있고 작은 일일 수도 있지요. 한씨 집안의 일은 제가 맡고 있으니 아무래도 제 처소에서 이야기를 나누는 것이 알맞을 것 같군요."

서 부인이 말하며 돌아서려다가, 갑자기 가소로운 듯 한운석을 흘끗 돌아보며 정원을 향해 외쳤다.

"혁련 씨, 자네도 함께 가지."

일곱째 소실은 큰일 났구나 싶어 움찔했지만 따라가는 수밖에 없었다. 떠나기 전 그녀가 한운일에게 당부했다.

"일아, 침향 누나와 함께 여기서 기다리거라. 이리저리 뛰어다니지 말고. 알겠지?"

한운일은 고분고분 고개를 끄덕이며 한운석의 뒷모습을 흘끔거렸다. 앞으로는 누나를 볼 수 없다고 생각하는지, 까만 눈동자에 아쉬운 빛이 진하게 떠올랐다.

그런데, 뜻밖에도 한운석이 몇 걸음 가다 말고 고개를 돌리며 말했다.

"일아, 이리 온. 누나와 같이 가자."

아이는 역시 아이였다. 한운일이 감정을 숨기지 않고 헤죽 웃으며 달려가려는데, 일곱째 소실이 만류했다.

"왕비마마, 어른들이 이야기를 하는데 아이가 어떻게……."

"대단한 이야기도 아닌데 데려가면 어때요? 나는 저 아이가 마음에 들어요."

한운석은 웃으며 한운일에게 손짓을 했다.

일곱째 소실은 걱정스러운 표정으로 뭐라고 말하려다 입을 다물었다. 그녀 역시 진왕비가 오면 곳간 열쇠에 대해 말해 볼 생각이었는데, 하필이면 오자마자 서 부인과 딱 마주치는 바람에 말을 꺼내지 못했다.

어머니가 막지 않자 한운일은 잔뜩 흥분해서 달려왔다. 하지만 아무래도 어색했는지 한운석을 향해 달려가 놓고도 결국에는 어머니의 손을 잡았다.

한운석은 깔깔 웃으며 한운일을 안아 올렸다.

"왜 그렇게 누나를 겁내니? 난 너를 구해 주었고, 잡아먹을 생각도 없어!"

한운일은 얼굴을 붉히며 아무 말도 하지 않았다.

옆에 있던 서 부인은 입가에 조소를 지었다. 한운석이 저 꼬마를 예뻐하든 말든 곳간에 저 녀석의 몫 같은 것은 없을 것이다!

한운석, 신나게 웃어라. 조금 있으면 그 얼굴이 어떻게 될지 정말 기대되는구나.

"너는 가서 셋째 소실을 불러오너라. 중요한 일이 있다고 하면 반드시 올 것이다!"

서 부인이 하녀에게 나지막이 분부했다.

가는 동안 한운석은 계속 한운일에게 장난을 쳤지만, 한운일은 부끄러워하면서도 고집이 센 편이라 한운석이 뭘 해도 입을 꾹 다물고만 있었다. 어쩌면 이런 게 인연일지도 모른다는 생각에 한운석은 화내지 않고 인내심을 발휘했다.

"얘, 꼬마야. 너 내가 누군지 아니? 대답하지 않으면 벌을 줄 거야!"

한운석이 경고했다.

하지만 한운일은 그녀를 쳐다보며 초롱초롱한 눈을 끔뻑이기만 할 뿐 말이 없었다.

한운석은 잠시 기다렸다가 다시 물었다.

"이 누나는 네 후견인이 되어 널 보호해 줄 생각이야. 나중에 다 자라서 어른이 되면 어떻게 보답할거니?"

뜻밖에도 이번에는 한운일이 입을 우물거리며 겁먹은 소리로 말했다.

"어른이 된 뒤에는 내가…… 내가 누나를 보호할 거야."

뜻밖의 대답에 한운석은 깔깔 웃었다.

"꼬마가 결국 입을 열었네. 좋아, 기억해 둘게. 자, 약속!"

그녀가 말하며 새끼손가락을 내밀자 한운일도 수줍은 듯 웃으면서 조그마한 새끼손가락을 내밀었다.

손가락을 거는 한운석의 마음은 다소 무겁게 가라앉고 있었다. 꼬마 운일아, 무사히 잘 자라야 해!

천심부인이 머물던 유란거幽蘭居를 제외하면 서 부인의 낙유거落幽居가 한씨 저택 안에서 가장 크고 위치도 제일 좋았다.

본래는 그 이름처럼 맑고 조용하여 살기에 딱 좋은 곳이었는데, 큰 도령인 한옥기가 몇 번 개조를 하면서 본래의 운치를 잃고 호화롭고 과장된 모습으로 변한 바람에 모르는 사람은 다른 곳이라고 착각할 정도였다.

서 부인은 오는 내내 곳간 열쇠를 내놓아야 하는 한운석의 반응을 상상하며 기대에 부풀어 있었다. 갖가지 이유를 생각해 놓았으니, 한운석도 곳간 열쇠를 내놓지 않고서는 한씨 저택에서 나가기가 힘들 것이다!

그런데 일행이 낙유거의 문으로 들어서자마자 둘째 딸 한약설이 낭패한 얼굴로 안에서 뛰쳐나왔다. 누가 봐도 달아나는 모양새가 분명했다.

어떻게 된 일이지?

한약설은 방향을 틀다가 한운석 일행을 발견하자 처음에는 움찔 놀랐지만 곧 목멘 소리로 외쳤다.

"서 부인, 큰 도련님께서 사람을 괴롭혀요!"

"무슨 일이냐?"

서 부인이 눈을 찡그리며 물었다.

그런데 한약설이 고자질하기도 전에 안에서 시끄러운 소리가 들려오더니 하인과 하녀 한 무리가 우르르 문밖으로 밀려나왔고, 적잖은 이들이 바닥에 넘어져 데굴데굴 구르기까지 했다.

"부인, 부인! 큰 도련님께서 또 화를 내십니다요. 사람들을 모두 쫓아내고 물건까지 수없이 망가뜨리시는 통에 하마터면 둘째 아가씨께서 다치실 뻔하셨습니다요!"

"부인, 도련님께서 약도 모두 망가뜨리셨습니다요. 아침에 부인께서 붙여 주신 고약도 떼 버리셨는데 소인이 아무리 말씀드려도 들으시질 않습니다요."

하인들의 보고에 서 부인의 얼굴은 흙빛이 되었다. 그녀가 떠날 때만 해도 고분고분하던 아들 아니었던가? 어쩌자고 이렇게 금방 성질을 부리는지! 한운석과 일곱째 소실 앞에서 이런 꼴을 보이다니, 체면이 말이 아니었다.

하인이 더 말하려고 했지만 서 부인은 싸늘하게 그 말을 잘랐다.

"됐다, 쓸모없는 것들. 누구 하나 제대로 시중드는 자가 없으니 내쫓을 만도 하지! 모두 썩 꺼지거라!"

하인과 하녀들은 감히 입도 뻥긋하지 못한 채 재수 옴 붙은 셈 치고 우르르 물러갔다.

"서 부인, 부인께서 어머니와 저를 부르셨는데, 큰 도련님은 왜 저러시는 거죠? 너무 심한 거 아닌가요?"

한약설이 화를 냈다.

셋째 소실 이 씨는 서 부인만큼 출신이 좋지는 않았지만, 그래도 부잣집 출신으로, 친정은 천녕국 북부에 있는 천수성天水城에서 제법 번듯한 집안이었다. 비록 서출이지만 시집올 때 혼수품을 잔뜩 들고 왔고, 성품도 너그러운 편이라 서 부인과 직접적으로 충돌한 적이 없었다. 서 부인과 이 씨는 서로 간섭하지 않는 방식으로 살아오면서 서로의 아이들에게도 관용을 베풀었다.

"약설아, 어머니는 어디 계시지? 아직 안에 계시니?"

서 부인이 관심을 꾸며 내어 물었다.

"저더러 먼저 가 있으면 곧 오시겠다고 하셨어요. 같이 오시지 않아 다행이지요. 안 그랬으면 큰 도련님이 어머니까지 해쳤을 테니까요!"

평소 한약설이 가장 눈꼴시어 하는 사람이 바로 한옥기였으니, 기회를 잡자 단단히 따지려는 것도 당연했다.

"어머나, 그 아이가 잘못했구나. 아무렴! 상처가 위중해서 그러니 너무 따지지 말려무나."

서 부인이 위로했다.

"걱정 마세요, 서 부인. 저도 그렇게 속 좁은 사람은 아니니까요."

한약설은 그렇게 말하더니, 무심코 고개를 드는 척하며 한운석 쪽을 바라보았다.

"운석! 운석 언니 아니야?"

한약설은 기쁜 목소리로 외치고, 원망스러운 눈길로 일곱째 소실을 흘기며 발을 쿵 굴렀다. 연기가 제법이었다.

"일곱째 소실댁, 운석 언니가 왔는데 왜 제게 알리지도 않았어요!"

한운석은 가식적인 미소를 지으며 속으로 중얼거렸다.

아주 동네 이장 나셨군. 가족들과 저렇게 사이가 좋았다면 왜 어렸을 때부터 살갑게 굴지 않았을까?

언니로 살아온 지가 몇 년째이지만, 그녀에게서 '운석 언니'라는 말을 듣는 것은 처음이었다.

정실부인 소생의 큰딸인 그녀가 세력을 잃은 뒤로 둘째 딸인 한약설이 자매들 사이에서 우두머리 노릇을 하며 다른 첩 소생의 동생들을 야단치고 괴롭히곤 했다. 그 사실을 한운석이 모를 줄 알았다면 오산이었다!

한약설은 진지하게 한운석의 얼굴을 살피며 흥분한 표정을 지었다.

"운석 언니, 얼굴이 정말 나았군요. 진짜 예뻐졌어요. 저도……."

그러나 한운석이 차갑게 그 말을 잘랐다.

"둘째 소저, 본 왕비와 잘 아는 사이는 아닐 텐데?"

아니……, 한약설의 표정이 딱딱하게 굳었지만 곧 본래대로 돌아왔다.

"운석 언니, 농담도 잘하는군요."

안타깝게도 한운석은 그녀의 체면을 세워 줄 마음이 없어 쌀쌀하게 내뱉었다.

"본 왕비는 농담을 하는 것이 아니다."

그 말이 떨어지자 별안간 분위기가 가라앉았다. 한약설은 증오의 눈빛을 번쩍이며 속으로 이를 갈았다.

한운석, 이 수치도 모르는 계집, 아버지를 감옥에 가두고 곳간을 빼앗더니, 그것도 모자라 집까지 찾아와서 위세를 부려! 네 치졸한 짓을 아무도 모를 줄 알았겠지? 하지만 지금은 참아 주지. 서 부인에게 곳간 열쇠를 빼앗긴 다음 톡톡히 망신을 줄 테니까 기다려!

서 부인이 사람들을 불러 모은 것은 곳간 열쇠 때문이 분명했다. 이를 헤아린 한약설은 노기를 참고 빙그레 웃으며 일부러 한운석에게 큰 절을 했다.

"평민 한약설이 왕비마마께 인사 올립니다. 왕비마마, 천세 천세 천천세!"

한운석은 그녀를 상대하는 것도 귀찮은 듯 차갑게 말했다.

"일어나라."

그때 원락 안에서 노성이 터져 나왔다.

"부끄러움도 모르는 천한 것! 감히 이곳에 얼굴을 들이밀어? 이 도련님이 볼 때 그 천한 것이 바로 도둑이다. 우리 집 물건을 훔친 것도 모자라 여기까지 와서 위세를 부리는구나! 그 천한 것이 언제까지 날뛰나 두고 보겠다! 눈치가 있으면 당장 가

겨간 물건을 내놔라! 그렇지 않으면 반드시 후회하게 만들어
줄 테다!"

누구를 향한 욕설인지 이름은 밝히지 않았지만, 마디마디
한운석을 겨냥하고 있었다. 안에 있는 한옥기가 한운석이 온
것을 알고 곳간 열쇠를 가져간 한운석에게 욕을 퍼붓는 것이
분명했다!

한운석은 눈을 가늘게 떴다. 저런 도발을 받고 바보처럼 한
옥기와 대거리를 하며 스스로를 도둑으로 인정하는 짓을 할 수
는 없었다.

흥, 한옥기, 다음 생에서도 곳간 열쇠를 얻을 생각은 포기하
시지!

독촉, 이유는 충분해

체면이 땅에 떨어졌다고 생각했던 서 부인은 이 욕설을 듣자 아들이 영리해졌구나 싶어 속으로 무척 기뻐했다.

그녀는 냉소를 지은 채 한운석을 바라보며 그녀가 반박하기를 기다렸다.

한약설도 때를 놓치지 않고 거들었다.

"어머, 서 부인. 큰 도련님이 누굴 욕하는 거죠? 참 듣기 흉하네요."

"욕을 할 만하니 하겠지. 천한 데다 도둑질을 한 사람을 욕한 거야."

서 부인은 깔깔 웃으면서, 누군가 맞장구를 쳐 주기를 기다렸다

"그렇군요. 호호호, 도둑질을 했으면 욕을 들어야죠. 하수구에 사는 쥐보다 더 더럽고 뻔뻔스러운 사람이군요!"

한약설이 맞장구를 쳤다.

"누가 아니라니. 하지만 올해는 그런 사람이 유난히 많구나."

서 부인과 한약설은 옳다구나 조롱을 해 대며 한운석이 폭발하기를 기다렸지만 뜻밖에도 한운석은 전혀 흔들림이 없었다. 두 사람 입장에서는 마치 주먹으로 솜뭉치를 때리는 것처럼 힘이 들어가지 않아 몹시 답답했다.

한약설이 포기하지 않고 다시 말하려는데 한운석이 먼저 입을 열었다.

"둘째 소실댁, 여기 서서 큰 도령의 욕설이나 들으라고 우리를 불렀소?"

이렇게 말한 그녀는 한운일을 품에서 내려 일곱째 소실에게 넘겨준 후 말했다.

"당당한 한씨 집안의 큰 도령이 저렇게 교양이 없어서야, 막돼먹은 저잣거리 잡배와 다를 바가 없군."

서 부인이 반박하려는데 별안간 안에서 꽃병 하나가 휙 날아들었다.

"이 천한 것, 꺼져라! 모두 썩 꺼져 버려!"

이 말을 듣는 순간 득의양양하던 서 부인의 표정이 싹 변했다. 저 멍청한 녀석, 정신이 나갔나? 어쩌자고 가족들까지 욕하는 거지?

한운석은 땅에 떨어져 산산조각이 난 꽃병을 흘끗 바라본 뒤 입가에 비웃음을 떠올린 채 아무 말도 하지 않았다.

하지만 이 비웃음은 날카로운 바늘처럼 서 부인의 심장을 찔렀고, 서 부인으로서는 도저히 면목이 서지 않았다.

이렇게 기다리기에는 아들이 또 무슨 망신스러운 짓을 할지 몰라 불안한 데다 한운석도 좋아하지 않을 것이다. 그렇다고 안으로 들어가자니, 아들이 방을 무슨 꼴로 만들어 놓았을지 걱정스러웠다. 그 꼴을 보면 또 한운석이 비웃지 않을까?

서 부인이 안으로 들어가야 할지 어떨지 결심을 내리지 못하고 망설이자 한약설이 나섰다.

"서 부인, 큰 도련님이 좀 쉬시려면 조용한 편이 좋을 테니 우리는 다른 곳으로 가는 게 좋겠어요. 어머니께서 아직 오지 않으셨으니 그쪽으로 가시지요. 가까워서 몇 걸음 걷지 않아도 되잖아요."

한약설은 이 좋은 기회를 놓치고 싶지 않았다! 그녀는 서 부인이 곳간 열쇠 이야기를 꺼내 한운석을 난처하게 만드는 모습이 보고 싶어 미칠 지경이었다!

한약설이 물러날 길을 마련해 주자 서 부인은 몹시 기뻐하며 연신 고개를 끄덕였다.

"그래, 그렇게 하자꾸나."

"왕비마마, 이쪽으로 오시지요. 어머니가 쓰시는 원락에는 아주 맛좋은 봄차도 있답니다."

기분이 좋아진 한약설이 말했다.

봄차? 한운석은 고개를 갸웃했다. 천녕국은 아직 겨울이고 봄이 되려면 한 달 더 있어야 하는데 어디서 봄차가 났을까?

"그래, 엄동설한에 봄차를 마실 수 있다면 아무리 멀어도 꼭 가야겠지."

그녀가 빙그레 웃으며 말했다.

"셋째 소실은 비록 북방 사람이지만 차에 푹 빠져 있지요. 그 봄차는 필시 남쪽에서 비싼 값을 치르고 사 왔을 겁니다."

서 부인도 웃으며 말했다.

남쪽에서 사 온 것이구나. 지금쯤 남쪽은 봄일 테지.

자랑을 할 기회만 있다면 절대로 놓치지 않는 한약설은 가는 내내 찻잎에 관한 온갖 이야기를 늘어놓았고 한운석은 묵묵히 듣고만 있었다. 셋째 소실과 한약설이 다도에 이렇게 조예가 깊은 줄은 전혀 몰랐던 그녀였다.

그들 말대로 셋째 소실이 사는 낙하원落霞苑은 서 부인의 원락에서 가까워서 풀밭 하나를 지나자 곧 도착했다.

한운석 일행이 도착할 즈음 이 씨도 막 출발하려던 차였다.

그들을 발견한 이 씨가 황급히 다가와 한운석에게 허리를 숙여 인사했다.

"소인 이 씨가 왕비마마께 인사 올립니다. 만수무강 하십시오."

솔직히 이 씨의 인상이 일곱째 소실보다 나았다. 일곱째 소실은 너무 몸을 낮추고 소심한 반면 이 씨는 비굴하지도 오만하지도 않아 훨씬 편하게 느껴졌던 것이다.

한운석은 이 씨에 대한 기억이 그리 많지 않았다. 기억 속의 그녀는 누구와도 충돌을 벌이지 않았고, 남들이 건드리지 않으면 먼저 시비를 거는 일도 없었다. 중요한 자리에 나서면 대범하고 자연스럽게 행동하여, 특별히 주목을 끌지도 않으면서 무시당하지도 않았다. 한운석은 한약설이 남자로 태어났다면 한종안이 가주 자리를 이 씨 손에 넘겼을지도 모르겠다고 생각했다.

물론 데릴사위를 들일 수도 있지만 아무래도 썩 자랑스러운 일은 아닌 데다, 그렇게까지 하기에는 한씨 집안에 뒤를 이을 아들이 없는 것도 아니었다.

"일어나시오."

한운석이 손을 저어 셋째 소실을 일어나게 했다.

셋째 소실은 서 부인과 일곱째 소실에게도 잊지 않고 인사했고, 한운일에게도 웃어 주었다. 겸손할 뿐 아니라 교양도 깊은 태도였다. 한운석은 그 모습을 지켜보면서도 겉으로는 아무 표정도 짓지 않았다.

서 부인이 찾아온 이유를 말하자 셋째 소실은 사람들을 원락 안으로 청했다.

안으로 들어서자 차 향기가 물씬 풍겼다. 셋째 소실의 방에는 항상 차가 끓고 있다고 했다.

사람들이 자리에 앉자 그녀는 손수 봄차 한 통을 가져와 웃으며 말했다.

"며칠 전에 어렵사리 구한 차라 그러잖아도 여러분들께 맛보시라고 조금씩 보내드리려 했는데 이렇게들 오셨군요. 서 부인, 무슨 일이신지 모르지만 이왕 오셨으니 우선 이 차부터 맛보시지요."

서 부인은 당연히 동의했지만 마음은 딴 데 가 있었기 때문에 금세 차를 꿀꺽꿀꺽 마셔 버렸다. 일곱째 소실은 본래 차를 잘 모르는 데다 마음이 편치 않아, 차는 내버려 둔 채 수심에 잠겨 있었다. 한운석에게 주의를 주고 싶은 생각이 굴뚝같았지만 어떻게 알려야할지 알 수가 없었던 것이다.

반면 한운석은 마음 편하게 차를 즐겼다. 이 봄차는 과연 어제 하인이 시험용으로 구해 온 차들보다 훨씬 신선하고 맛있었다! 하인이 구해 준 차는 가을차였고, 아무리 잘 보관했다 해도 시간이 오래되어 향미가 떨어질 수밖에 없었다.

한운석은 차를 마시면서, 같은 나무에서 나는 봄차와 가을차의 맛이 확연히 다르다면 찻잎의 성분도 다를 것이라는 생각을 했다. 그렇다면 봄차도 시험해 보아야 하지 않을까?

그녀는 망설이다가 물었다.

"셋째 소실댁, 이 봄차가 가을차보다 맛이 좋은 이유가 무엇이오?"

셋째 소실은 빙그레 웃었다.

"진정한 의미의 봄차는 봄에 나는 찻잎이 아니라 월동한 차나무에서 제일 처음 틔운 새싹에서 자란 잎으로 만든 찻잎입니다. 봄차의 찻잎은 살이 도톰하고 향기를 머금고 있을 뿐 아니라 다양한 다른 물질들도 포함되어 있지요. 그래서 여름차나 가을차에 비해 그 맛이 더욱 생생하고 향기도 가장 좋습니다."

그 말에 한운석은 퍼뜩 깨달았다. 향기, 그리고 다른 물질?

셋째 소실이 말한 그 다른 물질은 무엇일까? 설마 찻잎에 미량의 원소가 다양하게 들어 있는 걸까?

현대에서는 자세히 밝힐 수 있는 것들이었지만, 고대에서는 의원이라 해도 약의 성분을 정확하게 알지 못했기 때문에 약방문에서 '돈' 단위로 약재의 양을 쓰는 일은 거의 찾아볼 수 없었다. 그런데 셋째 소실이 이렇게 자세히 알고 있다니!

이 시대 차 애호가들은 다들 이렇게 연구를 하는 것일까, 아니면 셋째 소실이 특별한 것일까?

한운석은 속으로 놀라워했지만 겉으로는 드러내지 않고 계속 물었다.

"그렇다면 봄차의 보관 방법도 다른 차와는 다르겠구려?"

셋째 소실은 뭔가 눈치를 챈 듯 경계하는 눈빛으로 생긋 웃었다.

"진짜 봄차는 아무래도 생산량이 적어 한 달 안에 거의 다 마시게 되지요. 때문에 보관 방법을 고민할 필요는 없습니다."

한운석이 떠보듯 몇 가지 더 물었으나 셋째 소실은 안색하나 바뀌지 않고 시종일관 미소를 띤 채 참을성 있게 대답했다. 하지만 대부분 한운석이 아는 것들이고 새로운 정보는 없었다.

차를 몇 차례 끓여내고 나자 참다못한 서 부인이 마침내 셋째 소실에게 그만 말하라는 눈짓을 했다.

셋째 소실은 입을 다문 뒤 찻잎을 갈고 다시 차를 끓였다.

서 부인은 만족스러운 얼굴로 찻잔을 내려놓고 안타까운 듯 입을 열었다.

"왕비마마, 나리께서 하옥되신 후로 집안에 여러 가지 일들이 벌어졌습니다. 여러 측실들이 적잖은 은자를 챙기고 달아나 이제 우리 세 자매밖에 남지 않았지요. 휴……."

서 부인은 이 씨와 혁련 씨를 바라보며 계속 말했다.

"나리께서는 평생 갇히는 몸이 되셨고 만나 뵐 수조차 없습니다. 이제 한씨 집안의 가업을 결정할 사람조차 없으니, 눈독을 들이는 친지들이 얼마나 많겠습니까? 어제는 셋째 당숙께서 찾아와 물으시더군요. 아들들이 집안을 지켜 내지 못할 것 같으면 당장 당신에게 곳간 열쇠를 내놓으라고요. 곳간 열쇠와 《한씨의전》은 한씨 일족 전체의 것이지 저희 집 것이 아니라고도 하셨지요. 듣기만 해도 화가 나는 말이 아닙니까?"

이 말이 떨어지는 순간 방 안에는 정적이 흘렀다. 곳간 열쇠가 한운석에게 있다는 것은 모두가 아는 사실이었다.

일곱째 소실은 고개를 숙인 채 아무 말도 하지 못했고, 셋째 소실은 차를 끓이느라 바빠 말이 없었다. 영리한 사람이라면 서 부인의 이 말이 얼마나 완벽한지 알 수 있었다. 그녀는 한운석을 직접적으로 겨냥하지 않으면서, 한운석이야말로 누구보다 더 곳간 열쇠를 가질 자격이 없다는 사실을 은근히 드러내 보인 것이다.

한운석도 말이 없었다. 그녀는 한 팔로 한운일을 안고, 다른 손으로 차를 따르며 느긋하게 듣기만 했다. 봄차는 맛이 신선한 데다 물리지도 않고 입에 맞아서 자꾸만 손이 갔다.

방 안에 있는 사람들 가운데 한운일의 표정이 가장 진지했다. 그는 마치 서 부인의 말속에 담긴 뜻을 알아내려고 곰곰이 생각하는 듯 까만 눈동자를 또랑또랑하게 뜨고 있었다.

아무도 반응이 없었지만 서 부인은 당황하지 않았다. 셋째 소실과 일곱째 소실을 부른 까닭도 힘이 되어 주리라는 희망을 품어서가 아니라 그들이 있는 자리에서 결론을 내야 자신이 곳간 열쇠를 가져도 나중에 딴 말을 하지 않으리라는 생각 때문이었다.

서 부인은 가만히 한숨을 쉬며 말을 이었다.

"어제는 셋째 당숙이 오셨고, 오늘 아침에는 넷째 당숙도 다녀가셨는데, 말씀하신 내용은 셋째 당숙과 거의 같았습니다. 자네들도 생각해 보게. 그분들이 지금 우리 집에 사람이 없다고 깔보는 게 아닌가?"

비록 대답하는 사람은 없지만 서 부인은 신나게 떠들었다.

"누가 뭐래도 우리 옥기가 성년이 되어 떡하니 집에 있는데 그분들이 어떻게 그럴 수가 있는가?"

그때, 줄곧 셋째 측실 옆에 앉아 있던 한약설이 더는 참지 못하고 나섰다.

"서 부인, 아버지께서 옥에 갇히신 지가 언젠데 그분들은 왜 이제야 찾아오셨나요?"

셋째 소실이 탁자 밑에서 한약설의 다리를 힘껏 꼬집었고, 한약설은 아파서 눈물을 찔끔거렸지만 꾹 참을 수밖에 없었다.

반응이 생기자 서 부인은 속으로 몹시 기뻐하며 한숨을 내쉬었다.

"휴, 어디서 소식을 들었는지 모르지만 곳간 열쇠가 왕비마마께 있다는 것을 아시고, 아들들이 집안을 지탱할 힘이 없는 탓에 왕비마마의 권세에 의지하기 위해 곳간 열쇠를 드렸다고 생각하신 거란다!"

서 부인은 이 말을 하면서 마침내 한운석을 똑바로 바라보았다.

"왕비마마, 생각해 보십시오······. 이런 소문이 퍼지면 한씨 집안의 체면도 떨어지고 마마의 평판에도 영향이 가지 않겠습니까! 의태비께서 아시면 분명코 반기지 않으실 겁니다.”

의태비가 알면 당연히 그럴 것이다! 비록 한씨 집안의 재산이 많다 해도 진왕부에 비하면 빙산의 일각이었으니, 의태비가 그 정도의 가산을 거들떠볼 리 없었다. 이 일이 퍼져 나가면, 진왕비가 친정에 돌아가 그 재산을 빼앗았다는 내용만으로도 다시는 경성에서 고개를 들고 다닐 수 없게 만들기에 충분했다.

진왕부에는 더도 없는 망신이었다!

몰아붙이기, 이 씨 등판

진왕비는 영광스러운 이름이지만 동시에 족쇄이기도 하다는 것을, 한운석은 일찍부터 깨닫고 있었다.

서 부인이 그것을 두고 위협한 것은 효과적이었지만, 안타깝게도 한운석에게는 그다지 새로운 위협이 아니었다. 하지만 이왕 서 부인이 판을 깔아 주었으니 함께 놀아 주어도 무방했다!

그녀는 웃으며 말했다.

"둘째 소실댁은 집안이 이렇게 어지러운데도 모비의 마음까지 헤아려 주는구려. 반드시 모비께 그 마음을 전해 주겠소."

그 말에 서 부인은 어리둥절했다. 저건 무슨 뜻이지? 겁이 나지 않는다는 건가? 게다가 모비라고 친밀하게 부르기까지?

한운석은 태연한 얼굴로 말했다.

"여러 당숙께서 곳간 열쇠와 이 집안의 후계자에 그렇게 관심이 많으시다니, 다음에 또 오시면 이렇게 말해 주시오. 아버지께서는 하옥되신 것뿐이지 아직 돌아가시지 않았소. 가주가 될 사람이 누군지는 아버지께서 이미 생각해 놓으셨을 터, 배부르고 할 일이 없어 나쁜 마음이나 품는 자들이 걱정해 줄 필요는 없다고!"

조금 전 서 부인이 한 말은 한운석을 에둘러 공격한 것인데, 한운석도 똑같이 에둘러 반격해 주자 서 부인은 가만히 앉아

312

있을 수가 없었다. 한운석이 한종안을 방패로 내세울 줄이야!

이부에서 들은 소식에 따르면, 한운석이 태자를 구하고 한종안의 진맥 결과를 부정한 것이 한종안이 하옥된 진짜 이유라고 했다. 썩 듣기 좋은 이야기는 아니지만, 한운석이 한종안을 해친 셈이었다! 그녀가 한씨 집안사람들과 한종안을 만나지 못하게 한 것도 곳간 열쇠를 빼앗은 소식이 알려지는 것이 싫어서가 분명했다.

이 뻔뻔한 계집, 그러고도 저렇게 당당하게 제 아비를 들먹여? 서 부인은 저도 모르게 이를 악물었다.

이왕 말을 꺼냈으니 그녀 역시 이렇게 쉽게 물러설 수는 없었다!

"왕비마마의 말씀도 일리가 있군요. 하지만 제가 생각하기로, 왕비마마께서는 출가하신 분이니 한씨 집안의 곳간 열쇠를 가지고 계시면 아무래도 구설수에 오르내리시게 될 겁니다."

서 부인은 여기서 잠시 멈추었다가 다시 말했다.

"아마도 나리께서는 급박한 와중에 마마께 열쇠를 드리며 우리 집안에 전해 달라 하셨겠지요?"

한운석은 말없이 눈썹을 추키며 서 부인을 훑어보았다. 일순 주위가 조용해졌고 분위기도 날카롭게 긴장되었다. 당당하던 서 부인도 한운석의 이런 시선을 받자 까닭 없이 불안해졌다.

결국 참다못한 그녀가 말했다.

"이 씨, 혁련 씨. 자네들도 말 좀 해 보게. 이제 이 집안에는 우리 셋밖에 남지 않았으니 다 같이 힘을 합쳐야 할 때일세. 우리 손에서 한씨 집안을 무너뜨릴 수는 없잖은가!"

혁련 씨는 말을 하기는커녕 고개조차 들지 못했고, 이 씨는 여전히 입을 다문 채 자신과는 아무 상관없는 일인 양 주인답게 손님들의 잔을 채워 줄 뿐이었다.

장내는 또다시 침묵에 빠졌다.

뜻밖에도 바로 그때, 바깥에서 우렁찬 외침 소리가 들려왔다.

"곳간 열쇠 이야기를 하고 있느냐? 이 도련님이야말로 한씨 집안 장남인데 당연히 내 의견을 물어봐야지? 곳간 열쇠는 어디 있느냐? 당장 내놔라!"

그 소리가 들리고 얼마 지나지 않아 한옥기가 씩씩거리며 나타났다. 그는 한 손으로 지팡이를 짚고 다른 손으로는 엉덩이를 매만지며 어기적어기적 문으로 들어와 차갑게 한운석을 노려보았다.

이제야 서 부인이 곳간 열쇠를 돌려받으려는 것을 알아차리고 나타난 모양이었다. 미리 알았더라면 아마 낙유거에서부터 뛰쳐나왔을 것이다.

조금 전 그가 듣기 흉한 욕설을 쏟아부었을 때도 못들은 척해 주었던 한운석이었는데 그가 여기까지 직접 찾아오자 무척 뜻밖이었다.

그녀도 그렇게 마음이 넓은 사람은 아니었기 때문에 역시 차갑게 대답했다.

"곳간 열쇠는 본 왕비가 가지고 있는데 왜 이렇게 소란이냐?"

그 말에 한옥기는 더욱 흥분하여 성큼성큼 달려왔지만, 그만 걸음을 잘못 놀려 볼썽 사납게 앞으로 고꾸라지고 말았다. '쿵' 하고 쓰러지는 소리가 유난히도 묵직했다.

"아이고!"

한옥기는 고통스럽게 비명을 지르며 고개조차 들지 못했다.

사람들이 멍하니 그 모습을 바라보는 사이 한운일이 제일 먼저 쿡쿡 웃음을 터트렸고 이어서 한운석도 웃으며 말했다.

"호호호, 큰 도령, 바닥에 꿀을 발라 놓은 것도 아닌데 엎드려서 뭘 하느냐?"

"애야!"

서 부인이 비명을 지르며 허둥지둥 달려갔다.

"애야, 괜찮으냐?"

서 부인은 끙끙거리며 가까스로 한옥기의 머리를 들어올렸다. 이마와 양 뺨, 콧등이 땅에 긁혀 시뻘게진 한옥기의 얼굴은 우스꽝스럽기 짝이 없었다. 이런 모습에 장내에는 와자그르르 웃음이 터졌고, 조심스럽던 일곱째 소실마저 참지 못하고 웃음을 지었다.

그사이 서 부인이 여차저차 아들을 부축해서 뒤집어 놓는데, 몸을 뒤집자 엉덩이가 바닥에 닿는 바람에 한옥기는 소리소리 질러 댔다.

"아악…… 으아악!"

그는 마치 감전된 사람처럼 발딱 몸을 옆으로 세워 엉덩이를 바닥에서 떼더니, 서 부인을 홱 밀치며 사납게 성질을 부렸다.

"절 죽일 셈이세요?"

서 부인은 고통으로 오만상을 찌푸리고 있는 아들을 보자 마음이 찢어지는 것 같았다.

"일부러 그런 게 아니란다. 괜찮니? 많이 아프니? 일단 돌아 가자꾸나, 가서 약을 발라 주마."

그러나 한옥기는 고개를 돌려 사람들을 노려보며 험악하게 말했다.

"웃긴 뭘 웃어? 내가 그렇게 우스워?"

그러자 한운석을 제외한 모든 사람들이 웃음을 뚝 그쳤다. 특히 일곱째 소실은 재빨리 한운일에게도 눈짓을 주었고 한운 일은 어쩔 수 없이 입을 다물고 웃음을 참았다.

"그래, 참 우습구나. 호호호. 배꼽이 빠질 지경이야! 겨우 곤 장 몇 대 맞고 그렇게까지 골골거리다니 어쩜 저리도 약할까?"

한운석이 즐거워하며 말했다.

"이……!"

한옥기는 화가 치밀어 죽을 것 같아 저도 모르게 벌떡 일어 나려 했지만, 서 부인이 황급히 잡아 눌렀다.

"천천히! 천천히 움직이거라!"

그 소리에 한옥기도 냉정을 되찾고 한 손은 엉덩이를, 다른 한 손은 서 부인의 손을 잡고 조심조심 몸을 일으켰다.

몸집이 큰 데다 살집도 많은 그가 조심조심 움직이는 모습 은 보기만 해도 우스꽝스러워, 한운석은 끝까지 배를 잡고 깔 깔 웃어 댔다. 가까이 앉아 있던 한운일은 참으려고 애써 보았지만 한운석이 이렇게까지 웃어 대자 결국 참지 못하고 '풋' 웃음을 터트렸다.

겨우 일어난 한옥기가 그 소리를 듣고 차갑게 노려보며 외쳤다.

"한운일, 감히 이 도련님을 비웃어?"

한운석은 건드릴 수 없지만 한운일에게는 언제든 욕을 할 수 있었다!

"조그만 것이 감히 형님을 비웃다니, 이 버릇없는 놈!"

그 말에 한운일은 즉시 입을 다물었고 일곱째 소실은 고개를 푹 숙였다. 어머니 앞에서 그 아들에게 버릇없다고 야단을 치는 것은 틀림없는 모욕이었다.

한운석은 한운일을 품에 안으며 차가운 눈빛으로 냉소를 터트렸다.

"일아, 웃고 싶거든 웃으렴. 저렇게 어른이 되어서도 어른 앞에서 함부로 욕설을 내뱉는 사람이 무슨 자격으로 저런 말을 하는지 모르겠구나. 제대로 걷지도 못하는 것을 보니, 어미가 사람 노릇만 가르치지 않은 게 아니라 걷는 법도 가르치지 않은 모양이야! 우습기도 하지! 나였다면 남들이 비웃을까 봐 꽁꽁 숨어 있었을 텐데, 뭐가 잘났다고 저렇게 소리를 지를까?"

한운석은 이렇게 말하며 들으란 듯이 '호호호' 웃으면서 한운일의 조그마한 얼굴을 콕콕 찔렀다.

"자, 누나에게 웃어 봐!"

보호해 주는 누나가 있다는 생각에 두려움이 가신 한운일도 천천히 입을 벌리고 한운석을 향해 활짝 웃어 보였다.

"그래야지. 웃으면 기분이 얼마나 좋은데!"

서 부인은 화가 난 나머지 얼굴마저 새파래졌고, 멍청하고 말주변 없는 한옥기는 단번에 반박하지도 못한 채 씩씩거리다가 버럭 소리를 질렀다.

"진왕비, 허튼 소리 말고 당장 곳간 열쇠나 내놓으시오! 우리 한씨 집안의 물건이니 출가한 당신과는 아무 관계가 없소! 당장 내놓으란 말이오!"

결국 노리는 것은 곳간 열쇠였다.

한운석은 태연하게 턱을 쳐들었다.

"가져 오지 않았다!"

"이……!"

한옥기는 주먹을 움켜쥐고 이를 악물었다.

"천한 것, 맞고 싶구나!"

서 부인도 마음 같아서는 그러고 싶었지만, 적잖은 풍파를 겪으면서 냉정을 유지하는 법을 배웠기 때문에 아들의 손을 꼭 움켜쥐며 나지막이 말했다.

"지난번에 그렇게 혼나고도 아직 모자라니? 흥분할 것 없다. 어미가 알아서 할 테니 가만히 있거라!"

그때 맞은 곤장을 떠올리자 한옥기는 아직도 가슴이 서늘했다.

그래서 잠시 동안은 이를 악물고 참는 수밖에 없었다! 일단 곳간 열쇠부터 얻은 다음 천천히 한운석을 괴롭힐 생각이었다.

그래, 그 꼬마가 그렇게 마음에 든다 이거지? 때가 되면 내 반드시 저 후레자식을 아주 자알 돌봐 주지.

서 부인은 심호흡을 한 후 아들을 데리고 대청으로 올라갔지만, 한옥기가 앉을 수가 없어 서 있어야만 했다.

이를 본 이 씨가 그제야 입을 열었다.

"여봐라, 큰 도령을 부축해 드려라!"

하인 두 명이 허둥지둥 달려와 좌우에서 한옥기를 부축하자 서 부인도 겨우 안심하고 자리로 돌아갔다.

조금 전에 했던 이야기를 그녀는 여전히 똑똑히 기억하고 있었다!

"왕비마마, 나리께서 상황이 급박하여 마마께 열쇠를 드리며 우리 집안에 전해 달라 하셨지요?"

서 부인이 다시 물었다.

오늘은 반드시 한운석에게 대답을 들어야만 했다.

그러나 한운석은 여전히 답이 없었다.

곳간 열쇠가 한옥기에게는 무슨 주문이라도 되는지, 한운석이 입을 다물기만 하면 펄펄 뛰었다.

"진왕비, 대답하시오. 찔려서 대답 못하는 건 아니겠지?"

한운석은 그래도 말이 없었다.

이를 본 한옥기는 한운석이 곳간 열쇠를 빼앗았다는 것을 확신했다. 그가 계속 따져 물으려는데, 놀랍게도 내내 침묵을 지키던 이 씨가 불쑥 입을 열었다.

"제 생각에는, 왕비마마께 곳간 열쇠를 맡기신 것은 필시 나리께서 무슨 부탁이 있으셨기 때문인 듯합니다."

한운석의 눈가에 냉소가 스쳤다. 그녀가 입을 다물고 있었던 것은 바로 이 한마디를 기다리고 있었기 때문이었다!

지금까지는 서 씨의 혀가 날카롭다고 생각했지만, 이 말을 듣자 진정한 고수는 이 씨라는 것을 알 수 있었다.

이 씨의 이 한마디는 분명히 떠보는 것이었다. 한종안이 한운석에게 곳간 열쇠를 내주었다면 분명히 누구에게 열쇠를 줄 것인지 말했을 것이고, 그렇다면 한운석도 이 자리에서 그 사람이 누군지 밝혀야 했다. 만약 한운석이 곳간 열쇠를 빼앗았다면 이 질문에 대답하지 못할 것이다.

이 씨는 확실히 총명했다. 이치를 따지자면, 한종안이 가주를 의미하는 열쇠를 한운석에게 준 것은 다른 사람에게 전해 달라고 부탁하기 위해서일 것이다. 그러나 그녀는 한씨 집안의 상황을 너무 가볍게 생각했고, 한종안을 너무 과소평가했다.

한종안은 천심부인의 일에서는 어리석게 굴었지만, 다른 일에서는 영리했다. 그는 아들의 품행을 잘 알고 있었고 소실들의 속마음 또한 잘 알고 있었다. 그는 어느 한쪽에 기울어지지 않고 무슨 일이든 집안을 먼저 생각했다. 그는 비록 한운일을 부탁하기는 했지만, 한운일을 가주로 세우겠다는 말은 하지 않고 한운석에게 선택권을 넘겼다. 서 부인의 뒤에 버티고 있는 이부의 세력보다 한운석을 더 믿었던 것이다.

이 씨의 말에 서 부인도 몹시 반가워하며 재빨리 덧붙였다.

"그렇군요. 나리께서는 분명 마마께 부탁을 하셨을 겁니다.

왕비마마, 이제 가족이 모두 모였으니 말씀해 주시지요."

　한운석은 속으로 냉소를 지었다. 대장군부의 첩자 문제부터 해결하고 한씨 집안 문제를 처리할 생각이었지만, 서 부인이 이렇게 서두르는 데다 이 씨마저 참지 못하고 나섰으니 먼저 처리해도 무방했다.

어라, 갑자기 나타난 뱀독

한운석은 느릿느릿 차 한 잔을 마신 다음 입을 열었다.

"확실히, 아버지는 내게 부탁을 하셨소."

이 말에 내내 고개를 숙이고 있던 일곱째 소실마저 고개를 들고 몹시 걱정스러운 얼굴로 눈을 찡그렸다.

이 씨는 차분했고, 한약설은 서 부인과 똑같이 긴장했다.

물론 가장 긴장한 사람은 다름 아닌 한옥기였다. 그는 애가 닳아 대뜸 외쳤다.

"무슨 부탁이오?"

"중요한 일."

한운석의 목소리가 묵직하게 가라앉아 한옥기는 더욱더 긴장했다. 그는 사실인지 아닌지 추궁하는 것도 잊고 저도 모르게 앞으로 몸을 기울이며 다급히 물었다.

"무슨 중요한 일?"

"아버지는 나더러 곳간 열쇠를 보관하고 있다가 가주로 적당한 사람이 나타났을 때 주라고 하셨소. 그동안 도령과 아가씨들이 이익에 너무 매달리지 말고 열심히 의술을 익히라고 말이오."

그 말에 한옥기는 눈을 부라리며 노성을 터트렸다.

"그럴 리가! 거짓말 마라!"

그는 한운석이 아무렇게 지어낸 핑계라고 굳게 믿었다. 그런 말로 속이려 들다니, 너무 순진한 생각이었다!

아버지가 그럴 리 없었다. 한운석 때문에 하옥된 것은 차치하더라도, 하옥되기 전에도 아버지가 가장 싫어하고 가장 보고 싶지 않아 했던 것이 바로 이 맏딸이었다! 설사 지금 당장 가주를 세울 뜻이 없다 해도 곳간 열쇠를 한운석에게 맡긴다는 것은 말이 되지 않았다! 저 계집이 뭐라고!

"왕비마마, 증거도 없이 그런 말씀을 하시는 건 옳지 않습니다."

서 부인의 목소리도 차가워져 있었다.

옆에 있던 한약설도 속이 부글부글 끓는 것은 똑같았다. 한운석이 한 말은 그녀가 듣기에도 황당하고 말이 되지 않았다.

"왕비마마, 그런 농담은 전혀 우습지가 않군요. 대리시에 연통을 보내 아버지를 만날 수 있게 해 주세요. 그러면…… 저희는 물론이고 집안사람 모두가 마마를 믿을 거예요!"

한약설의 말은 무척 직접적이었지만 이번에는 이 씨도 막지 않았다.

한옥기도 재빨리 맞장구를 쳤다.

"맞아! 진왕비, 그렇게 자신이 있으면 대리시에 연락해서 아버지를 만날 수 있게 해 주시오! 그렇지 않으면 절대로 당신 말을 믿지 않을 테니까!"

"그렇습니다, 왕비마마. 평생 감금이라는 벌을 받아도 매년 한두 번은 만나 볼 수 있다고 들었습니다. 여러 사람에게 나리를 만나게 해 달라 부탁해 보았지만 모두 거절당한 것을 보면 높은 곳에 계신 분이 막고 있는 것 같습니다. 마마께서 연통해 주시면 만날 수 있지 않을까요?"

서 부인도 참지 못하고 캐물었다.

"왕비마마, 저희도 마마를 믿습니다. 다만 중요한 사안이고, 마마께서도 말씀하셨듯 나리께서는 하옥되신 것뿐 아직 무사하시니, 아들딸들을 보내 나리께 직접 이야기를 듣게 하면 남들의 입에 오르내리는 일은 없을 것입니다."

이 씨의 말은 역시 빈틈 하나 없었다.

한운석은 고개를 끄덕였다. 좋아, 둘째 소실과 셋째 소실이 결국 한통속이 되었군.

사람들은 한운석이 대답하기만을 기다렸다. 양심이 찔려 거절할 줄 알았는데 뜻밖에도 한운석은 순순히 고개를 끄덕였다.

"좋소. 본 왕비가 돌아가는 즉시 손을 써서 가능한 빨리 아버지를 만날 수 있게 해 주겠소."

마치 날씨 이야기를 하듯 태연하고 한가로운 목소리였다.

대청에 있던 사람들은 어리벙벙해져 믿을 수 없는 표정을 지었고, 태도를 명확히 밝히지 않았던 일곱째 소실마저 놀란 표정이 되었다. 설마…… 설마 잘못 들은 것은 아니겠지?

한운석이 그들을 한종안과 만나지 못하게 한 것은, 한씨 집안의 상황과 한운일의 성품을 파악하지 못한 상태에서 집안사람들이 한종안을 만나 사정을 알아내면 자신 앞에서 좋은 모습을 꾸며 내어 잘못된 결정을 하게 만들까 걱정스러웠기 때문이었다.

　이제 한운일이 그녀와 인연이 깊다는 것도 알았고 마음의 결정도 내렸으니, 그들이 한종안을 만나도 겁날 게 없었다. 차라리 당장이라도 만나게 해 주어 성가신 일을 덜고 싶었다.

　오늘 한씨 저택을 찾은 것도 한운일을 만나 기분 전환을 하기 위해서였을 뿐인데, 서 부인이 서둘러 곳간 열쇠 이야기를 꺼내는 바람에 일이 복잡해지고 말았다. 하지만 상관없었다. 일찌감치 이쪽 일을 마무리 지으면 대장군부의 일에 집중할 수 있었다.

　한운석은 차를 다 마신 뒤 한운일을 내려놓고 느릿느릿 일어났다. 이야기가 끝났으니 이제 돌아가 봐야 했다.

　그런데 일어서는 순간 서북풍이 휘잉 불어왔고, 해독시스템이 갑작스레 경보를 알렸다.

　뚜뚜뚜—

　독이다!

　이 갑작스러운 경보는 너무나 의외였기 때문에 한운석도 움찔 몸이 굳었다. 그러나 그것도 잠시, 바람이 그치자 해독시스템의 경보는 즉시 사라졌다. 조금 전 해독시스템이 낸 경고음의 빈도로 보아 독은 무척 가까이 있었다. 그렇지만 이렇게 오래 있었는데 왜 이제야 경고가 울렸을까? 어째서 바람이 불 때만 경고가 울렸을까?

　방금 불어온 서북풍이 독소를 날려 보낸 것이 분명했다. 바람 속에 독이 있었던 것이다!

일반적으로 독성이 무척 강한 독소만이 바람에 날려 바람 속에 냄새를 남길 수 있었다. 바람 속에 남겨진 냄새는 금세 사라지는데도 해독시스템이 검출한 것을 보면 독이 있는 곳이 멀지 않다는 뜻이었다.

이렇게 생각한 한운석은 몸을 돌려 원락의 서북쪽을 바라보았다. 그쪽에는 조그마한 오두막이 있었는데 창문이 없고 문은 밖에서 잠긴 상태였다.

저곳일까?

다만 그곳은 그리 멀지 않아, 방 안에 있어도 해독시스템의 검사 범위에 들어가는 거리였다. 설마 저곳에 있는 독이 무척 적어 바람에 실려 와야만 검출할 수 있는 것일까? 한운석은 크게 호기심이 동했다.

셋째 소실의 원락에 어째서 독약이 있을까? 게다가 오두막에 보관해 둘 정도라면 왜 양이 그렇게 적을까? 저 안에 보관한 것은 무슨 독약일까?

그녀가 무의식적으로 그쪽으로 걸어가려 하자 뜻밖에도 이씨가 벌떡 일어나 불렀다.

"왕비마마, 뭘 보십니까?"

한운석은 그제야 정신을 차렸다. 그녀는 잠시 망설였지만 끝내 말하지 않고 생긋 웃어 보였다.

"아무것도 아니오."

아니라고 하면서도 그녀는 성큼성큼 그쪽으로 걸음을 옮겼다. 이 씨는 경계하는 듯했지만 다시 가로막지는 않았다.

한운석은 오두막 문 앞에서 정식으로 스캐너를 가동했다. 결과는 놀라웠다!

세상에! 뱀독이라니!

한운석의 심장이 빠르게 뛰었다. 해독시스템에서 심층 분석을 하자 세 가지 뱀독이 나타났는데, 비록 만사독 재료 가운데 가장 희귀한 세 가지는 아니지만 그래도 다른 일곱 가지에 속하는 것들이었다!

한운석의 심장은 주체할 수 없이 쿵쿵쿵 내달리며 반드시 조사해 봐야 한다고 소리를 질러 댔다.

이곳에서 뱀독을 찾아낼 줄은 꿈에도 하지 못했는데, 이렇게 우연한 일이 또 있을까? 이 작은 오두막에는 무엇이 숨겨져 있을까?

검출된 양으로 보아 양이 상당히 적어, 쓰고 남은 가루만 있을 가망성이 높았다. 해독시스템이 없었다면 안으로 들어갔더라도 발견하지 못했을 수도 있었다. 이 정도 양이면 사람 몸속에 들어가거나 물에 탈 경우 발견해 낸다는 보장도 없었고 목숨이 위태로울 정도도 아니었지만, 가루 상태로 놓아두면 해독시스템의 촘촘한 그물을 벗어나지 못했다.

한운석은 이대로 물러설 수 없어 다시 한 번 스캔해 보았지만, 세 가지 뱀독 외에 다른 것은 나타나지 않았다!

그녀가 문 앞에서 꼼짝 않고 서 있자 사람들은 어리둥절했다.

셋째 소실은 소매 속에서 천천히 주먹을 움켜쥐었다. 저곳은 바로 그녀가 독을 만들던 곳이었다. 하지만 며칠 전 사람을 시켜 독약을 모두 갖다 버리고 약상자들도 깨끗이 치웠는데 한 운석은 무엇 때문에 저곳을 의심하는 것일까?

한운석이 소장군의 독을 해독하고 그것이 만성독이라는 것을 밝혀냈으니 대장군부는 필시 독을 쓴 내부 첩자를 찾아내려 할 것이다. 그렇다면 한운석도 그 일을 돕고 있을까? 설사 그렇다고 해도, 설마 저 못된 것이 해독만 할 줄 아는 게 아니라 독을 조사할 줄도 아는 걸까?

백번 양보해서 독을 조사할 능력이 있고 저 오두막 안에 독약이 있다고 해도, 아무런 이유도 없이 갑작스레 저 오두막을 의심할 까닭이 없었다!

이렇게 생각하자 이 씨는 주먹을 꽉 쥐며 마음을 달랬다. 쓸데없는 생각이 많은 거야. 단순히 오두막에 관심이 생긴 것뿐이겠지.

언제나 차분했던 자신이 제 스스로 혼란에 빠진다는 것은 있을 수 없는 일이었다.

"왕비마마, 뭘 하세요?"

한약설이 물었다. 저 오두막은 어머니가 평소 약을 만들던 곳인데, 한운석이 갑자기 흥미를 보이자 의아하기 짝이 없었다.

한운석은 그제야 고개를 돌렸다. 그녀의 시선은 무심코 셋째 소실을 스쳐갔지만 그녀에게 멈추지는 않았다.

"오두막이 정교하게 잘 만들어져서 마음에 드는군."

그녀가 태연하게 말하자 셋째 소실도 마음이 놓였다. 공연히 걱정을 한 셈이었다. 한약설이 뭐라고 말하려는데 셋째 소실이 먼저 나섰다.

"왕비마마, 그 방은 제가 약을 짓는 곳으로, 몇 년 전에 지었습니다."

약을 배합하는 곳이었구나!

한씨 집안은 의술 명가였기 때문에 자녀들은 모두 의술을 배웠고, 시집온 여자들 역시 정도는 달라도 어느 정도 의술을 배워야 했다. 그들이 배우는 것은 대부분 약의 원리와 약을 알아보고 판별하는 방법, 배합하는 방법이었다.

셋째 소실이 그녀에게 다가오며 말했다.

"왕비마마께서 마음에 드신다니 안으로 들어가 보시지요. 나리께서도 이곳을 보시고 몹시 좋아하셨습니다."

셋째 소실을 의심하던 한운석은 그녀가 이렇게 대담하게 나오자 더욱 흥미가 일었다.

그녀는 복잡한 눈빛을 띤 채 생긋 웃었다.

"그렇다면 한번 보여 주시오."

오두막이 열리자 약초 냄새가 확 풍겼다. 그리 크지 않은 방 좌우에는 약 상자가 늘어서 있고 가운데에는 긴 탁자와 약을 달이는 화로가 있었는데, 모든 것이 질서정연하게 놓여 몹시 깔끔해 보였다.

한운석이 안으로 들어가 임의로 서랍 몇 개를 열어 보니 진짜 약재가 들어 있었다. 그녀는 천천히 걸음을 옮기며 살그머니 해독시스템으로 세 가지 뱀독이 있는 위치를 조사했다.

오두막이 몹시 작아 다른 사람들은 문 밖에서 보기만 했고 셋째 소실만 따라 들어와 태연자약하게 한운석의 뒤를 느릿느릿 따랐다.

그러나 얼마 후 한운석이 걸음을 멈추더니 눈앞에 있는 서랍에 손을 댔다.

이를 본 셋째 소실은 심장이 덜컹했다. 이 서랍 안에 뱀독이 들어 있었던 것을 그녀도 똑똑히 기억하고 있었다.

한운석의 손에 이끌려 서랍이 천천히 열리자 셋째 소실의 심장은 더욱 빠르게 뛰기 시작했다.

물론 서랍 안에는 뱀독이 아닌 다른 약재가 들어 있었지만, 어찌된 셈인지 이유 없이 불안했다.

약재?

한운석도 속으로 깜짝 놀랐다. 분명히 이곳에서 뱀독을 검출했는데 어떻게 약재로 둔갑했을까?

두말할 것 없이 이 안에 있던 뱀독을 버리고 다른 약재를 넣어 둔 것이 분명했다. 그것도 바로 며칠 전의 일이었기 때문에 독소가 조금 남아 있어 해독시스템에 발견된 것이었다.

한운석은 자세히 묻고 싶었지만 잠시 망설인 끝에 묻지 않기로 결정했다.

그녀는 계속 걸어가다가 또다시 서랍 하나를 골랐고, 이번에도 셋째 소실은 심장이 덜컹 내려앉았다. 이 서랍 역시 뱀독을 넣어 두었던 곳이었다.

이번에도 안에 든 것은 역시 약재였지만, 해독시스템은 이 안에 남은 독소가 뱀독 중에서도 극독이라는 것을 알려 주었다.

또 바꿔치기했구나? 어쩜 이렇게 시간을 딱 맞췄지?

한운석은 의아해하며 무심코 셋째 소실을 돌아보았다. 셋째 소실은 갑자기 그녀의 시선을 받을 줄 몰랐던지 몹시 당황한 표정을 지었다.

"와…… 왕비마마, 왜 그러십니까?"

승낙, 열흘 후에

이 씨가 당황하자 한운석은 다소 의심이 들었다. 그녀가 갑작스레 돌아서는 바람에 놀란 것일까, 아니면 켕기는 구석이 있어서일까?

"아니오. 약재가 아주 많구려."

한운석은 웃으면서 계속 앞으로 나아갔다.

한운석이 돌아서자 이 씨는 속으로 안도의 숨을 내쉬었다. 한운석이 뱀독이 들었던 서랍을 여는 동작을 자세히 보았는데, 분명히 다른 것을 열 때보다 훨씬 느렸다.

만사독을 해독할 수 있는 사람이라면 그 제조법도 아는 것이 분명했다.

설마 한운석이 뭔가 의심을 하는 걸까?

아니야!

독약은 모두 치웠으니 서랍을 일일이 열어 보더라도 아무것도 발견할 수 없을 것이고, 설사 한운석이 정말로 자신을 의심한다 해도 부인하면 그뿐이었다.

이 씨는 평소의 자신답게 금세 냉정을 되찾고 계속 한운석의 뒤를 따랐다.

이번에는 한운석도 뱀독이 있었던 서랍을 바로 골라내지 않고 뱀독이 없는 것들을 몇 개 열어 본 후 마지막으로 뱀독이 있었던 서랍을 열었다.

역시 뱀독은 보이지 않았고 약재만 들어 있었다.

"셋째 소실댁, 이곳에 있는 약재들은 모두 값비싼 것들이구려."

한운석이 장난스레 웃으며 말했다.

"농담이시겠지요, 마마. 이곳에는 약재가 많지도 않고 귀한 것들도 아니랍니다. 집안 약방 정도 되어야 많다고 할 수 있고, 곳간 정도 되어야 희귀한 약재들을 수집했다고 할 수 있지요. 왕비마마께서 그리 관심이 있으시면 저희와 함께 약방으로 한 번 가 보시겠습니까?"

웃으며 말하는 이 씨의 표정은 제법 자연스러웠다.

한씨 집안의 약방에는 확실히 수많은 약재가 보관되어 있었고, 그 양은 곳간보다도 많았다. 다만 모두 평범한 약재들이기 때문에 한운석의 흥미를 끌지 못했다.

한씨 집안의 약방에서 열 가지 뱀독 중 흔히 구할 수 있는 일곱 가지를 발견했다 해도 이상하게 여길 일은 아니었다. 어쨌든 그 뱀독은 약재로도 쓸 수 있는 것이기 때문이었다.

그러나 이 씨의 약방은 달랐다.

이 씨의 약방에 있었던 뱀독도 약을 만들기 위해 가져다 놓았을 수도 있었다. 그러나 한운석은 도저히 믿음이 가지 않았다. 어쩜 이렇게 딱 맞게 세 가지 뱀독을 치우고 다른 약재로 바꿔 놓았는지, 아무리 생각해도 우연이 지나친 것 같았다.

미소 띤 이 씨의 얼굴을 살피며, 한운석은 직접적으로 물으면 이 씨에게 대비할 기회만 주지 않을까 고민했다.

신중하게 생각을 거듭한 그녀는 결국 말하지 않기로 결심했다.

"됐소, 오늘은 피곤해서 그만 돌아가야겠소."

이렇게 말한 그녀는 나른하게 기지개를 켜고 오두막을 나섰다.

바깥에서 곳간 열쇠 때문에 애태우고 있던 서 부인 모자와 한약설은 태연한 한운석의 태도에 이가 갈릴 지경이었다. 특히 한옥기가 그랬다.

"왕비마마!"

이렇게 부르는 그의 말투는 몹시 괴상했다. 그는 잠시 멈추었다가 말을 이었다.

"정말 아버지를 만나게 해 줄 거요? 속이는 건 아니겠지?"

"왜, 본 왕비의 말이 의심스러우냐?"

한운석이 차갑게 반문했다.

"의심하는 것이 아니라 믿어야 할지 말아야 할지 모르겠다는 뜻이오."

한옥기가 기기괴괴한 궤변을 늘어놓았다.

서 부인도 나서서 생글생글 웃으며 말했다.

"왕비마마, 제 생각에는 마마께서 미리 시간을 정해 주시고 저희가 그에 맞추어 준비하는 것이 어떨까 싶습니다."

"그래요. 준비할 수 있도록 시간을 정해 주세요."

마음이 급한 한약설도 재빨리 맞장구를 쳤다.

당연히 시간을 정해야 했다. 그렇지 않으면 한운석이 세월아 네월아 하며 기약 없이 미룰 수도 있었다.

한운석은 그들을 하나하나 훑어보면서 일부러 곤란한 표정을 지으며 생각에 잠긴 척했다.

이를 본 한옥기가 기다렸다는 듯 냉소를 지었다.

"왕비마마, 설마 대리시에 당신의 명령이 통하지 않는다고 말하려는 것은 아니겠지?"

"아무래도 쉬운 일은 아니지……."

한운석이 한숨을 내쉬며 대답했다.

난처해하는 한운석의 모습에, 사람들은 드디어 그녀를 궁지로 몰아붙였구나 싶어 얼씨구나 했다.

그런데 뜻밖에도 한운석이 한숨을 지으며 말을 이었다.

"열흘로 하지. 열흘 후에 아버지를 만날 수 있게 해 주겠다."

사실 그녀가 한마디만 하면 한씨 집안사람들은 당장이라도 한종안을 만날 수 있었지만, 안달복달하는 그들을 보자 천천히 애를 태우게 만들어 주고 싶었던 것이다.

그들은 그녀가 웃음거리가 되고 못된 꿍꿍이가 백일하에 드러나기를 기다렸고, 반면 그녀는 그들이 한종안을 만난 후의 반응을 고대했다. 분명히 서 부인과 큰 도령의 반응이 가장 재미있을 것이다.

한운석이 이렇게 빨리 구체적인 시간을 제시하자 서 부인과 한약설에게도 몹시 뜻밖이었지만, 한옥기는 도무지 믿을 수가 없어 다시 캐물었다.

"왕비마마, 정말이오? 장난치지 말고 약속은 꼭 지켜야 하오!"

이 말에 한운석이 화를 내며 차갑게 대꾸했다.

"왜, 증서라도 써 주어야 믿겠느냐? 황실의 사람이 입으로 한 말을 지키지 않을 리가 있느냐?"

'황실의 사람'이라는 말이 한옥기를 일깨웠다. 엉덩이에 또다시 곤장을 맞고 싶지 않거든 여기서 멈추어야 했다.

그는 씩씩거리며 한운석을 흘겨본 뒤 달갑지 않은 투로 내뱉었다.

"이번에는 믿어 주지!"

일곱째 소실은 아무 말 없이 한운석을 바라보고 있었다. 뜻밖의 대답에 놀라기도 했지만 그보다는 걱정이 되는 눈치였다.

그녀 역시 나리가 그렇게 중요한 일을 진왕비에게 맡겼다고는 믿지 않았고, 무슨 사고라도 일어나 진왕비가 불리한 상황에 처할까 봐 몹시 두려웠다.

어렵사리 소장군과 태자를 구해 황실에서 자리를 잡았는데, 만에 하나 체면 깎이는 일이라도 벌어지면 어쩐다? 게다가 왕비마마가 권세를 잃으면 서 부인에게 미움을 산 자신과 한운일은 앞으로 더욱 어려워질 것이다. 일곱째 소실은 그저 열흘 후 나리를 만났을 때 나리가 두 모자가 갈 길을 마련해 주기만을 바랄 뿐이었다.

한옥기의 입을 막은 한운석은 한운일의 머리를 쓰다듬으며 말했다.

"일아, 의서를 열심히 읽으렴. 누구처럼 배운 것도 없고 의술도 갖추지 못했으면서 눈만 뜨면 권력과 이익을 얻으려고 싸워 대면 안 돼. 우리는 의원이 되어야 해. 의원에게 가장 중요한 것은 인품이고 그 다음이 의술이란다, 알겠지?"

이번에는 한운일도 어머니의 눈치를 보지 않고 고개를 끄덕이며 진지하게 대답했다.

"네!"

한운석은 몹시 기뻐하며 일곱째 소실에게 말했다.

"일곱째 소실댁, 무슨 일이 생기면 속에만 담아 두지 말고 침향에게 말해요. 그 아이를 나라고 생각하면 돼요."

일곱째 소실에게 하는 말이었지만 사실은 서 부인에게 침향을 한씨 집안에 남겨 둔다는 것을 알려 주기 위해 한 말이었다.

할 말을 끝내자 기분이 좋아진 한운석은 다시 한 번 오두막을 돌아본 뒤 그곳을 떠났다.

돌아오는 길에 그녀는 봄차를 구해 시험해 보고, 셋째 소실의 원락을 직접 살펴볼 방도를 마련해야겠다고 생각했다. 어쩌면 뜻밖의 것을 발견할 수 있을지도 몰랐다. 물론 빠르면 빠를수록 좋았다. 셋째 소실이 눈치를 채면 아무것도 알아내지 못할지도 모르기 때문이었다.

엄동설한에 봄차를 구하기란 확실히 쉽지 않은 일이었다. 그러나 아무리 어렵다 해도 둘째 소실이 구할 수 있다면 한운석도 반드시 구할 수 있었다.

진왕부로 돌아간 그녀는 제일 먼저 은 한 덩이를 하 집사에게 건네며 가능한 빨리 봄차와 보관이 잘된 여름차를 대량 구해 오게 했다.

전에 시험했던 것들은 모두 가을차였고, 종류는 다양했지만 봄차와 여름차는 빠져 있었다. 셋째 측실에게서 영감을 얻은 그녀는 뭔가를 발견할 수 있기를 고대했다.

한운석이 운한각으로 사라진 후, 길 옆에 숨어 있던 모용완 여가 걸어 나와 느긋한 얼굴로 하 집사를 쏘아보았다.

한운석이 태자를 구하고 태후에게 식사 대접을 받은 뒤로 마음이 편치 않았던 의태비는 한동안 한운석을 귀찮게 굴지 않았지만, 모용완여에게 한운석을 지켜보다가 조금이라도 이상한 점이 있으면 즉시 보고하라고 당부했다.

당연히 모용완여는 한운석을 단단히 감시했다. 하지만 그녀의 예상과 달리, 한운석은 궁과는 연락을 취하지 않았고 도리어 한씨 집안에서 이런저런 사건들을 일으켰다.

정탐하러 갔던 사람에게 들으니, 한운석은 한씨 집안 가주의 상징인 곳간 열쇠를 가지고 있고, 한씨 집안 큰 도령을 매질했다는 것이었다.

출가한 딸이 친정 일에 끼어들고 가주의 열쇠까지 손에 넣었다니? 이 사실이 알려지면 한운석은 입방아에 올라 사람들의 손가락질을 받을 것이 분명했다.

하지만 모용완여는 곧바로 의태비에게 알리지 않고 기다렸다. 한씨 집안사람들이 일을 더 크게 만들 때까지 기다려야 했다!

그녀가 알기로 한씨 집안의 서 부인은 만만한 인물이 아니었지만 만에 하나 서 부인이 나서지 않으면 몰래 도와줄 마음도 있었다.

"하 집사, 새언니가 뭘 시켰지? 무척 급해 보이던데?"

모용완여가 웃으며 물었다.

"왕비마마께서는 소인더러 차를 사 오라고 하셨습니다. 주방에서 보낸 것이 부족하셨나 봅니다."

하 집사가 재빨리 한운석에게 받은 은덩이를 내보이며 말했다.

"훗, 새언니가 차를 알까?"

모용완여는 가소로운 듯 웃으며 무심코 하 집사가 내민 은을 바라보았다. 반짝반짝 빛을 내는 은덩이를 보자 모용완여마저 눈이 휘둥그레졌다.

지난번 황제가 하사한 금은보화를 세어 보았는데, 그 정도면 한운석이 평생 놀고먹어도 남을 양이었다! 반면에 그녀 자신은 매달 장방에서 주는 돈이 전부였다. 적은 돈은 아니지만 흥청망청 쓸 정도는 아니어서, 월말이 다가오면 늘 쪼들리곤 했다. 그런 비교를 할 때마다 속이 문드러지는 것 같았다!

모용완여는 거리낌 없이 은덩이를 낚아채고 차갑게 콧방귀를 끼더니 두말없이 사라져 버렸다.

물론 하 집사는 따지지 못했지만 속은 부글부글 끓어올랐다. 예전에도 모용완여는 의태비가 하인들에게 준 상을 도중에 가로챈 적이 적지 않았다.

의태비의 양녀인 저 아가씨가 진왕을 마음에 둔 지 오래라는 것을 왕부에서 모르는 사람이 없었다. 그러니 의태비보다는 저 양녀가 진왕비를 더욱 미워할 것이 분명했다.

푸짐한 은상도 은상이지만, 얼마간 시중을 드는 동안 적잖은 하인들이 진왕비에게 마음이 기울었다. 왕비마마는 인품이 선량하고, 일부러 하인들을 괴롭힌 적도 없었다. 이것만으로도 모용완여보다 백배는 나았다. 모용완여가 의태비의 사랑을 듬뿍 받고 있지만 않았어도, 모두들 그 양녀를 이 정도로 두려워하지는 않았을 것이다.

방금도 하 집사는 진왕비를 위하는 마음에 차를 사 오라고 했다는 것만 말하고 그 양이라든가 봄차라는 말은 쏙 빼놓았다. 왕비마마가 그 많은 차로 뭘 하려는지는 모르지만, 아무튼 모용 낭자가 모르는 편이 좋을 것 같았다. 다행히 왕비마마가 은을 충분히 준 덕분에 반쯤 빼앗겨도 쓰기에는 충분했다.

뜻밖의 수확에 기분이 좋아진 한운석은 운한각으로 돌아가 대청소를 해서 서재를 깨끗이 치우기로 마음먹었다.

그런데 원락 문 앞에 도착하자 자상하고 선한 얼굴에 소박한 차림을 한 예순을 넘긴 할멈이 빠릿빠릿하게 쓰레기 한 더미를 안고 나오는 것이 보였다.

한운석은 멈칫했다. 누구지?

"왕비마마께 인사 올립니다. 소인은 조 할멈이라고 하는데 진왕 전하께서 보내셨습니다. 전하께서 소인더러 침향과 함께 마마의 시중을 들라 하셨습니다."

조 할멈은 연신 인사를 올리며 자기소개를 하면서도 잊지 않고 한운석을 흘끔흘끔 살폈다.

그제야 한운석도 어떻게 된 것인지 깨닫고 조 할멈을 훑어보며 저도 모르게 살며시 입술을 깨물었다.

"아하……."

길게 늘어지는 '아하'는 누가 듣기에도 의미심장해서, 조 할멈은 불안한 듯 제 모습을 살피다가 들고 있던 쓰레기를 보고 황급히 해명했다.

"전하께서 치우라고 하셨습니다, 왕비마마."

일, 정말 일이 있는 거야

한운석의 시선은 무심코 조 할멈이 든 쓰레기 쪽으로 움직였고, 마음속에서는 슬그머니 의심이 일었다.

용비야가 보냈다고? 그 인간이 왜 또 부릴 사람을 보냈지? 침향을 한씨 저택에 남겨 둔 것을 알고 시중들 사람이 없을까 봐 새 사람을 보내 준 것일까? 차갑디 차가운 그 얼음장이 언제부터 이렇게 남의 일에 '쓸데없는 관심'을 보였담?

한운석의 눈빛을 본 조 할멈은 불안한지 연신 해명을 늘어놓았다.

"왕비마마, 소인은 안에 있던 물건을 함부로 건드리지 않았습니다. 이것들은 모두 진왕 전하께서 내다 버리라고 지목하신 것입니다."

그제야 정신이 돌아온 한운석은 조 할멈의 말은 한 귀로 흘린 채 물었다.

"조 할멈이라고 했던가?"

"예, 예."

조 할멈이 황급히 대답했다.

"됐으니 가 보게. 조심하고."

한운석은 태연하게 말하며 안으로 걸음을 옮겼다.

"왕……."

조 할멈은 더 할 말이 있는 것 같았지만, 그녀가 순식간에 안으로 사라지자 입을 다물고 속으로 중얼거렸다.

왕비마마께서는 정말 고우시구나. 상상 이상이야. 게다가 나더러 조심하라고까지 하셨으니 마음씨도 좋으신 것 같군.

한운석은 안으로 들어가면서 입을 뾰로통한 채 생각에 잠겼다. 그 얼음장이 침향이 없는 것을 어떻게 알았지? 게다가 왜 갑자기 착한 척 새 하인까지 보내 줬을까?

좋아. 어쨌든 신경을 써 줬으니 가서 고맙다는 인사는 해야겠지?

한운석의 발걸음이 저도 모르게 빨라졌다. 용비야의 침궁으로 가려고 몸을 휙 돌리는데, 뜻밖에도 운한각 안에서 낯익은 목소리가 들려왔다.

"방금 돌아왔는데 또 어딜 가려느냐?"

낮고 묵직한 목소리에는 특유의 차가움이 묻어 있어 한운석은 저도 모르게 오싹 몸이 떨렸다. 안으로 들어가 보니 과연 용비야가 주인석에 앉아 있었다.

평소에 검은색 경장만 입던 그가 오늘은 웬일인지 하얀 장포를 걸쳤는데, 품이 넉넉하고 소매가 넓은 데다 브이 자를 이룬 목둘레에는 금실로 자수까지 놓여 있어, 깔끔하면서도 풍채가 돋보였다. 그 차림에서 탈속한 분위기와 함께 말할 수 없는 존귀함이 느껴져 누구도 그 앞에서 함부로 굴지 못할 것 같았다.

자주 보지 못한 탓인지, 흰 옷을 입은 용비야에 대한 면역력이 부족한 탓인지는 모르지만, 한운석은 역시 쉽사리 넋을 놓고 그를 바라보았다. 용비야가 가장 싫어하는 색녀의 눈빛이었다.

바다처럼 깊은 두 눈동자가 어둡게 가라앉더니 그의 입에서 차가운 목소리가 흘러나왔다.

"어딜 가려는 것이냐?"

이곳에서 그녀를 기다린 지 한 시진이 넘었다. 침향도 없고 이 여자까지 외출해 버리자 아무도 그녀가 간 곳을 알지 못해 찾으려야 찾을 수도 없었다. 만에 하나 밖에서 무슨 일을 당해도 아무도 알아차리지 못할 것이다.

그제야 정신을 차린 한운석은 또다시 넋이 나간 자신에게 속으로 욕을 퍼부었다. 이 바보, 저런 남자는 함부로 구경하는 게 아니야.

"전하께서 계신 줄 모르고 무례를 했습니다."

한운석은 점잖게 허리를 숙여 인사한 뒤 대답했다.

"문가에서 조 할멈을 만나 전하께서 하인을 보내 주신 것을 알게 되었기에 감사 인사를 드리러 가던 참이었습니다. 신경 써 주셔서 감사합니다."

그런데 용비야의 대답은 싸늘했다.

"본 왕의 부용원에 더러운 것을 용납할 수는 없다. 앞으로는 조 할멈이 운한각의 청소를 맡을 것이다."

뭐라고?

"전하, 제가 더럽다는 말씀이세요?"

한운석이 엉겁결에 되물었다.

용비야는 입 꼬리를 살짝 당기며 잠시 입을 다물었지만, 결국 대답했다.

"그렇다."

한운석은 '헉' 하고 찬 숨을 들이켰다. 저 인간이 조 할멈을 보낸 것은 청소 때문이었어. 정확하게 말해서 저 인간은 나를 더럽다고 생각하고, 내가 사는 운한각 때문에 부용원이 엉망이 되는 게 싫었던 거야. 침향이 없는 것을 알고 내가 고생할까 봐 사람을 보내 준 줄 알았더니. 역시 나만의 착각이었어.

저 얄미운 인간, 저 인간의 '쓸데없는 관심'이 좋은 뜻일 리 없다는 것쯤 진작 알았어야 했는데!

"관심…… 가져 주셔서 감사합니다, 전하. 똑똑히 기억해 두지요!"

한운석의 목소리는 싸늘하게 식었고, '관심'이라는 단어를 유난히 강조했다.

얼마나 할 일이 없으면 일부러 찾아와 더럽다는 사실까지 알려 주었는지 모르지만, 할 일을 마쳤으니 곧 돌아갈 줄 알았던 용비야는 여전히 주인석에 앉아 꼼짝도 하지 않았다.

한운석은 고개를 들고 그의 차가운 눈동자를 마주보며 아무 표정도 없이 축객령을 내렸다.

"전하께 다른 분부가 없으시면 신첩은 이만 쉬겠습니다."

저 인간은 말없이 가만히 있을 때까지는 딱 좋은데 입만 열었다하면 정나미가 뚝 떨어진다니까.

용비야의 기억이 틀리지 않았다면, 한운석이 그에게 축객령을 내린 것은 이번이 처음이 아니었다. 천하의 곳곳에서 그가 왕림해 주기만을 바라마지 않는데, 이 여자는 어떻게 생겨 먹었는지 이렇게도 사리에 어두웠다.

"본 왕이 너를 찾을 때는 반드시 일이 있어야 하느냐?"

용비야의 목소리는 차가울 뿐 아니라 강경하기까지 했다.

저 인간, 시비 걸러 온 건가?

"그렇다면 여기서 뭘 하시려고요?"

한운석이 반문했다. 진짜 묻고 싶었던 말은 '심심해서 시비라도 걸러 오셨어요?' 였다. 생각해 보니 저 인간은 지난번에도 아무 용무 없이 찾아왔던 것 같았다.

한운석의 이 질문에 용비야는 별안간 대답할 말이 떠오르지 않았다. 그는 차가운 눈동자에 언뜻 불쾌한 빛을 떠올리며 일어나 간단명료하게 명령했다.

"해독할 일이 있으니 당장 출발한다."

지난번에 잡은 북려국 첩자들은 무슨 수를 써도 사실을 털어놓지 않았고 심지어 먹는 것과 마시는 것도 거부하더니 벌써 몇 명이 차례차례 굶어 죽었다. 그리고 이제 남은 네 명은 모두 중독되고 말았다.

그는 방비가 철저하여 그들에게 자결할 여지를 남겨 주지 않았고, 더욱이 감옥에 가둔 지 한 달이 흘렀으니 이렇게 느닷없이 중독될 리 없었다.

초서풍이 독의 몇 사람을 데려와 이틀 동안 살피게 했지만 중독된 독이 무엇인지도 밝혀내지 못했고, 오늘 아침에는 또 한 사람이 죽어 이제 세 명밖에 남지 않게 되었다.

그들은 독을 복용한 것이 분명했고, 독을 먹고 자결하는 것은 심문을 버텨 내기 어려운 수준에 이르렀다는 뜻이었다. 이렇게 중요한 순간에 첩자들이 모두 자결하면 그간 그가 쏟은 노력은 모두 물거품이 될 것이다.

독의들이 해결책을 찾지 못하자 그는 곧 한운석을 떠올렸다.

한운석은 용비야의 독선적인 명령조가 무척 불쾌했고, 조금 전 그가 더럽다고 하는 바람에 마음이 상해 일부러 하품을 하며 대답했다.

"전하, 신첩은 너무 피곤하니 다른 사람을 부르시는 것이 좋겠어요."

한운석의 거절을 예상하고 있었는지, 용비야는 내밀려던 걸음을 우뚝 멈추고 고개도 돌리지 않은 채 경멸스런 웃음을 지으며 은자가 든 주머니를 뒤로 던졌다. 주머니는 정확하게 한운석의 옆에 있는 차 탁자 위로 떨어졌다. '쿵' 하는 묵직한 소리로 보아 안에 든 것이 적지 않아 보였다.

얼마 전이었다면 한운석도 이 은자를 몹시 귀중하게 생각했을 것이다. 아무래도 생활을 하거나 약재를 사려면 은자가 필요하기 때문이었다. 하지만 천휘황제에게 상을 받은 후로는 금은보화로 물 쓰듯 사치를 부리거나 저택을 짓지 않는 이상 평생 쓰고도 남을 은자가 있었다. 이제는 '본 왕비에게 돈은 아무것도 아니다'라고 자신 있게 말할 수 있었다. 물론 진짜 부호인 용비야 앞에서는 아직 그럴 만한 용기가 없었지만.

그녀는 그 자리에 서서 차분히 말했다.

"전하, 신첩은 요 며칠 무척 지쳐서 진맥의 정확도가 떨어질 수 있습니다. 그러니 일을 그르치지 않도록 다른 훌륭한 사람을 찾으시지요."

그 말에 용비야의 우뚝한 몸이 살짝 굳어졌다. 한운석이 또다시 거절할 줄은 예상하지 못했던 것이 분명했다. 그는 천천히, 곧게 뻗은 눈썹을 찡그리며 고개를 돌렸다.

한운석은 거무스름하고 싸늘한 시선이 날아드는 것을 느꼈다. 양심이 찔리지 않는다고 하면 거짓말이지만, 오늘은 저 인간과 끝까지 맞설 생각이었다!

안 간다면 안 가. 그런다고 당신이 날 어쩔 거야?

한운석은 고개를 숙이고 눈을 내리깔며 입을 다물었고, 용비야는 그런 그녀를 싸늘하게 노려보며 말이 없었다.

방 안은 정적에 잠기고 긴장감이 공기 속에 퍼져 나갔다. 시간마저 얼어붙어 이 죽음 같은 적막은 영원히 깨어지지 않을 것만 같았다.

이런 상황에서 누가 먼저 입을 열 것인가?

한참이 지난 후 한운석은 저도 모르게 입을 오물거렸다. 신경이 너무 팽팽해진 탓인지는 모르지만, 모든 것은 극에 달하면 반드시 다시 돌아온다는 말이 있듯이 갑자기 긴장이 사라지고 마음이 탁 놓였다. 그녀는 왠지 모르게 고개를 들어 지금 용비야의 얼굴에 떠오른 표정을 보고 싶어졌다.

무서운 얼굴일까?

저 인간에게도 해내지 못하는 일이 있고, 곤란에 빠질 때가 있다니! 정말이지 보기 드문 일이었다!

다만 그녀가 조심조심 고개를 들었을 때, 용비야는 갑작스레 고개를 돌리고 시선을 거두더니 아무 말도 없이 성큼성큼 나가 버렸다.

예상 못한 상황에 한운석은 황급히 고개를 들었지만, 하늘도 질투할 그의 준수한 얼굴은 보지 못한 채 냉랭한 뒷모습만 확인해야 했다.

결국, 둘 중 누구도 침묵을 깨뜨리지 못했지만, 침묵은 더 이상 없었다.

그가 가 버렸기 때문이었다.

무엇 때문인지 가슴속에서 실망감이 무럭무럭 솟구치는 바람에 한운석은 정신을 차릴 수가 없었다. 이렇게 되면 안 돼, 이것 보다는 더 많은 일이 벌어져야 한다고.

그러나 어떻게 되어야 하는지는, 한운석 자신도 알 수가 없었다.

분명히 용비야를 따라가고 싶지 않았고 이제 그 바람대로 가지 않게 되었는데 어째서 전혀 즐거운 기분이 들지 않을까? 분명히 그가 궁지에 빠지는 모습을 보고 싶었고 이제 그 바람대로 그가 화를 내고 나갔는데, 어째서 전혀 복수의 쾌감이 느껴지지 않을까? 저 인간의 성품으로 보아 한 번 거절을 당하면 앞으로 다시는 해독을 해 달라고 찾아오지 않겠지?

그렇다면 기뻐해야지!

한운석은 숨을 토해 내며 어깨를 으쓱했다. 그 인간의 일에 나서지 않으면 성가신 일도 줄어들 테니 정말 잘된 일이었다.

이렇게 생각을 바꾼 한운석은 늘어지게 기지개를 켜며 자리에 앉아 물을 마셨다.

그리고 그제야 방 안의 변화를 알아차렸다.

사실 변화라기보다는 훨씬 깨끗해진 것뿐이었다. 바닥과 탁자, 의자는 반짝반짝 윤이 나도록 닦아 얼굴이 비쳐 보일 정도였다. 서재에서 나던 악취도 사라지고, 공기 속에 옅은 약초향이 감돌아 공기마저 깨끗이 정화된 것 같았다.

"이렇게까지? 조 할멈에게 심각한 결벽증이 있는 건 아니겠지?"

한운석은 탄성을 터트리고 혼잣말을 중얼거리며 서재로 들어갔다. 서재도 깨끗하게 치워졌고, 책상에 있던 독약을 탄 찻물도 모두 사라졌다.

책상에는 중요하지 않은 것들만 있었으니 버려도 상관없었지만, 한운석은 누군가가 자기 서재에 있는 물건을 함부로 건드리는 것을 썩 좋아하지 않았다.

불쾌한 눈빛으로 다가가 하나하나 전부 검사했지만, 버려야 할 것들만 버리고 필요한 것은 모두 남겨 두었을 뿐 아니라 깨끗하게 닦고 가지런하게 정리까지 해 두었다는 것을 알 수 있었다.

더욱이 책상 가운데에는 수경재배 피막이풀 화분이 놓여 있어, 빽빽하게 자라난 초록잎이 잿빛 서재에 생기를 더해 주어 눈과 마음을 즐겁게 해 주었다.

좋아. 한운석은 만족스럽다는 사실을 인정했다. 이 정도로 깔끔하다면 물건을 함부로 건드렸다고 따지지 않아도 되었다.

그때, 밖에서 돌아온 조 할멈이 서재에 있는 한운석을 발견하고 황급히 달려왔다.

"왕비마마, 전하께서는 돌아가셨는지요?"

"그래."

한운석이 고개를 끄덕인 후 덧붙였다.

"앞으로는 그 사람이 있으면 미리 알려 주게. 그리고 서재에 있는 물건은 건드리지 않는 것이 좋겠네, 내가 직접 처리할 테니까."

조 할멈은 조금 전 문가에서 만났을 때 진왕 전하께 식사를 하고 가시라고 할 것인지 물어보려고 했는데 왕비마마가 횅하니 가 버리는 바람에 알리지 못했다는 것을 구태여 설명하지 않고 공손하게 대답했다.

"예."

날이 어둑어둑해지고 있어 진왕이 이곳에서 저녁 식사를 하실 줄 알았는데, 이렇게 빨리 사라지실 줄 누가 알았을까?

"왕비마마, 저녁은 뭘 드시겠습니까? 소인이 주방에 말해 놓겠습니다."

조 할멈이 물었다.

무심코 대답하려던 한운석은 별안간 용비야가 조금 전에 했던 말이 떠올라, 눈썹을 치키고 조 할멈을 바라보며 의미심장하게 웃어 보였다.

"조 할멈, 자네는 운한각의 청소만 맡기로 한 게 아니었나?"

손안에 있는 것은 귀한 줄을 몰라

청소만 맡다니, 진왕 전하께서 그런 말씀은 없으셨는데!

조 할멈은 당황하여 진지한 얼굴로 대답했다.

"왕비마마, 소인은…… 무슨 말씀이신지……."

이렇게 되자 한운석도 의아해졌다.

"진왕 전하께서 자네를 왜 보내셨지?"

조 할멈은 왕비마마의 갑작스러운 질문에 영문도 모른 채 앞서 했던 자기소개를 반복했다.

"왕비마마, 진왕 전하께서는 소인더러 마마의 시중을 들라고 하셨습니다. 앞으로 무슨 일이든 소인에게 분부하시면 됩니다."

이 말을 듣자 한운석은 멍해졌다.

용비야 그 인간, 날 속였잖아! 아니지, 그 인간은 이 기회에 일부러 나더러 더럽다는 말을 한 거야! 이곳이 더럽든지 말든지 자기에게 해를 입히는 것도 아닌데 뭐 하러 찾아와 독설을 퍼부었을까? 이상한 인간!

한운석이 투덜거리듯 입을 열려는데 조 할멈이 먼저 말했다.

"왕비마마, 안심하십시오. 소인은 비록 늙었지만 나이 어린 계집애들보다 훨씬 심부름을 잘 합니다. 소인은 진왕부가 세워지자마자 이곳에서 시중을 들었습니다."

"그렇게나 오래? 그렇다면 거의 원로급이겠군?"

무척 뜻밖의 소식이었다. 침향은 새로 온 하녀이고 뒷배가 없어 마음 놓고 부릴 수 있었다.

그러나 조 할멈은 오랫동안 일해 왔으니 필시 복잡한 경력을 지녔을 것이고, 그렇다면 의태비나 모용완여와도 무슨 관계가 있지 않을까?

"허허, 확실히 원로급이기는 하지요."

조 할멈이 자랑스럽게 말했다.

"왕비마마, 소인은 본래 궁에서 일하던 사람이고 전하께서 장성하시는 것도 지켜보았답니다! 전하께서는 소인을 무척 신뢰하셨고, 왕으로 봉해지신 후에 소인 혼자만 왕부에 데리고 오셨지요. 이 부용원의 크고 작은 일들도 모두 소인이 처리하고 있습니다."

그 말은 더욱더 뜻밖이었다. 이제 보니 부용원에도 하녀가 있었던 것이다. 사실 그녀는 이렇게 큰 원락에 부릴 하녀 하나 없으니 평소에는 그 시위들이 청소까지 하나보다 생각했다.

"지금까지는 어째서 자네를 보지 못했지?"

당연히 그녀의 최대 관심사는 이것이었다.

"몇 달 전에 남쪽에 있는 고향에 갔다가 오늘 막 돌아왔는데 전하께서 부르시지 뭡니까."

이렇게 말한 조 할멈은 한운석이 믿지 않을까 봐 황급히 보충설명을 했다.

"왕비마마, 이 원락에 있는 시위들은 소인이 다 압니다. 믿기지 않으시면 시위들에게 물어보시지요."

갓 돌아온 조 할멈은 짐을 풀기도 전에 진왕에게 불려와 운한각 청소를 맡았다. 특히 서재 쪽을.

운한각에 들어선 조 할멈은 그제야 이곳이 새로 온 왕비의 처소라는 것을 알고 눈이 휘둥그레졌다. 전하께서 그 여자를 부용원에 머물게 하실 줄은 꿈에서도 생각지 못했던 것이다.

예전에는 이 혼사를 상당히 싫어하지 않으셨던가?

냄새나고 더러운 서재의 책상을 보자 그녀는 펄쩍 뛰었다. 전하께서는 결벽증이 심해서 더럽고 지저분한 것을 제일 싫어하시는데 왕비마마가 이곳을 더럽히는 것을 가만히 놔두셨다고?

조 할멈이 그곳을 깨끗이 치우고 나자 진왕 전하가 들어왔다. 주인석에 앉은 그가 제일 처음 한 말은 이것이었다.

'조 할멈, 앞으로는 이곳에서 시중을 들도록.'

당연히 호기심이 솟구친 조 할멈이 시험 삼아 물어보았다.

'전하, 듣자니 진왕비께서 몹시 아름다우시다 하더군요.'

그러나 진왕은 대답은커녕 그녀를 쳐다보지도 않았다. 조 할멈도 차마 더는 묻지 못하고, 새로 온 진왕비가 총애를 받고 있을까 아닐까 속으로만 애를 태웠다.

정원을 청소하는 틈을 이용해 시위들에게 탐문해 보았지만, 다들 아는 것이 없었다.

도통 이해가 가지 않았지만 한 가지만큼은 확실했다. 전하께서 진왕비를 부용원에 머물게 하고 그녀더러 시중을 들라고 한 이상, 어쨌든 전하는 속으로 저 왕비마마를 인정한 것이다. 전하가 인정한 여자라면 그녀도 전심전력을 다해 모셔야 했다.

조 할멈의 이야기를 들은 한운석이 담담하게 물었다.

"자네 말대로라면, 자네가 어려서부터 전하의 시중을 들었 겠군?"

조 할멈은 웃으며 고개를 끄덕이더니 유난히 자상한 표정을 지어 보였다.

"그 오랜 세월 전하께서는 소인이 시중드는 데 익숙해지셨지 요. 그분의 성격이라면 소인이 태비마마보다 더 잘 안 답니다."

"자네가 이곳으로 오면 전하는 누가……."

한운석이 떠보듯 물었다.

"다 같은 원락이 아닙니까. 마음 푹 놓으시지요. 소인이 꾀 를 부리지는 않을 겝니다."

조 할멈이 웃으며 말했다.

한운석은 한참 동안 멍하게 있다가 고개를 끄덕이고 손을 내저었다.

"알겠네. 다른 일은 없으니 그만 가 보게."

"마마, 저녁으로 드시고 싶으신 것이 있으시면 소인이 주방 에 알리겠습니다."

조 할멈은 직업 정신이 투철했다.

"자네 알아서 하게."

한운석은 무덤덤하게 말했다. 머리가 몹시 복잡해 먹고 싶 은 것을 생각할 여력 같은 것은 없었다.

조 할멈이 물러가자 그녀는 자리에 앉아 꼼짝도 하지 않았다.

용비야는 정말 저렇게 중요한 하녀를 내게 주려는 걸까? 무슨 음모가 있는 것은 아니겠지? 설마 날 감시하려고?

한운석은 곧바로 그 생각을 털어 냈다. 부용원은 본래 용비야의 영역이었으니 그녀를 감시하는 것은 어려운 일도 아니었다.

정말 이상하다니까! 그 인간, 대체 무슨 생각이람?

그날 저녁, 조 할멈은 주방에 여러 가지 음식을 주문했고 특별히 몸보신용 인삼탕까지 한 솥 끓여 왔다.

확실히, 침향에 비해 조 할멈이 입 델 곳 없이 일을 잘하는 것은 인정해야 했다. 그녀는 말이 많지도 않았고, 할 일을 끝내면 공연히 귀찮게 굴지 않고 알아서 물러나 분부를 기다렸다. 그러나 한운석은 조 할멈이 남몰래 자신을 관찰하고 있다는 것은 알지 못했다.

조 할멈으로서는 왕비마마의 첫인상은 좋았지만, 진왕 전하가 이 여인의 어떤 점을 높게 보았는지는 아무리 골머리를 싸매도 알 수가 없었다.

그녀는 초서풍과 내기를 한 적도 있었다. 초서풍은 전하가 열세 살이 되기 전까지 여자에게 관심을 보이지 않을 것이라는 데 걸었고, 조 할멈은 전하가 평생 여색을 가까이하지 않으리라는 데 걸었다.

그렇지만 부용원에 여주인이 생기자 조 할멈도 무척 기분이 좋았다. 적어도 주인인 진왕이 외롭게 늙어가지 않아도 되었기 때문이었다. 조 할멈은 어떻게든 이 여주인과 가까워진 다음 편한 사이가 되면 전하를 보살피는 법을 가르쳐야겠다고 생각했다.

서재에서 할 일을 끝낸 한운석이 정원에 앉아 차를 마시면서 조 할멈에게 가까이 오라고 손짓했다.

"왕비마마, 무슨 분부라도 있으신지요?"

조 할멈이 공손하게 물었다.

"조 할멈, 여기서는 그렇게 예를 차리지 않아도 되네. 너무 딱딱하게 굴지 말고 앉게."

한운석이 말하며 옆에 있는 의자를 툭툭 쳤다.

"왕비마마, 귀천이 다른데 소인이 어찌 나란히 앉을 수 있겠습니까?"

조 할멈이 진지하게 사양하자 한운석은 속으로 한숨을 지었다. 역시 궁에서 시중들던 사람이라 그런지 침향과는 달랐다.

"그렇다면 낮은 곳에 앉게."

한운석이 말했다.

"감사합니다, 왕비마마."

그제야 조 할멈은 한운석보다 머리 하나 낮은 자리에 앉았다.

한운석은 잠시 망설이다가 나지막하게 물었다.

"전하께 사매가 있던데 알고 있나?"

그 한마디에 조 할멈의 눈에 웃음기가 떠올랐다.

"알지요. 서주국의 영락공주 단목요 말이군요."

시험 삼아 물어본 것뿐인데 뜻밖에도 조 할멈은 제대로 알고 있는 데다 사실대로 대답까지 해 주었다.

"두 사람은 어느 문파 제자지?"

한운석이 다시 물었다.

"천산검종天山劍宗입니다."

조 할멈은 고민하는 기색도 없이 대답했다.

이렇게 쉽사리 알려 줄 줄 몰랐던 한운석은 깜짝 놀랐다.

천산검종은 무림 3대 세력 중 하나이자 천하 검술의 정종正宗으로, 입문 시험이 몹시 엄격해 1년에 제자 한 명만 받을 정도라고 했다.

용비야는 본래 보통 사람이라고 할 수 없을 만큼 강한 인물이니 그가 들어간 것은 이상한 일이 아니었지만, 단목요가 들어갔다는 것은 뜻밖이었다. 그렇다면 단목요도 무공이 낮지 않을 것이다.

물론 지금은 그런 생각을 할 겨를이 없었다. 그녀가 궁금한 것은 조 할멈이 묻기만 하면 무엇이든 대답하는가였다.

눈동자에 간교한 빛을 반짝이며, 한운석이 다시 물었다.

"조 할멈, 전하께서는 자주 밖에서 밤을 보내시던데 바깥에 따로 묵으시는 곳이 있나 보지?"

그런데 이번에는 조 할멈도 망설였다. 이를 본 한운석은 제대로 짚었구나 싶어 입가에 미소를 떠올렸다.

하지만 조 할멈의 반응은 그녀의 예상을 완전히 뛰어넘었다.

조 할멈은 주위를 둘러보더니 목소리를 잔뜩 낮추었다.

"왕비마마, 알려는 드리겠습니다만, 전하의 개인적인 일이니 소인이 말했다고는 하지 마십시오. 다른 사람에게도 말씀하시면 안 됩니다."

아니…….

예상치 못한 상황에 한운석은 눈을 휘둥그레 떴다. 조 할멈이 정말 말을 해 주려 하자 그녀가 재빨리 만류하며 물었다.

"잠깐! 어째서 내게 알려 주려는 건가?"

조 할멈은 멈칫하더니 억울한 목소리로 대답했다.

"마마께서 묻지 않으셨습니까?"

"내가 물으면 무엇이든 대답한다는 말인가?"

한운석이 반문했다.

조 할멈은 그녀를 빤히 바라보다가 별안간 아이처럼 까르르 웃음을 터트렸다.

"이제 보니 왕비마마께서 소인을 시험하고 계셨군요."

속을 간파당한 한운석은 약간 민망해져 입을 감쳐물었다.

"별 이상한 생각을 하는군. 됐으니 그만 가 보게."

그러나 조 할멈은 물러가는 대신 웃으며 말했다.

"마마께서 의심하시는 것도 당연합니다. 어찌되었건 이곳은 진왕부이고 왕비마마는 환영받지 못하시는 분이니까요."

그 말이 떨어지자 한운석의 눈동자가 싸늘해졌다. 이 할멈은 과연 여간내기가 아니었다. 이제야 패를 드러내고 결판을 볼 속셈인 모양이었다.

"무슨 말을 하고 싶지?"

그녀가 차갑게 물었지만 조 할멈은 또 한 번 그녀의 예상을 뒤엎었다.

"왕비마마, 마음 푹 놓으셔도 됩니다. 소인은 절대적으로 전하의 사람입니다. 소인은 선제의 명으로 전하의 시중을 들게 되었고, 태비마마와는 아무 관계도 없습니다. 소인은 전하께 충성을 바치고 있답니다!"

워낙 진지하게 대답하느라 얼굴 주름마저 팽팽해져 있었다.

조 할멈이 이런 말을 할 줄은 전혀 예상치 못한 일이었다. 이제 보니 그녀는 의태비와는 전혀 관계가 없는 사람이었다!

그래도 한운석은 이해가 가지 않았다.

"충성을 바친다면서 전하의 비밀을 털어놓다니, 너무 쉽게 배신하는 게 아닌가?"

"왕비마마께서는 전하의 정비이신데 마마의 질문에 대답하는 것이 어째서 배신입니까?"

조 할멈의 말에 한운석도 말문이 막혔지만, 어쩐지 우습기도 했다.

"조 할멈, 정말 우둔한 것인가, 아니면 우둔한 척하는 것인가? 나는 이름만 왕비일 뿐인데 정말로 그렇게 생각하는 것은 아니겠지? 전하를 오래 모셨으니, 전하께서 나와 혼인하기를 원치 않으셨다는 것은 알 테지."

정비? 그녀는 용비야 곁에 있는 하인보다 못한 사람이었다. 하다못해 친구도 아니고, 그저 몇 번 거래를 한 낯선 이에 불과했다. 정비라는 이름 때문에 얼마나 성가신 일들이 많았는지 생각만 하면 화가 부글부글 끓어올랐다.

"전하께서 나를 가만히 내버려 두시기만 해도 감사할 일이지. 정비 자리는 전하께서 원하시는 분만 있으면 언제든지 양보할 생각일세."

조 할멈은 여태껏 여자가 전하를 이토록 가볍게 취급하는 말을 한 번도 들어본 적이 없었다!

알다시피 부용원은 말할 것도 없고 진왕부 대문만이라도 넘고 싶어 하는 여자가 성 밖까지 줄을 섰는데, 이 왕비마마는 자신의 처지를 너무 하찮게 보고 있었다.

그녀는 화가 치밀어 나오는 대로 내뱉었다.

"왕비마마, 전하께서는 마마를 부용원에 머물게 하신 데다 소인더러 시중을 들라고 하셨습니다. 그런데 어떻게 마마를 소홀히 대할 수 있겠습니까? 예전에 의태비께서 전하께 소인을 내달라고 하셨을 때도 거절하셨던 전하이십니다! 왕비마마께서는 손에 쥐신 것이 귀한 줄을 모르시는군요!"

그 말에 한운석이 눈을 잔뜩 찌푸리자, 조 할멈도 움찔 놀라 황급히 바닥에 무릎을 꿇었다.

"소인이 정신이 나갔나 봅니다! 충동적으로 아무 말이나 내뱉어 왕비마마께 무례를 저질렀으니 부디 벌을 내려 주십시오!"

한운석의 입가가 경련하듯 실룩였다. 이유는 알 수 없지만 별안간 심장이 쿵쿵 빠르게 뛰기 시작했다.

거기 서, 거래하러 왔어요

바닥에 꿇어앉은 조 할멈은 머리를 푹 숙인 채 어쩔 줄을 몰랐다.

진왕 전하를 모신 지 오래지만 하인은 결국 하인이었고, 하인이 가장 피해야 할 것은 시킨 일을 잘못하는 것이 아니라 주인의 심기를 거스르는 것이었다. 운한각에 온 첫날에 왕비마마에게 무례한 언사를 했으니 앞으로의 나날이 어떨지 눈앞이 깜깜했다. 만에 하나 왕비마마가 진왕 전하에게 고자질이라도 하면 상황은 한층 더 나빠질 것이다. 오랜 세월 진왕 전하 곁에서 전전긍긍 시중을 드는 동안 미움을 산 적은 단 한 번도 없었던 그녀였다.

조 할멈은 황공하여 어쩔 줄 몰랐지만, 한운석은 멍하니 넋이 나가 있었다. 그녀의 귓가에는 조 할멈이 방금 했던 말이 끊임없이 맴돌았다.

'어떻게 마마를 소홀히 대할 수 있겠습니까?'

아무래도 이 늙은 하녀는 왕부로 돌아온 지 얼마 되지 않았고 이제 막 운한각으로 배정되었기 때문에 용비야와 그녀의 관계를 잘 모르는 것 같았다. 그래서 오해를 한 거겠지.

하지만 오해라는 것을 알면서도, 한운석의 입가에는 자신도 모르는 미소가 슬며시 떠올랐다.

"흠, 흠……!"

그녀는 헛기침을 한 뒤 태연하게 말했다.

"조 할멈, 그만 됐네. 일부러야 그랬겠나. 하지만 전하와 나는……."

한운석은 말을 하다 말고 웃음을 터트리며 조 할멈의 어깨를 툭툭 두드려 주었다.

"후훗, 자네도 나중에 알게 되겠지."

말을 마친 그녀는 빠른 걸음으로 운한각으로 들어갔다.

조 할멈은 천천히 고개를 들고 한운석의 뒷모습을 바라보다가 그녀가 남긴 말을 곱씹어보았다. 생각하면 할수록 이상했다. 아무래도 초서풍 녀석을 찾아가 자세히 물어봐야겠군…….

밤이 깊고 조용해졌지만 용비야의 침궁에는 여전히 등불이 켜져 있었다. 그림자 하나가 소리 없이 침궁의 문 앞에 모습을 드러냈다. 어두운 곳에 숨어 있던 시위들은 누군가 다가오는 것을 일찌감치 눈치챘지만, 그 사람이 누군지 알자 아무 소리도 내지 못했다.

나타난 사람은 다름 아닌 진왕비 한운석이었다.

멀리서 침궁에 등이 켜져 있는 것을 확인한 한운석은 곧바로 그쪽으로 다가왔지만 문 앞에 이르자 망설였다. 그녀는 한참을 우물쭈물하다가 결국 문을 두드리지 않고 몸을 돌렸는데, 뜻밖에도 바로 그 순간 문이 스르르 움직였다

한운석은 소스라치게 놀라 무의식적으로 달아나려 했지만,

하필이면 그때 실수로 층계를 헛디뎌 우당탕 넘어지고 말았다!

"앗……!"

절로 비명이 터져 황급히 입을 막았지만 이미 늦은 후였다. 문이 열리더니, 문 안쪽에 선 용비야가 밤의 신인 양 새까만 경장을 입고서 차가운 눈길로 그녀를 굽어보았다.

"뭘 하는 것이냐?"

용비야의 목소리는 겨울날 밤바람보다 더 차가웠다.

"그…… 그게…….'"

한운석은 긴장하여 말을 더듬었다.

그러나 용비야는 무서우리만치 차갑게 얼어붙은 얼굴로 문 밖으로 나와 그녀에게는 눈길조차 주지 않고 옆을 지나쳐 갔다.

"해독하러 가겠어요!"

한운석이 황급히 외쳤다.

조 할멈에게 질문하기 전까지는 마음이 편했는데, 조 할멈에게 이야기를 듣고 나서부터 자꾸만 양심이 찔려 한참 고민하다가 이렇게 온 것이다.

그녀 자신도 무엇 때문에 양심이 찔리는지 알 수가 없었다. 어쩌면 해독을 해 주는 일이 그녀를 부용원에 머물게 해 주고 여러 가지 성가신 일들을 해결해 준 보답이 되기 때문인지도 몰랐다.

용비야는 걸음을 멈추고 한참 가만히 있다가 차갑게 물었다.

"왜 생각을 바꿨지?"

"자…… 잠깐 자고 일어났더니 정신이 맑아졌어요. 이제 정확하게 진맥할 수 있을 거예요."

한운석이 대답했지만 용비야는 입가에 냉소를 떠올렸다.

"안됐군. 본 왕은 필요 없다."

말을 마친 그가 홱 돌아서 걸어갔다.

한운석은 황급히 일어났다. 하지만 다리를 접질린 줄도 모르고 함부로 움직인 바람에 갑자기 통증이 쏟아져 다시 주저앉으며 저도 모르게 비명을 질렀다.

"아야!"

용비야는 우뚝 멈추었지만, 그 순간은 아주 잠깐에 불과했고 곧 다시 걸음을 옮겼다.

"용비야, 거기 서요! 거래를 하러 왔다고요!"

한운석이 황급히 외쳤다.

이번에는 용비야도 정말 걸음을 멈추었다. 이를 본 한운석이 다급히 말했다.

"어찌됐든 내가 당신을 두 번이나 도왔으니 당신도 한 번쯤 날 도와줘야 하잖아요?"

"본 왕의 기억이 틀리지 않았다면, 네가 했던 해독에는 모두 진맥료를 치렀다."

용비야는 고개도 돌리지 않고 차갑게 상기시켜 주었다.

"그러니 나도 공으로 해 달라는 것은 아니에요. 나는 해독을 하고 당신은 나를 도와주는 거예요. 그렇게 서로 필요한 것을 얻으면 양쪽 다 좋잖아요."

한운석이 웃으며 말했다.

한참의 시간이 흐른 뒤, 마침내 용비야가 몸을 돌려 그녀를 바라보았다.

"어떤 일이냐?"

한운석은 그가 아직 해독할 사람을 구하지 못한 것을 알고 속으로 안도의 숨을 내쉬었다.

사실 그녀는 거래를 하러 온 것이 아니었다. 단지, 그가 자신을 찾아왔다면 몹시 난해한 독일 것이고, 한 시진 넘게 기다린 것을 보면 무척 다급한 상황이라는 생각이 들었기 때문이었다. '거래'는 급한 김에 지어낸 말일 뿐이었다.

함부로 범접할 수 없는 용비야의 차디찬 얼굴을 보고도 한운석은 두려워하지 않고 헤헤 웃으며 손짓을 했다.

"이리 와서 이야기해요."

용비야가 입가를 살짝 당겼다. 귀찮아하는 것이 분명했지만, 그래도 그녀에게 다가와 몸을 숙였다.

그제야 한운석이 나지막이 속삭였다.

"내가 해독을 해 줄 테니, 나를 아무도 몰래 한씨 저택에 데려다줘요. 셋째 소실댁 이 씨의 거처에서 찾을 것이 있어요."

"도둑질을 하려는 것이냐?"

용비야가 눈썹을 치켜세웠다.

"아니에요!"

한운석은 재빨리 부인하며 더욱더 목소리를 낮추었다.

"사건을 조사하는 거라고요! 목청무가 내게 독을 조사해 달라고 했어요. 지난번 그가 중독되었던 만사독 말이에요."

용비야는 이미 그 일을 알고 있었지만, 한운석은 그 사실을 전혀 몰랐다.

"한씨 집안을 의심하느냐?"

용비야는 다소 의외였다.

"아직 의심이라고 할 정도는 아니에요. 그쪽에서 찾은 실마리가 있는데 꼭 가서 살펴봐야 확인할 수 있어요."

한운석은 진지하게 말했다. 대장군부의 일은 이 인간에게 알려 줘도 크게 문제될 것이 없었다.

이것은 부탁이 아니라 거래였다. 물론 그가 자발적으로 도와주겠다고 나선다면 굳이 거절할 생각은 없었다.

용비야는 잠시 망설이다가 담담하게 말했다.

"우선 해독부터 한다."

"약속하시는 건가요, 전하?"

한운석이 기뻐하며 말했다.

하지만 용비야는 시종일관 차갑게 얼굴을 굳인 채 아무 표정 없이 일어났다.

"음."

따라 일어나려던 한운석은 그제야 다리를 접질린 것을 깨닫고 어쩔 수 없이 두 손으로 땅을 짚으며 한쪽 발로 일어났다.

아무래도 의사이다 보니 비록 정형외과 전문의는 아니지만 상식적인 것은 알고 있었다. 통증의 강도로 보아 뼈를 다친 것은 아니었고, 약간 아프기만 할 뿐 큰 부상도 아니었다. 살며시 발을 디뎌 보니 견딜 만한 통증이어서 절룩거리며 걸으면 괜찮을 것 같았다.

그녀는 가볍게 숨을 내쉰 뒤 차분하게 말했다.

"전하, 안내해 주세요."

용비야는 곁눈으로 그녀의 다리를 흘끗 보더니 성큼성큼 앞으로 걸어갔다. 한운석은 절룩거리면서 뒤를 쫓았지만, 동작이 과해지자 얼마가지 못해 발목이 참기 어려울 만큼 아파 왔다!

한동안 꾹 참고 버티던 그녀도 결국에는 걸음을 멈추고 외쳤다.

"전하, 잠깐만요!"

용비야가 몸을 돌렸고 차가운 눈빛이 그녀의 발목에 못 박혔다. 한운석은 또다시 저 인간에게 비웃음을 사겠구나 싶으면서도 어쩔 도리가 없었다.

"아무래도 다리가……."

"네 다리는 철로 만든 줄 알았는데, 본 왕이 너를 과대평가했군."

용비야가 싸늘하게 그녀의 말을 끊었다.

한운석이 눈을 흘기며 반박하려는데, 놀랍게도 용비야가 다가와 느닷없이 그녀를 홱 안아들었다.

이 갑작스러운 상황에 한운석은 무의식적으로 두 팔을 뻗어 용비야의 목을 감았다. 코끝이 그의 옆얼굴에 닿았는데 몹시 차가웠다!

그 순간 한운석은 뻣뻣하게 굳어, 쿵쿵쿵 소리를 내며 뛰어 대는 심장 외에는 손가락 하나 움직일 수가 없었다.

왜 갑자기……. 이…… 이게 바로 전설의 공주님 안기? 이 인간이 왜 이러지?

품에 안은 사람이 뻣뻣해지는 것을 느꼈는지, 용비야의 얼어붙은 입술이 호를 그리며 휘어졌다. 경멸하는 표정인지, 아니면 웃는 표정인지 아무도 알 수 없었다. 발을 살짝 구르자, 그의 건장한 몸은 한운석을 안고서 빠르게 어둠 속으로 사라졌다.

그때, 초서풍과 조 할멈이 꽃밭에서 슬그머니 머리를 내밀더니, 믿을 수 없는 표정으로 서로를 바라보았다.

"초가야, 두 분이 아무 사이도 아니라고 하지 않았느냐? 그런데 저게…… 저게…… 대체 어찌된 게야?"

조 할멈이 얼떨떨한 얼굴로 물었다.

"정확히는 모르지만 어쨌든 왕비마마께서 이곳에 머무시게 되었고 그리고…… 나머지는 나도 모르오."

초서풍이 자포자기한 목소리로 대답했다.

"아니야…… 지금 저 모습은…… 전하께서 왕비마마를……."

조 할멈은 여전히 이해가 가지 않았다. 진왕 전하가 아직까지 저 여자를 진왕비로 인정하지 않고, 저 여자가 마음에 들지 않았다면, 곁에 남겨 두었을 리가 없었다. 게다가 품에 안기까지!

그는 심각한 결벽증이 있어서 여자는 말할 것도 없고 남자와 악수하는 것도 썩 내켜하지 않는 사람이었다!

진왕 전하가 한운석을 안는 것을 처음 보았을 때 초서풍의 표정은 지금의 조 할멈보다 훨씬 더 볼만했다. 물론 지금도 멍하기는 마찬가지였다.

"초가야, 대체 이게……. 혼란스러워 죽겠구나!"

조 할멈은 눈을 잔뜩 찡그렸고, 주름도 훨씬 깊어졌다.

초서풍은 손을 내저었다.

"할멈, 전하의 일에 너무 애태우지 말고 어서 돌아가시오. 앞으로 왕비마마를 신경 써서 모시면 되오. 진짜 여주인처럼 생각하지는 말고."

이렇게 말한 초서풍은 말을 잘못했다고 생각했는지 곧바로 덧붙였다.

"물론 주인이 아니라고 생각하지도 말고!"

"나 같은 노인네들은 요즘 젊은이들 세계를 통 알 수가 없어!"

조 할멈은 어쩔 수 없는 얼굴로 고개를 설레설레 저었다. 왕비마마에게 한 말을 떠올릴 때마다 씁쓰레했지만 이제 와서 후회해 봐야 소용이 없었다.

아아, 왕비마마께서 분명 속으로 이 늙은이를 비웃으셨을 게야…….

용비야는 한운석을 깊숙한 골목에 숨겨진 민가로 데려갔다.

바깥에서 보면 평범한 민가 같았지만, 안에 들어가 보니 고원 孤苑이라 불리는 용비야의 개인 별원이라는 것을 알 수 있었다.

안으로 들어서자 용비야는 한운석을 탁자 위에 내려 앉혔다. 오는 내내 잔뜩 긴장했던 한운석의 심장은 아직도 빠르게 뛰고 있었다.

그는 키가 무척 커서, 탁자 위에 앉았는데도 한운석은 그보다 더 작았다.

그녀는 고개를 들고 그를 흘끗 바라보며 물었다.

"중독된 사람이 이곳에 있나요?"

"음."

용비야는 꽉 막힌 소리로 대답하더니, 돌아서서 가루약을 챙겼다. 한운석은 냄새만 맡고도 접질린 데 바르는 약이라는 것을 알 수 있었다.

다친 다리부터 치료할 생각을 하다니, 저 인간도 양심은 있네.

한운석은 재빨리 버선을 벗고 하얗고 보드라운 발을 드러냈다. 고개를 돌린 용비야는 그 발을 보자 움찔 당황하더니 곧 눈을 찡그리며 한운석을 훑어보았다.

이 여자는 거리낌이라고는 전혀 없는 건가? 다른 사람 앞에서도 이렇게 할까?

그녀는 현대에서 온 사람이고 게다가 의사였다. 발 하나 내미는 것쯤이야 어디 가서 말할 거리도 못되는 평범하기 짝이 없는 일이었다. 하지만 눈을 잔뜩 찡그린 용비야를 보자 그녀도 뭔가 이상하다는 것을 깨달았다.

뭘 저렇게 본담?

그녀는 손을 내밀었다.

"약을 이리 주세요, 지압도 제 전문이거든요."

그러나 용비야의 싸늘한 시선은 천천히 아래로 내려가 그녀의 고운 맨발에 꽂혔다.

왜 저래?

한운석은 그를 바라보다가 시선을 따라 아래를 쳐다보았고 그제야 자신의 발이 백옥같이 곱고 매끈매끈하고 가지런해서 아주 예쁘다는 사실을 깨달았다.

순간, 그녀는 무슨 생각이 났는지 황급히 고개를 들어 용비야를 바라보았다. 그의 깊은 눈동자를 다시 보는 순간, 그녀의 심장이 덜컥 내려앉고 눈앞이 아찔해졌다.

맙소사……! 고대의 여자들은 팔뚝만 내보여도 시집을 가야 한다는 사실을 까맣게 잊어버리다니!

패도, 내게 속한 사람

정신이 든 한운석은 번개라도 맞은 듯 재빨리 치마 속으로 발을 쏙 집어넣었다. 다시금 용비야의 눈을 바라보는 그녀의 얼굴이 빨갛게 물들었다!

저 인간, 날 헤픈 여자로 보는 건 아니겠지? 아니면 자기를 유혹하려고 했다거나?

끄아악! 이게 무슨 망신이람!

"전하, 신첩이 알아서 약을 바를 테니 나가 계시지요."

한운석은 억지로 아무렇지 않은 척 입을 열었다.

그러나 용비야는 나가기는커녕 도리어 의자를 가져와 그녀 앞에 앉더니 곧바로 약병을 열었다.

지금 이거 약을 발라 주겠다는 소리지?

조금 전 그의 눈빛을 떠올리자 한운석은 아무래도 불편해서 억지로 웃음을 지어 보였다.

"전하, 제가…… 할 수 있어요."

"왕비마마께서 버선까지 벗으셨는데 당연히 본 왕이 최선을 다해야지."

용비야의 차가운 목소리에는 비웃음이 잔뜩 어려 있었다.

아무리 생각해도 이상하게 느껴지는 말투인 데다 저 인간이 정말 좋은 뜻으로 약을 발라 주리라 믿을 생각도 없었다. 발을 접질렸는데 만에 하나 힘을 잘못 주기라도 하면 아파서 죽지 않을까?

"전하, 전하와 제가 비록 부부이기는 하지만…… 아무래도……."

한운석은 잠시 망설였지만 차라리 정확하게 말하기로 했다.

"남녀칠세부동석이라 했으니 역시 나가 계시는 것이 좋겠어요."

용비야의 입가에 싸늘한 웃음이 어리고, 제멋대로에 오만한 눈빛이 꼼꼼하게 그녀를 훑었다.

"진왕비, 정말 본 왕과 예의에 관해 논할 생각이냐?"

한운석은 공연히 마음이 불안해졌지만, 그래도 떳떳하게 대답했다.

"진왕 전하, 전하와 저는 유명무실한 부부이고 저는 그저 이름만 왕비일 뿐이에요. 그런데 전하께 예의를 따지지 못할 이유가 어디 있죠? 부디 진지해지시지요!"

뜻밖에도 용비야는 이렇게 반문했다.

"한운석, 본 왕이 언제 너더러 이름만 왕비라고 하더냐? 진왕부에 들어온 순간부터 너는 이 용비야에게 속한 사람이다."

이렇게 말한 그는 한쪽에 놓인 버선을 흘끗 바라보며 차갑게 경고했다.

"부디 네가 이미 혼례를 올린 몸이라는 것을 명심하고 부녀자의 도리를 지키시지!"

"이……!"

한운석은 기가 막혔다. 저 인간, 내가 부녀자의 도리를 지키지 않는다고 모욕하는 거야!

난 별생각 없이 신발과 버선을 벗었을 뿐인데, 자기 마음이 비뚤다보니 공연히 이상한 생각을 한 거잖아!

화는 나지만, 빌어먹게도 반박할 말이 없었다.

용비야의 차가운 눈동자를 마주보던 한운석은 어디 해 보란 듯이 용비야의 얼굴에 닿을 정도로 발을 쑥 내밀었다.

"그럼 부탁드리지요, 전하!"

그녀는 한 글자 한 글자를 마치 빚어 내듯 악문 잇새로 내뱉었다.

용비야는 꼼짝도 없이 앉아 있었지만 차가운 두 눈동자는 두려울 만치 깊었다. 그가 손을 들어 한운석의 조그마한 발을 잡더니 힘을 주어 확 끌어당겼다!

"아얏……!"

한운석은 속으로 비명을 삼켰다. 저 인간의 손이 접질려 벌겋게 부어오른 곳을 정확하게 누르는데 안 아프고 배길까?

그렇지만 그녀 역시 고집이 이만저만이 아니었기 때문에 비명 한 번 없이 눈을 찡그리기만 했다. 이보다 끔찍한 고통도 견뎌 냈는데 이 정도쯤이야?

용비야가 시선을 들어 그녀를 바라보더니, 얼굴을 굳히며 다른 손을 내밀어 아래쪽에서 발을 받치고 아래에서 위로 다친 부분을 힘껏 잡았다.

이 나쁜 놈!

한운석은 속으로 욕설을 퍼부으며 이를 으드득 갈았지만 여전히 소리는 내지 않았다.

용비야는 입술로 차갑게 호를 그리더니, 가져온 약병을 한운석의 상처 위로 기울였다.

약이 무척 차가워서 상처에 닿자마자 화끈화끈하던 통증이 한층 가셨고, 한운석은 저도 모르게 안도의 숨을 내쉬었다.

그런데 누가 알았을까? 팽팽하던 신경이 느슨해지는 순간, 용비야가 손가락으로 약을 바르기 시작했다!

척, 처덕, 처덕!

더도 덜도 없는 약 바르는 행동이었지만, 남자는 본래 손힘이 센 데다 그가 일부러 위로 아래로 힘을 주기까지 해서 고통스럽기 짝이 없었다.

아야!

움직일 때마다 통증이 밀려왔고, 힘주어 문질러 댄 바람에 약의 청량감은 순식간에 사라지고 화끈화끈한 감각이 그 자리를 대신했다. 피부는 물론이고 근육과 뼈까지 뜨끈뜨끈해지는 느낌이었다!

아주 죽으라는 듯이 짓이기는군! 못 참아!

얼마 지나지도 않았는데 한운석의 등은 축축하게 젖었고 귀밑머리에는 콩알만 한 땀이 맺혔다. 그러나 그녀는 여전히 이를 악물고 고개를 숙여 상처를 뚫어져라 노려보며, 꼼짝도 않고 용비야에게 발목을 내맡겼다.

죽는 것도 아닌데 좀 아프지, 뭐!

용비야는 그녀가 곧 용서를 빌 줄 알았지만, 한참이 지나 약
바르는 손이 얼얼해지는데도 그녀는 입 한 번 벙긋하지 않았다.

용비야는 무의식적으로 고개를 들어 그녀를 바라보았다. 그
녀가 혼절하지 않고 멀쩡하게 앉아 있는 것을 보자 그는 자신
도 모르게 안도의 숨을 내쉬었다. 자세히 보니 고개 숙인 한운
석의 얼굴은 식은땀투성이였다. 용비야는 그녀가 곧 견디지 못
하고 항복하리라 생각했다.

그런데 누가 알았을까? 바로 그때, 한운석이 고개를 들었다.
그 얼굴에는 항복의 표시는커녕 고집만 가득했다. 그녀는 두려
움이라곤 없는 눈빛으로 그의 눈을 똑바로 바라보았다. 그의
양심을 꿰뚫기라도 하듯이.

용비야는 속으로 흠칫하며 저도 모르게 눈을 찡그리고 그녀
의 눈을 들여다보았다. 네 눈동자가 마주치고 주위는 정적에
휩싸였다. 고집쟁이와 얼음장은 마치 원수라도 대하듯 먼저 눈
을 감으려 하지도, 한발 양보하려 하지도 않았다.

그러나 용비야는 자신이 어느새 손을 멈추었다는 사실을 잊
었고, 한운석 역시 발목이 더는 아프지 않다는 사실을 깨닫지
못했다.

침묵 속에서 시간이 서서히 흐르고, 어느덧 세상 만물이 침묵
속으로 빠져들었다……

얼마나 지났는지 모르지만 별안간, '쿵쿵쿵' 하고 문 두드리
는 소리가 침묵을 깨뜨리고 이어서 시위의 다급한 보고가 들려
왔다.

"전하, 지하 감옥에서 또 한 사람이 죽었습니다!"

그제야 두 사람은 정신을 차리고 서로를 바라보더니 재빨리 상대방에게서 떨어졌다.

한운석은 고개를 숙였다. 방금 무슨 일이 있었는지, 왜 그를 바라보고 있었는지 생각이 나지 않았다.

용비야는 시선을 거두었지만 그 눈은 평소보다 덜 차가웠다. 그는 입을 꾹 다물고 약병을 툭 던지며 차갑게 말했다.

"마무리하고 곧바로 나오도록. 문 앞에서 기다리겠다."

말을 마친 그는 곧바로 몸을 돌려 나갔다. 누가 봐도 서두르는 걸음이었지만 바깥의 다급한 상황 때문인지 아니면 다른 이유 때문인지는 알 수가 없었다.

그제야 고개를 든 한운석은 그가 문을 닫는 것을 확인하고 큰 부담을 던 사람처럼 크게 숨을 내쉬었다.

"나쁜 놈!"

욕설이 떨어지기 무섭게 문 밖에 있는 용비야가 재촉했다.

"한운석, 서두르는 게 좋을 것이다!"

"개자식!"

한운석은 다시 한 번 욕을 한 다음, 재빨리 약을 바르고 상처에 하얀 면포를 씌웠다. 그런데 버선과 신발을 신으려고 보니 둘 다 너무 복잡하게 생겨 면포를 덮은 상태에서는 신을 수가 없었다.

그녀는 잠시 망설이다가 맨발에 면포를 친친 감아 두툼하게 만들었다. 이렇게 하면 발이 드러나지 않겠지?

아무튼 용비야가 준 약은 효과가 좋았다. 시원시원한 느낌이 통증을 훨씬 가라앉혀 주었던 것이다.

그래도 한운석은 마음에 들지 않아 약병을 탁자 위에 아무렇게나 내던진 뒤 한쪽 발로 살짝 바닥을 짚고 절룩절룩 문으로 걸어갔다.

용비야는 그녀의 발 쪽을 흘끗 보았지만 아무것도 볼 수 없었다. 치마가 치렁치렁해서 걸을 때도 두 발이 그 속에 숨겨졌기 때문이었다.

"중독된 사람이 죽었나요?"

한운석이 물었다.

"한 명이 죽었다."

용비야가 말하며 그녀에게 등을 내밀며 살짝 몸을 숙였다.

"오너라."

한운석은 망설였지만 용비야는 참을성이 없었다.

"어서! 독이 발작했다."

한운석은 그가 몹시 서두르는 것을 알고 어쩔 수 없이 그 등으로 기어올라 두 손으로 목을 감고 두 발을 감았다.

한운석은 무척 가벼워서 등에 업어도 전혀 힘이 들지 않았다. 한운석이 그의 등에 업힌 기분이 어떤지 느끼기도 전에 그의 그림자는 어둠속으로 휙 사라졌다.

그는 몹시 빠른 속도로 꽃밭을 지나고 비밀 통로를 통과하여 순식간에 지하 감옥에 도착해, 시체 안치실 뒤에 한운석을 내려 주었다.

비록 등에 업혀 있었던 한운석이지만 마치 100미터 달리기라도 한 듯 숨이 턱턱 막혔다.

겨우 중심을 잡고 일어서자 해독시스템이 경고를 울렸다.

독이다!

사실 해독시스템이 알려 주지 않았더라도 안치실에 있는 시신들이 중독으로 죽었다는 사실은 쉽게 알 수 있었다. 죽은 사람의 양미간과 입술, 손가락이 새까맣게 변해 있었기 때문이었다. 모두 극독으로 죽었을 때 나타나는 현상이었다.

한운석은 가만히 숨을 돌린 뒤 입을 열었다.

"죽은 지 하루 이틀 정도 되었겠군요?"

용비야는 고개를 끄덕이고 옆에 있는 다른 시신을 가리켰다.

"이쪽이 방금 죽은 자다."

한운석이 그 손가락을 따라가 보니 과연 다른 시신이 있었다. 가까이 가서 살펴본 결과 중독 현상이 완전히 드러나지는 않았지만 입술은 이미 까맣게 변해 있었다.

그녀는 죽은 사람의 눈과 입술을 살피고 손톱을 관찰한 뒤 태연하게 말했다.

"독을 먹고 자결했나요?"

"독을 먹을 틈이 없었다."

용비야가 차갑게 말했다.

이 지하 감옥에 갇힌 첩자들은 양손과 양발이 꽁꽁 묶였고 몸에 있던 무기와 독약도 모두 빼앗겼다. 더욱이 하나같이 독방에 갇혔고 떠들거나 혀를 깨물어 죽지 못하도록 입에 재갈이 물렸다.

이 첩자들이 독에 능숙한 것을 아는 용비야는 그들을 가두기 전에 독의를 불러 입안을 조사하게 했는데, 입에 숨겨 둔 독은 발견되지 않았다.

그동안 초서풍이 심문했으나 그들은 아무것도 말하지 않았고, 먹지도 마시지도 않아 결국 몇 사람이 굶어 죽었다. 그리고 며칠 전에 용비야가 직접 나서서 심문하며 혹형을 가했는데 그때부터 독으로 죽는 사람이 나오기 시작했다. 이 지하 감옥에 내통한 자가 있을 리 없으니, 혹형을 견디지 못해 미리 품고 있던 독약을 먹고 죽은 것이 분명했다.

용비야가 이해할 수 없는 것은, 어디에서 난 독을 어떻게 먹었느냐는 것이었다.

이제 남은 첩자는 두 명뿐이었다. 만일 계속해서 독으로 죽어간다면 힘들게 붙잡아 심문한 것이 아무 소용이 없게 되어버릴 것이다.

한운석은 은침으로 두 시신의 독혈을 채취해 검사하면서 용비야의 상황 설명에 귀를 기울였다.

처음에는 그다지 흥미가 없었지만 상황을 듣고 나자 호기심이 생겼다. 일반적으로 독을 먹고 자결하는 사람들은 대부분이 사이에 독약을 숨겨 놓았다가 깨물어서 중독되는 방법을 썼는데, 이 죄인들은 이미 입안을 검사했다고 했다. 그렇다면 어떻게 약을 먹었을까?

한운석은 진료 주머니에서 물건을 꺼내는 척하면서 혈액을 해독시스템에 넣어 검사했고 곧바로 결과가 나왔다. 쌀 독이었다!

"쌀 독이군요!"

한운석은 깜짝 놀라 믿을 수 없다는 표정으로 용비야를 바라보았다.

용비야는 이해하지 못했다.

"쌀 독이라니?"

한운석은 엄숙한 얼굴로 물었다.

"살아 있는 사람이 있나요?"

"두 사람 있다."

용비야가 사실대로 대답했다.

한운석은 잠시 망설이다가 진지한 얼굴로 말했다.

"각각 피를 채취해 주세요. 그리고 미음 한 그릇이 필요해요."

용비야가 그 말대로 분부를 내리자, 곧 두 죄인의 혈액과 미음 한 그릇이 한운석 앞에 놓였다. 한운석은 미음을 한 숟갈 떠서 죄인의 혈액 속에 떨어뜨리고, 조용히 변화를 지켜보았다.

한참이 지났지만 새빨간 피에는 아무런 변화가 없었다. 용비야는 의아했지만 눈을 찡그린 채 엄숙한 표정으로 지켜보는 한운석을 보자 아무 말도 하지 않았다.

주위에 있던 두 시위는 호기심을 참지 못했다. 왕비마마께서는 대체 뭘 하시는 거지?

탄로, 배후의 강자強者

고요한 감옥 안에서 한운석은 앞에 놓인 미음만 뚫어지게 바라보았다. 그 엄숙한 표정 탓인지 주위를 에워싼 호기심 어린 사람들도 자연스레 마음이 가라앉아 그녀와 함께 결과를 기다렸다.

용비야의 시선이 한운석의 얼굴 위로 떨어졌다. 이 여자의 진지하고 전문적인 모습을 보는 것이 참 오랜만인 것 같았다.

이 여자를 곁에 남겨 독의로 쓰는 것이 이성적인 선택일까?

그가 고민에 잠겨 있는데, 별안간 한운석이 차분하던 눈동자를 반짝 빛내며 외쳤다.

"역시!"

용비야가 미음을 들여다보니, 하얗고 말갛던 미음이 뿌옇게 흐려지더니 새까맣게 변하는 것이었다!

"그러니까 저 첩자들의 피에 독이 있었군?"

머리 좋은 용비야는 곧바로 어떻게 된 일인지 짐작했다.

독이 들지 않은 미음을 새까맣게 바꿔 놓은 것은 바로 첩자들의 피였다.

한운석이 고개를 끄덕였다.

"맞아요! 저들의 피 속에 독이 있었지요. 그런 독을 쌀 독이라고 한답니다."

"그럴 수가 있느냐?"

용비야가 물었다. 피 속에 독이 있는데 어째서 여태껏 살아 있고, 어째서 앞서 그들을 조사한 독의는 중독 현상을 알아내지 못했을까?

비록 그는 독 전문가가 아니지만, 일단 독이 혈액과 섞이면 증상이 위중해져 치료하지 못할 수도 있다는 것은 알고 있었다.

첩자의 손가락에서 아무렇게나 피 몇 방울을 빼냈을 뿐인데 대번에 독이 발견되었으니, 독은 벌써 그들의 혈관 전체에 퍼져 있다고 추측할 수 있었다.

온몸에 독이 흐르는데 보통 사람들과 똑같이 살 수 있다니, 직접 보지 않았다면 절대 믿지 못했을 것이다.

"이건 아주 특수한 독이에요. 쌀 독이라고 불리는 것도 바로 쌀 같은 음식과 섞여야만 독소가 생기기 때문이지요."

한운석은 잠시 멈추었다가 말을 이었다.

"제 추측이 틀리지 않았다면, 중독된 사람들은 중독 전에 미음을 마셨을 거예요."

용비야가 즉각 옆에 있던 시위를 돌아보았다.

"예, 확실히 그렇습니다. 감옥의 세끼 식사는 모두 미음이고 강제로 먹입니다. 삼키는 자도 있지만 입에 넣기만 해도 뱉어 내는 자들도 있었습니다."

시위가 재빨리 보고했다.

"그렇다면 쌀이 든 음식을 먹지 않으면 절대 중독되지 않는 다는 뜻이군?"

용비야가 진지하게 한운석에게 물었다.

한운석은 고개를 끄덕였다.

"맞아요, 절대 중독되지 않고, 아무리 솜씨 좋은 독의라도 그 피 속에 독이 있다는 것을 알아내지 못하지요."

그녀는 이렇게 말하며 미음을 또 다른 첩자의 피와 섞었고, 얼마 지나지 않아 미음이 점점 새까매지는 현상이 똑같이 나타났다.

두 첩자 모두 피 속에 독이 있는 것이 분명했다.

"그랬군."

용비야의 입술에 냉소가 떠올랐다. 이렇게 깊이 숨겨져 있었으니 아무리 조사해도 알아낼 수 없었던 것이 당연했다.

"어차피 굶어 죽을 생각이었는데, 어째서 미음을 먹고 죽지 않았지?"

용비야가 물었다.

하나같이 입도 벙긋하지 않고 죽기만을 기다리고 있던 첩자들이 어째서 단숨에 죽을 수 있는 미음을 거부했는지 도무지 이해가 가지 않았던 것이다.

한운석은 고개를 설레설레 저었다.

"전하, 쌀 독이라는 이름은 예사로 들리지만 독이 발작하면 보통 사람으로선 견딜 수 없는 고통을 겪게 된답니다. 저라면 차라리 굶어 죽을망정 쌀 독으로 죽고 싶지는 않을 거예요."

용비야도 그제야 이해가 갔다. 아무래도 첩자들이 중독되어 죽은 이유는 시위들이 억지로 미음을 먹였을 때 실수로 삼킨 탓인 것 같았다.

"전하, 저들의 배후에 있는 사람은……. 절대 보통 사람이 아니에요!"

한운석이 걱정스러운 기색으로 일깨워 주었다. 이렇게 독을 잘 쓰는 고수라면 쉬운 상대가 아닐 것이다.

현장을 직접 본 그녀는 당연히 이곳에 갇힌 사람들이 북려국의 첩자라는 것을 눈치채고 있었다. 지난번 용비야와 함께 골짜기에서 만났던 독모기떼를 부리던 여자, 그녀 역시 북려국의 첩자였다. 북려국 첩자들은 하나같이 독의 고수였다. 한운석의 짐작이 맞다면, 그 배후에는 첩자들을 조종하는 우두머리가 있고 이 쌀 독 역시 그 우두머리가 먹였을 것이다.

쌀 독을 제조하는 것은 말할 것도 없고 쌀 독 자체를 아는 사람조차 무척 드물었다. 세상 모든 독의毒醫 가운데 구 할은 이 독의 존재조차 모른다 해도 과언이 아니었다.

한운석도 이 독약을 가지고 있지 않았는데, 현대에서는 이미 실전된 독이기 때문이었다. 하지만 고서古書에도 오래 전에 제조법이 실전되었다고 기록된 쌀 독을 이런 곳에서 만나게 될 줄은 그녀 역시 생각지 못했다.

해독시스템에 기록이 남아 있지 않았다면, 몇 년 동안 끙끙거리며 매달려도 알아내지 못했을 것이다.

"이렇게 치밀하게 독을 썼으니 확실히 보통은 아니겠군!"

용비야는 차갑게 코웃음을 치더니 즉시 명을 내렸다.

"가서 형구刑具를 준비해라. 당장 심문하겠다! 이 세상에 쌀 독보다 더 무서운 것이 있다는 사실을 가르쳐 주지!"

쌀 독의 해약을 내놓지는 못했지만 수수께끼를 풀어 주었으니 문제는 해결한 셈이었다. 한운석은 어서 한씨 저택으로 데려가 달라고 재촉하려 했지만, 그의 차가운 명령에 말도 못한 채 부르르 몸을 떨었다.

선이 굵고 모서리가 뚜렷한 그의 옆얼굴을 보면서 그녀는 저도 모르게 주춤주춤 물러서며 속으로 중얼거렸다. 그래, 참자. 일단 저 사람 할 일부터 끝내게 해 주지, 뭐.

저 인간의 얼음장 같은 모습이야 익숙하지만 저렇게 엄숙한 모습은 처음이었다. 아무래도 북려국 첩자의 일은 오랫동안 그를 성가시게 했던 모양이었다.

물론 한운석도 궁금하기는 했다. 이 운공대륙에서 독의는 이단이자 비주류였고, 독을 연구하는 사람은 적어도 너무 적었다. 의학원조차 독술을 주요 과정으로 편입시키지 않았고, 대륙 전체를 통틀어 독의 고수는 많지 않았다.

저 첩자들의 배후에 있는 자는 대체 어떤 사람일까?

그 사람은 북려국에 있을까, 아니면 부하들처럼 이곳 천녕국의 도성에 몸을 숨기고 있을까? 첩자들이 모두 여자인데, 그 배후에 있는 사람 역시 여자일까?

해독시스템의 도움 없이 맞상대하게 된다면 내가 패배하게 될까?

한운석은 점점 더 호기심에 사로잡혔고, 그 배후의 우두머리를 꼭 한 번 만나 보고 싶어졌다.

용비야가 감옥 깊숙이 들어가는 것을 본 그녀는 잠시 망설이다가 절룩거리며 뒤를 따랐다.

문 안으로 들어가 보니 첩자들은 아직 끌려오기 전이었고 시위들이 형구를 준비하고 있었다. 방 한쪽에 앉은 용비야의 얼굴로 어슴푸레한 불빛이 내려앉자, 그는 마치 어둠 속에 숨어 세상만물을 살피는 통솔자처럼 신비하고, 냉정하고, 위엄이 넘쳐 보였고, 미간에는 오만한 패기가 흘러나오는 것 같았다.

흰옷을 입은 그는 신선이지만, 검은 옷을 입은 그는 악마였다.

한운석은 한쪽 발로 바닥을 짚고 선 채 그에게서 시선을 떼지 못했다. 저 남자는 그녀에게서 고작 몇 걸음밖에 떨어져 있지 않았지만 마치 하늘 저편에 있는 듯 멀게 느껴졌다.

그런 그녀를 흘끗 본 용비야는 말없이 턱을 살짝 들어 오른쪽에 자리가 있다는 것을 알려 주었다.

한운석도 말없이 고개를 끄덕인 뒤 절뚝절뚝 의자로 다가가 앉았다. 순간 두 다리가 옥죈 밧줄에서 풀려난 느낌이었다.

자리에 앉고 나서야 그녀는 이 고문실에 형틀이 없다는 것을 알아차렸다. 있는 것이라곤 쇠로 만든 커다란 우리 하나뿐인데, 철망은 촘촘하고 튼튼했고 측면에는 보통 사람의 얼굴 크기만 한 둥그런 틈이 있었다.

저게 형구일까?

한운석은 곰곰이 생각해 보았지만 저 형구를 어떻게 쓰는지, 어디가 쌀 독보다 무서운지 알 수가 없었다.

얼마 후 시위들이 쥐 우리를 하나 가져왔다. 그 안에는 무시무시하게 생긴 시커먼 쥐 한 마리가 들어 있었는데, 머리부터 꼬리까지 사람 팔 하나 길이 정도 되는 데다 입이 유난히 뾰족했다.

한운석은 저 쥐를 어디에 쓰려는지 짐작이 가지 않았지만, 보기만 해도 오싹하고 털이 쭈뼛 섰다.

시위들도 시커먼 쥐가 두려운지 차마 손으로 잡지는 못하고, 신속하게 문만 열어 쇠 우리 속으로 쥐를 던져 넣었다.

시커먼 쥐는 큰 우리 속으로 들어가기 무섭게 구석구석 요리조리 마구 돌아다녔다. 긴 시간 갇혀 있느라 움직이지 못했기 때문인 것 같기도 하고 우리에서 달아나고 싶어 그러는 것 같기도 했는데, 어쨌든 몹시 흥분해 있었다.

한운석이 봐도 봐도 알 수가 없어 고개를 갸웃거리는 사이, 시위가 엄지만 한 고깃덩이를 시커먼 쥐의 등 뒤로 툭 던졌다. 그러자 냄새에 예민한 쥐는 단번에 몸을 홱 돌리더니 거의 씹지도 않고 한입에 고깃덩이를 꿀꺽 삼키는 것이었다!

한운석은 저도 모르게 허리를 곧추세우며 놀란 목소리로 외쳤다.

"생고기를 먹고 자란 쥐군요!"

용비야는 대답이 없었으나 시위가 공손하게 대답했다.

"예, 왕비마마. 그렇습니다."

즉시 상황을 파악한 한운석은 저도 모르게 흠칫 떨며 두 팔을 꼭 감싸 안았다. 너무 끔찍했다!

저 육식 쥐는 분명 며칠간 굶었을 것이고 지금은 배가 고파

먹이를 찾느라 분주했다. 이 우리에 들어온 적이 몇 번 있었는데, 그때마다 먹이를 발견했기 때문에 저렇게 흥분해서 돌아다니는 것이다.

만약 용비야가 첩자를 저 안에 가둔다면…….

한운석은 도리질을 치며 무의식적으로 용비야를 돌아보았다. 하지만 용비야의 얼굴은 무표정했고 두 눈동자는 차갑고 무정해서 흡사 밤의 악귀 같았다.

확실히, 이 잔혹한 형벌은 쌀 독보다 끔찍했다. 이런 형벌을 당하고도 자백하지 않을 사람이 과연 있을까?

곧 첩자 두 명이 끌려왔다. 그들은 두 손이 등 뒤로 묶이고 머리카락을 풀어헤친 데다 며칠을 굶은 듯 바싹 야위어 있었다.

시위들은 그중 한 사람을 방구석에 묶어 놓고 남은 한 사람만 우리 쪽으로 끌어냈다. 입을 틀어막았던 재갈을 빼기 무섭게 그 첩자가 용비야를 향해 큰 소리로 욕을 퍼부었다.

"용비야, 쓸데없이 시간 낭비하지 마라! 죽으면 죽었지, 절대로 네 질문에 대답하지 않을 것이다! 충고하는데, 소용없으니 공연히 힘 빼지 마라!"

용비야는 입가에 조소를 띠며 아무 대답 없이 날카롭게 눈짓을 했다. 시위가 곧바로 첩자를 쇠 우리에 밀어붙였다.

사람의 머리가 무지막지하게 우리에 부딪히자, 안에 있던 쥐는 '먹이' 냄새를 맡고 와락 달려들어 날카로운 발톱으로 촘촘한 쇠그물을 찢어발길 듯이 긁어 댔다.

한운석은 심장이 오그라들었다. 쇠그물이 없었다면 첩자의 머리가 저 발톱 아래 무슨 꼴을 당했을지 상상도 하고 싶지 않았다!

쫄쫄 굶은 대형 육식 쥐는 상대가 누구든 간에 살코기만 붙어 있으면 반드시 뜯어먹을 것이다!

첩자도 이번 고문이 전과는 다르다는 것을 알아차렸는지 다급하게 발버둥을 쳤지만, 시위는 그녀의 목을 단단히 눌러 머리를 쇠그물에 바짝 갖다 붙였다.

첩자가 소리소리 질렀다.

"용비야, 여자를 학대하다니 네가 그러고도 남자냐? 자신 있거든 나를 죽여라!"

첩자는 계속해서 소리를 질렀다.

"용비야, 듣고 있느냐? 이 냉혈무정한 놈, 넌 사람도 아니야! 너 같은 게 무슨 영웅호걸이냐? 배짱이 있으면 단칼에 죽여라!"

용비야는 말이 없었지만 시위가 그녀를 홱 끌어당기고 다시 입에 재갈을 물렸다.

방 안은 곧 조용해졌고 그제야 용비야가 가만히 입을 열었다. 그의 입에서 나오는 깊고 으스스한 목소리에 주위 온도가 훅 떨어졌다.

"몇 년간 네 손에 죽은 사람이 십여 명이고, 그중에는 여섯 살 난 아이와 강보에 쌓인 갓난아기도 있었다. 그런 네가 본 왕 앞에서 사람 운운하다니?"

그 첩자에게 약간 동정을 느끼던 한운석도 그 말을 듣자 분통이 치밀었다. 첩자이니 남몰래 수작을 부리는 것은 그럭저럭 이해해 줄 수 있지만, 아이까지 죽이는 가증스러운 짓까지 하다니. 저런 꼴을 당해도 싸!

첩자는 불만스러운 듯 발버둥을 치고 고개를 꼬았지만 용비야는 아랑곳 않고 차갑게 말했다.

"집행하라."

집행? 우리 안으로 넣으라고? 아니면…….

심문, 잔혹한 수법

한운석은 시위가 첩자를 우리 속에 밀어 넣어 쥐의 밥이 되게 할 줄 알았지만, 결과는 완전히 예상 밖이었다.

심지어 당사자인 첩자도 예상치 못한 일이었다!

시위가 첩자를 붙잡아 우리 옆에 밀어붙인 뒤, 사람 얼굴만 한 창을 열고 쥐가 뛰쳐나오기 전에 첩자의 머리로 창을 틀어막은 것이다.

세상에!

한운석은 '헉'하고 찬 숨을 들이켰다. 용비야에게 미움을 산 자의 최후는 저렇게 끔찍한 것이었어!

첩자의 머리가 창을 막자 눈 깜짝할 사이 굶주린 육식 쥐가 달려들었다. 쥐는 뒷발로 쇠그물을 붙잡아 몸을 고정시킨 다음 갈고리 같은 앞발로 머리카락 안쪽에 숨겨진 두피를 단단히 잡고 뾰족한 주둥이에서 송곳니를 드러내 머리를 꽉 깨물었다.

"우웁…… 우으웁……."

뒷머리 쪽에서 무슨 일이 일어나는지 선혀 모르는 첩자는 얼굴이 하얗게 질리고 눈을 왕방울처럼 크게 뜬 채 공포에 질려 힘껏 발버둥을 치고 힘껏 몸을 뒤틀었다. 막힌 입에서 흘러나오는 흐느낌 소리가 마치 용서를 비는 것 같았다.

용비야는 아랑곳하지 않지만 첩자는 자꾸만 흐느끼며 용

비야를 바라보았고, 공포에 잠긴 눈동자에는 애원의 빛이 선명하게 드러났다.

누가 봐도 살려 달라고 비는 눈빛이었다.

그때 용비야가 살짝 손을 들었다. 시위가 우리 속에 고기를 던져 주자 육식 쥐는 재빨리 목표를 바꾸어 첩자의 머리를 놓아주고 고깃덩이로 달려갔고, 시위는 그 틈을 이용해 첩자를 끌어내고 창문을 닫았다.

첩자는 눈을 감으며 다리가 풀려 바닥에 주저앉았다. 온몸에 힘이 쑥 빠져나가고 몸이 부들부들 떨리면서 정신이 없었다.

한운석이 눈을 잔뜩 찡그리고 첩자의 뒤통수를 바라보니, 머리카락이 마구 흐트러지고 피떡이 져 있었다.

우리 속의 쥐에게 다시 눈을 돌렸지만 속이 뒤집어질 것 같아 더는 보고 싶지 않았다.

"이제 명단을 써낼 수 있겠느냐?"

용비야가 차갑게 물었다. 그가 원하는 것은 바로 첩자들의 명단이었다. 그것만 손에 넣으면 북려국의 장난질은 완전히 끝이었다!

첩자는 너무 놀라 넋이 나갔는지 고개를 숙인 채 꼼짝도 하지 않았다. 적어도 한운석이 보기에는 그랬다.

하지만 그녀가 저 첩자를 너무 얕보았다는 것이 곧 밝혀졌다.

잠시 후, 첩자가 천천히 고개를 들었는데, 조금 전만 해도 애원하듯 바라보던 눈빛이 어느새 악독하게 변해 용비야를 똑바로 노려보았고, 질문에는 대답조차 하지 않았다.

저렇게 배짱이 있으면서 조금 전에는 왜 흐느끼며 빌었을까?

한운석은 저런 사람을 도저히 좋아할 수가 없어서 눈살을 찌푸렸다.

참을성 없는 용비야가 눈을 가늘게 뜨며 싸늘하게 내뱉었다.

"계속해라!"

시위가 다시 첩자를 잡아 일으키자 첩자의 눈동자에도 공포가 스쳤지만 끝내 애원하지는 않았다. 용비야의 손에 남은 포로는 이제 둘밖에 없으니 쉽사리 죽이려 할 리 없었고, 그렇다면 이 난관만 잘 넘기면 괜찮을 것이라 생각했기 때문이었다.

그런데 누가 짐작이나 했을까? 시위는 첩자의 머리를 밀어 넣는 대신 힘껏 몸을 돌려 그 얼굴을 창 쪽으로 들이밀었다.

"안 돼……!"

금방 의도를 알아챈 첩자는 속으로 비명을 지르며 눈을 부릅떴다.

"안 돼……."

이대로라면 육식 쥐에게 얼굴을 뜯어 먹힐 판이었다!

후회막급한 그녀는 미친 사람처럼 격렬하게 발버둥을 치며 흐느끼고 눈물까지 쏟았지만, 이번에는 용비야 역시 그만하라는 말이 없었다. 진밀로 죽일 모양이었다!

쾅!

굉음과 함께 시위가 그녀를 창문에 밀어붙이고 얼굴로 창을 틀어막아 쥐와 정면으로 맞닥뜨리게 했다!

멀지 않은 곳에서 시위가 던져 준 고깃덩이를 뜯어 먹던 육식 쥐는 탐욕스레 먹이를 씹으면서도 잊지 않고 그쪽을 흘끗 바라보았다.

"우윽……. 우우윽……."

첩자는 고개를 돌리려 애쓰고 물러나려 용을 썼지만 시위가 놓칠세라 힘껏 누르고 있어 아무 소용이 없었다.

마침내 고깃덩이를 모두 먹어 치운 육식 쥐가 느릿느릿 몸을 돌려 그녀의 얼굴을 마주했다!

"우윽……!"

두려움을 견디다 못한 첩자의 눈꼬리가 찢어지고 눈동자가 튀어나올 듯 하는 순간 육식 쥐가 달려들었다!

한운석은 차마 보지 못하고 고개를 돌렸으나, 참혹하게 살이 뜯기는 소리는 똑똑히 들려왔다.

용비야의 얼음 같은 눈동자는 무정하기 짝이 없었다. 그가 방구석에 묶인 또 다른 첩자에게로 천천히 고개를 돌리더니 차갑게 물었다.

"너는 어떠냐?"

그제야 다른 첩자의 존재를 생각해 낸 한운석은 퍼뜩 깨달았다. 용비야는 처음부터 본보기로 첩자 한 명을 죽여 남은 사람을 위협하려던 것이었다!

그가 정말 심문하려던 사람은 방구석에 묶인 다른 첩자였다!

그의 냉엄한 옆얼굴을 바라보던 한운석은 문득 그가 늑대를 닮았다는 생각을 했다. 늑대는 적 앞에서는 언제나 저렇게 냉정하고 과감하고 잔인하기까지 했다!

그때, 구석에 묶여 있던 첩자는 놀람과 공포에 찬 눈으로 동료를 바라보고 있었다. 그녀 역시 용비야가 동료를 죽이리라고는 생각하지 못하고 있었다. 용비야가 붙잡은 첩자 중에 남은 것은 단 두 사람밖에 없었으니까.

두 사람이 죽으면 용비야의 실마리는 완전히 끊어지게 되는 것이다!

용비야도 얼마 전까지는 남은 이들이 죽을까 봐 조바심을 내고 있지 않았던가? 심지어 독의를 불러 동료들이 갑자기 죽은 원인을 조사하기도 했는데, 이번에는 왜 이렇게 독하게 나오는 거지?

첩자가 반응을 보이지 않자 용비야가 눈짓을 했고, 이를 본 시위가 곧바로 그녀의 입을 막았던 재갈을 빼냈다. 첩자는 다짜고짜 악다구니를 퍼부었다.

"용비야, 배짱이 있거든 죽여라! 난 투항하지 않을 것이다!"

용비야는 입가에 냉소를 머금은 채 귀찮은 듯이 느릿느릿 몸을 일으켜 한 발 한 발 천천히 쇠 우리로 다가갔다.

첩자는 겁에 질린 눈빛으로 그를 따라 시선을 움직였다. 용비야가 쇠 우리에 얼굴을 들이민 첩자를 홱 끌어내 바닥에 내동댕이쳤지만 육식 쥐는 용비야를 무서워하는 듯 쫓아 나오지 않고 멀찍이 숨었다.

천정을 바라본 채 쓰러진 첩자의 얼굴은 엉망진창이었으나 아직은 숨이 붙어 있었다! 얼굴이 온통 긁히고 뜯어 먹혔는데도 죽지 않은 것이다.

부들부들 몸을 떠는 첩자의 얼굴은 눈코입의 형체를 알아볼 수가 없을 정도였고, 뺨마저 너덜너덜해져 말을 할 수도 없었다.

용비야는 그제야 고개를 들고 방 한쪽에 묶인 다른 첩자를 바라보며 냉소를 지었다.

"본 왕은 너희를 죽이지 않을 것이다. 대신 죽느니만 못하게 해 주지!"

말을 마친 그가 차갑게 명을 내렸다.

"여봐라, 의원을 불러 약을 바르게 해라. 상처가 나으면 형을 계속하겠다! 다음."

"안 돼……!"

묶인 첩자가 저도 모르게 소리를 질렀다. 동료가 당하는 모습을 목격한 덕에 저 형벌의 무서움을 누구보다 잘 알게 된 그녀는 도저히 견뎌 낼 자신이 없었다. 견뎌 내기는커녕 생각만 해도 머리털이 쭈뼛 솟았다.

"아직 돌이킬 기회는 있다."

용비야가 싸늘한 목소리로 일깨워 주었다.

첩자는 깊이 생각해 보지도 않고 몹시 흥분한 투로 외쳤다.

"말하겠다!"

이렇게 빨리?

한운석이 어리둥절하는 사이 첩자가 말을 이었다.

"용비야, 명단을 알려 주겠다! 하지만 마음을 가라앉힐 수 있게 밥부터 배불리 먹게 해다오."

며칠 밤낮을 굶어 힘이 하나도 없으니 자백을 하기 전에 배를 채워야겠다는 것은 정상적인 요구였다. 한운석이 쌀 독의 수수께끼를 풀어 주지 않았다면 용비야도 그 부탁을 받아들였을 것이다.

그러나 첩자들은 용비야가 이렇게 위험한 형벌까지 써가며 심문을 하는 까닭이 쌀 독의 비밀이 풀렸기 때문임을 전혀 모르고 있었다.

심문을 견딜 수가 없어 자결을 결심했는데 죽을 수도 없는 상황이라면, 남은 것은 자백뿐이었다!

"쌀밥 말이냐?"

용비야는 싸늘하게 웃었다.

"본 왕이 네가 자결하도록 도와줄 성 싶으냐?"

그 말이 떨어지자마자 첩자의 낯빛이 싹 변했다. 저런 말을 하다니, 벌써 쌀 독의 비밀을 알고 있는 것일까?

아니, 절대로 그럴 리 없어!

주군께서 독을 쓰는 수법은 무척 은밀한 데다 쌀 독 또한 상고시대의 독약이라 아는 사람이 극히 적어. 그런데 용비야가 무슨 수로 알 수 있겠어?

첩자는 혼란에 빠져 용비야를 바라보았지만, 용비야는 꾸물거릴 시간을 줄 만큼 참을성이 강하지 않았다.

"형을 집행하라!"

죽지도 못하고 서서히 괴롭힘을 당하다 보면, 한두 번은 견디더라도 결국에는 털어놓을 수밖에 없었다!

죽고 싶더라도 며칠에 걸쳐 천천히 굶어 죽어야 했고, 굶어 죽기 전까지 상상도 못할 괴로움이 기다리고 있었다.

시위가 그녀를 끌어내자 첩자의 고운 얼굴은 새하얗게 질렸다. 심장도 바짝 오그라들며 두 다리에서 힘이 빠져 걸음조차 옮길 수가 없었다.

동료 옆을 지나며 가까이에서 그 얼굴을 보니 너무 끔찍해서 정신이 나갈 지경이었다. 그녀는 눈을 질끈 감으며 겁먹은 소리로 외쳤다.

"하겠다! 용비야, 말하겠다!"

자백하지 않으면 굶어 죽기 전까지 저 잔혹한 형벌을 몇 차례나 더 당하게 될지는 아무도 모를 일이었다. 그녀는 도저히 견딜 자신이 없었다. 단 한 번이라 해도 견딜 자신이 없었다. 독을 먹고 단번에 죽는 방법이 아니라면 저토록 고통스럽게 죽음을 기다리고 싶지는 않았다!

"종이와 붓을 가져와라!"

그렇게 말하며 다시 자리에 앉는 용비야의 온몸에서는 거역할 수 없는 패기가 흘러나오고 있었다.

첩자는 부들부들 떨며 말했다.

"동료가 누구인지는 몰라……. 우린 서로 모르는 사이야!"

용비야가 웃음을 지었다. 가볍디가벼운 웃음이었지만 정적이 흐르는 감옥 안에서는 너무나도 무시무시하게 느껴졌다.

"우리가 앞으로 3년 동안 누구를 죽이려고 했는지는 알지만, 다른 것은 정말 몰라."

첩자가 황급히 설명했다.

놀란 모습으로 보아 거짓말을 하는 것 같지는 않았다. 시위가 재빨리 종이와 붓을 가져다주었는데, 첩자는 붓을 든 손이 덜덜 떨리는 바람에 한참만에야 겨우 명단을 완성했다.

"내가 아는 것은 여기 쓴 스무 명뿐이야. 다른 건 정말 몰라!"

꽉 잠긴 목소리로 말하는 그녀의 눈에서 결국 눈물이 왈칵 솟구쳤다.

명단을 들여다본 용비야는 중요한 것이라도 본 양 순간적으로 복잡한 눈빛을 떠올렸지만 겉으로 드러내지는 않았다.

그가 다시 차갑게 물었다.

"네 주인은 북려국의 누구냐? 그 자도 천녕국에 숨어 있느냐?"

이토록 치밀한 첩자 조직이 3, 4년 혹은 그보다 오래 천녕국에 잠복해 있었다면 그 배후에 있는 사람은 결코 보통 인물이 아니었다.

"몰라!"

첩자는 엉겁결에 외치고는 황급히 부연 설명을 했다.

"우리는 직속 우두머리의 명만 따르도록 되어 있어. 그래서 직속 우두머리만 만나 봤지 그 윗사람은 본 적이 없어."

말하자면 아랫사람이 발각되어 형벌과 고문을 당해도 윗사람을 배신할 수 없는 구조인데, 확실히 첩자 조직다웠다.

"네 직속 우두머리는 누구냐?"

용비야가 흥미로운 듯이 물었다.

"모기녀라고 불리는데 얼마 전에 네 손에 죽었어."

첩자는 사실대로 대답한 뒤 잠시 후 다시 덧붙였다.

"모기 떼를 부리는 사람 말이야……."

그 말을 듣자 용비야도 독모기떼를 부리던 여자 첩자를 생각해 냈다.

그녀가 이 첩자들의 직속 상사였을 줄이야. 당시 그들이 있던 곳이 깊은 산골짜기였기 때문에 뜻밖의 사고라도 생길까 봐 그럴 수밖에 없었지만, 그 이유만 아니었더라면 그렇게 쉽게 죽이지는 않았을 것이다.

용비야는 몇 가지 더 물은 뒤 일어나 시위에게 데려가서 다시 가두라는 눈짓을 했다.

이 모든 것을 지켜보며 아무 말이 없던 한운석은 드디어 잔인한 장면이 끝났다는 생각에 속으로 안도의 숨을 내쉬었다. 그때 용비야가 흥미로운 눈빛으로 그녀에게 명단을 건넸다.

"보거라……."

충격, 가장 위험한 건 그녀

용비야의 표정에 한운석은 괜스레 불안해져 명단을 받아들었는데, 그 위에 적힌 이름들을 훑어보는 순간 너무 놀라 심장이 튀어나오는 것 같았다!

이 명단에 있는 스무 명 가운데 다섯 명이 어린아이였고, 그중 가장 큰 아이도 채 열 살이 넘지 않은 나이였다. 대부분 천녕국 귀족 가문의 적손嫡孫이었고 황제의 손자 한 명까지 포함되어 있었다!

저 첩자들이 한 짓에 비하면, 방금 용비야가 했던 일을 잔인하다고 할 수 있을까?

하지만 한운석이 가장 놀란 것은 그 부분이 아니었다. 그녀를 가장 놀라게 한 것은 몹시도 낯익은 이 이름이었다……. 목청무!

세상에!

목청무 역시 저 첩자들이 3년 안에 죽이려던 사람 중 하나였던 것이다.

한운석도 목청무에게 독을 쓴 사람이 북려국의 첩자가 아닐까 의심하긴 했지만, 잠깐 떠오른 생각이었을 뿐 깊이 고민하지는 않았었다. 목 대장군부는 천녕국에서 지위가 높고 병권까지 쥐고 있기 때문에 나라 안에도 적이 적지 않았기 때문이었다.

그런데 목청무가 중독된 것이 저 첩자들의 짓이라면, 독을 쓴 첩자는 장군부 주변에 벌써 몇 년째 잠입해 있었다는 뜻이었다.

우연히 독이 발작하지 않았더라면 목청무의 몸속에 독이 있다는 것을 아무도 알아차리지 못했을 것이다. 저 첩자들의 계획은 앞으로 3년 동안 목청무에게 계속 독을 쓰는 것인데, 만사독이 일정량 누적되면 독이 발작하자마자 목숨을 잃고, 신선이 와도 구할 수 없었다.

한운석은 고개를 번쩍 들고 놀란 얼굴로 용비야를 바라보았다. 그러나 용비야는 흥미로운 듯 호를 그린 입술을 더욱 위로 휘며 차갑게 미소했다.

"한운석, 즉시 한씨 저택으로 데려다주겠다. 부디 본 왕을 실망시키지 말도록."

그 말에 한운석은 가슴이 철렁 내려앉고 안색이 하얗게 질렸다!

그녀가 주춤 물러서며 눈썹을 잔뜩 찡그렸다.

"그게 무슨 뜻이죠?"

"네 입으로 한종안의 셋째 첩 이 씨가 의심스럽다고 해 놓고 벌써 잊어버렸느냐?"

용비야가 물었다.

그는 오늘의 심문 결과가 무척 만족스러웠지만, 그보다는 한운석이 준 소식에 더욱 기대가 컸다.

비록 독에 대해서는 아는 게 없지만, 목청무가 중독된 만사독이 아주 특수한 독이라는 것은 용비야도 알고 있었다. 그 오랜 세월 소리 소문 없이 독을 썼다면 상대는 필시 평범한 첩자가 아니었다.

어쩌면 한씨 저택에서 큰 수확을 얻을 수 있을지도 모른다.

당연히 용비야가 무슨 생각을 하는지 짐작한 한운석이 즉각 해명했다.

"의심이 아니라 실마리를 찾아낼 가능성이 있다는 것뿐이었어요. 기대가 크면 실망도 크니 부디 너무 큰 기대는 갖지 말아주세요, 전하."

셋째 소실댁이 아니라 한씨 집안을 위한 해명이었다.

한종안이 지은 죄 만으로도 멸족을 당하기에 충분했으나, 다행히 진맥 결과가 알려지지 않았기에 그녀가 세운 공으로 벌충할 수 있었다. 이런 마당에 만에 하나 무슨 증거라도 나타나 한씨 집안에 북려국 첩자가 있다는 것이 밝혀진다면, 이번에는 남녀노소 할 것 없이 끝장이었다!

누구나 알다시피 적국과 내통하는 것은 죽음을 면치 못할 대죄였고, 대사면령이라도 이런 대죄를 사면할 수 없다는 것은 명확한 규칙이었다.

목유월과의 내기 기한이 다가오고 있어 한운석 역시 이 씨에게서 실마리를 찾을 수 있기를 바라 마지않았지만, 지금 이 순간에는 목청무에게 독을 쓴 진범이 한씨 집안사람이 아니기를 누구보다 바라고 바랐다.

죄 없는 집안사람들은 둘째치더라도, 꼬마 한운일을 생각하면 도저히 견딜 수가 없었다.

"설사 가능성이라 해도……."

용비야가 눈썹을 추키며 빙긋 웃었다.

"본 왕은 무척 관심이 있다."

눈을 찡그린 채 그를 바라보는 한운석은 한참 동안 할 말을 잃었다.

용비야가 이런 명단을 얻을 줄 알았더라면 그에게 한씨 집안 이야기를 하지 않고 어떻게든 방법을 찾아 혼자 조사해 본 다음 대응 방법을 생각해 봤을 텐데.

"왜, 왕비마마께서 사사로운 감정에 치우쳐 사실을 숨길 생각인가?"

용비야가 물었다. 보기 드물게 당황한 그녀의 모습을 보자 그의 눈동자에 떠오른 흥미가 한층 짙어졌다.

"아니에요!"

한운석은 즉시 부인했지만, 심문하는 듯한 용비야의 눈빛을 마주 볼 수가 없었다.

"아직 날이 밝지 않았으니 가 볼까?"

용비야가 한 걸음 한 걸음 다가섰다.

벽에도 귀가 있다고 하니 만에 하나 셋째 소실댁에게 혐의가 있다면 저 인간의 눈을 벗어나지 못하고 언젠가는 밝혀지게 될 것이다. 그러니 숨기기보다는 차라리 터놓고 말해 미리 방비하는 편이 나았다.

그녀는 마음 굳게 먹고 진지하게 말했다.

"전하, 절대 사사로운 정 때문에 일을 망칠 생각은 없지만, 딱 한 가지만 약속해 주세요. 네?"

용비야는 다소 의외라는 듯이 다시 자리에 앉으며 흥미로운 목소리로 캐물었다.

"지금 왕비마마께서 본 왕에게 조건을 내거는 건가?"

그가 알기로 한운석은 어려서부터 가족들에게 학대를 당했으니 한씨 집안에 일말의 정도 없다고 해도 좋았다. 한종안까지 감옥에 가둔 마당에 다른 가족에겐들 미련이 남았을까?

그런데 누구 때문에 저렇게 마음을 쓰는 것일까?

이런 생각을 하자 기분이 좋았던 용비야는 갑자기 심기가 불편해졌다.

한운석은 고개를 끄덕였지만, 아직도 셋째 소실댁이 정말 결백한지 자신이 없었다.

"전하, 신첩은 독을 잘 아니 전하를 도울 수 있습니다. 작은 부탁 하나만 들어주신다면 반드시 최선을 다해 첩자들을 모조리 밝혀내겠어요!"

"그러니까, 본 왕에게 조건을 내거는 것이 아니라 숫제 협박을 하겠다?"

용비야가 차갑게 반문했다. 이렇게 참을성을 발휘하는 것도 그에게는 드문 일이었다.

"이……!"

한운석은 기가 막혔다. 저 인간 일부러 저러는 거지?

한운석이 붉으락푸르락하자 용비야도 깊이 모를 눈빛으로

재미있다는 듯이 그녀를 바라보았다.

한운석은 한참을 망설인 끝에 겨우 입을 열었다.

"전하, 제 조건을 들어 보시고 생각하셔도 늦지 않을 거예요."

용비야는 생각에 잠긴 얼굴로 고개를 끄덕였다.

"말해 보라."

"만에 하나 한씨 집안에 첩자가 있더라도 무고한 사람들은 풀어 주시기를 청합니다."

한운석은 몹시 진지했다.

"무고한 사람이라면?"

용비야가 재차 물었다.

"전하, 이제 한씨 집안에는 첩 세 사람밖에 남지 않았지만, 가족은 남녀노소를 합쳐 수십 명이나 됩니다. 설사 첩자가 정말 한씨 집안에 있더라도 모두가 그 사실을 알지는 못했을 것이고, 무고한 사람도 많을 거예요."

한운석은 진지하게 대답했다.

그런데 뜻밖에도 용비야는 '후후' 하고 냉소를 터트렸다.

"한운석, 알고나 있느냐? 정말 한씨 집안에 첩자가 있다면 너 자신도…… 살아난다는 보장이 없다! 다른 사람을 생각하기 전에 너부터 생각하는 것이 좋을 것이다."

그런…….

그 순간 한운석은 심장이 덜컥 내려앉고 머릿속이 텅 비었다.

용비야가 알려 주기 전까지 자신 역시 한씨 집안사람이라는 사실을 까맣게 잊고 있었던 것이다. 진왕부로 시집가긴 했지만

출신은 바꿀 수 없었고 친정과 깨끗하게 갈라서는 것도 불가능
했다.

한씨 집안사람 중에 그녀야말로 황족에 접근할 기회가 있는
사람이자 황족을 해칠 수 있는 사람이었다. 무고한 사람을 죽
이게 되더라도 흉수를 놓치지 않는 천휘황제의 성품이라면, 한
씨 집안의 혐의가 밝혀지는 즉시 가장 위험해질 사람은 바로
그녀였다!

새하얗게 질린 한운석의 얼굴을 보자 용비야의 입가에 만족
스러운 미소가 피어올랐지만, 순식간에 다시 사라졌다.

그는 여전히 오만한 말투로 말했다.

"왕비마마께서 본 왕을 도와 첩자들을 색출해 준다면 왕비
마마를 구해 주는 것은 고려해 보지."

아무것도 아닌 것처럼 말하는 용비야의 저 빌어먹을 표정을
보자 한운석은 당장이라도 주먹을 날리고 싶은 심정이었다. 하
지만 그녀가 뭘 할 수 있을까?

세상에서 제일 무정한 게 황실이었다. 형제간에 사이가 틀
어지고 혈육끼리도 서로 죽이는데, 그런 그들 눈에 무고한 남
들이 들어오기나 할까?

잔인한 것은 용비야가 아니라 이 시대였고, 용비야는 그저
그녀에게 사실을 일깨워 준 것뿐이었다.

동시에, 강한 권력과 세력만이 이 잔인한 시대에서 스스로
를 살아가게 하는 힘이라는 것을 일깨워 준 것이기도 했다.

권력과 세력. 그녀에게는 의지할 용비야가 있지만, 한씨 집

안은 권력도 없고 세력도 없었다!

한씨 집안에 정말 첩자가 있다면 그 가증스런 첩자가 가족 전체에 해를 끼치고 말 것이다!

한운석은 자신이 이 사실을 바꿀 수 없다는 것을 알고 있었다. 그녀로서는 순리를 따를 수밖에 없었다.

그녀는 고개를 들고 용비야를 바라보며 두려운 듯 물었다.

"전하께서 그리 생각해 주신다면……. 딱 한 사람 더 구하는 것을 고려해 주실 수는 없을까요?"

"누구냐?"

용비야가 즉시 캐물었다.

"제 동생, 한운일이에요. 그 아이는 이제 겨우 여섯 살이고 아무 것도 모릅니다."

한운석은 재빨리 대답했다.

용비야는 그 말이 의외였던지 한참 동안 대답이 없었다.

"전하, 방금 저 첩자들이 어린아이를 죽였다고 화를 내셨지요. 신첩은 전하께서 어리고 약한 사람을 보호하는 마음씨 고운 분이라는 것을 안답니다."

입에 붙지 않는 아부를 딱 한마디 하고 났더니 금세 말문이 막혔다. 평소 이런 말을 해 본 적은 없었지만, 한운일을 위해서라면 목숨을 걸고서라도 해내야 했다.

용비야도 그녀가 이런 말을 한 것이 몹시 뜻밖이었다. 마음씨 고운 사람? 이 여자는 이걸 아부랍시고 한 건가?

"그래?"

용비야는 냉소를 지으며 반문했다.

"예……."

한운석 자신조차 양심이 찔려 기어들어가는 소리로 대답했다.

그런데 예상과 달리 용비야는 흔쾌히 허락했다.

"좋다, 그렇게 해 주지!"

한운석은 몹시 뜻밖이었다.

저 인간이 허락한 거야? 이렇게 쉽게? 한 차례 더 실컷 괴롭힐 줄 알았는데.

오늘은 웬일이래? 심문 결과가 나와서 기분이 좋은 걸까?

"정말이에요?"

한운석은 한 번 더 확인했다.

용비야가 일어나며 반문했다.

"지금 본 왕의 신용에 의문을 제기하는 것이냐?"

한운석은 허둥지둥 고개를 저으며 쓸데없는 말은 쏙 빼고 감사 인사를 했다.

"감사드립니다, 진왕 전하!"

"이제 갈 수 있겠느냐?"

용비야가 또 물었다.

고개를 끄덕인 한운석은 다리를 다친 것조차 깜빡한 채 다급히 걸어가려다가 그만 우당탕 넘어지고 말았다…….

"아얏……!"

그녀는 고통에 찬 비명을 지르며 조그마한 얼굴을 있는 힘껏 일그러뜨렸다. 아이고, 아파라!

통증이 다리에서부터 슬금슬금 타고 올라와 두피까지 저릿저릿했다.

용비야가 흘끗 내려다보았으나 발 쪽은 보지도 않고 어떠냐고 묻지도 않은 채, 올 때 그랬듯이 그녀 앞에 살짝 몸을 숙였다.

날씬하면서도 튼튼하고 훤칠한 그의 몸은 저렇게 웅크려도 높고 오만하고 존귀하고 신비하게 느껴졌다.

한운석은 문득 뭐라고 할 수 없는 안전한 기분에 휩싸여, 조심조심 그의 등으로 기어올랐다. 하지만 용비야가 차갑게 내뱉었다.

"곧 날이 밝아 올 테니 서둘러라."

이 차디찬 재촉이 안전한 기분을 싹 지워 버렸다. 한운석은 냉소를 떠올리며 대범하게 그의 등에 올라타 어깨를 꽉 움켜쥐었다. 아프든 말든 마음대로 하라지!

안전?

웃기고 있네. 이 인간이 날 어디 갖다 팔지 않으면 되레 이상하지.

고원을 떠날 때쯤 하늘은 더 이상 컴컴하지 않았고 희끄무레하게 밝아지고 있었다. 한 시진 반만 지나면 날이 샐 것이다.

용비야의 속도가 몹시 빨라 한운석은 주변 풍경을 제대로 파악하지 못했고 양쪽으로 집들이 검은 그림자처럼 휙휙 지나가는 것밖에 볼 수 없었다.

본래도 차가운 바람은 용비야의 속도 때문에 씽씽 거리며 아플 정도로 얼굴을 때려 댔다. 한운석은 별수 없이 용비야의 등에 얼굴을 묻어 그를 바람막이로 삼았다.

그녀가 뒷덜미에 머리를 대자 질풍처럼 달리는 데만 몰두하던 용비야는 그 동작에 무척 불편한 느낌이 들었지만, 눈만 찡그렸을 뿐 아무 말도 하지 않았다…….

밤중의 방문, 위험천만

고원에서 한씨 저택까지는 자못 거리가 멀어 용비야가 아무리 빨라도 시간이 걸렸고, 한운석은 곧 목이 뻐근하고 불편해졌다.

하지만 고개를 들자 광풍이 얼굴로 불어 닥쳐 머리카락이 휠휠 날리고 얼굴은 난도질을 당하듯 따가웠다. 한운석은 이를 피해 또 한 번 머리를 묻었지만 곧 다시 들어야 했다. 이렇게 억지로 고개를 숙이고 있다가는 한씨 저택에 도착할 즈음에는 목이 마비되고 말 것이다.

물론 용비야는 등에 업힌 사람의 조그마한 동작들을 고스란히 느끼고 있었으나 내내 아무 소리 없이 앞만 바라보고 있었다. 마치 이런 일에 무척 익숙한 사람 같았다.

그러나…… 그러나…… 진왕 전하가 누군가를 업은 것은 이번이 처음이었다!

한참이 지나자 한운석의 목은 더 이상 견디지 못할 상태가 되었다. 밤새 눈 한번 붙이지 못해 피곤한 데다 용비야의 등에서 불편한 자세로 한참을 버틴 탓에 몸이 녹초가 되어 있었다.

그녀는 잠시 머뭇거리다가 앙큼한 표정을 지으며 살그머니 입술을 핥더니, 용비야의 어깨를 잡았던 팔을 슬금슬금 앞으로 뻗어 그의 목을 껴안았다.

성공적으로 목을 감싸 안고 나자 바짝 긴장한 채 기다려 보앉지만, 다행히 용비야가 아무 반응이 없었다. 그녀는 슬그머니 겁이 나면서도 기분이 좋아졌다.

팔로 목을 감자 자세가 한층 편해졌다. 한운석은 눈동자를 또르르 굴리고 입술을 핥으며, 이번에는 슬금슬금 고개를 돌려 그의 어깨에 얼굴을 올렸다.

물론 동작은 아직도 약간 부자연스러웠다. 지난번 독모기떼를 물리치러 갔을 때에는 용비야가 강제로 그녀를 품에 안았지만 이번에는 자발적으로 그에게 기대야 했기 때문이었다.

이 인간, 내가 지조 없이 부녀자의 도리를 어긴다고 생각하는 건 아니겠지?

그에게 들은 경고를 떠올릴 때마다 마음이 답답했다. 케케묵은 옛날 사람 같으니!

한참 기다렸지만 용비야의 불만스런 목소리가 들려오지 않자, 한운석은 이 인간이 속도를 유지하느라 자신이 뭘 하든 신경 쓸 겨를이 없나 보다 싶었다.

이렇게 되자 날카롭게 곤두섰던 신경이 겨우 느슨해졌다. 어째서 이렇게 마음이 불편한지는 모르지만, 그녀는 속으로 안도의 숨을 내쉬며 중얼거렸다.

'진왕 전하, 미안하게 됐네요. 별 뜻이 있어서가 아니라 그냥 잠시 기댄 것뿐이라고요.'

등 뒤에 있는 사람이 잠잠해지자 용비야도 찌푸렸던 눈을 폈다. 그윽하고 깊은 눈동자가 살짝 어두워졌지만 그의 얼굴에는 여전히 아무 표정이 없어서 아무도 그 속을 들여다볼 수가 없었다.

가는 내내 주위는 죽은 듯이 고요했고, 들리는 것이라곤 씽씽 불어오는 바람 소리와 또 하나, 두 사람 모두 이유를 알지 못하는 두근거림……. 콩닥콩닥 뛰는 심장의 박동 소리뿐이었다.

한씨 저택에 도착해 보니 하늘은 아직 어두웠다. 아무래도 겨울이라 동트는 시각이 늦을 수밖에 없었다.

한운석이 길을 알려 주자 용비야는 재빨리 그녀를 셋째 소실댁 처소로 데려가 소리 없이 지붕 위에 내려 주었다.

용비야의 약속은 받았지만, 한운석은 여전히 셋째 소실댁의 방에서 아무 실마리도 나오지 않기를 바랐다. 실마리야 다른 곳에서 찾아낼 수도 있을 테니 한씨 집안이 연루되지 않는 것이 최선이었다.

한씨네 저택의 원락들은 형태가 비슷비슷했다. 한운석은 옛 기억을 더듬어 셋째 소실댁 거처의 구조가 대강 조그마한 사합원四合院(중국의 전통 저택 양식으로, 가운데 마당을 두고 그 사방에 집채를 세운 모양)같았다는 것을 떠올렸다.

원락 안은 조용해서 아직 잠에서 깬 사람이 없는 것 같았지만, 한 시진 후면 주방 하녀들이 일어날 것이다.

"이제 무슨 실마리를 찾는지 알려 줄 수 있겠지?"

용비야가 소리 죽여 물었다.

한운석은 셋째 소실댁의 원락에서 마신 봄차와 오두막에서 발견한 것들에 대해 간략히 설명했고, 영리한 용비야는 단박에 알아들었다.

셋째 소실댁의 오두막에 뱀독이 있는 것은 이상하지 않지만, 때를 맞춘 듯이 뱀독을 모두 다른 것으로 바꾼 것은 확실히 의심스러웠다.

"그래서 원락을 뒤져 다른 뱀독들도 있는지 확인해 보고 싶은 거예요."

한운석은 진지하게 말했다.

조그마한 오두막 안에 남은 뱀독을 발견한 까닭은 첫째, 뱀독의 독성이 일반 독약보다 강하기 때문에 해독시스템이 민감하게 반응했기 때문이고, 둘째, 약 서랍을 깨끗하게 청소하지 않은 탓이었다.

얼마 전까지만 해도 한운석은 이 원락에서 다른 뱀독의 흔적을 찾아내기를 바랐지만, 지금은 진심으로 그러지 않기를 바랐다.

"의심스럽기는 하나 가능성이 그리 높지는 않군."

용비야는 객관적으로 분석했다.

물론 한운석도 잘 알고 있었다.

"제가 공연한 생각을 했기를 바랄 뿐이에요."

그 말에 용비야는 비웃음이 담긴 냉소를 떠올리며 무척 언짢은 얼굴로 그녀를 바라보았다.

"아래로 데려가 주세요."

그녀의 차가운 목소리에는 명령하는 기색이 다분했다.

용비야는 움찔하며 화난 그녀의 눈동자를 마주보았지만, 해가 서쪽에서 뜨려는지 꼬치꼬치 따지지 않고 그녀를 안아 바닥에 내려 준 뒤 소리 없이 대문을 따서 열었다.

노련하게 자물쇠를 따는 그의 움직임에 한운석은 속으로 혀를 내둘렀다. 높고 귀하신 진왕께서 좀도둑의 소질까지 갖추었을 줄 몰랐는걸.

용비야가 아니었다면 한운석은 안으로 들어가지도 못했을 것이다.

문이 열리자마자 그녀는 절뚝거리며 들어갔고, 용비야도 바짝 뒤를 따라 들어와 소리 없이 문을 닫아 드나든 흔적을 없앴다.

대문 안쪽은 곧바로 객청에 맞닿아 있었다. 이쪽은 뱀독의 흔적이 있을 가망성이 거의 없었지만, 한운석은 그래도 절룩이는 다리로 안을 한 바퀴 둘러보며 해독시스템을 가동하여 흔적을 찾아보았다.

용비야는 문지기 신상처럼 어두운 문가에 서서 천천히 움직이는 한운석의 그림자를 바라보았다.

한운석이 움직임이 편했더라면 금세 둘러보았겠지만, 다리를 다친 지금은 시간이 약간 더 걸렸다. 해독시스템이 있었기 망정이지, 제 손으로 직접 조사하는 방식이었다면 아마 수차례 더 데려다 달라고 용비야를 귀찮게 해야 했을 것이다.

그녀는 가능한 빠른 속도로 셋째 소실댁의 원락 안을 수색했지만 아무것도 나오지 않았다. 남은 것은 셋째 소실댁과 한약설의 침실이었고, 지금 그 두 사람은 세상모르고 잠들어 있었다.

"아무 것도 없느냐?"

용비야는 실망한 기색이 다분했다.

"아직 방 두 개가 남았으니 계속 찾아봐요."

한운석은 담담하게 말했지만 속으로는 무척 기뻐하고 있었다. 뱀독 두세 가지는 우연이었을 뿐 공연히 쓸데없는 생각을 한 것이 분명했다!

용비야는 캐묻지 않고 한운석과 함께 한약설의 방으로 갔다.

여자의 규방은 다른 곳과는 달리 입구로 들어서자마자 향긋한 냄새가 났다. 잠시 망설이던 용비야가 낮은 목소리로 말했다.

"날이 밝았으니 나중에 다시 오지."

한운석이 하늘을 살피며 진지하게 말했다.

"아직 시간이 있어요, 공연히 두 번 올 필요 없잖아요."

내기 때문에 시간을 낭비할 수가 없는 데다 한씨 집안의 문제를 명확히 해 두지 않으면 돌아가더라도 잠이 올 것 같지 않아서였다.

샅샅이 뒤졌지만 뱀독은 발견되지 않았으니 공연한 걱정이었을 수도 있지만, 침실에 뱀독을 숨겼을 가능성도 꽤 높았다.

용비야가 뭐하고 말하려는데, 한운석이 진료 주머니에서 단향목 같은 것을 꺼내 살며시 불을 붙여 창호지에 구멍을 뚫고 안으로 밀어 넣었다. 미혼향은 하류배나 쓰는 것이라지만 중요한 순간에는 아주 쓸모가 있었다.

효과가 나타날 시간이 되자 한운석이 실쭉 웃으며 용비야에게 말했다.

"전하, 자물쇠를 열어 주시지요."

용비야는 아무리 생각해도 영 거슬렸다. 사실 그가 이 집을 조사할 생각이었다면 대낮에 오더라도 발각되지 않고 구석구석 뒤져 볼 수 있었고, 미치지 않고서야 한밤중에 이 여자를 데리고 살금살금 이런 짓을 할 리가 없었다.

그는 무표정한 얼굴로 문을 열었지만 한운석과 함께 들어가는 대신 그 자리에 선 채 안쪽을 들여다보지도 않았다.

그에게 있어 여자의 방은 항상 기피 대상이었고, 안에 사람이 자고 있다면 더욱 그랬다.

한약설은 본래도 깊이 잠들어 있었는데 미혼향까지 더해져 눈앞에 벼락이 떨어져도 깨어나지 못할 정도로 인사불성이 되어 있었다. 한운석은 방을 모두 살핀 뒤 마지막으로 침상에 다가갔다.

휘장을 걷어 보니 잠든 한약설은 옷매무새가 온통 흐트러져 도저히 보아줄 수 없을 정도로 엉망인 모습이었다. 한운석은 저도 모르게 문밖을 돌아보며 용비야가 들어오지 않은 것이 옳았다고 생각했다.

유감스럽다고 해야 할지 다행이라고 해야 할지 모르지만, 한약설의 방에서도 실마리는 나타나지 않았다. 이제 남은 것은 셋째 소실댁 이 씨의 방뿐이었다.

이렇게 되자 한운석은 차마 용비야의 얼굴을 볼 수가 없었다. 분명히 잔뜩 실망해서 밤새 좋았던 기분이 싹 사라졌겠지.

한운석은 조금 전처럼 미혼향으로 이 씨를 잠재운 뒤 문을 열고 들어갔다. 용비야는 여전히 문 밖에 서 있었는데, 비록 들어오지는 않았지만 주위의 동정을 빠짐없이 살피고 있었다.

이 씨가 첩자라면 이 원락은 결코 겉에서 보는 것처럼 단순하지 않을 것이고, 적어도 보이지 않는 곳에서 지키는 사람은 있을 것이다.

이 씨의 방은 한약설의 방보다 훨씬 컸고 가장 의심스러운 곳이기도 했다. 한운석은 진지하게 수색에 들어가 단 한군데라도 놓치지 않도록 정신을 집중했다.

하지만 구석구석 뒤져도 해독시스템에서는 아무런 경고도 들려오지 않자, 마지막으로 침상에 시선을 던졌다. 저 침상이 이 원락을 통틀어 아직 뒤져 보지 않은 유일한 곳이었다!

"셋째 소실댁, 만사독을 쓴 사람은 분명 당신이 아닐 거야!"

한운석은 혼잣말을 중얼거리며 한 걸음 한 걸음 다가갔다. 용비야가 함께 들어왔다면 이상한 점을 눈치챘겠지만, 안타깝게도 지금 용비야는 문 밖에 있었다.

한운석은 조금씩 조금씩 침상에 가까워지고 있었지만 무공을 모르는 탓에 휘장 속에서 뿜어져 나오는 무시무시한 살기를 전혀 느끼지 못했다.

사실 셋째 소실댁 이 씨는 미혼향을 맡자마자 잠에서 깨어났고, 지금 그 손에는 날카로운 비수가 쥐어져 있었다. 얼굴마저 음험하고 악랄하게 물들어 평소와는 완전히 딴판이었다. 조금 전의 들려온 혼잣말 덕분에 찾아온 사람이 한운석이라는 것

을 알 수 있었지만, 한운석이 자신을 의심해서 한밤중에 숨어
들리라곤 예상조차 하지 못한 일이었다.

저 계집애가 대체 왜 나를 의심하게 된 거지?

설마 그날 오두막에서 정말 뭔가를 발견했던 걸까? 저 계집
애가 열어 본 서랍 세 개는 뱀독을 넣어 두었던 곳이 분명했지
만, 깨끗이 치워 흔적이 전혀 없었는데 어떻게 알아냈을까?

목청무의 만사독을 해독한 것을 보면 독술이 제법 뛰어나긴
한 모양이지만, 아무리 대단한 독의라도 이미 치워 버린 뱀독
의 냄새를 맡을 수는 없었다!

셋째 소실댁은 의심이 무럭무럭 일었지만, 지금은 그런 것
을 생각할 때가 아니었다.

아직 손을 쓸 생각이 없었는데 저 망할 계집애가 알아서 찾
아왔으니 잘됐군, 오늘 깨끗이 손을 봐주지!

한운석이 여기서 죽어도 아무도 알지 못할 것이고, 덕분에
천녕국 황실에 해독 고수가 하나 줄면 골치를 덜 수도 있었다.

이렇게 생각하자 이 씨의 살기는 더욱 짙어졌다.

한운석은 휘장 앞에서 걸음을 멈추었다. 해독시스템이 없었
다면 그토록 꼼꼼하게 조사할 수 없었겠지만, 해독시스템이 있
는 한 눈에 띄지 않는 사소한 흔적조차 절대 놓치지 않을 자신
이 있었다. 셋째 소실댁의 두 손도 예외는 아니었다!

아무것도 찾아내지 못하기를 바랐지만, 그래도 용비야와 약
속했으니 철저하게 조사해야 한다는 자신만의 원칙은 있었다.

그녀는 정신을 집중해 해독시스템의 감도를 끌어올렸다. 휘

장 안에서는 셋째 소실댁이 번뜩이는 눈을 가늘게 뜬 채 한 손은 비수를, 다른 한 손은 휘장을 꼭 움켜쥐고 있었다.

한운석이 손을 들어 휘장을 걷으려고 하는 찰나, 그 위험천만한 찰나에 문밖에서 차가운 목소리가 들려왔다.

"한운석, 다 했느냐?"

그 목소리가 들리는 순간 한운석은 무의식적으로 고개를 돌렸고, 휘장 안에 있던 셋째 소실댁은 가슴이 철렁 내려앉았다. 당연히 그녀도 저 얼음장 같이 차갑고 무정한 목소리를 알고 있었다.

용비야! 그 사람이었다!

차 장원, 다시 나타난 실마리

용비야!

정말 용비야라니! 셋째 소실댁은 용비야를 직접 본 적이 없었지만 속으로는 이미 지독한 원한을 품고 있었다!

두어 달 동안 용비야는 그녀의 부하들을 수없이 죽였고, 그녀가 가장 자랑스러워하던 대제자, 독모기 떼를 부리던 제자마저 그의 손에 죽었다. 그러니 뼛속까지 원한이 사무치는 것도 당연했다.

와락 뛰쳐나가 용비야와 결전을 벌이고 싶은 마음이 굴뚝같았지만, 나면서부터 차분하고 이성적인 성격 탓에 그래서는 안 된다는 사실을 잘 알고 있었다. 그녀의 힘으로는 저 남자를 죽일 수 없었고, 신분이 발각되면 북려국이 수년간 기울인 노력이 물거품이 될 것이다.

그러잖아도 한운석이 숨어들었을 때 어둠 속에서 지키고 있던 호위병들이 어째서 가만히 있었는지 의아했는데 이제 그 이유를 알 수 있었다. 용비야가 왔기 때문이었다!

호위병들이 나서지 않은 것은 옳은 선택이었다. 일단 그들이 나서면 결코 혐의를 벗을 수 없었다.

하지만 용비야가 한운석과 함께 있는 까닭은 이해가 가지 않았다.

저 자는 저 계집애를 무척 싫어하지 않았던가?

설마 저 계집애가 목청무의 독을 해독한 덕분에 용비야의 인정을 받은 걸까?

그래서 뛰어난 독술을 이용해 용비야가 첩자를 조사하는 것을 돕고 있는 것일까?

독술에 대해 아무 것도 모르는 용비야가 가장 아끼던 대제자를 죽일 수 있었던 것도 그 때문이었을까?

그렇다면 이번 일의 원흉은 한운석이었다.

이렇게 생각하자 셋째 소실댁은 손에 있는 비수를 더욱 힘껏 움켜쥐었다!

북려국이 수년의 세월 동안 전문적으로 첩자단을 훈련시킨 것은 모두 용비야를 상대하기 위해서였다. 그런데 몇 년간 잠복해서 진행해 온 계획의 결과가 나타나려는 이때, 갑자기 한운석이 끼어들어 모든 것을 망쳐 놓은 것이다!

게다가 이제는 그녀가 있는 곳까지 찾아왔다.

한운석, 너를 죽이지 않으면 이 이명미李明媚는 사람이 아니다!

상황이 급박했기 때문에 셋째 소실댁 이명미는 별수 없이 치밀어 오르는 분노를 억누르며 조용히 비수를 거두고 다시 누웠다.

"다 됐어요!"

한운석은 그렇게 대답하며 휘장을 홱 걷은 뒤, 침상을 살피고 셋째 소실댁에게 다가가 그 손까지 조사했지만 해독시스템에서는 아무 소리도 나지 않았다.

"휴……."

안도의 숨과 함께 밤새 불안하게 두근거리던 심장이 겨우 가라앉았다.

"없어. 정말 다행이야."

그녀는 이불 위에서 셋째 소실댁의 몸을 토닥거려주며 웃음 섞인 소리로 말했다.

"셋째 소실댁, 실례했소."

그런 다음 조심조심 이불을 덮어주고 휘장을 내린 뒤 돌아섰다.

그러나 문 닫히는 소리가 들리는 순간 이명미는 눈을 반짝 뜨고 보기만 해도 무시무시한 표정을 지었다.

"다행이라고? 후후, 한운석, 진짜 다행스러운 것이 무엇인지 똑똑히 가르쳐 주지!"

한운석이 밖으로 나오자 용비야는 그 표정만 보고도 결과를 알아차렸지만 그래도 물었다.

"어떠냐?"

"아무 것도 없어요. 제가 오해했나 봐요."

한운석은 웃으며 대답했고 기분도 무척 좋았다.

"다른 흔적이 없다고 해서 혐의가 완전히 사라지는 것은 아니다."

용비야의 목소리가 한층 가라앉아 불만스러운 그의 기분을 그대로 드러내 보였다.

"오두막에 있던 세 가지 뱀독은 아주 흔한 것들이니 이곳에 있었다 해도 이상하지 않아요."

한운석이 즉각 변명했다.

"물론 그래도 의심스러우시다면 셋째 소실댁을 불러 뱀독을 보관한 적이 있는지, 어디에 썼는지 물어보셔도 괜찮겠군요!"

지난번 차를 마시러 왔을 때 그녀 역시 직접 물어보려다가 공연히 경계심을 부추기게 될까 싶어 몰래 조사부터 하기로 결심했던 것이다.

하지만 이제 아무 것도 없다는 것을 확인했으니 직접 물어봐도 무방했다.

용비야가 뭐라고 대답하려는데 멀리서 물소리가 들려왔다. 하인들이 일어난 모양이었다.

"가자!"

용비야는 두말없이 한운석을 안아 지붕 위로 뛰어 올랐고, 순식간에 희끄무레한 하늘 저편으로 소리 없이 모습을 감추었다.

용비야와 한운석이 진왕부의 부용원에 내려섰을 때에는 이미 해가 솟아 있었다.

용비야는 오는 내내 기분이 좋지 않았지만 한운석이 다리를 다친 것은 잊지 않고 운한각 객청까지 데려가 탁자 위에 내려주었다.

마침 물을 길어오다가 이 장면을 본 조 할멈은 저도 모르게 주춤 뒤로 물러났다. 그러나 당황한 것은 잠깐, 곧 웃는 얼굴로 허리를 숙여 인사했다.

"전하와 마마께 인사 올립니다."

용비야는 고개를 끄덕이며 일어나라는 손짓을 했다.

조 할멈이 재빨리 차를 끓여 와 바친 뒤 누각 위쪽을 흘끔거리며 싱글싱글 웃었다.

"두 분, 참 일찍 일어나셨군요."

그 한마디에 한운석은 하마터면 머금었던 찻물을 뿜을 뻔했다. 저게 무슨 뜻이야?

용비야가 어젯밤 여기서 묵은 걸로 오해하는 거야?

용비야도 분명히 말뜻을 알아들은 것 같았지만 가볍게 헛기침을 하며 차를 마실 뿐 아무 말도 없었다.

"전하, 마마. 잠시 기다리시지요. 소인이 얼른 가서 아침을 가져오겠습니다."

조 할멈이 허둥지둥 밖으로 나가려했지만 용비야가 때맞춰 입을 열었다.

"됐다, 본 왕은 할 일이 있다."

"전하, 아무리 바쁘셔도 식사는 하셔야지요. 빈속으로 일을 하시면 건강이 나빠진답니다."

조 할멈이 권했다.

하지만 용비야는 그녀를 무시한 채 일어나 한운석에게 말했다.

"그 일은 공연히 건드려 놀라게 하지 마라. 본 왕이 알아서 할 것이다, 알겠느냐?"

"하지만……."

사실 한운석이 오는 내내 변명을 했지만 용비야는 그래도 계속 조사할 모양이었다.

"그만, 거기까지."

용비야의 목소리가 가라앉았다. 업고 돌아오는 동안 이 여자가 귓가에서 쉼 없이 재잘거린 통에 이미 인내심이 바닥난 상태였다. 한운석은 입을 삐죽거렸지만 어쩔 수가 없었다.

용비야는 그녀가 마구잡이로 들이댈까 봐 걱정스러운 듯 의미심장한 눈길로 바라보다가 몸을 돌렸다.

그가 사라지자 한운석은 눈을 흘겼지만, 그의 결정이 불만스럽기는 해도 이성적으로는 계속 조사해야 한다는 데 동의했다. 첩자라면 아무래도 깊숙이 몸을 숨기기 마련이니 작디작은 혐의만 있어도 쉽사리 넘어갈 수는 없었다.

한씨……. 한씨 집안……. 아아, 그 집안의 운명은 이제 어떻게 되려나!

"왕비마마, 전하를 붙잡지 않으시고요?"

조 할멈이 묻는 바람에 한운석은 그제야 정신이 돌아와 별생각 없이 되물었다.

"왜 붙잡아야 하지?"

그것이…….

조 할멈은 말문이 막혔고 도저히 그녀를 이해할 수가 없었다.

"아……. 아닙니다. 소인이 가서 아침 식사를 가져오겠습니다."

젊은 주인 부부의 마음은 도통 알다가도 모르겠다니까! 조 할멈은 그렇게 중얼거리며 황급히 물러갔다.

그런 조 할멈의 뒷모습을 바라보던 한운석의 배에서 꼬르륵 소리가 났다. 배고픔이란 깨닫는 순간 견딜 수 없이 배가 고파지기 때문에 옆에서 깨우쳐 주면 안 되는 것이다.

한운석은 망설이다가 조심조심 탁자 아래로 뛰어내렸다. 발이 바닥에 닿자 그제야 신발과 버선을 고원에 두고 왔다는 것이 생각났다.

그녀는 절룩거리며 침상으로 돌아가 나른하게 누워 한숨을 돌렸다.

어제 하룻밤 만에 너무 많은 일을 한 것 같은데 시간이 너무 빨리 흘러 아직도 정신이 얼떨떨했다.

그 인간은 배도 안 고픈가, 아침 일찍부터 무슨 일이 있다는 거야? 어젯밤에 얻은 그 명단에 있는 사람들을 보호하러 갔나?

그녀가 기억하기로는 어젯밤에 본 명단 가운데 아직 많은 사람들이 살아 있었다.

아무리 바빠도 그렇지, 밥 먹는데 온종일 걸리는 것도 아니잖아.

한운석은 저도 모르게 실망한 눈빛으로 입을 삐죽였다. 귀찮아, 그 인간 생각은 하지도 말자.

북려국 첩자의 우두머리는 대체 누굴까? 정말 그들이 아는 사람이고, 가까운 곳에 잠복해 있을까?

한운석은 이 생각 저 생각을 하다가 스르르 잠이 들었다.

아침 식사를 가져온 조 할멈은 지친 듯이 잠든 그녀를 차마 깨우지 못했고, 덕분에 한운석은 오후가 되어 목청무가 찾아올 때까지 내내 잠을 잤다.

목청무는 제법 효율적으로 일을 처리해 단 며칠 만에 자세히 조사한 보고서를 가지고 나타났다. 보고서에는 근 3년간 그와 자주 왕래한 사람들과 그들과 한 일들이 나열되어 있었다.

한숨 자고 난 한운석은 완전히 정신이 맑아져, 보고서의 내용을 하나하나 꼼꼼히 살폈다. 보고서에 기록된 사람들은 꽤 많았다. 목청무의 절친한 벗 다섯 명에 당형제와 당자매가 각각 네 명과 두 명이 목록에 올랐고, 마지막에는 가장 눈에 띄는 이름, 목유월까지 있었다!

한운석도 애초에 목유월을 배제할 생각이 없었지만, 그 이름을 보는 순간 피식 웃지 않을 수 없었다. 정말이지 목청무는 참 재미있는 인물이었다.

"친 누이동생까지 명단에 올렸네요?"

한운석이 재미있다는 듯이 물었다.

"왕비마마께서 말씀하신 것처럼 독을 쓴 사람은 남에게 이용당했을 가능성이 높습니다. 친동생은 물론이고 필요하다면 아버지라도 명단에 올렸을 것입니다."

진한 눈썹과 커다란 눈을 가진 목청무가 번쩍이는 눈빛으로 진지하고 엄숙하게 대답했다.

한운석은 속으로 감탄하며 고개를 끄덕이면서 계속 읽어 내려갔다.

보고서의 각 이름 뒤에는 목청무와 만난 빈도, 만난 장소, 그리고 구체적으로 있었던 일들이 상세히 설명되어 있었다.

명단을 모두 살핀 한운석은 그 내용들을 하나하나 자세히 읽으면서 재미있다는 듯이 물었다.

"소장군, 이것은 소장군의 개인사가 아닌가요?"

"첩자를 밝혀내는 데 도움이 된다면, 마마께서 군의 기밀을 보시고자 해도 폐하께 말씀드려 허락을 얻었을 것입니다."

목청무는 여전히 진지했다.

"됐어요! 그런 것까지는 알고 싶지 않으니까."

한운석이 황급히 거절했다. 그런 것은 알면 알수록 위험해진다는 것을 그녀도 잘 알고 있었다.

그녀가 보고서를 읽는 일에 차츰 집중하기 시작하자 목청무는 입을 꾹 다물고 옆에서 기다리다가 무심결에 눈을 들어 그녀의 진지한 옆얼굴을 바라본 후로 시선을 떼지 못했다.

진왕부 입구에서 이 여자를 처음 보았을 때부터 보통이 아니라는 것을 알아차렸지만, 이렇게 자주 마주치게 될 줄은 예상하지 못했다. 그녀가 진왕부에 시집가지 않았더라면 어쩌면 두 사람은 만날 기회조차 없었을 것이다.

한운석은 보고서에 푹 빠져 목청무가 계속 쳐다보고 있다는 사실을 전혀 알지 못했다.

모든 기록을 꼼꼼하게 살펴도 의심스러운 곳은 거의 없었다. 목청무는 벗을 만나면 대부분 술을 마셨지만, 만사독을 술에 섞을 수 없다는 것은 확실했고 더욱이 술을 그리 자주 마신 것도 아니었다.

사촌들과는 자주 만났으나 특별히 정해진 시간이 있는 것도 아니었고 부중으로 찾아와 만난 것이 대부분이었다.

결국 한운석의 시선은 목유월에 관한 자료로 향했다. 아무래도 목청무와 가장 빈번하게 만난 사람은 목유월이었다. 기본적으로 목청무가 대장군부로 돌아가면 반드시 누이동생을 만나기 마련이었고 이는 정상적인 일이었다.

그렇지만 한 가지 기록이 그녀의 경각심을 일깨웠다.

차!

목유월은 시시때때로 목청무를 교외의 천향차원으로 불러내 함께 차를 마셨다!

한운석이 고개를 홱 들어 목청무를 바라보았는데, 마침 목청무도 그녀를 뚫어지게 바라보고 있었던 터라 순간적으로 두 눈이 딱 마주쳤다.

목청무는 도둑질을 하다가 딱 걸린 사람처럼 움찔하며 고개를 숙였지만, 한운석은 조금 놀라기만 했을 뿐 그의 이상한 반응을 알아차리지 못하고 다급하게 물었다.

"소장군, 누이동생이 자주 차를 마시러 가자고 했군요?"

목청무는 귀뿌리까지 빨개졌다. 평생 이렇게 당황해 본 적이 한 번도 없었는데 오늘은 왜 이러는지 도무지 알 수가 없었다.

그는 억지로 고개를 들고 대답했다.

"예, 매달 한두 번씩 갔습니다. 교외에 있는 천향차원인데, 유월은 그곳 단골입니다."

"매달 한두 번?"

한운석은 고개를 갸웃했다. 한 달에 한두 번이라면 독을 쓴 빈도보다 훨씬 뜸한 편이었다.

"그곳에서 차를 샀나요?"

한운석이 다시 물었다. 차 장원을 찾은 사람들이 대부분 차를 사 온다는 것은 그녀도 알고 있었다.

추궁, 목표 확정

목유월은 요 몇 년간 종종 목청무와 함께 천향차원에서 차를 마셨지만 그 빈도는 높지 않았다. 만사독이 효과를 보려면 그보다 자주 써야 했다.

그러나 차를 마신 사람들은 보통 차를 사 오기 마련이고, 집으로 돌아온 뒤 자연히 매일 그 차를 끓여 마셨을 것이다. 그러잖아도 찻잎을 의심하고 있었기 때문에 목청무의 설명을 들은 한운석은 더욱 관심을 보였다.

목청무는 기억을 더듬으며 성실하게 대답했다.

"보통 한 번 가면 찻잎을 많이 사 오곤 했습니다. 그곳의 찻잎은 다른 곳보다 질이 좋고 다른 곳에서는 구할 수 없는 품종도 있지요."

한운석은 생각에 잠긴 듯 고개를 끄덕였다. 지난번에 목청무의 집이나 군영에 있던 찻잎을 조사해 보았지만 독은 없었다.

"지난번에 내가 조사했던 찻잎도 모두 천향차원에서 사 온 건가요?"

한운석이 재차 물었다.

이렇게까지 묻는데도 목청무가 찻잎에 문제가 있다는 점을 깨닫지 못했다면 바보였다.

"왕비마마, 첩자들이 찻잎에 독을 탔다고 생각하십니까?"

"찻잎을 배제하지 않는다면 그랬을 가능성이 가장 높아요."

목청무가 진지하게 묻자 한운석은 사실대로 말해 주었다.

목청무는 번듯한 눈썹을 찡그리며 고민하다가 한참만에야 상세하게 설명했다.

"저는 찻잎에 까다로운 편입니다. 군영에서 마시는 차도 모두 부중에서 만든 것이고, 부중의 차는 벗이 보내 주었거나 유월이 가져온 것들입니다."

목청무는 이렇게 말하며 빙그레 웃었다.

"제가 직접 산 적은 많지 않습니다."

한운석도 빙그레 웃었다. 일반적으로 차를 마시는 사람들은 차를 사지 않고, 차를 사는 사람들은 차를 마시지 않았다. 귀한 소장군의 자리에 있는 목청무에게는 차를 선물하려는 사람들이 길게 줄을 서 있었을 테니 그럴 만도 했다.

만사독이 오랜 세월 천천히 써야하는 만성독이 아니었다면, 그 많은 사람들이 보내준 차를 일일이 조사해서 밝혀내기란 쉽지 않았을 것이다. 다행히 만사독은 만성독이었고 자주 독을 써야했기 때문에 그 빈도에 따라 실마리를 찾을 수 있었다.

한운석이 물을 필요도 없이 목청무가 미리 눈치를 채고 말했다.

"벗이 보내 주는 차는 시기가 고정적이지 않으니 제외해도 될 것이고……."

여기까지 말하던 그는 스스로도 깜짝 놀라 한운석을 홱 올려다보며 저도 모르게 큰 소리로 물었다.

"정말 유월 쪽일까요?"

사실 한운석도 입에 담지 않았을 뿐 일찍부터 의심하고 있었던 일이었는데 마침 목청무 스스로 말을 꺼냈으니 꺼리지 않고 말할 수 있었다.

"정말 찻잎에 문제가 있다면 그녀의 혐의가 가장 커요."

이 말이 떨어지자 목청무는 안색이 하얗게 질렸지만 부정하지는 않았다.

한운석은 그의 곤란함을 풀어주려고 부드럽게 말했다.

"소장군, 아직은 추측일 뿐이니 우선 찻잎에 독이 있는지 확인한 후에 뒷일을 생각해도 돼요. 물론 나도 누이동생께서 소장군을 해칠 마음이 있었다고 생각하지는 않아요. 아마……. 이용을 당했을 거예요."

아무래도 친누이다보니 목청무처럼 광명정대한 사람도 감정이 앞서기 마련이었다. 한운석의 말을 듣자 그는 다시금 고개를 들었다.

"안심하십시오, 왕비마마. 최선을 다해 조사에 협조하겠습니다."

그 말에 한운석도 마음이 놓여 손수 그에게 차를 따라주며 계속 물었다.

"소장군, 잘 생각해 봐요. 부중에서 찻잎을 조사한 적이 있었나요?"

목청무는 생각할 필요도 없이 자신 있게 대답했다.

"없었습니다."

"그렇다면 전에 마시던 찻잎이 아직 남아 있나요?"

재차 묻는 한운석의 고운 눈썹은 시종일관 살짝 찌푸려져 있어, 평소 해독할 때의 표정처럼 엄숙했다.

목청무는 여전히 고개를 저었다. 그는 찻잎을 까다롭게 고르는 편이었고 대부분은 한 번 고른 찻잎을 다 마시기도 전에 버리곤 했다. 아무리 잘 보관해도 오래 두면 맛이 변하기 때문이었다.

"그럼, 찻잎 한 통을 마시는 데 보통 얼마나 걸리오?"

한운석이 궁금한 듯이 물었다.

"일정하지 않습니다. 찻잎이 다르면 보관 방법이나 기간이 달라지기 때문인데, 길면 두 달이고 짧을 때는 십여 일입니다."

목청무가 사실대로 대답했다.

한운석은 고개를 끄덕이며 그 대답을 마음에 새긴 뒤 계속 물었다.

"그렇다면 누이동생께서 주로 어떤 차를 보내 주었는지, 그 차를 어디서 가져왔는지 기억나요?"

윤곽이 드러났으니 꼼꼼하게 조사해서 어떤 가능성도 놓치지 말아야 했다.

목청무는 기억을 더듬으며 대답했다.

"유월이 보내 주는 찻잎은 품종이 다양해서 새로 나온 봄차, 여름차, 가을차가 섞여 있고 가끔씩 화차花茶도 보내 주었습니다."

"화차?"

한운석은 이해가 가지 않았다. 보통 여자들이나 화차를 마시는데, 엄격히 말해서 화차는 차라고 볼 수 없었다.

한운석이 의아해하자 목청무는 그녀가 오해한 것을 알고 황급히 설명했다.

"사실은 꽃향기가 나는 녹차라고 해야 할 것입니다. 꽃의 천연적인 향을 쪼인 찻잎이라 잎에서도 꽃향기가 나고 차를 끓으면 향기가 더욱 짙어집니다."

그 말에 한운석은 정신이 번쩍 들었다. 분명히 그 차의 짙은 꽃향기가 독약의 냄새를 가려 주었을 것이다.

"소장군, 자주 마시던 차의 품종을 기억해요?"

한운석이 추궁했다.

목청무는 가만히 생각하다가 종이와 붓을 청해 목유월이 보내 준 것 중 기억나는 찻잎의 품종을 일목요연하게 써 내려갔다.

목유월이 보낸 찻잎 대부분은 녹차였고 그 다음은 꽃향기가 나는 녹차였으며 홍차는 거의 없고 백차와 흑차도 한두 번에 불과했다.

"녹차와 꽃향기가 나는 녹차는 보통 얼마나 오래 보관할 수 있죠?"

한운석은 계속 물었다.

"녹차는 한 달쯤인데 보관을 잘 하면 한 달 보름은 갑니다. 꽃향기가 나는 녹차는 두 달까지 보관할 수 있습니다."

목청무의 대답이었다.

그렇다면 독을 쓰는 빈도로 헤아려 볼 때 목표는 녹차와 꽃향기가 나는 녹차로 확정할 수 있었다.

한운석의 입가에 웃음이 피어올랐다.

"누이동생께서 가져온 그 차는 모두 천향차원에서 산 건가요?"

목청무는 고개를 끄덕였다.

"대부분은 천향차원에서 사 온 것이고 통에 천향차원의 표식이 찍혀 있었습니다. 하지만 표식이 없는 것도 종종 있었는데 아마 다른 사람이 선물했을 겁니다."

선물이라고?

아무래도 일이 복잡해질 것 같았다.

한운석은 서두르지 않고 하나씩 하나씩 천천히 살펴보기로 했다. 바깥을 돌아보니 하늘이 어둑어둑해지고 있어서 지금 나가 봤자 천향차원에 도착하면 날이 깜깜해질 것 같았다.

"소장군, 내일 아침 함께 천향차원에 가 보는 것이 어떨까요?"

"왕비마마의 분부대로 하겠습니다."

목청무는 역시 말이 잘 통했다. 군영에서도 할 일이 많았지만 이 일을 미룰 수는 없었다. 무엇보다 자신과 가족의 목숨이 걸린 일이고, 또한 진왕 전하께서 지켜보고 있었으니…….

내일 출발 시간을 정한 뒤 목청무는 작별 인사를 하고 떠나갔지만, 한운석은 여전히 바빴다.

"녹차……. 꽃향기가 나는 녹차……."

그녀는 혼잣말을 중얼거리며 서재로 들어가 하늘이 깜깜해질 때까지 나오지 않았다.

조 할멈은 몇 번이나 서재 앞을 서성이며 문을 두드릴까 말까 고민했다. 왕비마마는 아침, 점심, 저녁 세 끼 식사를 한 번도 입에 대지 않았다.

날이 어두워지고 식사 때가 지나가려 하자, 결국 참다못한 조 할멈은 쟁반을 들고 서재로 다가갔다.

조 할멈이 문을 두드리려는 순간 뜻밖에도 용비야가 들어왔다.

이 모습을 본 조 할멈은 쟁반을 옆에 내려놓고 황급히 그에게 다가가 공손하게 예를 올렸다.

"전하."

하루 종일 바빴는지 먼지를 덮어쓴 용비야가 방 안을 훑어보며 차가운 목소리로 짧게 물음을 던졌다.

"어디 있느냐?"

조 할멈은 그가 누구를 찾는지 뻔히 알면서도 일부러 모른 척했다.

"전하, 누구 말씀이신지……. 왕비마마 말씀이십니까?"

용비야는 더욱더 차가워진 목소리로 다시 한 번 짧게 물었다.

"어디냐?"

조 할멈은 더 이상 시치미를 뗄 수 없어 재빨리 대답했다.

"왕비마마께서는 서재에 계십니다."

조 할멈은 그가 서재로 가리라고 생각하고 저녁 식사를 어떻게 할 것인지 물어보려고 했지만, 뜻밖에도 용비야는 들고 있던 물건을 툭 던지며 불쾌한 목소리로 말했다.

"이걸 돌려주고 전해라. 함부로 놔두면 안 되는 물건이니 잘 보관하라고."

조그마한 것을 싼 비단 보자기였는데, 조 할멈이 주워서 몰래 만져 보았지만 무엇인지 알 수가 없었다. 물론 용비야에게 물을 수도 없었다.

"예."

그녀가 대답하자, 용비야는 할 말이 남은 듯 잠시 머뭇거렸지만 끝내 말을 꺼내지 않고 밖으로 나갔다.

"전하, 잠시 기다려 주시지요!"

조 할멈이 허둥지둥 그를 불러 세웠다.

용비야는 그녀를 돌아보았지만, 말 한마디 하는 것이 그렇게도 힘든지 아무 말도 하지 않았다.

하지만 그런 태도에 익숙해진 조 할멈은 남몰래 눈동자에 웃음을 띠며 진지하게 말했다.

"전하, 시간이 늦었으니 이곳에서 식사라도 하시고 가시는 게 어떠신지요?"

"됐다."

용비야는 생각해보지도 않고 단박에 거절했다. 꼭 필요한 연회가 아니면 그는 다른 사람과 밥을 먹는 것에 익숙지 않아 의태비의 초대도 종종 거절하곤 했다.

그러나 조 할멈은 한숨을 푹 쉬며 힘 빠진 목소리로 말했다.

"전하, 왕비마마께서 하루 종일 서재에 계시면서 세끼를 모두 거르셨습니다. 소인이 아무리 권해도 듣지를 않으시는데,

혹시 전하께서 말씀하시면 들으실지도 모르잖습니까."

용비야는 깊은 눈동자에 불쾌한 빛을 떠올리며 꼭 닫힌 서재 문을 바라보았다.

오랫동안 진왕을 모신 조 할멈은 그의 성미를 잘 알고 있었기 때문에 그가 그럴 생각이 있다는 것을 알아차렸다. 그렇지 않았다면 벌써 자리를 떴을 것이다.

조 할멈은 희망을 품기 시작했지만 기대와 달리 용비야는 한참 문을 바라보다가 차갑게 내뱉었다.

"식사를 하지 않는 것은 저 사람 문제이고 본 왕과는 무관하다. 앞으로 그런 일은 보고하지 말도록."

그런…….

하긴, 조 할멈도 예상 못한 바는 아니었지만 그저 조금 실망스러웠던 것뿐이었다.

그런데 누가 짐작이나 했을까? 용비야의 말이 끝나기 무섭게 서재의 방문이 '끼이익' 소리를 내며 열리고 한운석이 무표정한 얼굴로 안에서 성큼성큼 걸어 나왔다.

하루 종일 서재에 있었다니? 반나절은 잠을 자고 있었다고!

게다가 일부러 하루 세끼를 굶은 것이 아니라, 그냥 바빠서 깜빡한 것뿐이야!

그녀는 절대 스스로를 혹사시키는 일이 없는 사람이었다. 그러잖아도 배가 고파서 먹을 것을 찾으러 나오던 차였는데, 문가에 이르자 조 할멈이 '고자질'을 하는 소리와 용비야의 무정하기 짝이 없는 대답이 들려온 것이다.

정이라곤 눈곱만치도 없는 못된 놈!

한운석의 갑작스런 출현은 조 할멈과 용비야 모두에게 뜻밖이었고, 특히 조 할멈은 방금 했던 거짓말이 탄로날까 봐 몹시 곤란해했다.

그러나 한운석은 그런 것까지 신경 쓸 겨를이 없었다. 그녀는 아직도 발이 아파 절룩거리면서 용비야에게 다가가 허리를 숙였다.

"전하."

"음."

굳어진 입가를 움직여 겨우 한 글자를 내뱉은 용비야는 눈썹을 일그러뜨렸다. 무엇 때문에 이렇게 부자연스러운 건지 알 수가 없었다.

한운석이 허리를 펴고 돌아서서 말했다.

"조 할멈, 배가 고프니 식사를 가져오게."

말을 마친 그녀는 용비야에게 눈길 한 번 주지 않고 곁마루로 나갔다.

용비야는 다시 한 번 눈썹을 찡그렸고, 이 상황을 본 조 할멈은 침을 꿀꺽 삼키며 찍소리도 하지 못한 채 고개를 숙이고 슬그머니 옆으로 내뺐다.

이렇게 해서 용비야는 아무도 보살펴 주는 사람 없이 객청에 혼자 남겨졌다.

구수한 향을 풍기는 찬을 들고 돌아온 조 할멈은 차마 그 옆을 지나갈 수가 없어 일부러 멀리 돌아서 곁마루로 향했다.

한운석은 뱃가죽이 달라붙을 정도로 배가 고팠기 때문에 사양하지 않고 맛있게 먹기 시작했다.

그런데 뜻밖의 일이 벌어졌다. 몇 숟갈 떠먹기도 전에 바깥에서 비단 보따리가 확 날아들어 그녀 바로 앞에 툭 떨어진 것이다.

고개를 돌려 보니 용비야가 여전히 딱딱하게 굳은 얼음장 같은 얼굴로 걸어오고 있었다.

손길, 완전 편안해

용비야는 장포를 걷고 그녀의 맞은편에 앉더니 차갑게 명령했다.

"조 할멈, 그릇과 젓가락을 가져오도록. 본 왕도 여기서 식사를 하겠다."

그가 남아서 식사를 하겠다는 말에 조 할멈은 신이 나서 재빨리 그릇과 젓가락을 가져다주며 히죽거렸다.

"전하, 마마. 잠시만 기다리십시오. 소인이 주방에 일러 반찬 몇 가지를 더 차리게 하고, 전하께서 제일 좋아하시는 포도주도 챙겨 오겠습니다."

하지만 안타깝게도 용비야도, 한운석도 조 할멈에게는 눈길조차 주지 않고 서로만 똑바로 바라보고 있을 뿐이었다. 조 할멈은 분위기를 보자 재빨리 입을 다물고 슬그머니 자리를 비켰다.

잠시 용비야를 바라보던 한운석이 시선을 내려 탁자 위에 떨어진 조그마한 보따리를 바라보았다.

그녀는 보란 듯이 젓가락을 내려놓으며 불쾌한 목소리로 물었다.

"전하, 물건을 이렇게 함부로 던지시면……. 안 되지요?"

이게 무엇이든, 설사 그녀에게 주려던 것이라 해도 이렇게 집어 던지는 것은 정말이지 무례한 짓이었다.

"확실히 함부로 던져 놓아서는 안 되는 물건이지. 두 번 다시 본 왕의 눈에 띄지 않도록 잘 간수하는 것이 좋을 것이다."

용비야가 차갑게 경고했다.

그 말에 한운석은 어리둥절했다. 이 안에 든 것이 내 물건이란 말이야?

"제 것인가요?"

그녀가 의아한 듯이 물었지만 용비야는 경멸스러운 표정을 띠며 대답하지 않았다.

한운석이 황급히 보따리를 주워 조심스레 풀어 보니, 그 안에 들어있는 것은……. 바로 버선과 신발이었다!

한 짝만 남은 버선과 신발, 다름 아닌 어젯밤 그녀가 고원에 벗어 둔 것들이었다.

어젯밤에는 발을 천으로 쌌더니 신을 수가 없어서 맨발로 다닐 수밖에 없었는데, 뜻밖에도 깜빡 놓고 왔던 버선과 신발을 용비야가 찾아온 것이다.

그야 함부로 놓고 다녀서는 안 되는 물건이긴 하지만 그렇다고 저렇게까지 험상궂은 얼굴로 집어던질 것 까진 없잖아!

한운석은 약간 불만스러웠지만 그래도 예의 바르게 말했다.

"감사합니다, 전하. 명심하겠습니다."

하지만 뜻밖에도 용비야가 차갑게 물었다.

"그러니까, 어젯밤에 신발도 신지 않고 지하 감옥에 들어갔고, 맨발로 한씨 저택에 갔단 말이지?"

옛날 사람들은 보수적이라고 하더니, 이 남자는 정말이지 보수 중에서도 골수 보수였다. 신발을 신든 말든 진짜 남편도 아니면서 왜 저렇게 잔소리야.

한운석은 사실대로 대답했다.

"그랬지요!"

이 말에 용비야는 더욱더 눈썹을 찌푸리며 위험스럽게 실눈을 떴다.

한운석은 모른 척했지만 뚫어져라 노려보는 그의 눈길에서 살기가 번지는 것은 똑똑히 느낄 수 있었다.

그래, 그래. 훌륭한 여자는 구식 남자와는 싸우지 않는 법이야!

간이 작아진 그녀는 황급히 해명했다.

"발에 천을 너무 두껍게 감아 신을 수가 없었어요."

그러면서 그가 믿어주지 않을까 봐 황급히 발을 뻗고 치마를 살짝 걷어 올렸다.

"믿기지 않으시면 직접 보세요!"

용비야가 살짝 고개를 돌려 보니, 다친 발에 흰 천을 두툼하게 감아 발목부터 발가락까지 단단히 숨겨져 있었다. 모르는 사람이 보았다면 석고상으로 오인할 정도였다.

이 모습을 보자 용비야도 무척 만족스러웠는지 시선을 거두고 더 이상 추궁하지 않는 대신 가볍게 헛기침을 하며 물었다.

"어젯밤에 약을 발랐는데도 낫지 않았느냐?"

나 참⋯⋯.

한운석은 속으로 냉소를 터트렸다. 제 기분이 좋아지니까

이제야 관심을 보이는군.

그는 만족스러워했지만 그녀는 기분이 나빠졌다.

그녀는 고개를 들면서 예고도 없이 어린아이같이 천진난만한 미소를 지어 보였다.

용비야는 어리둥절했다. 이 여자가 왜 웃는 거지?

하지만 한운석은 곧바로 음침하게 얼굴을 굳히며 차가운 목소리로 한 자 한 자 내뱉었다.

"전하께서 치료해 주셨는데 그리 빨리 나을 리가요."

약간 접질렸을 뿐인 데다 용비야가 준 약도 효과가 무척 좋아서 금세 나아야 마땅했지만, 어젯밤에 저 인간 손에 들어간 게 화근이었다. 약을 발라 주던 그의 손힘이라면 다리를 부러뜨리고도 남았을 것이다.

한운석은 마치 책장을 넘기듯 순식간에 표정이 변해, 용비야가 뜻밖의 사태에 가만히 있는 사이 다시 한 번 생긋 웃어 보였다.

"전하의 관심에 감사드립니다."

용비야는 그녀를 가만히 바라보았다. 침묵이 이어지는 동안 그의 깊고 차분한 눈동자는 한층 더 깊게 가라앉았다.

한운석은 이 인간 앞에서 느껴지는 열등감이 너무나 싫었고, 그 때문에 속으로는 약간 겁이 났지만 용기를 내어 당당하게 그의 눈빛을 마주보았다.

그때, 갑자기 용비야가 몸을 일으켰다.

어라, 가려고?

한운석은 재빨리 눈을 내리뜨며 가슴속에서 피어오르는 실망감을 감추었다. 대담하게 도전한들 무슨 소용이람? 저 인간은 늘 저랬잖아? 강압적으로 아무 말 못하게 밀어붙이거나, 아니면 말없이 획 떠나 버리거나.

그런데 뜻밖에도 용비야는 떠나지 않고 자리를 옮겨 한운석의 옆에 앉았다.

"발."

그의 입에서 나온 것은 차가운 단 한 글자였다.

어리둥절한 한운석이 엉겁결에 물었다.

"뭐 하는 거예요?"

용비야는 대답 없이 손을 뻗어 그녀의 발을 잡아 자신의 허벅지 위에 올려놓았다.

"놔요!"

한운석이 험상궂게 외치며 뿌리치려 했지만, 용비야가 꽉 붙잡으며 묵직한 소리로 말했다.

"움직이지 마라."

한운석은 그래도 벗어나려 했지만 아무리 힘을 줘도 뿌리칠 수가 없었다. 눈을 찡그리며 그를 바라보았더니, 얼굴은 정확히 보이지 않았지만 조각한 듯 완벽하면서도 냉엄하고 준수한 옆모습은 앞모습보다 더 보기 좋은 것 같았다.

그 모습을 보자 한운석의 마음은 저도 모르게 차분하게 가라앉았다.

용비야는 한손으로 한운석의 발을 잡고 다른 손으로 둘둘 싸맨 천을 풀었다. 어찌나 많이 싸맸는지 적어도 스무 겹은 두른 것 같았다.

어젯밤과 달리 오늘밤 그의 동작은 훨씬 부드러웠고, 한 겹 한 겹 풀어내는 인내심도 직업 의사인 한운석에 못지않았다. 말없이 그의 조심스러운 동작을 지켜보는 동안 한운석도 무슨 연유에선지 저도 모르게 조심스러워졌다.

한참 후, 복사뼈에서 발가락까지 감싼 천이 모두 풀어졌다.

어젯밤 저 인간의 난폭한 형벌을 받은 데다 다친 후 제대로 쉬지도 못해서 발목은 어제 다쳤을 때보다 훨씬 부어 있었다.

눈을 내리뜨고 그 모습을 바라보는 용비야의 눈빛이 깊이 가라앉았다.

"약."

그가 담담하게 입을 열었다.

한운석은 당황해하며 저도 모르게 되물었다.

"네?"

"그 안에 약이 있다."

그는 그녀의 발목에서 시선을 떼지 않으며 고개도 들지 않고 말했다.

한운석은 그제야 깨닫고 황급히 비단 보따리를 뒤져 약병을 찾아냈다. 바로 어젯밤에 썼던 그 약이었다.

이 인간이 약까지 가져왔구나.

한운석은 갑자기 약간 후회가 되었다. 조금 전 속 좁게 약 올리지 말걸 그랬잖아.

차마 그를 볼 낯이 서지 않아, 그녀는 고개를 숙이고 약병을 건넸다.

용비야는 약병을 열고 손바닥에 부어 두 손으로 비빈 뒤 어젯밤처럼 한 손으로 아래쪽에서 한운석의 발목을 잡았다. 하지만 이번에는 훨씬 부드러운 손길이었다.

그의 손바닥이 덮자 마치 피부에 얼음이라도 닿은 양 화끈거림이 사라졌다. 그녀는 무심결에 고개를 들어 그를 바라보았고, 마침 용비야도 그녀를 바라보았다. 눈동자가 마주치자 한운석은 갑자기 귀뿌리가 홧홧 달아올라 아무리 애써도 가라앉힐 수가 없었다.

젠장!

그녀는 용비야에게 들킬까 겁이 나 속으로 스스로를 욕했다.

"이렇게 하면 아프냐?"

용비야가 태연하게 물었다.

한운석은 긴장한 채 다급히 고개를 저었지만, 사실 조금 아프긴 했다.

용비야는 다시 다른 손을 뻗어 부어오른 부위를 살며시 덮으며 다시 물었다.

"지금은?"

싸늘한 느낌이 아래 위에서 피부를 감싸고 살 속으로 스며들자, 팽팽하던 근육이 풀리고 말로 표현하기 힘든 해방감이 밀려들었다.

"괜찮아요."

한운석은 다시 고개를 저었다. 이번에는 정말 아프지 않았다.

용비야의 손이 아래위에서 부드럽게 발을 쓰다듬었다. 그러나 그 가벼운 접촉에도 한운석은 마치 번개를 맞은 것처럼 움찔했다.

그의 손바닥은 뜨거운데 약은 차가웠고, 그 차가우면서도 뜨거운 기운이 부드럽게 스쳐가는 느낌은 뭐라고 할 수 없을 만큼 미묘해서 견딜 수가 없었다. 용비야는 계속해서 손을 움직였는데 그 손길이 정말이지 예술이었다. 점점 동작이 커지면서 힘도 더해졌지만 아픔을 느끼기는커녕 다리가 편안하게 풀리는 것 같아 한운석은 스르르 눈을 감으며 속으로 감탄을 터트렸다.

"아, 시원해!"

그런데 바로 그때 입구에서 '와장창'하는 굉음이 들려왔다.

용비야와 한운석이 나란히 고개를 돌려 보니 조 할멈이 민망한 얼굴로 문가에 서 있고 그 발치에 안주와 술이 나뒹굴고 있었다.

조 할멈은 넋이 나갈 만큼 놀란 상태였다. 이렇게 오랫동안 진왕의 시중을 들어왔지만 그가 누군가에게 약을 발라 주는 모습은 단 한 번도 본 적이 없었다. 그러니 여자를 상대로 저렇게 안마까지 해 주는 장면은 정말이지 상상도 못할 일이었다.

조 할멈의 경악한 표정에 한운석마저 자신과 용비야가 무슨 못할 짓이라도 한 것처럼 민망해져 고개를 숙였다.

그러나 용비야는 아무 일도 없는 사람처럼 싸늘하게 명령했다.

"조 할멈, 가서 면포를 가져오도록."

조 할멈은 한동안 정신이 돌아오지 않아 그 명령을 듣고도 꼼짝하지 않았다.

"뭘 하고 있느냐?"

용비야가 불쾌한 듯 물었다.

조 할멈은 그제야 정신을 차리고 황급히 대답했다.

"예! 예, 바로 가져오겠습니다!"

"이제는 괜찮으냐?"

용비야가 담담하게 한운석에게 물었다. 그 눈동자에는 여느 때와 같은 차가움은 없었지만, 관심이 담겨 있는 것도 아니어서 마치 전혀 중요하지 않은 질문을 하는 것 같았다.

그런 그의 눈동자를 들여다보는 한운석은 갑자기 자신이 이 남자를 전혀 모르고 있다는 생각이 들었다.

"좋아졌어요."

그녀가 사실대로 대답했다.

용비야는 조 할멈이 가져온 면포를 받아 깔끔하게 발목을 싸맸다. 상처를 싸매는 손놀림이 무척 노련해서, 한운석은 그가 이런 일을 자주 했다는 것을 알아차렸다.

자주 이렇게 자기 상처를 싸맸을까? 아니면 다른 사람?

한운석이 넋이 나가 있는 사이 용비야는 단 두 번만 감아 싸매는 것을 끝냈다.

"이렇게 하면 버선과 신발을 신을 수 있을 것이다."

그가 아무 표정 없이 말했다. 아직까지 그 일을 마음에 두고 있었다니.

한운석이 참다못해 푸하하 웃음을 터트리자 용비야는 눈을 찌푸리며 차갑게 말했다.

"문제라도 있느냐?"

"아뇨, 아주 좋아요."

아무리 한운석이라도 여기서 사실을 말할 용기는 없어서, 훗날 이 보수적인 남자의 진짜 부인이 되려는 사람은 저 깐깐한 성격에 속이 터져 죽고 말겠다고 속으로만 생각할 뿐이었다.

금옥장교金屋藏嬌(한무제가 첫 번째 황후였던 진아교에게 금으로 된 집을 지어 주겠다는 약속을 했다는 데서 나온 말로 부인을 몹시 아낀다는 뜻)는 아니더라도, 아마 규방에 단단히 가둬 놓고 사람들 앞에 얼굴조차 내밀지 못하게 할 거야.

용비야는 캐묻지 않고 그녀의 발을 내려 준 뒤 약을 건네며 태연하게 말했다.

"큰 부상은 아니니 내일 아침 한 번 더 바르면 된다. 물에 닿지 않게 하고 지나치게 움직이지 말도록."

"네."

한운석은 고개를 끄덕였다. 알아주는 명의가 말 잘 듣는 환자로 변한 순간이었다.

용비야는 남아서 식사할 생각은 없는지 일어나서 바로 돌아섰다.

"한씨 집안의 일은 어떻게 되었나요?"

한운석이 다급히 물었다.

"아직 진전이 없다."

용비야는 대답을 하면서도 멈추지 않고 걸음을 옮겼다.

한운석은 돌아보거나 더 묻지도 않고 눈을 내리뜬 채 멀어지는 그의 발소리를 들으며 조용히 있었다.

갑자기 용비야가 말을 꺼냈다.

"찻잎 건은 진전이 있느냐?"

한운석이 고개를 돌려 보니 그가 문가에 서서 그녀 쪽을 바라보고 있었다.

"약간은요. 내일 소장군과 함께 천향차원에 다녀오기로 했어요."

그녀가 얼른 대답했다.

용비야는 고개를 끄덕인 뒤 더는 묻지 않고 돌아서서 나갔다.

그의 뒷모습마저 사라진 후에야 한운석은 천천히 고개를 돌리고 식탁에 차려진 음식을 바라보며 히죽 웃다가 또다시 큰소리로 까르르 웃음을 터트렸다.

옆에 있던 조 할멈은 도무지 이해가 가지 않았다. 전하께서 식사도 하지 않고 떠나셨는데 마마께서는 왜 저리 기뻐하실까?

그녀는 쭈뼛쭈뼛 물어보았다.

"왕비마마, 음식이 식었는데 가서 데워 올까요?"

"됐네."

한운석은 젓가락을 들고 식욕이 더 왕성해진 것처럼 아귀아귀 음식을 먹어 치웠다.

그날 밤 용비야의 침궁에는 내내 불이 밝혀져 있었고, 한운석은 침실 창가에 놓인 기다란 안락의자에 기대 생각에 잠겼다가 저도 모르게 잠이 들었다⋯⋯.

최대 용의자

이튿날, 목청무가 찾아오기 전에 하 집사가 찻잎을 듬뿍 갖다 주었다. 대부분 봄차였고, 가을차와 겨울차도 적잖이 섞여 있었으나 모두 신선하게 잘 보관된 것들이었다.

옛날에는 신선도를 유지하는데 한계가 있었다고 누가 그랬을까? 눈앞에 놓인 찻잎을 보는 한운석은 그저 감개무량할 따름이었다. 옛날이든 지금이든 돈이면 안 되는 것이 없었다.

찻잎이 통 가득 그윽한 향기를 뿜어내자 한운석은 아침 식사조차 거르고 서재로 달려가 실험을 시작했다.

지난번처럼 각각 나누거나 섞어서 찻잎을 조사했고, 특히 녹차는 좀 더 여러 차례 시험해 보았지만 안타깝게도 결과는 씁쓸했다. 이번에도 모두 실패였고 뜻밖의 기쁨은 찾아오지 않았던 것이다.

찻잎을 말리는 방식으로 분류하고, 수확 시기에 따라 봄, 가을 겨울로 분류하여 실험해 보았지만 역시 성공하지 못했다.

한운석은 풀이 죽은 얼굴로 고개를 푹 숙이고 서재에서 나왔다.

내 의심이 잘못되었던 것일까, 아니면 뭔가 놓친 부분이 있었던 것일까?

생산지?

생산지에 따라 다른 걸까?

찻잎은 말리는 방식과 수확 시기뿐만 아니라 생산지에 따라 분류할 수도 있었다.

여기에 생각이 미치자 한운석은 다시 기운을 냈다. 어쩌면 오늘 천향차원에서 뭔가 얻을 수 있을지도 몰랐다!

"왕비마마, 식사를 하셔야지요."

조 할멈이 권했다.

한운석은 그제야 정신이 들어 자리에 앉았고, 조 할멈은 기다렸다는 듯이 말했다.

"전하께서는 일찍 일어나셔서 정원에서 차를 드시고 계십니다."

젓가락을 들었던 한운석의 손이 살짝 움찔했지만 잠깐이었을 뿐, 그 외에는 아무 반응도 없었다.

조 할멈은 눈을 내리뜨고 한참 동안 그녀를 바라보다가 다시 지나가는 말투로 말을 꺼냈다.

"전하께서는 천향차원의 남산홍을 가장 좋아하신답니다."

한운석은 그래도 못들은 척 식사에만 열중했다.

배불리 먹고 나서 조 할멈이 자리를 비운 것을 보자 그제야 정원으로 나가 요리조리 훑었지만 안타깝게도 용비야는 그림자조차 보이지 않았다.

그런데 별안간 뒤에서 조 할멈이 쑥 튀어나와 웃으면서 불렀다.

"왕비마마······."

소스라치게 놀란 한운석은 도둑이 제 발 저리듯 뒤를 돌아보며 바락 화를 냈다.

"왜, 또 왜?"

조 할멈은 억울한 얼굴로 쭈뼛쭈뼛 대답했다.

"바깥에서 하인이 알려 주었는데, 소장군께서 후문에서 기다리신다고 합니다."

한운석은 겨우 화가 가라앉아 도망치듯 밖으로 달려 나갔다…….

한운석이 절뚝거리면서 나오자 목청무는 그제야 그녀가 발을 다친 것을 알았다.

"왕비마마, 어쩌다 그리 되셨습니까?"

사실은 정상적으로 걸을 수 있었지만 후유증이 두려운 나머지 차마 힘을 주지 못해 여태껏 절룩이고 있었던 것이었다.

그녀는 마차에 오르며 말했다.

"살짝 접질렸을 뿐이니 괜찮소."

"차라리 다음에 다시 가는 것이 어떻겠습니까? 그런 몸으로…….."

금이야 옥이야 자란 귀한 여인이 아니라는 것은 알지만, 목청무는 그래도 망설였다.

"괜찮소, 어서 출발하시오. 시간이 얼마 남지 않았고, 나는 질 생각이 없소."

한운석이 웃으며 일깨워 주었다. 목유월과의 내기 기한은 오늘을 포함해 열이틀밖에 남지 않았다.

목청무는 대답할 말을 찾지 못해 별수 없이 마차에 올랐으나, 왕비마마와 같은 공간에 있을 수는 없어서 마부 옆에 앉았다. 한운석은 그에게 들어오라고 하려다가, 어젯밤 용비야의 경고가 떠올라 잠시 망설인 끝에 결국 그만두었다.

용비야가 골동품 같은 구석이 있긴 했지만, 사실 이 세상에서는 처녀든 부인이든 여자라면 반드시 '조신'해야 했고, 행동을 삼가지 않으면 꼬투리를 잡혀 큰 화를 당할 수도 있었다.

그들이 천향차원에 도착했을 때는 시간이 일러 손님이 그리 많지 않았다.

천향차원은 차나무가 많은 세 개의 산에 둘러싸여 있었고 정면에는 개울이 흘러, 풍경이 그윽하고 우아했다. 장원의 면적도 무척 커서 크고 작은 정원만 서른 여 곳이나 되었고, 서남쪽에 있는 온천산장 역시 천향차원 소유였다.

이 차원을 지을 때 소비된 인력과 물자는 차치하더라도, 도성의 교외에 있는 이런 언덕의 값만 해도 성 한 채 값은 족히 될 것이다.

천향차원의 주인은 몹시 조용하고 행적이 신비로운 사람으로, 나라 못지않은 부를 지니고 있었다. 여태껏 이곳에 차를 마시러 온 사람들 중 누구도 그를 본 적이 없어 대체 어떤 사람인지 아무도 몰랐다.

목청무가 미리 예약을 해 둔 덕에 대장군부의 마차가 나타나자 장원 입구를 지키던 하인이 허둥지둥 달려와 마차를 따로 떨어져 있는 정원으로 안내했다.

이 정원의 이름은 신우원新雨院으로, 목유월이 장기간 빌려 둔 곳인데 다행히 오늘은 방문을 하지 않았다.

한운석은 마차에서 내리기 무섭게 주변의 모든 것에 매료되었다. 이 독립된 정원은 사생활 보호가 철저해서 사방에 높은 담장을 세우고 비단처럼 펼쳐진 각양각색의 꽃들 속에 차 마시는 곳을 숨겨 놓은 데다, 향까지 피워 몽롱한 향기가 코와 심장 속으로 스며들어 무척 기분 좋게 해 주었다.

"왕비마마, 조심하십시오."

목청무가 눈짓을 하자 시중드는 여자가 재빨리 다가와 부축하려 했지만 한운석이 거절했다.

그녀는 절룩거리면서 조그마한 돌길을 따라 꽃밭으로 들어가 차 탁자 앞에 책상다리를 하고 앉았다. 일 때문에 온 것만 아니라면 이곳에서 며칠은 눌러앉아 실컷 휴식을 취하고 싶을 정도였다!

현대로 치자면 최고급 클럽의 최고 등급 룸으로, 밀담을 하기에 안성맞춤일 뿐 아니라 연인과의 밀회에도 딱이었다.

"왕비마마께서는 이곳이 무척 마음에 드신 모양이군요."

목청무도 앉으며 말했다.

"이런 곳에서 좋은 차를 마실 수 있다면 더 좋겠군요."

한운석이 장난스레 말했다.

오늘의 목적은 이 차원을 살펴보고 목유월이 이곳에서 산차와 만났던 친구의 기록을 조사하는 것이었다.

한운석도 목유월이 친오라버니를 해치려 했다고는 믿지 않았다. 누군가 그녀를 이용해 찻잎에 독을 타게 했을 텐데, 그 독은 이곳에서 산 찻잎이 아니면 목유월의 친구가 준 찻잎에 있었을 것이다.

천향차원에서 파는 찻잎 통에는 표식이 찍혀 있어서 천향차원이 독을 썼다면 발각되기가 너무 쉬웠고, 흉수도 그렇게 멍청할 리 없었다.

그래서 한운석은 목유월의 친구에게 마음이 기울었다. 친구가 준 찻잎 때문에 중독된 것이라면 분명히 빈번하게 찻잎을 선물한 사람의 짓일 것이다.

예로부터 선물을 하는 것은 늘 있는 일이었지만, 이유 없이 선물을 보내는 법은 없었고 받는 사람 역시 준다고 마구 받지도 않았다.

먹을 것이나 입을 것이 풍족한 대소저 목유월은 물욕이 클 리도 없고 마실 찻잎이 부족하지도 않았을 것이다. 그런 그녀가 자주 차 선물을 받았다면 분명히 그럴 만한 이유가 있었다.

그 찻잎이 유난히 품질이 좋아서 목유월의 입맛에 꼭 맞았거나, 아니면 차를 선물한 사람이 목유월과 사이가 좋고 다도를 잘 아는 사람이기 때문일 것이다.

목유월은 천향차원에 차만 사러 오는 것이 아니라 친구와 차를 마시러 오기도 했기 때문에 당연히 이 천향차원부터 조사해야 했다.

목청무가 녹차를 고르자, 시중드는 여자는 아주 숙련되고 전문적이어서 씻고, 고르고, 타고, 올리고, 시음하고, 따르고,

청하는 등 일곱 가지 단계를 빠짐없이 꼼꼼하게 완수했다.

차를 몇 잔 맛본 다음 한운석이 물었다.

"이 찻잎은 이곳에서 직접 재배한 것이냐?"

"왕비마마께 아룁니다. 저희 차원에서 제공하는 찻잎은 뒤쪽에 있는 세 곳의 산에서 나는 차를 차원에서 직접 말린 것입니다. 하지만 손님께서 직접 차를 가져오시기도 합니다."

차 시중을 드는 여자가 사실대로 대답했다.

한운석은 생각에 잠긴 듯 고개를 끄덕이며 다시 물었다.

"목 대소저도 직접 차를 가져오는 일이 많았느냐?"

그 말에 차 시중을 드는 여자는 곧바로 대답하지 못하고 곤란한 표정을 지었다.

천향차원의 독립 정원에서 시중을 드는 여자들은 정해져 있었고, 이런 정원들은 손님들이 연중 내내 빌려 두는 경우가 많아 시중드는 사람도 거의 개인 시녀처럼 정해진 사람의 시중만 들곤 했다.

오늘만 해도 목청무가 없었다면 한운석 혼자서는 이 신우원에 발도 들이지 못했을 것이다.

차 시중을 드는 여자는 아무래도 손님 가까이 있다 보니 보고 듣는 것이 무척 많았고, 그 때문에 손님의 비밀을 지키는 것이야 말로 그들의 첫 번째 의무였다.

"왕비마마께서 물으시면 아는 대로 대답하거라. 내 이미 집사에게도 말해 두었다."

목청무가 차분하게 말했다.

목유월을 조사하려면 그녀에게 직접 물으면 될 일이지만, 누이동생의 성미를 누구보다 잘 아는 목청무는 그러지 않는 것이 좋겠다고 생각했다. 일단 이야기가 나오면 그녀는 사실대로 대답하기는커녕 도리어 거짓말을 지어내 조사를 방해할 사람이었다. 왕비마마를 천향차원에 모셔와 조사할 수밖에 없었던 것도 그 때문이었다.

목청무는 목유월의 친오라버니였으니, 그가 이렇게 말하자 시중드는 여자도 마음이 놓여 바로 대답했다.

"목 대소저께서는 차를 가져오지 않으시기 때문에 혼자 오실 때는 늘 차원의 차를 드십니다. 친구분과 오실 때에는 대부분 친구분이 차를 가져오십니다."

그 말에 한운석과 목청무 모두 짚이는 곳이 있었다. 분명 이 상황은 그들이 추측한 대로였다.

"유월이 주로 누구와 차를 마셨느냐?"

목청무가 서둘러 캐물었다.

시중드는 여자는 잠시 생각한 뒤 대답했다.

"자주 오시는 분이 몇 분 됩니다. 장평공주마마와 재상 댁의 셋째 소저, 병부상서 댁의 대소저, 임씨네의 일곱째 소저, 한씨네의 둘째 소저⋯⋯."

그녀가 이름을 줄줄이 읊자 목청무마저 의아해했다. 누이동생이 그렇게 교분이 넓을 줄은 생각지도 못했던 것이다.

시중드는 여자가 마지막으로 한마디 덧붙였다.

"최근에는 한씨네 둘째 소저와 함께 오셨습니다."

"한씨네라면 어디 말이냐?"

한운석이 참지 못하고 물었다. 이 도성에서 목유월과 교분이 있을 만한 한씨 집안은 그녀의 친정밖에 없었지만 그래도 확인해 보고 싶었다.

"의술 명가 한씨 집안으로 왕비마마의 친정입니다."

시중드는 여자가 소리를 죽여 대답했다.

한씨네 둘째 소저라면 이 씨의 딸 한약설?

한운석의 눈동자에 의심이 빛이 스쳐갔다. 덕분에 이 씨가 더욱 의심스러워졌지만 그녀는 여전히 차분함을 유지했다. 어쨌든 아직 모든 것은 추측일 뿐 정확한 증거가 없었기 때문이었다.

만약 여기서 이 씨를 목표로 단정한다면 다른 실마리를 빠뜨려 진범을 놓칠 수도 있었다.

한운석은 사건 조사를 해 본 적이 없었지만, 사건을 조사하는 것이나 사람을 치료하는 것 모두 주관적으로 억측을 하면 안 된다는 점은 똑같았다. 비슷하게 보이는 병이 수없이 많기 때문에 사람을 치료할 때에도 하나하나 가능성을 제거한 후 정확한 병명을 찾아 진단을 내려야만 했다. 그렇지 않으면 결국 병을 잘못 읽어 사람을 해칠 수도 있었다.

한운석은 아무 말 하지 않았고, 이 씨의 혐의를 모르는 목청무는 훨씬 더 침착하고 공정하게 물었다.

"그중에서 유월과 가장 빈번하게 만나 차를 마시는 사람이 누구냐?"

시중드는 여자는 한참 생각하다가 고개를 저었다.

"그것까지는 잘 모르겠습니다. 여러 소저들이 자주 방문하시기 때문에 특별히 자주 오신 분은 기억에 없습니다."

"자주 차를 가져온 사람은 누구냐?"

목청무가 다시 물었다.

이번에는 시중드는 여자도 깊이 생각하지 않고 곧바로 대답했다.

"한씨네 둘째 소저입니다."

이 말을 듣자, 한운석은 심장이 '쿵' 하고 내려앉으면서 불길한 예감에 휩싸였다.

목청무 역시 계속 질문하는 대신 한운석을 흘끔 바라보며 복잡한 눈빛을 떠올렸다.

한씨 집안 둘째 소저는 왕비마마의 친정 사람이고, 왕비마마와 같은 아버지를 둔 누이동생이었다. 만약 한약설이 흉수라면 한씨 집안은 큰 재앙을 맞이하게 될 터였다!

"잘 생각해 보거라. 다른 사람은 없느냐?"

목청무가 진지하게 물었다.

"재상 댁과 병부상서 댁 소저들도 자주 차를 가져오셨으나 한씨네 둘째 소저만큼은 아니었습니다. 한 둘째 소저는 거의 매번 선물을 하셨고 목 대소저께서도 한 둘째 소저의 차를 무척 좋아하셨습니다."

시중드는 여자는 이렇게 대답한 후 잠깐 생각한 끝에 덧붙였다.

"근 2, 3년 동안은 분명 한 둘째 소저께서 선물하신 것이 가장 많습니다. 특히 작년에는 한두 달에 한 번씩 선물하셨습니다."

이 말을 듣자 목청무마저 기분이 착 가라앉아 입을 다물었다.

한약설의 혐의가 가장 큰 것은 의심할 바 없는 사실이었다!

공통된 희망

목청무와 한운석이 모두 말이 없어지자 시중드는 여자도 이상하다는 것을 눈치챘다. 다만 소장군이 질문한 것은 차원의 장부에도 똑똑히 기록되어 있기 때문에 절대로 거짓이 아니었다.

얼마 전 한 둘째 소저가 고급 봄차 한 통을 깜빡하고 놓고 갔는데, 귀한 가문 사람들은 그러는 경우가 왕왕 있었고 다시 찾으러 오지도 않았기 때문에 그녀는 욕심이 나서 그 찻잎을 슬쩍했다.

그런데 뜻밖에도 다음날 한씨 집안사람이 찾으러 왔고, 차마 숨겼던 것을 내놓을 수가 없었던 그녀는 보지 못했다고 거짓말을 할 수밖에 없었다.

한 둘째 소저가 보낸 차는 최고급 찻잎이고 차원에서 나는 차보다 훨씬 품질이 좋았기 때문에 차 시장에 갖다 팔면 좋은 값을 받을 수 있었다. 본래는 때를 보아 몰래 팔 생각이었는데 뜻밖에도 이런 일이 생긴 것이다.

심장이 콩닥콩닥 뛰고 겁이 더럭 난 그녀는 팔아 치울 용기를 내기는커녕 제발 자신에게까지 화가 미치지 않기만을 속으로 빌었다. 손님의 차를 슬쩍했다는 사실을 차원의 집사가 알면 죽은 목숨이었다.

목청무마저 말이 없자 한운석은 속으로 가만히 한숨을 내쉰 뒤 차분하게 말했다.

"소장군이 내게 공정무사를 약속했으니 나 또한 소장군이 믿을 수 있게 행동하겠어요. 안심해도 좋아요!"

시중드는 여자는 이 말을 알아듣지 못했지만 목청무는 알아들었다.

목유월을 조사할 때 그는 절대 사사로운 감정에 치우치지 않겠다고 약속했는데, 한씨 집안이 가장 최대의 용의자가 된 지금 왕비마마가 똑같은 약속을 한 것이다.

여자인 왕비마마가 이토록 엄하고 대의를 앞세울 줄은 몰랐던 목청무는 존경과 신뢰를 담은 얼굴로 두 손을 모아 예를 갖추었다.

그의 신뢰가 한운석을 더욱 압박했지만, 동시에 흉수가 누구이든 반드시 찾아내겠다는 결심을 하게 만들었다.

"한씨네 둘째 소저가 선물한 찻잎은 이곳에서 끓였느냐?"

마침내 그녀가 다시 물었다.

시중드는 여자는 고개를 저었다.

"한씨네 둘째 소저께서는 가져오신 차를 개봉한 후에 저희가 맛보도록 남겨 두셨고, 목 대소저께는 개봉하지 않은 것을 선물하셨습니다."

"똑같은 찻잎이냐?"

한운석이 재차 물었다.

"그럴 때도 있고 그렇지 않을 때도 있어서 일정하지 않습니다."

차 시중을 드는 여자가 사실대로 대답했다.

"남은 게 아직 있느냐?"

한운석이 계속 물었다.

시중드는 여자는 즉시 일어나더니 재빨리 찻잎 두 통을 가져왔다.

"이것이 최근 한 둘째 소저께서 저희에게 준 것입니다."

한운석은 찻잎을 검사해 보았지만 독은 발견되지 않았고 모든 것이 정상이었다.

목청무는 잠시 망설이다가 직접 차를 끓여 마시고 향을 맡아 보더니 잔뜩 도취된 표정을 지었다.

"왜 그러시오?"

한운석은 호기심이 일어 물었다.

목유월이 한약설이 보낸 찻잎을 계속 받았다면 적어도 그 찻잎이 평범하지는 않았을 것이다.

"이 맛은……. 남강에서 처음 나는 봄차로 녹차 중에서도 최고급품입니다."

목청무가 확신이 담긴 목소리로 말했다.

똑같은 차나무라도 재배하는 곳이 다르면 나무에서 나는 찻잎도 달라지기 마련이었다. 기후나 토양, 관개수가 찻잎이 함유하는 미량의 원소를 결정하기 때문에 차의 맛도 달랐다.

보통 사람들은 알아차리지 못하지만 차에 조예가 깊은 애호가들은 냄새만으로도 구분할 수 있었다.

"확실히 남강에서 처음 딴 봄차가 맞습니다. 남강의 붉은 토양에서만 이런 맛이 나는 녹차를 재배할 수 있지요. 소장군께 서는 참으로 대단하십니다!"

시중드는 여자가 찬탄을 터트렸다.

사실 그녀는 한 둘째 소저가 깜빡하고 선물하지 못했던 것 이 이 차보다 훨씬 고급이라는 것을 알고 있었지만, 차마 그 말 을 꺼낼 수는 없었다.

"이것이 희귀한 차냐?"

한운석은 이해가 가지 않아 다시 물었다.

"예, 왕비마마, 남강의 차는 가장 인기가 있는데 특히 봄차 는 생산량이 적고 품질이 뛰어나 찻잎을 따기도 전에 모두 팔 리곤 합니다."

차 시중을 드는 여자가 사실대로 대답했다.

이 차를 마시지 않았다면, 그리고 시중드는 여자가 일깨워 주 지 않았다면, 목청무는 자신이 가장 즐겨 마시는 녹차가 정해진 생산지에서만 난다는 사실까지 기억해 내지는 못했을 것이다.

그는 무거운 눈빛으로 한운석을 바라보며 진지하게 말했다.

"저는 근 2, 3년 동안 이 맛에 푹 빠져 있었습니다. 유월이 보 내 준 차에도 남강의 녹차가 많이 있었지요."

남강의 녹차?

한운석은 눈을 살짝 찡그리며, 목청무와 시중드는 여자가 못 본 틈을 타 살그머니 찻잎 한 움큼을 진료 주머니에 넣고 금 침으로 찻물을 적셔 함께 넣었다. 겉으로는 그렇게 보였지만 사실은 해독시스템에 넣어 분석한 것이었다.

이번에는 지난번과는 달리 찻잎과 찻물에서 철분이 훨씬 높게 나왔다!

앞서 두 번 분석했을 때에는 찻잎에 든 각종 성분들이 만사독과 서로 반응하여 항상 실패였다.

처음에는 차의 품종을 분석했고 두 번째는 수확 시기에 따라 분석했지만, 산지까지는 분석해 본 적이 없었다.

봄에 수확한 남강의 녹차, 혹시 그게 문제 아니었을까?

한운석은 기다리지 못하고 찻잎의 성분 분석 결과가 나오자마자 해독시스템에서 인공지능으로 배합을 해 보았다.

그녀가 정확한 답을 얻기 위해 눈을 잔뜩 찌푸리고 진지한 표정으로 정신을 집중하자 목청무와 시중드는 여자는 무슨 일이라도 생겼나 싶었다.

"왕비마마, 괜찮으십니까?"

목청무가 걱정스레 물었다.

실험 시간은 잠깐이었기 때문에 한운석은 곧 정신을 차리고 가볍게 한숨을 쉬었다.

"괜찮아요."

이런, 또 실패야!

남강의 봄 녹차도 실패였으니 이건 아니었다.

한약설을 오해한 것일까, 아니면 한약설이 가져온 찻잎과 목유월에게 준 찻잎이 다른 것일까?

만에 하나 차이가 있다면, 목청무 정도 되는 차 애호가라면 어느 정도는 눈치를 챘을 것이다.

한운석은 잠시 망설이다가 손을 저어 시중드는 여자와 주위에 둘러선 시녀들을 내보냈다.

사람들이 물러가자 목청무가 황급히 물었다.

"왕비마마, 뭔가 발견하셨습니까?"

"누이동생께서 소장군에게 준 찻잎으로 차를 마시면 다른 찻잎에 비해 다른 부분이 있었나요?"

한운석이 진지하게 물었다.

목청무는 이 질문의 의미를 알아차렸지만 정확하게 대답할 말이 없었다.

"정확히 말씀드리기가 어렵습니다. 같은 산지에서 같은 계절에 수확한 같은 품종은 정상적으로 말려서 보관하면 그 맛이 크게 차이나지 않습니다. 하지만 미세한 차이점이야 아주 많지요."

목청무는 여기서 잠깐 멈추었다가 다시 말했다.

"같은 산지에서 난 차라도 유월이 보내 준 것은 다른 사람이 준 것보다 훨씬 품질이 좋았는데, 이는 주로 말리고 보관하는 기술 덕분이었습니다. 물론 차를 끓이는 물이나 다기, 시간도 관계가 있지만 그것까지 확인하기는 어렵겠지요."

한운석도 목청무의 말을 알아들었다. 확신할 수 없는 변수를 통해 답을 찾는 것은 확실히 불가능한 일이었다.

말리는 기술 하나만으로도 차이가 크게 나는데 무슨 수로 하나하나 살펴볼 수 있을까?

한운석이 찾고자 한 것은 독차를 만드는 방법이었고 그런 다음 방법을 역추적하여 증거를 찾을 생각이었다. 그런데 지금 보니 이 실마리를 따라가다가는 어느 세월에 흉수를 찾아낼 수 있을지 암담했다.

그녀는 생각을 정리하여, 영향을 주는 갖가지 요소를 무시하고 다시 찻잎 그 자체만 두고 생각해 보기로 했다.

찻잎이 의심스러운 것이 확실하다면 지금 그들이 취할 수 있는 방법은 단 하나, 독이 든 찻잎을 찾는 것이었다.

그러나 승패가 판가름 날 중요한 순간이고 흉수가 이미 방비하고 있을지도 모르는 판국이니 독이 든 찻잎을 찾기가 그리 쉽지는 않을 것이다.

찻잎을 포기한다면 남은 것은 용의자를 중심으로 조사하는 것이었다.

한운석이 생각에 잠긴 사이 목청무도 곰곰이 생각에 잠겨 있었고, 그의 이런 진지한 모습을 본 한운석은 저도 모르게 웃음을 터트리고 말았다.

"소장군, 여기까지 헛걸음을 한 것은 아니에요. 찻잎을 찾아내지는 못했지만 적어도…… 용의자는 정해졌잖아요."

사실 오늘 조사 결과 한약설의 혐의가 크다는 것을 알아냈지만, 셋째 소실댁의 오두막에서 찾아낸 뱀독 때문에 그 혐의는 더욱 컸다.

한운석은 용비야가 이 일에 끼어들었다는 말은 하지 않았다. 아무래도 북려국 첩자와 관계된 일이라 용비야가 내내 비밀스레 조사하고 있었기 때문이었다. 그래서 그저 말없이 용비야가 새로운 실마리를 찾아냈기를 바랄 뿐이었다.

반면 오늘 조사로 한씨네 둘째 소저의 혐의를 밝혀낼 줄은 전혀 몰랐던 목청무는 돌아가서 제일 먼저 진왕 전하께 보고해야겠다고 생각했다. 진왕 전하라면 한씨 집안 셋째 첩인 이 씨와 둘째 소저의 배경을 조사하기가 어렵지 않을 것이었다. 하지만 북려국 첩자 사건과 관계가 있어 함부로 공개할 수 없는 일이었기 때문에 왕비마마에게 이야기를 꺼낼 수는 없었다.

두 사람은 똑같이 용의자에게 초점을 두고 용비야에게 기대를 품고 있으면서도 서로 그 사실을 알지 못했다.

목청무는 고개를 끄덕였다.

"안심하십시오, 왕비마마. 이 일은 장군부에서 반드시 시간에 맞추어 조사해 낼 것입니다. 진전이 있으면 제일 먼저 마마께 보고 드리겠습니다."

"나도 알아낸 것이 있으면 소장군에게 바로 알리겠어요."

한운석이 솔직하게 말했다.

목청무는 어리둥절했다. 왕비마마께서 직접 한씨 저택을 조사하시려는 건가? 알다시피 그녀는 이미 시집간 딸이고 친정에 자주 들락거리는 것은 좋은 일이 아니었다. 게다가 진왕비라는 귀한 신분 때문에 이런 일을 하기에는 제약도 많았다.

"왕비마마, 소관이 보기에는 아무래도……."

목청무의 권유가 끝나기도 전에 한운석이 나른하게 몸을 일으켰다.

"가요! 가서 차를 사야겠어요!"

머리가 나무 복잡해서 생각을 비워 잠깐만이라도 이 사건을 잊고 싶었다.

목청무는 더 이상 권하지 못하고 물었다.

"왕비마마께서는 어떤 차를 좋아하십니까? 시중드는 사람에게 가지고 오게 하면 됩니다."

"듣자니……. 이곳 남산홍이 아주 훌륭하다던데, 직접 산에 가서 따 와야 한다고 하더군요."

용비야에게 남산홍을 뇌물로 주고 서둘러 한씨 집안 셋째 첩을 조사하게 만들기 위해서 나온 생각이었다.

그 인간은 일솜씨가 좋으니 사나흘 만에 결론을 낼 것이다. 만에 하나 잘못 짚었더라도 상황을 조정할 시간이 며칠은 남아 있었다.

"마마께서는 보는 눈이 있으시군요. 천향차원의 남산홍은 황족에게만 제공되는 것으로 외부에 판매하지 않습니다."

목청무가 웃으며 말하자 한운석은 약간 실망했다.

"그렇다면 살 수 없다는 말이에요?"

"소관은 살 수 없지만 왕비마마께서는 황족이시니 당연히 사실 수 있습니다. 소관도 오늘 마마의 덕을 볼 수 있겠군요."

목청무가 장난스레 말했다.

몇 차례 만나는 사이 점점 대하기가 편해져 처음만큼 격식을 갖추지 않게 된 그였지만 그 자신은 이 사실을 전혀 알지 못했다.

한운석은 즉각 흥미를 보였다.

"그럼 가요."

목청무와 한운석은 차 시중을 드는 여자의 안내를 받아 뒷산 중턱으로 올라갔다. 그곳은 남산홍의 경작지로 차나무가 한 줄 한 줄 빽빽하게 자라고 있었고 그사이로 겨우 한 사람이 지나갈 수 있는 길만 나 있었다. 차나무는 키가 크지 않았지만 그리 작은 편도 아니어서 그사이에 서면 몸이 반쯤 가려질 정도였다.

차 선생의 가르침을 받은 한운석은 금방 차를 따는 솜씨를 익힌 뒤 목청무와 함께 차나무 사이로 들어갔다.

아무래도 산길이고 한운석은 아직 다리가 낫지 않았기 때문에, 목청무는 그녀가 넘어져서 다칠까 봐 차를 따기보다 그녀를 보호하는데 더 열중했다

적잖은 찻잎에 벌레 먹은 흔적이 있는 것을 보고 한운석은 혼잣말처럼 중얼거렸다.

"해충이 많군. 농약을 치지 않나 보지?"

현대에는 찻잎에 농약을 치는 것이 더없이 정상적인 일이었고, 속이 시꺼면 일부 농부들은 수확량을 보장하기 위해 기준치를 넘긴 농약을 뿌리거나 나라에서 금지한 농약을 쓰기도 했다.

"농약이라니요?"

목청무는 알아듣지 못했다.

그때 한운석이 갑자기 고개를 홱 돌리며 놀란 소리로 외쳤다.

"독약!"

만사독을 차나무에 뿌리면 어떻게 될까?

자객, 뜻밖의 사태

농약을 찻물에 넣으면 찻물의 색과 맛이 변하는 건 당연했고, 아무리 적은 양이라도 약 냄새가 코를 찌르기 마련이었다.

그러나 농약을 차나무에 뿌리면, 찻잎을 따고 말리는 과정을 거치고 차를 끓이는 동안 농약 냄새가 사라진다. 만약 농약의 성분이 무시해도 좋을 정도를 넘어섰다면, 찻잎이나 찻물에 농약이 섞일 것이고, 장기간 농약이 든 차를 마신 사람의 몸에도 영향을 줄 것이다.

그 농약을 독약으로, 만사독으로 바꾼다면?

역시 똑같은 이치가 통할까? 찻잎에 만사독이 있어도, 끓여내면 그 냄새가 사라지고 색이나 맛이 변하지 않게 되는 것일까? 전문적이고 세밀한 조사를 하지 않으면 알아낼 수 없을 만큼?

여기에 생각이 미치자 한운석은 정신이 번쩍 들어 두 눈을 크게 떴다.

"바로 그거야!"

목청무는 멍한 표정이었다.

"왕비마마, 무슨 말씀이신지요?"

한운석이 설명하려는데 뜻밖에도 등 뒤에서 날카로운 파공성이 터졌다.

"조심하십시오!"

목청무가 소리를 지르며 한운석을 차나무 쪽으로 와락 밀어 젖히고 몸을 돌려 그녀를 보호했다.

전투 경험이 풍부했기 때문에 단번에 날카로운 화살이 날아드는 소리를 알아들었던 것이다.

자객이었다!

목청무는 몸을 돌려 한운석을 가로막으면서 검을 뽑아 날아드는 화살을 힘껏 쳐서 떨어뜨렸다. 깔끔하면서도 보기 좋은 동작이었다.

하지만 화살을 물리치고 난 뒤에도 자객은 보이지 않았다. 시야에는 차나무 말고는 아무 것도 없었고 산 중턱은 고요했다.

목청무는 주위의 동정을 살피며 주저 없이 외쳤다.

"당장 시위들을 불러라, 자객이 있다!"

옆에 있던 차 선생 둘이 놀라 허둥지둥 달려갔으나, 차원의 시위들이 도착하기 전에 오른쪽에서 느닷없이 화살 하나가 날아들었다. 목청무는 검을 휘둘러 또 쳐 냈다.

왕비마마가 뒤에 있어 함부로 쫓아갈 수도 없는 데다 지금 있는 곳이 물러나기에 몹시 불리했기 때문에 목청무는 그 자리에 꼼짝 않고 서서 구원병이 오기만을 기다렸다.

다행히 활을 쏘는 속도로 보아 자객은 단 한 명뿐이었다.

한운석은 차나무 위에 엎드려 죽은 듯이 가만히 있었다. 겁쟁이라 해도 어쩔 수 없었다. 무공의 '무'자도 모르는데 자칫 잘못했다가는 목숨을 잃기 십상이었으니까!

"왕비마마, 구원병이 곧 올 것입니다. 조금만 참으십시오."

목청무가 나지막이 말했다.

"괘…… 괜찮아요! 소장군도 조심해요."

사실 한운석은 견디기 힘들었다. 허리를 90도로 꺾은 자세로 차나무 위에 엎드려 있는데 나뭇가지가 배를 쿡쿡 찔러 토할 것만 같았다.

쐐액!

또다시 날카로운 파공성이 들려왔다. 이번에는 왼쪽이었다!

목청무는 여전히 힘껏 화살을 쳐서 떨어뜨리며 냉랭하게 외쳤다.

"웬 놈이냐? 숨어서 몰래 공격하는 것은 영웅답지 못하다!"

한운석은 기가 찼다…….

저 쪽은 자객인데 무슨 영웅 타령이람, 능력이 딸려 몰래 기습해도 소용이 없으니 저렇게 계속 숨어 있을 수밖에.

아니면 구원병이 오기 전에 속전속결로 처리하려는 것일지도?

자객을 만나 본 적도 없고, 서로 죽고 죽이는 싸움을 본 적도 없는 한운석은 이렇게 추측하자 마음이 훨씬 가벼워졌다.

그런데 예상과 달리 별안간 목청무가 깜짝 놀라며 낮은 소리로 속삭였다.

"왕비마마, 적이 적지 않습니다! 실례하겠습니다."

"응?"

한운석이 무슨 말인지 알아차리기도 전에 목청무가 홱 돌아서서 그녀를 품에 안고 즉시 허공으로 몸을 솟구쳤다. 그와 거의 동시에 사방팔방에서 화살들이 수없이 날아들었다.

쉭! 쉭! 쉭! 바람을 가르는 소리가 잇달아 터졌다!

목청무는 한 손으로 한운석을 단단히 끌어안은 채 손에 든 검을 이리저리 휘둘러 화살을 내리치는 한편 몸을 빙글빙글 돌리며 달아났다.

그의 품에 머리를 묻은 채 위로 솟구쳤다가 아래로 떨어지면서 빙글빙글 돌자 한운석은 머리가 핑핑 돌 지경이었다. 아무 것도 보이지 않았지만 화살과 검이 부딪히며 내는 맑은 소리는 똑똑히 들을 수 있었다.

챙! 챙! 챙!

다급하고 쩌렁쩌렁하면서도 이상하리만치 흥분된 소리였다.

매복한 사람이 저렇게 많다니, 목청무를 노리고 온 것일까, 아니면 그녀를 노리고 온 것일까?

목청무는 공격을 막는 데만 집중했고, 자객들은 여전히 모습을 드러내지 않고 차나무 사이에 숨어 있었다. 그들이 쓰는 것은 화살을 쏘기 쉬운 쇠뇌였다.

처음부터 대거 공격하지 않은 것은 너무 일찍 마각을 드러내면 성공하지 못할까 봐 상대의 경계심을 늦춘 뒤에 전력을 쏟아 부어 쓰러뜨리기 위해서였다.

이것만 봐도 자객들은 목청무에 대해서 너무나 잘 알고 있었다!

혹시 지난번 도성에서 그를 기습했던 자객이 아닐까?

하지만 지금은 그것까지 생각할 겨를이 없었다. 목청무의 주요 임무는 바로 왕비마마를 보호하여 털끝 하나 다치지 않게 하는 것이었다. 그렇지 않으면 진왕부를 대할 낯이 없었다.

날아드는 화살의 수는 갈수록 늘어나, 목청무는 달아나기는 커녕 반격할 기회조차 얻지 못한 채 오로지 막기만 해야 했다.

다행스러운 것은 천향차원의 구원병이 곧 도착하리라는 것이었다.

아무도 없는 들판에서 공격을 당했다면 적의 병력으로 보아 얼마 버텨 내지 못했을 것이다.

"서둘러라! 자객은 나무 사이에 숨어 있다! 흩어져서 수색해라!"

예상대로 곧 명령을 내리는 소리가 들려왔다. 바로 차원의 관리자이자 주인의 대리인인 상관上官 집사였다. 갓 마흔을 넘긴 나이에, 팔자수염을 기르고 근엄한 얼굴을 한 그는 몸을 날리는 동시에 검을 뽑아 허공을 찔러 목청무를 지원하는 한편 부하들에게 명령을 내렸다.

곧이어 푸른 옷을 입은 시위 한 무리가 산자락에서 우르르 달려왔다. 하나같이 건장한 몸집을 한 시위들은 검을 뽑아 들고 빽빽한 차나무 사이로 뛰어들었다.

구원병이 도착하자 이상한 휘파람 소리가 들리면서 화살비가 뚝 그쳤다. 그리고 흑의에 복면을 한 자객들이 하나둘 나무 위로 몸을 일으키더니 사방팔방으로 물러나기 시작했다.

상관 집사는 즉각 몸을 날리며 검을 휙 던져 자객의 등을 찔렀다. 그런 다음 그 뒤를 쫓아가 검을 뽑고 얼굴로 날아드는 화살 몇 대를 쳐서 떨어뜨린 뒤 앞으로 몸을 날려 화살을 쏜 자객의 목을 검으로 눌렀다.

"움직이지 마라, 움직이는 순간 죽는다!"

상관 집사가 냉랭하게 말했다.

이런 상황에서는 당연히 포로가 필요했고, 한 사람을 생포하는 것이 적을 모두 죽이는 것보다 훨씬 중요했다. 그러나 자객은 고개조차 돌리지 않은 채 망설임 없이 검에 목을 그어 자결해 버렸다.

상관 집사는 흠칫 놀랐지만 깊이 생각할 틈이 없어 다른 자객을 쫓았다. 이곳저곳에서 차원의 시위들이 자객들과 싸움을 벌이느라 무기 부딪치는 소리가 어지럽게 울렸다.

목청무도 자객을 뒤쫓아 생포하여 심문하고 싶었지만, 왕비마마를 보호해야 했기에 꾹 참았다.

한운석을 싸움터에서 멀리 떨어진 높다란 평지에 내려놓고 나자 그는 즉시 손을 치우며 진지하게 말했다.

"왕비마마, 실례를 범했습니다."

"괜찮아요, 괜찮아. 덕분에 살았어요!"

한운석은 가슴을 쓸어내렸지만 아직도 놀람이 가시지 않았다.

한 사람인 줄 알았는데 저렇게 많은 이들이 매복하고 있었다니, 구원병이 오지 않았다면 두 사람은 영문도 모른 채 황천길로 가야 했을 것이다.

주위에서 벌어지는 격렬한 싸움을 바라보며, 목청무는 경계를 풀지 못하고 계속해서 주위 상황을 살폈다.

곧이어 다른 구원병 무리가 도착해 바깥에서 산허리를 포위하자 자객들은 달아날 곳이 없게 되었다.

자객들은 차츰차츰 뒤로 물러나 가운데로 모여 들었지만, 포기하지 않고 서로 등을 맞댄 채 끊임없이 쇠뇌를 쏘아대며 차원의 시위들이 함부로 달려들지 못하게 했다.

이 광경을 보던 한운석과 목청무는 상관 집사가 포로를 잡지 못할까 봐 걱정스러웠다.

"소장군, 저들은 소장군을 해치러 온 건가요?"

한운석이 나지막이 물었다. 그녀도 밉보인 사람이 많았지만 저렇게 자객을 대거 동원하여 죽일 정도의 원한은 아니었다. 왕비를 암살하는 것은 중죄였으니, 가벼워야 집안이 망하고 무거우면 삼족이 몰살당할 수도 있었다.

"예, 저들은 저에 대해 잘 알고 있습니다."

목청무는 차분하게 대답하면서 싸움터에서 눈을 떼지 않았다.

그런데 누가 알았을까? 바로 그때 한운석의 귓가에 무슨 소리가 들려왔다. '뚜뚜뚜' 하는 소리였다.

경고음의 빈도로 보아 독이 빠르게 접근해 오고 있다는 뜻이었고, 방향은 뒤쪽이었다.

한운석은 상황 파악이 되지 않은 상태로 자연스레 뒤를 돌아보았다.

"앗……!"

순간, 그녀가 비명을 지르며 어디서 그런 힘이 났는지 목청무를 힘껏 떠밀었다. 예상치 못한 사태에 목청무는 벌렁 바닥으로 쓰러졌다.

그와 거의 동시에 날카로운 검이 뒤에서 목청무가 서 있던 곳을 정확하게 찔렀다. 한운석이 그를 밀어내지 않았더라면 그 결과는……. 생각만 해도 끔찍했다!

기척도 없이 다가와 목숨을 앗아갈 뻔했는데도 목청무가 전혀 눈치를 채지 못했다니?

대체 얼마나 대단한 고수인 거지?

등 뒤에서 검을 들고 서 있는 사람은 흑의를 입은 여자 살수였는데, 그녀의 무공이 목청무보다 높은 것은 자명했다.

그녀가 순식간에 다가와 한운석의 팔을 낚아챘다!

"놔! 놔!"

한운석은 소리소리 지르며 격렬하게 반항했다. 이제 보니 이 자객의 목표는 목청무가 아니라 그녀였던 것이다!

아무도 예상하지 못한 일이었다. 저 여자 살수야말로 진짜 자객이었고 다른 사람들은 모두 눈속임에 불과했다!

상관 집사마저 그 광경을 바라보고 아연실색했다.

그러나 목청무의 반응은 무척 빨랐다. 그가 재빨리 검을 잡고 몸을 퉁겨 일어났지만, 뜻밖에도 여자 살수가 한운석을 붙잡은 채 몸을 홱 돌리며 목청무를 향해 힘껏 검을 찔렀다.

너무 급작스럽게 일어난 일이었고 목청무에게는 선택의 여지가 없었다. 검을 맞는 한이 있어도 왕비마마를 보호해야만 했다.

그는 피하지 않고 여자 살수에게 어깨를 내주면서 검으로 그녀의 심장을 찌르려고 했다.

그 위기일발의 순간, 한운석이 놀란 목소리로 외쳤다.

"검에 극독이 묻어 있어요, 맞으면 죽을 거예요!"

목청무는 퍼뜩 정신이 들었다. 두 사람의 검이 서로의 몸에 닿으려는 찰나, 여자 살수가 살짝 검끝을 돌려 목청무의 검을 힘껏 쳐 냈고 그와 동시에 한운석을 품으로 홱 끌어당기며 돌아서서 달아났다!

"왕비마마!"

목청무는 놀란 나머지 순식간에 몸을 퉁겼으나 상관 집사가 먼저 그를 스쳐지나가며 한발 앞서 뒤를 쫓았다.

목청무도 지체 없이 쫓아갔지만 뜻밖에도 여자 살수의 속도가 너무 빨라 그는 물론이고 상관 집사 역시 거리를 좁힐 수가 없었다.

저 멀리 그들의 그림자가 천향차원 밖으로 나가자 두 사람은 젖 먹던 힘까지 내어 쫓았지만 끝내 따라잡지 못했고, 그들의 뒷모습이 산을 넘어 사라지는 것을 뻔히 바라볼 수밖에 없었다.

끝장이다!

헐떡거리며 바다에 주저앉은 상관 집사의 얼굴은 종잇장처럼 창백했다. 진왕비가 천향차원에서 납치를 당했으니 무슨 수로 책임을 지지?

목청무의 얼굴은 상관 집사보다 더 창백했다. 뒤늦은 깨달음이지만 저 자객들은 바로 왕비마마를 노리고 온 것이었다!

두 사람은 낙담하여 서로를 마주 보느라 붉은 그림자 하나가 옆을 휙 지나쳐 산속으로 사라지는 것은 보지 못했다.

그들은 곧 남산 중턱에 몰아넣은 자객들을 떠올렸지만, 그곳에 도착해 보니 기다리고 있는 것은 시체들뿐이었다. 자객들이 모조리 자결한 것이었다.

"쓸모없는 놈들!"

상관 집사는 화가 나서 시위들을 걷어찼다.

목청무가 으드득 소리가 날 정도로 주먹을 움켜쥐며 차갑게 말했다.

"산을 수색하라! 상관 집사, 당장 산을 수색하시오! 그리고 사람을 보내 진왕부에 보고하시오!"

말을 마친 그는 숨 돌릴 겨를도 없이 즉시 산속으로 달려갔다.

상관 집사는 감히 지체하지 못하고 시킨 대로 처리한 후 자신은 서산 꼭대기로 날아올라갔다. 이렇게 큰 사건이 벌어졌으니 반드시 장주에게 보고해야 했다.

독인, 강력한 적수

여자 살수에게 단단히 붙잡힌 한운석은 아무리 발버둥을 쳐도 벗어날 수가 없었다.

이 자객들은 목청무를 무척 잘 알고 있었지만 실제로 노린 것은 그녀였다. 그렇다면 목청무가 당한 만사독과 관계가 있는 자들일까?

그녀가 만사독의 출처를 조사하고 있다는 것을 알고 납치한 것일까?

그 이유 외에는 그럴듯한 이유가 생각나지 않았다.

그녀는 목숨을 무척 중요하게 생각하는 사람이었고, 지금 이렇게 냉정하게 상황을 분석할 수 있는 것도 이 살수가 자신을 죽이지 않으리라 판단한 덕분이었다.

죽일 생각이었다면 구태여 납치할 필요도 없었다. 그녀의 목숨을 취할 기회는 많이 있었다. 그런데도 납치를 했다면 분명 원하는 것이 있을 것이고, 그렇다면 얼마 동안은 안전하다고 볼 수 있었다.

그때 한운석의 귓가에 '뚜뚜뚜' 소리가 났다. 이 여자 살수는 검에만 독이 있는 것이 아니라 몸에도 적잖은 독약을 숨기고 있었다.

아무래도 독에 능한 사람 같은데 무공까지 이렇게 뛰어나다니, 혹시 북려국 첩자의 우두머리가 아닐까?

여기에 생각이 미치자 한운석은 발버둥을 치는 척하며 여자 살수의 팔을 붙잡아 손톱을 살짝 찔러 넣었다.

뜻밖에도 여자 살수는 그녀를 내려다보며 가소로운 듯이 비웃음을 흘렸다.

"한운석, 잔재주는 그만 피워라. 하잘 것 없는 그런 재주 따위, 흥!"

그녀는 한운석이 독을 쓰려는 것을 알면서도 저지할 생각조차 않고 팔을 흘끗 쳐다보기만 했다. 한운석이 손톱에 숨겨 두었던 독이 피부 속으로 스며들었는데도 아무런 반응이 없었다.

어떻게 이럴 수가 있지?

한운석은 몹시 놀랐다. 그녀가 쓰는 독은 개미독이었고, 이것으로 한옥기를 죽고 싶을 만큼 괴롭혀 준 적도 있었다.

이 독에 중독되면 처음에는 격한 통증이 느껴지다가 곧 수천 마리 개미에게 물어뜯기는 것 같은 가려움이 밀려오게 되어 있었다. 그 때문에 목숨을 잃지는 않지만, 온몸을 쥐어뜯게 만드는 그 끔찍함은 차라리 죽고 싶을 정도로 견디기 힘든 것이었다.

그렇지만 이 여자 살수는 통증조차 느끼지 않았고 여전히 팔에 힘을 주어 그녀를 꽉 붙잡고 있었다.

이럴 리가 없어!

고대에는 개미독을 추출하지 못하기 때문에 개미에 물려야만 중독되는데, 그녀가 쓰는 개미독은 해독시스템에 있던 것으로 독개미 독의 정수만 뽑아낸 것이었다. 따라서 이 독에 중독되는 것과 독개미에게 물리는 것은 약간의 차이가 있었고 해약도 달랐다.

바꿔 말하면 한운석이 쓴 개미독의 해약은 그녀에게만 있다는 말이고, 이 여자 살수는 그 해약을 가지고 있을 리 없었다!

해약이 없는데 어떻게 독이 효과를 발휘하지 못하는 걸까?

사술이 아니고서야!

한운석은 이 사술을 믿을 수가 없어, 이를 악물고 좀 더 힘껏 손톱을 박아 넣어 개미독이 빨리 퍼지게 했다.

그렇지만 여자 살수는 여전히 가소로운 듯 웃을 뿐 아파하거나 가려워하지 않았고, 숫제 그녀를 쳐다보지도 않은 채 나뭇가지를 걷어차 그 힘으로 더욱 빨리 달려갔다.

설마……

한운석은 갑자기 뭔가가 떠올라 저도 모르게 소리를 지를 뻔했지만 다행히 때맞춰 입을 다물었다. 하지만 얼굴은 하얗게 질리고 보기 흉할 정도로 일그러져 있었다.

면역력!

저 여자가 개미독에 반응을 보이지 않는 것은 독에 면역력이 있어서일 가능성이 높았다.

독에 면역력이 있어 중독이 되지 않는 사람들이 있는데, 천성적으로 면역력을 타고난 사람은 손에 꼽을 만큼 적었고, 있다 해도 한두 가지 독에 대한 면역력을 가지는 게 고작이었다. 하지만 후천적으로 각종 항체를 주입해서 만들어 낸 면역력은 특정 유형의 독약에 대항할 수 있어서 그 유형의 독약으로는 중독시킬 수 없었다.

항체를 주입하는 것은 현대의 방식이고, 고대에서는 이를 '양독養毒'이라고 불렀다.

현대에서 독약의 항체를 주입하여 만드는 면역력은 1급에서 3급까지 나뉜다. 등급이 높을수록 면역력이 강해지고 독소를 이겨내는 힘도 강해졌다. 물론 면역 등급이 높아질수록 신체의 다른 정상 기능들이 심각한 손상을 입게 되고 심지어 목숨이 위험해질 수도 있기 때문에 연구에서든 임상 실험에서든 항체 주입 방법은 엄격한 통제 하에 이루어졌고 나아가 금지되기도 했다.

한운석은 상고 시대의 독을 다룬 책에서 고대 양독 방법에도 이와 유사하게 독인毒人, 독시毒尸, 독고毒蠱라는 분류가 있다는 내용을 읽은 적이 있었다.

독인은 수명이 줄어들어 길어야 30년밖에 살지 못하지만 인격이 남아 있어 정상 사람과 똑같이 생활할 수 있고, 살이나 모발에 작용하는 치명적이지 않은 저급 독소에 대한 면역력이 있었다.

독시는 결사대와 비슷해서 수명이 채 1년을 넘기지 못하고, 골수와 피에 작용하는 치명적인 중급 독소에 면역력이 있었다.

그렇지만 독고가 어떤 것인지는 고서에도 거의 기록된 바가 없어서 한운석도 잘 알지 못했다. 기록대로라면 오장육부에 작용하는 고급 독으로도 독고를 중독시키지 못한다는 것이 그녀가 아는 전부였다.

그녀는 늘 고대에는 독약이 다양하지만 독술은 현대보다 훨씬 뒤쳐진다고 생각해 왔기 때문에 상고시대의 책에서 본 이런 내용은 상상에서 비롯되었을 뿐 실재하지는 않았을 것이라고 여겼다. 설사 실재하더라도 아주 특수한 사례였을 것이다.

그런데 이제 보니 고대의 독술을 너무 얕본 모양이었다.

이렇게 쉽게 그 살아 있는 예를 만날 줄이야.

상황으로 보아 이 여자 살수는 독인일 것이다.

만사독과 독모기떼만 해도 꺼려지는데 독인까지 나타나다니. 이 북려국 첩자 뒤에는 대체 얼마나 무시무시한 독의 고수가 있는 것일까!

한운석도 처음에는 이 여자 살수가 첩자들의 우두머리라고 생각했지만, 지금 보니 그녀는 도구에 불과했고 그 뒤에 다른 누군가가 있는 것이 분명했다.

그 자는 비밀스러우면서도 용맹했고, 그녀의 예상을 뛰어넘는 솜씨를 지녔다는 것을 인정하지 않을 수 없었다.

물론 한운석도 여간내기는 아니었다. 그녀는 언제나 커다란 독 창고를 몸에 지니고 있는 것이나 마찬가지여서 이 독인을 중독시킬 독을 만들지 못할 것도 없었다.

한운석은 짐짓 기가 죽은 척 여자 살수의 팔을 보란 듯이 놓으며 차갑게 물었다.

"넌 대체 누구냐? 나를 납치해서 어쩌려는 거지?"

여자 살수는 한운석을 몹시 경멸하는 데다 불만스럽기까지

한 듯, 가소로운 듯 코웃음을 치며 대답도 하지 않았다.

"감히 나를 납치했으니 진왕 전하께서 절대 너희를 용서하지 않을 것이다!"

한운석은 일부러 도발하는 한편 몰래 진료 주머니에 손을 넣고 의식을 움직여 식골산觸骨散 하나를 만들어 냈다.

식골산은 이름에서 알 수 있듯이 뼈를 부식시키는 독약으로, 일단 피에 섞이면 곧바로 골수로 스며들게 되어 있었다.

"한운석, 네가 정말 봉황이라도 된 줄 아느냐? 부끄러움도 모르는 것!"

여자 살수는 더욱 경멸스럽게 외치더니, 절벽 위에 내려서서 아래로 뛰어내릴 것처럼 한운석을 꽉 붙잡았다.

"누가 할 소리, 너도 별로 다를 게 없다."

한운석은 느긋하게 맞받아치며 조금 전 손톱으로 여자 살수의 팔에 낸 상처를 흘끗 바라보았다.

"감히 나를 모욕해!"

분노에 찬 여자 살수는 싸늘하게 그녀를 노려보면서 팔을 한운석 쪽으로 돌렸다.

"왜?"

한운석은 차가운 목소리로 도발하면서 식골산을 들고 있던 손으로 재빨리 여자 살수의 상처를 움켜쥐었다.

그런데!

뜻밖에도 이 여자 살수는 경계심이 무척 강해, 생각조차 해 보지 않고 한운석을 홱 밀어낸 뒤 전광석화처럼 검을 뽑아 상처가 난 팔의 살점을 싹둑 잘라 내는 것이었다!

이 모든 과정이 채 10초도 걸리지 않았다!

너무도 빠르고 너무도 모진 움직임이었다!

내팽개쳐진 한운석은 똑바로 서지 못하고 데굴데굴 구르다가 하마터면 절벽 아래로 떨어질 뻔했다.

상처에 독을 넣기만 하면 성공이라고 생각했는데, 저 여자 살수가 망설임 없이 제 살을 잘라 낼 줄은 꿈에도 생각지 못했다. 너무 빠르고 지나치게 전문가다운 반응이었다.

물론 절벽 위에 아슬아슬하게 앉은 한운석은 그런 것까지 생각할 틈이 없었다. 그저 심장이 튀어나올 듯이 놀라 허둥지둥 몸을 일으켜 달아나려 하는데, 눈 깜짝할 사이 여자 살수가 다가와 멱살을 움켜쥐며 노한 목소리로 외쳤다.

"이 천한 계집, 죽고 싶으냐!"

한운석은 그래도 독을 쓰려고 했다. 할 수 있는 것이라고는 독을 쓰는 것밖에 없었으니까. 하지만 뜻밖에도 여자 살수는 그럴 기회조차 주지 않고 그녀를 절벽 아래로 홱 집어 던졌다.

"앗……!"

날카로운 비명 소리에 이어 여자 살수도 아래로 뛰어내렸고, 두 사람의 그림자는 순식간에 깊디깊은 골짜기 속으로 사라졌다…….

쾅!

커다란 굉음이 대장군부의 대청을 쩌렁쩌렁 울렸다.

용비야는 높이 주인석 옆에 앉아 있었고 얼음장 같은 얼굴에는 노기가 가득하여 폭풍우가 몰아치기 직전의 하늘처럼 어둑어둑했다. 특히 그 싸늘한 눈동자는 보기만 해도 오금이 저릴 정도였다.

그의 분노가 자아낸 강렬한 위압감 덕에 널따란 대청은 마치 조그맣게 쪼그라든 것 같았고, 그 싸늘한 기운을 이겨내지 못한 대장군부와 천향차원의 하인들은 모조리 바닥에 무릎을 꿇은 채 고개조차 들지 못했다.

진왕비가 납치된 것은 그야말로 중대한 사건이었다!

용비야의 깊은 눈동자에는 분노의 불길이 활활 타올랐다. 그는 자신이 얼마나 분노하고 있는지 알아차리지 못했고, 분노로 냉정을 잃을 정도라는 사실도 인식하지 못했다.

한운석을 납치한 사람이 목청무를 잘 알고 있다면 틀림없이 북려국 첩자와 한패일 것이다.

그들 손에 들어간 한운석이 무사할 수 있을까?

목 대장군도 사태가 위중하다는 것은 알았지만, 진왕 전하가 이렇게까지 분노하는 것은 예상 밖이었다. 이런 상황에서는 죄를 인정하며 처벌을 내려 달라고 청할 수도 없는 노릇이었다.

지금 당장 시급한 문제는 한시바삐 왕비마마를 구하는 것이었기 때문에 그는 손을 떨면서 보고했다.

"진왕 전하, 청무가 인마를 보내 주변 산의 출입로를 모두 봉쇄했으니 마마께서는 틀림없이 아직 산에 계십니다. 그 자들이 마마를 납치했다면 적어도 잠시 동안은 생명의 위협은 없을 것입니다."

그런데 용비야는 대뜸 내뱉었다.

"본 왕은 누구든 그녀의 털끝 하나조차 건드리는 것을 허락할 수 없다!"

물론 그도 북려국 첩자가 한운석을 납치한 것은 죽이기 위해서가 아니라 다른 목적이 있어서라는 것을 알고 있었다. 하지만 첩자들 손에 떨어진 이상 무슨 고초를 당할지 모를 일이었다.

그 겁 많은 여자는 분명히 까무러칠 정도로 놀랐을 것이다!

진왕 전하의 이 말에 목 대장군은 더욱더 충격을 받았다. 진왕 전하가 저렇게까지 한운석을 보호할 줄은 꿈에서도 생각지 못했던지라 당황해서 아무 말도 할 수가 없었다.

왕비마마를 데려간 사람은 그의 아들이니, 왕비마마를 찾아내지 못하거나 무슨 일이라도 생기면 진왕 전하의 태도로 보아 절대 그 죄를 씻지 못할 터였다!

"전하, 노신이 당장 입궁하여 폐하께 병력을 청하겠습니다."

목 대장군이 진지한 얼굴로 말했다. 산을 뒤지려면 인마가 필요했으니 대군을 동원하면 훨씬 효과적이었다.

그런데 예상과 달리 용비야가 거절했다.

"됐다. 이번 일로 다른 사람들까지 놀라게 해서는 안 된다!"

천휘황제가 허락하지도 않겠지만 설사 허락한다 해도 용비야는 이 일을 공개할 생각이 없었다. 북려국의 첩자가 연루된 일이고 한씨 집안에도 혐의가 있으니, 일단 이 사실이 알려지면 첩자를 추적하는 일에 방해가 될 뿐 아니라 한운석에게 좋을 것이 하나도 없었다.

용비야는 복잡한 눈빛을 띠며 차갑게 말했다.

"초서풍, 고원의 인마를 모두 움직여 은밀하게 산을 수색하라. 그리고 감옥에 있는 두 인질을 천향차원으로 데려오도록!"

인질을 교환할 생각이신가?

목 대장군은 더욱더 이해할 수가 없었다. 누구나 알다시피 한번 손에 들어온 포로는 절대 놓친 적이 없는 진왕 전하인데, 여자 하나 때문에 그 전례를 깨뜨리려는 것이다!

솔직히 말해 한운석이 납치당한 일은 진왕에게는 내키지 않는 왕비를 떨쳐낼 좋은 기회였다. 북려국 첩자까지 연루된 일이니 천휘황제와 태후도 그 일로 진왕을 괴롭히지 못할 것이다.

목 대장군은 말할 것도 없고 초서풍조차 그의 이런 행동이 이해가 가지 않았지만, 화가 머리끝까지 난 주인을 보자 한마디도 하지 못하고 명을 수행하러 물러갔다.

용비야는 싸늘한 눈길로 천향차원의 하인들을 내려다보며 차갑게 내뱉었다.

"너희 장주에게 가서 본 왕이 만나고자 한다고 전하라!"

공포, 자백하겠느냐

한운석에게 사고가 생긴 뒤로 천향차원은 완전히 봉쇄되어 외부인이 들어갈 수도, 안에 있는 사람이 나갈 수도 없게 되었다.

용비야가 도착했다는 소식에 수색 중이던 목청무가 급히 만나러 왔다. 어제 오후부터 오늘 정오까지 수색했으나 작은 실마리 하나 찾아내지 못해 돌아갈 낯이 없었지만, 진왕 전하가 찾아온 이상 돌아가지 않을 수 없었다.

문 안으로 들어서자마자 목청무는 곧바로 무릎을 꿇었다.

"소신이 왕비마마를 보호하지 못했으니 죽어 마땅합니다!"

"단순히 죄를 청하러 온 것이라면, 당장 죽을죄로 다스릴 것이다!"

용비야가 가차 없이 말했다.

하긴, 지금 죄를 청해 봐야 무슨 소용이 있을까?

목청무도 그 말을 알아들었지만 그래도 황송해 견딜 수가 없었다.

"대체 어찌된 일이냐?"

용비야가 차갑게 물었다. 목 대장군과 천향차원 하인들의 입에서 들은 이야기는 완벽하지 않아서 대체 무슨 일이 있었는지 알 수가 없었는데, 당사자인 목청무가 정확하게 설명해 주었다.

목청무는 천향차원을 찾은 까닭과 상세한 사건 경위를 보고

했고, 한씨네 둘째 소저 한약설의 혐의도 빠뜨리지 않았다.

"조사가 끝났는데 어째서 또 남산으로 갔느냐?"

용비야는 이해가 가지 않았다.

"왕비마마께서 남산홍을 따고 싶다고 하셨고, 소신도 그런 사고가 생길 줄은 몰랐습니다."

목청무는 후회막급이었다. 이럴 줄 알았더라면 혼자 차원을 찾았을 텐데.

한운석도 남산홍을 좋아했던가?

용비야는 복잡한 눈빛이 되어 다시 물었다.

"신우원에서 남산까지 어느 정도 걸렸느냐?"

남산에 매복한 적의 수가 적지 않았으니, 누군가 한운석이 그곳에 간다고 알려 주었기 때문에 매복을 한 것이 분명했다. 용비야가 이렇게 물은 것은 천향차원에 내통자가 있다고 의심한다는 뜻이었다.

"산길이 험하지만 반 시진까지는 걸리지 않았습니다."

목청무가 사실대로 대답했다.

반 시진이라면 짧은 시간이 아니었고 자객들이 매복하기에도 충분했다.

무엇보다 중요한 것은 자객들이 어떻게 천향차원에 들어왔느냐 하는 것이었다. 천향차원은 일반적인 차 장원이 아니었고, 이곳을 찾는 사람들은 하나같이 도성의 귀족들이었기 때문에 방비도 몹시 삼엄했다.

바로 그때 상관 집사가 허겁지겁 달려왔다.

상관 집사는 그간 장주를 찾아다녔지만 어디에서도 그 흔적을 찾아내지 못했고, 갖은 방법을 통해 연락을 취하려 해 보았지만 끝내 실패하고 말았다.

장주는 천향차원의 서산에 별원을 두고 있어서 이곳에 올 때는 대부분 그곳에 묵었고, 비록 자주 찾지는 않지만 요 한 달간은 내내 장원 내에 머물고 있었다.

물론 장주는 차 장원의 일에 간섭하지 않았고 직접적인 운영은 상관 집사가 맡고 있었지만, 오늘 벌어진 일은 너무 어마어마해서 상관 집사 혼자서는 감당할 수가 없었던 것이다.

진왕 전하가 도착했는데 장주는 감감무소식이니, 상관 집사는 염치불구하고 혼자 찾아올 수밖에 없었다.

안으로 들어서자 높이 앉아 있는 용비야가 보였다. 얼음이 꽁꽁 얼 듯한 차가운 얼굴은 흉신처럼 무시무시해서 상관 집사는 산이 짓눌러 오는 것 같은 압박감을 느끼고 황급히 바닥에 엎드렸다.

"소인 상관명上官明이 진왕 전하께 인사 올립니다."

"본 왕이 기억하기로 너는 장주가 아니다."

용비야가 차갑게 말했다. 그는 천향차원의 남산홍을 좋아해서 상관 집사가 장주의 이름으로 몇 차례 올린 적이 있었다.

"예, 진왕 전하. 소인도 장주를 찾으러 갔었으나 장주께서는 본래 행적이 묘연하시기 때문에 온갖 연락을 취해 보아도 아직 찾아내지 못했습니다."

상관 집사가 사실대로 보고했다.

"장주를 찾지 못해?"

용비야가 눈썹을 추키며 반문했다.

너무나도 의미심장한 말투여서 상관 집사는 후들후들 떨며 황급히 입장을 밝혔다.

"진왕 전하, 소인은 장주의 대리인으로 천향차원의 전권을 쥐고 있고 이번 일을 밝혀내는데 온힘을 다해 협조할 것입니다. 차원의 시위를 모두 동원해 산을 수색하게 했으며, 이번 일에 연관된 차 시중을 드는 아이들과 차 선생 두 명, 그리고 남산에 있던 시위들은 모두 구금하여 전하의 심문을 기다리게 해두었습니다."

상관 집사는 총명한 사람이어서 진왕 전하가 천향차원을 의심하고 있다는 것도 이미 눈치채고 있었다. 사실은 그도 어젯밤 잠 한숨도 못자며 생각을 거듭했고, 차원에 첩자가 잠입했다는 의심을 하게 되었다. 그렇지 않았다면 그 많은 자객들이 소리 소문 없이 남산 중턱에 매복할 수 있을 리가 없었다.

상관 집사의 대답에 용비야는 만족한 듯 일어나서 차갑게 말했다.

"심문하겠다."

산을 봉쇄했으니 자객들은 구역을 벗어나지 못할 것이고, 용비야는 한편으로는 은밀하게 수색을 계속하면서 다른 한편으로는 상대방의 요구 조건을 기다리고 있었다.

인질을 납치했다면 분명 요구가 있을 것이다. 그들이 가만히 웅크려 앉아 아무 요구도 하지 않을까 봐 걱정이지, 일단 모습을 드러내 조건을 내걸면 반드시 한운석을 찾아낼 수 있었다.

물론 천향차원의 첩자를 잡아내면 더욱 유리해질 것이다. 다만 빠를수록 좋았다. 시간을 끌수록 한운석이 당할 고초만 늘어날 테니까.

용비야가 심문을 하겠다고 나서자 상관 집사는 겨우 한숨 돌리며 허둥지둥 길을 안내했다.

"진왕 전하, 남산의 차 선생과 시위들은 함께 가두었고 다른 이들은 각각 따로 가두었습니다. 신우원에서 시중을 드는 동자 두 명과 시녀 한 명은 남산에서 무슨 일이 있었는지 모릅니다."

상관 집사가 종종 걸음을 내딛으며 나지막하게 보고했다.

사실 신우원에서 시중을 들던 사람들뿐 아니라 남산에 있던 사람을 제외하면 천향차원의 그 누구도 장원에서 벌어진 사고에 대해 전혀 알지 못했다.

상관 집사의 비밀 유지 솜씨는 제법 훌륭했고, 그 덕분에 심문하기도 편해졌다.

용비야는 가볍게 고개를 끄덕였다. 신도 부러워할 만큼 준수한 그의 얼굴은 여전히 얼음장처럼 차갑고 이목구비는 꽁꽁 얼어붙은 듯해서, 이 사람에게 표정이라는 것이 있기나 한지 의심스러울 지경이었다.

상관 집사는 몰래 용비야를 흘끔거렸지만 아무리 기다려도 말이 없자 그제야 쭈뼛거리며 물어보았다.

"진왕 전하, 누구부터 심문하실지요?"

"신우원의 사람부터."

용비야는 생각해 보지도 않고 곧바로 대답했다.

용비야가 심문실에 도착하자 차 시중을 드는 동자 두 명이 끌려왔다. 둘 다 겨우 열 살 가량밖에 되지 않은 남자아이들로 내내 흐느끼고 있었다.

안으로 들어와 방 안의 상황을 본 아이들은 소스라치게 놀라 참지 못하고 와 울음을 터트렸다.

"뚝 그치지 못할까!"

상관 집사가 노성을 터트렸다.

하지만 그 꾸지람에도 두 아이들은 울음을 그치기는커녕 서로 부둥켜안으며 더 큰 소리로 울어 댔다.

상관 집사는 당황해서 땀을 뻘뻘 흘렸다. 사실 그가 알기로도 이 아이들은 아무 문제가 없었지만 사건이 워낙 중대하다 보니 진왕 전하가 심문하기 전에 감히 함부로 처리하지 못한 것뿐이었다.

진왕 전하의 눈치를 살핀 상관 집사는 전혀 흔들림 없는 그의 표정을 보자 어쩔 수 없이 두 아이를 떼어 놓고 사람을 시켜 입을 막게 했다.

울음소리가 그치자 심문실도 마침내 조용해졌다.

"울 것 없다. 몇 가지 하문하실 것이니 사실대로 대답하도록 해라. 그렇지 않으면 큰 고생을 하게 될 것이다!"

상관 집사가 경고했다.

뜻밖에도 용비야가 불쑥 입을 열었다.

"물을 것도 없다. 자백하지 않으면 끌고 가서 묻어 버리도록."

이 한마디에 아이들은 놀라 얼굴이 핼쑥해졌고 이제는 울기만 하는 것이 아니라 격렬하게 발버둥까지 쳤다.

상관 집사가 막았던 입을 풀어 주게 하자 뜻밖에도 한 아이가 엉엉 울며 소리를 쳤다.

"으아앙…… 자백할게요! 제가 자백할래요!"

뭐?

정말 자백을 한다고?

남산에서 진왕비가 납치된 일이 알려지지도 않았는데 저 아이는 뭘 알고 있는 것일까? 뭘 자백하려는 것일까? 설마 저 아이가 진짜 첩자였나?

상관 집사와 목청무는 이해가 가지 않는 얼굴로 서로를 마주보았다.

용비야도 다소 황당한지 아무 말도 없었다.

그래도 그 아이는 울면서 외쳤다.

"자백할게요! 다 말씀드릴게요! 벽록碧綠 누나가 목 대소저를 배신했어요……. 흑흑……. 벽록 누나가 규칙을 어겼지, 저희는 아무것도 몰라요, 으흐흑……."

그런…….

상관 집사는 영문을 몰라 머리를 감싸 쥐었지만, 용비야와 목청무는 단박에 알아들었다.

신우원에서 차 시중을 드는 벽록이 규칙을 어기고 목청무와 한운석의 질문에 대답한 것을 옆에 있던 이 아이들이 들었고, 그 일로 심문을 당한다고 생각한 것이었다.

용비야는 한 손으로 미간을 문지르며 말없이 손을 내저어 아이들을 데리고 나가게 했다.

상관 집사가 여전히 영문을 몰라 하자 목청무가 다급히 다가와 설명한 뒤 손수 아이들을 묶었던 밧줄을 풀어 주며 나지막하게 말했다.

"데리고 가서 잘 다독여 주고, 차 시중을 들던 아이를 데려오시오."

설명을 들은 상관 집사는 그제야 이해가 갔다. 그 역시 목청무와 한운석이 어째서 목유월을 조사했는지 궁금했지만 차마 묻지는 못하고 재빨리 사람을 시켜 아이들을 데려가게 했다.

시녀 벽록은 감옥에서 끌려 나오자마자 온몸을 덜덜 떨며 당황해 어쩔 줄 몰랐다. 그녀는 남산에서 무슨 일이 있었는지, 상관 집사가 왜 자신을 가두었는지도 모르고 있었다.

어제 왕비마마와 소장군을 접대한 뒤 쉬러 돌아간 그녀는 몰래 한 둘째 소저가 놓고 갔던 차를 버리려고 했으나 예상과 달리 남산에서 사고가 일어났다는 소식과 함께 차원의 입구가 완전히 봉쇄되고 말았다. 차원 사람들은 놀라고 당황해 여기저기 수소문을 해 보았지만 남산에서 대체 무슨 일이 벌어졌는지 아무도 알아내지 못했다.

그리고 오래지 않아 시위가 방으로 들이닥쳐 그녀를 억지로 끌어냈다.

아무리 울고불고 빌어 보아도 시위들은 아무 말도 해 주지 않았다. 그녀는 어젯밤 내내 전전반측하며 잠을 이루지 못했고 생각하면 할수록 이상했다.

한씨네 둘째 소저가 두고 간 봄차를 슬쩍한 것 말고는 아무 잘못도 저지른 적이 없었다!

그렇지만 봄차를 훔쳤다는 것만으로 차원이 봉쇄될 만큼 일이 커질 리 없었다. 그래 봤자 차 한 통이고, 한씨 집안에서도 지난번에 한 번 찾아온 후로 다시는 찾아오지 않았다.

더욱이 설사 한 신의가 투옥되지 않고 한씨 집안이 무너지지 않았더라도, 그들의 지위로는 차원을 봉쇄하고 안을 샅샅이 뒤질 만한 힘이 없었다.

벽록은 세상물정 모르는 동자들과는 달랐다. 천향차원에서 10년 가까이 지내며 동자에서 시중 드는 사람으로 차근차근 올라왔고, 비록 나면서부터 영리하지는 않았어도 높은 분들을 가까이 모시며 보고 들은 것이 많았기 때문에 절로 영리해질 수밖에 없었다.

그녀는 이번 일이 생각만큼 단순하지 않으니 봄차와는 큰 관계가 없을 것이라 생각했다. 하지만 아무리 골머리를 앓아도 자신이 무슨 죄를 저질렀기에 갇혔는지 알 수가 없었다!

그녀 말고 갇힌 사람이 또 있을까? 시위들은 그녀를 어디로 데려가고 있을까? 상관 집사가 직접 심문을 하려는 걸까? 혹시 고문을 할까?

하지만 심문할 것이 뭐가 있다고?

불안해 죽을 것 같은 벽록은 심문실 앞에 도착하자 저도 모르게 걸음을 멈추고 나지막이 흐느꼈다.

"나리들, 대체 무슨 일이에요?"

시위들은 아무 말도 하지 않고 벽록을 힘껏 잡아끌었다.

하마터면 넘어질 뻔한 벽록은 겨우 중심을 잡고 고개를 들었다가 '헉' 하고 찬 숨을 들이켰다. 마치 신과 같은 남자가 눈앞에 고고하게 앉아 있었는데, 그 얼굴은 서리가 낀 것처럼 차가웠고 온몸에서는 심장을 오그라들게 하는 제왕의 패기가 넘쳐흘렀다.

높으신 분들을 많이 봐온 벽록이었지만 이토록 존귀하고 패기가 넘치는 남자는 처음이었다.

본래도 마음이 어지러웠던 그녀는 아예 머릿속이 하얘졌다.

이 남자는……. 누굴까?

별안간 뒤에서 상관 집사가 그녀의 다리를 걷어차는 바람에 벽록은 그만 털썩 꿇어앉고 말았다. 그제야 정신이 들어 살펴보니 상관 집사와 목청무가 옆에 서 있었다.

상관 집사는 용비야가 썼던 수법대로 아무 말도 하지 않고 다짜고짜 차갑게 물었다.

"벽록, 자백하겠느냐?"

거짓 위협으로 사실을 밝히게 하는 허허실실의 수법이었다.

벽록이 결백하다면 자백하고 싶어도 할 말이 없을 테지만, 정말 뭔가를 알고 있다면 그 결과가 무척 기대되었다!

불행 중 다행

자백?

이 질문을 듣는 순간 벽록의 심장이 미친 듯이 뛰기 시작했다!

상관 집사가 뭐라도 말을 해 준 뒤 물을 줄 알았고, 그렇게만 되면 무슨 일이 벌어졌는지 알아내 대응하기가 쉬우리라 생각했다.

그런데 첫 마디가 자백하겠느냐라니!

무엇을 자백해야 하지?

저들은 무엇을 알고 있을까?

찻잎을 훔친 것 말고 자백할 것이 뭐 있다고?

벽록은 고개를 푹 숙였다. 심장이 밖으로 튀어나올 것처럼 쿵덕쿵덕 뛰었고 온몸이 터질 것처럼 긴장했다.

자백해야 할까?

그녀는 저도 모르게 멀지 않은 곳에 앉은 신처럼 존귀한 남자를 흘끗 바라보았지만, 그를 보는 순간 황공해 어쩔 줄 모르며 재빨리 시선을 거두어야 했다. 심장이 멈출 것 같았다.

저 남자가 누구인지는 모르지만 몹시 존귀한 신분이라는 것은 확실했다. 소장군이 저렇게 공손하게 서 있는 것만 봐도 그랬다.

차원에서 무척 큰일이 벌어진 것이 분명했고, 그 일은 차를 훔친 일과는 아무 상관이 없어 보였다.

"자백하겠느냐!"

상관 집사가 재차 캐물었다.

"모릅니다……. 저는 아무 것도 몰라요!"

벽록은 엉겁결에 소리를 질렀다. 머리보다 입이 먼저 움직였던 것이다.

"몰라? 보아하니 따끔한 맛을 보아야 정신을 차리겠구나!"

상관 집사는 짐짓 분노를 터트리며 긴 채찍을 꺼내 허공에 휘둘렀고, '쉭' 하는 날카로운 파공성이 울렸다.

벽록은 화들짝 놀라 무의식적으로 귀를 막으며 옹송그린 몸을 덜덜 떨었다. 머릿속이 하얗게 비어 이것저것 생각할 수도 없었다!

아무리 영리하다 해도 결국은 차 시중을 드는 평범한 여자에 불과했으니 이런 위협을 당하자 곧바로 눈물이 줄줄 쏟아졌다.

"상관 집사, 살려 주세요! 제발 살려 주세요!"

"벽록, 너는 총명한 아이다. 솔직하게 말하면 용서할 것이나 저항하면 큰 화를 당한다는 것은 잘 알겠지!"

상관 집사가 차가운 목소리로 깨우쳐 주었다.

놀랍게도 그 말이 떨어지자마자 벽록이 투항했다. 그녀는 오들오들 떨고 이까지 딱딱 부딪치며 말했다.

"자백하겠습니다……. 자……, 자백하겠어요. 모두 다 말씀 드릴게요!"

이 광경을 본 용비야가 눈동자를 차갑게 번쩍이며 마침내 그녀를 자세히 살폈다.

"말해라!"

상관 집사마저 긴장했다. 딱 한 번 몰아붙였는데 정말 뭔가 나오다니 뜻밖이었다.

"제가…… 그러니까 제가…….."

벽록은 입술이 달달 떨리는 통에 한참 동안 말을 잇지 못했다.

초조해진 목청무가 성큼 다가서서 상대가 여자인 것도 아랑곳 않고 멱살을 쥐며 버럭 소리를 질렀다.

"어서 말해!"

"제가…… 제가 손님……, 손님의 찻잎을 훔쳤습니다. 저는……."

벽록의 말은 뚝뚝 끊겼지만, 그 말이 끝나기도 전에 목청무와 상관 집사 모두 멍해졌다.

찻잎을 훔쳐?

목청무는 놀라 그녀를 놓아주었고, 마침내 제대로 숨을 쉴 수 있게 된 그녀는 무릎걸음으로 기어가 상관 집사의 다리를 단단히 부여잡고 애원했다.

"상관 집사, 한 번만 살려 주세요! 제발 부탁입니다! 그 찻잎은 아직 방에 있고 뜯지도 않았습니다. 한씨네 둘째 소저께 돌려드리고 사죄도 할 테니 살려 주세요!"

벽록이 조금만 더 냉정했더라면 사실을 털어놓지 않았을 수도 있었지만, 찔리는 구석이 있었던 그녀는 상관 집사의 채찍을 보는 순간 냉정함을 모조리 잃어버리고 말았던 것이다. 이렇게 무시무시한 일을 한 번도 겪어 본 적이 없었던 탓에 너무 놀란 나머지 머리가 텅 비어 사실대로 말하는 것 말고는 달리 도리가 없었다.

상관 집사는 낯부끄러워 어쩔 줄을 몰랐다. 심문을 하자 남산의 사고에 관한 일은 나오지도 않고 이런 부끄러운 치부만 드러내게 될 줄이야!

그는 고개를 설레설레 저으며 눈살을 찌푸린 채 벽록을 바라볼 뿐 무슨 말을 해야 좋을지 알 수가 없었다. 올해 너무 바빠서 시중드는 아이들을 관리하는 일에 너무 소홀했던 것일까?

정말이지 창피스러웠다!

"상관 집사, 살려 주세요……. 제발 용서해 주세요. 다음에는 절대 그러지 않겠어요, 절대로요! 상관 집사……. 제발……."

"닥쳐라!"

기가 막힌 상관 집사가 버럭 소리를 지르자 벽록은 깜짝 놀라 조용해졌다.

상관 집사는 걱정스런 표정으로 용비야를 바라보았다.

그런데 뜻밖에도 용비야는 이 일에 흥미가 생겼는지 차가운 목소리로 물었다.

"네가 한씨네 둘째 소저의 찻잎을 숨겼다고?"

벽록은 저 묵직하고 약간 잠긴 듯한 차가운 목소리가 무척 듣기 좋다고 생각했다. 그 목소리는 마치 나지막한 금 소리처럼 심금을 울리는 데가 있어 그 소리에 푹 빠진 그녀는 그가 자신에게 질문하고 있다는 것조차 알아차리지 못했다.

"어찌 멍하니 있느냐, 진왕 전하께서 하문하시지 않느냐!"

상관 집사가 꾸짖었다.

그제야 퍼뜩 정신이 든 벽록이 놀란 얼굴로 용비야를 바라보았다.

진왕 전하?

세상에, 저 사람이 진왕 전하라니!

어쩐지, 어쩐지 신처럼 존귀하게 느껴지더라니.

진왕 전하는 본래 신과 같은 존재잖아!

벽록은 또 한 번 당황하여 멍하니 용비야를 올려다볼 뿐 한참 동안 대답을 하지 못했다.

그런 눈빛을 보자 용비야는 저도 모르게 한운석을 떠올렸다. 하지만 그 여자의 눈동자가 훨씬 보기 좋았다!

혐오스러움을 감추지 못한 그의 얼굴이 점점 더 싸늘하게 식어갔다.

그의 성품을 잘 아는 목청무가 황급히 말했다.

"한씨네 둘째 소저가 유월에게 주려던 찻잎이냐?"

"예……. 아, 아니……."

벽록은 갈팡질팡했다.

"대체 그런 것이냐, 아닌 것이냐!"

목청무도 견디지 못하고 소리를 질렀다. 진왕 전하가 색녀를 질색하는 이유를 알 것 같았다.

"소녀는 모릅니다. 그 찻잎은 한씨네 둘째 소저께서 가지고 오셨다가 돌아가실 때 깜빡하고 놓고 가신 거예요. 예전에는 그렇게 가져오신 것을 목 소저께 선물로 주셨는데 이번에는 그러지 않으셨습니다……. 서…… 선물하시는 것을 잊으신 건지 아닌지 모르겠습니다."

벽록이 황급히 설명했다.

그 말을 듣자 목청무는 깜짝 놀라 황급히 물었다.

"찻잎은 어쨌느냐?"

목청무가 믿어주지 않을까 봐 벽록은 일부러 강조했다.

"손도 대지 않고 방 안에 놔두었습니다."

심문 중에 이런 실마리를 찾아낼 줄은 전혀 몰랐던 목청무는 놀라고 기뻤다. 독이 든 찻잎을 찾기가 어려워 포기한 상황이었는데 이런 곳에서 실마리를 찾아낼 줄이야!

그와 왕비마마의 추측대로라면 한씨네 둘째 소저가 목유월에게 준 찻잎 안에 독이 들었을 가능성이 컸다. 그 찻잎에서 독이 검출된다면 만사독의 모든 수수께끼가 풀리는 것이다.

이 의외의 수확은 불행 중 다행이라 할 수 있었다!

진왕 전하를 바라보니, 그의 표정도 전보다 훨씬 좋아져 있었다.

옆에서 듣고 있던 상관 집사는 비록 상세한 속사정은 알지 못했지만 눈치 빠르게 사람을 시켜 찻잎을 가져오게 했다.

저렇게 겁을 집어먹고 찻잎을 훔친 사실을 털어놓은 것을 보면 벽록은 내통자가 아닌 것이 분명했다. 하지만 상관 집사는 차마 진왕 전하께 물어볼 용기가 나지 않아 목청무에게 눈짓을 하며 어떻게 처리할지 의견을 구했다.

"잠시 가두었다가 다시 심문하겠소!"

목청무가 진지하게 말했다. 그가 말한 심문이란 납치 사건에 관한 심문이 아니라 만사독에 관한 심문이었다. 그 찻잎에서 독이 발견되면 벽록이 증인이 되기 때문이었다.

물론 그의 말에 숨은 뜻을, 상관 집사는 알지 못했다.

곧 사람들이 벽록이 훔친 찻잎을 찾아내 가져왔다.

하얀 도자기로 만든 높이 다섯 치의 타원형 통으로, 아무 표식이 없었고 밀봉이 아주 잘되어 있었다.

목청무는 밀봉된 입구를 보자 짚이는 데가 있었다. 목유월은 그에게 좋은 차를 자주 갖다 주었고 모두 저렇게 밀봉이 되어 있었다.

목청무는 당장 찻잎을 가져가 독의에게 보여 주고 싶었지만, 진왕 전하가 아무 말도 하지 않았기 때문에 참고 기다릴 수밖에 없었다. 어쨌든 왕비마마를 찾는 것이 가장 중요했다!

그는 직접 찻잎을 받아 봉인을 조사하고 안에 든 것이 찻잎이라는 것을 확인한 후 진왕 전하에게 바쳤다.

호기심이 생긴 상관 집사는 진왕 전하가 무슨 말이라도 할 것이라 기대했지만, 용비야는 아무 말도 하지 않았다.

그는 찻잎이 든 통을 옆에 내려놓고, 길고 보기 좋은 손가락을 올려 대수롭지 않은 듯 툭툭 두드렸다. 나른하면서도 신비로운 그 움직임에 아무도 그의 속을 들여다보지 못했다.

잠시 침묵하던 용비야가 상관 집사를 바라보았다.

"심문을 계속하겠다."

"전하, 남은 사람들은 모두 남산에 있던 자들로 함께 갇혀 있습니다. 왕비마마께서 납치당하실 때 모두 그 자리에 있었던 자들입니다. 한 명은 길 안내를 한 하인이고, 두 명은 차 시중을 드는 시녀, 그리고 다섯 명은 남산의 경비를 담당하는 호위병입니다."

상관 집사가 사실대로 보고했다.

용비야는 잠시 생각하다가 찻잎 통을 멀리 서 있던 초서풍에게 건네며 차갑게 분부했다.

"가져가서 잘 검사해 보아라."

말을 마친 그가 자리에서 일어났다.

"수가 그렇게 많으니 본 왕이 직접 가 보도록 하지."

백번 양보해서, 자객이 눈에 띄지 않고 차원에 매복할 능력이 있다 해도 누군가 통보는 해 주어야 했다. 그렇지 않고서야 한운석과 목청무가 남산에 간다는 것을 알 리가 없었다. 분명히 내통자가 있었고, 그렇다면 분명히 찾아낼 수 있을 것이다!

용비야가 차원의 하인들을 직접 심문하는 동안 차원 주위의 산에서는 천향차원과 대장군부, 고원 세 곳의 인마가 긴장을 늦추지 않고 열심히 수색을 하고 있었다.

그러나 자객이 깊은 골짜기의 절벽 동굴에 숨어 있다는 사실은 그 누구도 알지 못했다.

바닥에 누운 한운석은 핏기 하나 없는 얼굴에 땀을 뻘뻘 흘리며 혼미한 상태에서 악몽이라도 꾸는지 뭐라고 혼잣말을 중얼거렸다.

별안간 그녀가 날카로운 비명을 지르면서 벌떡 일어나 앉아 눈을 번쩍 떴다.

꿈속에서 골짜기 아래로 아래로 끝없이 떨어지다가 바닥에 나동그라지는 순간 번쩍 정신이 든 것이었다. 어찌나 놀랐는지 온몸에 식은땀이 흥건했다.

정신을 차리고 보니 그제야 자신이 동굴 안에 기절해 있었다는 것을 알 수 있었다. 절벽에서 떨어지지 않았었나? 죽은 게 아니었어? 어떻게 여기 와 있지?

어쩌다 혼절했는지도 기억이 나지 않았고, 절벽에서 떨어지는 순간에서 기억이 뚝 끊겨 있었다.

직업병 탓에 그녀가 제일 먼저 찾은 것은 진료 주머니였는데 다행히 주머니는 무사했다!

"깼군!"

갑자기 차가운 여자의 목소리가 들려왔다. 한운석은 어딘지 낯익은 목소리라고 느꼈지만 깊이 생각할 틈이 없어 황급히 몸을 돌려 그쪽을 바라보았다.

등 뒤에 여자 두 명이 서 있었는데, 흑의에 복면을 하고 팔에 천을 감은 사람은 바로 그녀를 납치한 여자 살수였고, 푸른 옷에 복면을 한 사람이 방금 말을 꺼낸 사람이었다. 둘 다 얼굴은 잘 보이지 않았지만 흑의 여자는 젊은 편이고 푸른 옷을 입은 여자는 나이가 적지 않아 보였다.

그녀는 경계하며 화난 목소리로 물었다.

"너희는 대체 누구냐? 나를 납치해서 어쩌려는 거지?"

"기세가 제법이군! 난 아직 네게 받을 빚이 있다!"

흑의 여자가 씩씩거리며 성큼성큼 다가갔다.

한운석을 살려 두라는 주군의 분부만 아니었다면 일찌감치 저 여자를 죽여 없앴을 것이다. 제까짓게 독을 좀 안다고 감히 그녀에게 독을 쓰려고 하다니, 죽기가 귀찮은 것이 분명했다!

"자신 있으면 복면을 벗고 본 왕비에게 얼굴을 보여라! 그렇지 않으면 본 왕비가 네게 무슨 빚을 졌는지 모르지 않느냐!"

한운석은 차갑게 코웃음을 쳤다.

"그래도 입을 놀려!"

흑의 여자가 성큼성큼 다가와 느닷없이 손을 휘둘렀다. 그런데 한운석은 팔을 들어 막으면서 손에 독침을 숨기고 있다가 그 손바닥을 푹 찔렀다.

"앗……!"

흑의 여자가 날카롭게 비명을 지르며 발길질을 했다.

"이 천한 계집!"

"눈치가 있으면 날 놓아주어야 할걸. 그렇지 않으면 반 시진 안에 독이 발작해 죽을 것이다!"

한운석이 차갑게 말했다. 비록 그 손에 붙잡혔지만 마구잡이로 괴롭힘을 당할 수는 없었다!

흑의 여자는 손바닥을 흘끗 보더니 가소로운 듯 말했다.

"부끄러운 줄도 모르고 이깟 시시한 독 따위를 쓰다니!"

뜻밖에도 한운석은 더욱더 가소로운 듯이 비웃음을 흘렸다.

"시시한 독인 따위가 뭐가 대단해서 그리 잘난 척이지?"

그 말이 떨어지자 흑의 여인과 푸른 옷의 여인은 깜짝 놀랐다. 한운석이 '독인'을 안다고?

〈천재소독비〉 3권에서 계속